Le

dévoilement,

al Andalus, la légitimité du pouvoir en contexte islamique;

chroniques

entre raison et merveilleux

....à la mémoire du déraciné
         Antonio Sanchez Gutierrez el andaluz...

«(...) *à chacun de savoir être en toute circonstance le taquiyy(le vertueux- le pieux)qui prend le risque de se détacher de sa communauté pour agir contre le shaqiyy(maudit-le damné) qui en émane et qui,au nom de son appartenance,sème en toute bonne conscience le crime et l'horreur sur le pré de malédiction.*»
         Abdelwahab Meddeb «sortir de la malédiction» -

«*Interdire les ouvrages de philosophie à ceux qui sont aptes parce que l'on supposerait que c'est à cause de l'étude de ces ouvrages, que certains hommes parmi les plus abjectes se sont égarés, et ne revient à rien moins que d'interdire à une personne assoiffée de boire de l'eau fraîche et agréable au goût*»
         Averroès- discours décisif

«*Nous sommes les propres oppresseurs de nos âmes*»
         - hadith

Le dévoilement

Bertrand Sanchez

Récits-A*khbar*

Sommaire

remerciements et avertissements:
Les termes en *italique* dans le texte se rapportent exclusivement aux noms propres, aux sources historiographiques, traductions et autres recherches universitaires d'hier et d'aujourd'hui à distinguer des personnages de fiction du récit. Je remercie chaleureusement tous les érudits cités dans le texte ou non pour avoir pioché à ma guise- en espérant n'avoir oublié aucun guillemet en chemin- dans leurs travaux sans lesquels, je n'aurais pu *"démêler les nœuds embrouillés de l'histoire"* selon les mots d'*Al Kindi* !
Tausend Dank, muchas gracias, alf schuckr pour tous leurs précieux dons instructifs et formateurs certes ardus. Mais, le lecteur de toute manière a sa part de travail à fournir comme le rappelait le cinéaste *Godard* des spectateurs allant voir ses films...
D'autre part, j'ai préféré ne pas renvoyer les sources à un bas de page ou en note de fin de livre afin de rendre la lecture plus facile. Je ne suis qu'un homme du commun.

les photos sont de l'auteur; elles furent prises au musée archéologique de Cordoue ainsi qu'à Madina ar Zahra à l'été 2012.

Le dévoilement
ISBN:978-1-291-23528-9
© éditions lulu.com France 2015

Quelques informations sur le lexique arabe:

-h- hégire.

-(m. 000) mort en 000 / généralement les dates sont celles du comput des nations J.C

-réf. coranique(3:35) = sourate 3 verset 35.

-': attaque glottale; 'ayn,la lettre la plus guttural' n'existe pas en français et le hamza

-dh: «th» anglais comme the

-G: le «gu» français

-gh: le «r» français comme paris

-h:un «h » expiré; un h guttural comme Muhammad

-kh : la jota (j) espagnole comme khalid;

-q: le «k»guttural: Qutb , Qasida

-sh: ch français de chemin

-w: comme tramway

-y: comme dans payer

-u: ou

-u: en espagnol = ou dem en allemand

-"andalusi/ iens:" terme employé par différents historiens espagnols pour nommer l'andalou de son temps à distinguer des andalous d'aujourd'hui; par ailleurs, ce terme est une construction d'historiens européens car pour les arabes du X siècle il n'y a que arabe et muwallad, clients en Espagne musulmane.

-"le franciscain"* p273: terme impropre employé par Sanchuelo (XV s) dans son récit relatant l'existence du moine chrétien du XI s à l'époque de la fitna; l'ordre franciscain fut fondé par Saint François d'Assise(m. 1226)...

-"les anciens": il s'agit des philosophes grecs de l'antiquité

Le dévoilement

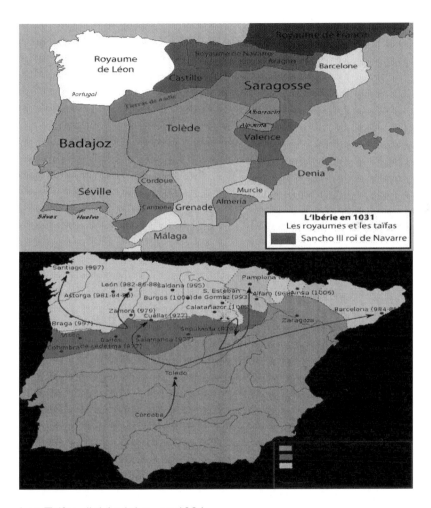

Les Taifas d'al Andalus en 1031
Les campagnes d'al Mansûr jusqu'en 1002

Repères chronologiques autour du XI s.

en *Al Andalus*

Califat de Cordoue:(comput des nations)

929 proclamation du califat omeyyade par *Abd ar Rahman III al Nasir*

961-976 *AL Hakam II* calife

976-1013 *Hischam II* calife (symbolique/ ne gouverne pas)

978-1002 le *hadjib ibn Abi Amir al Mansûr(plein pouvoir)*

1002-1008 *Abd al Malik al Muzzafar(fils du hadjid amiride)*

1008-1009 *Abd ar Rahman Sanchuelo(fils du hadjib amiride)*

fitna:(hégire)

399:Calife Muhammad II, al Mahdi

calife dissident Hicham B Sulayman al Rashid

400:Sulayman al Musta'in (arrière petit fils d'Al Nasir)

400:Muhammad II (2ème fois)

400:Hisham II(idem)pouvoir exercé par le hadjib Wadih assassiné en 402 puis le Sahib al Shurta Wada'a al Sulami également assassiné enfin le vizir Ibn Munawi

403: Sulayman(idem)

405: Abd Allah al Mu'ayti(anti calife dans le sharq al Andalus)

407: Ali b Hammud al Nasir(calife hammudite)

408:Abd ar RahmanIV al Murtada

408: Al Qasim b Hammud al Ma'mun(calife hammudite)

412:Yahya b Hammud al Mu'tali (calife hammudite dissident à Cordoue)

413: Restauration d'Al Qasim à Cordoue414:Abd ar Rahman V al Muztazhir

414: Muhammad III al Mustakfi

416: Yahya (2ième fois)

417: Vacance du trône califal

418: Hischam III al Mu'tadd

422: déposition du dernier calife - fin du califat

Séville: Banu 'Abbad

414: Muhammad b Ismail Du 'l Wizaratayn

433: Abbad b Muhammad al Mutadid
461: Muhammad b Abbad al Mutamid al Mu'ayyad bi Nasr Allah
484: Les almoravides renversent le dernier roi al Mutamid

Cordoue: Banu Djahwar
422: Abu I Hazm Djahwar b Muhammad (associé à deux cousins paternels)
435: Abu I Walid Muhammad b Djahwar al Rashid
440: Ibn al Saqqa' administre le royaume
465: Abd al Malik b Muhammad, Du I Siyadatayn, al Zafir,al Mansur(nommé prince héritier par Muhammad'Abd al Malik évince son frère ainé Abd ar Rahman en 456 et profitant de la maladie de son père finit par exercer seul le pouvoir)
461/62: les Banu Abbad de Séville

Autres dates importantes du comput des nations
910-1171 Fatimide au Maghreb puis en Egypte
972-1152 Zirides et Hammadides en Ifriqiya
1085 reprise de Tolède par les chrétiens
1212 défaite Almohade de Las Navas de Tolosa
1487 Malaga tombe(début du récit fictif par le narrateur Sanchuelo/ Sandjul
1492 Boabdil remet les clefs de Grenade à Isabel et Ferdinand

Le clan de Quraych

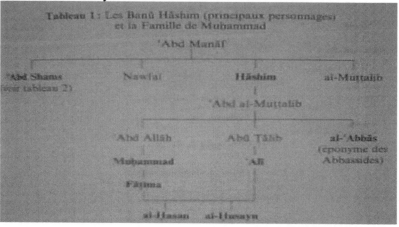

Tableau 1 : Les Banû Hâshim (principaux personnages) et la Famille de Muhammad

Les banû 'Abd Shams(principaux personnages)

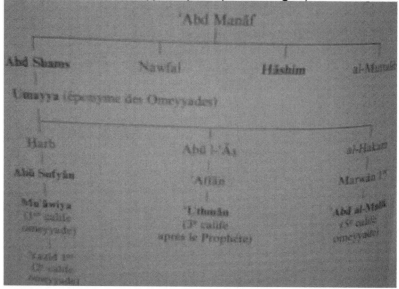

«(...)Le calife abbasside al-Mamûn vit en songe un homme au teint clair coloré de rouge, au front large; ses sourcils se rejoignaient; il avait la tête chauve et les yeux bleus foncé, ses manières étaient affables;il était assis dans la chaire. J'étais, dit al-Mamûn tout contre lui et j'en fus rempli de crainte.Je lui demandai: «Qui es tu?» Il me répondit: «Je suis Aristote.»

Cela me réjouit et je lui dis: «Ô sage, je vais te questionner». Il me dit: «Questionne.» je lui dis: «Qu'est-ce que le bien? Il me répondit: «ce qui est bien selon la raison» je lui dis:«et après?» il me dit: «ce qui est bien selon la révélation» je lui dis:«et après»? Il répondit: «ce qui est bien aux yeux de tous» je lui dis: «et après?» il me répondit: «Après, il n' y a pas d'après.»

D'après le bibliographe *Al Nadîm-kitab al fihrist,X siècle.*

Le dévoilement

Introduction

Selon la tradition musulmane, un *hadith* déclare «*mieux vaut soixante ans d'injustice qu'un seul jour de désordre (fitna)*». On prend alors conscience de la valeur du consensus chez les *ulu l amr* (*ulama* + *umara*, ceux qui détiennent l'autorité) lorsque nous songeons aux deux décennies de guerre civile préfigurant la fin du califat omeyyade de *Cordoue* en 1031 du comput des nations. Est ce à dire qu'il y a une crainte de la transgression? Les raisons sont certainement plus politiques que religieuses dans cet imbroglio où des califes sans envergure se succèdent au pouvoir. On a vu avec *Muhammad* ce que signifiait la subversion des valeurs culturelles traditionnelles tant morales qu'éthiques inhérentes à ce monde tribal de l'antiquité tardive. Ce dernier deviendra de nature impériale avec la dynastie omeyyade à *Damas*. Or, en filigrane, c'est bien la «grande épreuve» (656-661) *fitna al kubra* (*H.Djait*) des débuts de l'islam entre *Ali* et *Mu'awiya* qui hante toujours l'inconscient islamique. Le champ du politique est en général un combat idéologique entre factions rivales hétéroclites utilisant tous les artifices possibles pour ruiner l'opposition en manipulant les faits, le discours et enfin, la mémoire sur laquelle les hommes vont bâtir une autorité à défaut d'une légitimité reconnue par tous. Parfois, on cherchera un compromis pour sauver la communauté de l'anarchie d'où le hadith d'ouverture car le rebelle est anti coranique pour le clerc. Quoi qu'il en soit, le résultat escompté s'avère doublement positif avec d'une part, une perception nouvelle de soi en tant qu'individu au sein d'une communauté réformée et d'autre part, l'édification mythique d'un roman national fondant les bases de l'état. Des acteurs sociaux à l'instar des gestionnaires du sacré, *fuqaha ulama* exégètes travaillent sur les sources scripturaires qui légitiment la foi nouvelle et son credo de même que les historiens au service du dit pouvoir affinent l'idéologie étatique pour institutionnaliser définitivement ce que l'on nomme l'orthodoxie, la voie droite et ce pour l'ensemble de la communauté des hommes assujettis au pouvoir. Autrement dit, cette manipulation est une réécriture de l'histoire où des noms, des généalogies, des faits disparaissent sans laisser de traces à la postérité. Nous parlons de la tradition par excellence; mais, laquelle, objectera l'opposant convaincu qui ne la reconnaît pas totalement ou en partie. En outre, cette vision mythique imposée aux consciences humaines est apologétique faisant la part belle aux vainqueurs de l'histoire. On ne peut plus rien y ajouter déplacer voire retrancher, ne serait ce qu'une virgule puisqu'il s'agit du corpus officiel clos. Cependant, cette parole dite d'origine divine descendue sur le prophète avait déjà antérieurement causé bien des tracas et une crainte révérencieuse à sa tribu et plus particulièrement aux hommes forts du clan omeyyade leur rappelant leur défaite initiale. On comprend alors ce besoin d'occulter falsifier tant la lettre que l'esprit d'une réalité historique et ontologique couchée graphiquement pour l'éternité dans le *muss'af,* le livre. La théologie, le droit canon viennent ultérieurement codifiés l'islam réglementant ainsi la vie et la foi des croyants. Tout d'abord, la révélation coranique naît dans un milieu de tradition orale, le *Hidjaz;* elle est transmise de vive voix par un homme à ses contemporains de visage à visage avant de passer après des décades à l'écrit dans un contexte social et géopolitique tout autre. Autrement dit, les structures sociologiques anthropologiques culturelles ultérieures sont foncièrement éloignées du milieu d'origine...Il est essentiel d'en avoir pleinement conscience pour discerner les étapes successives de la construction du fait religieux et politique outre le passage de la culture orale populaire à une culture écrite savante. Cela signifie plusieurs niveaux de lecture psycho-sociologique. *Platon* disait par ailleurs que le texte est orphelin de la parole car le temps est passé par là! Tout piétinement intellectuel spatio-temporel impose ses concepts et ses idées forts lesquels sont ancrés dans une contemporanéité répondant à un discours idéologique. Le concept de *jahilya* traduit par «temps de l'ignorance» est à ce sujet éloquent pour présenter une époque préislamique réduite soudain à un désert spirituel, intellectuel, culturel. Ceci nous indique le parti pris idéologique faisant fi des riches patrimoines civilisationnels raffinés de la seule antiquité tardive dont l'islam est tributaire. Cependant, cette pieuse forgerie ne peut éradiquer les croyances antérieures toujours vivantes dans les diverses cultures même en contextes islamiques. La foi est à l'épreuve du temps nous dit *le père Chenu* et le temps, c'est l'histoire des hommes. Cette dernière ne peut se développer sans la connaissance critique sinon elle n'est qu'une ritualisation crétine. "L'*antérieur a en général la priorité sur l'ultérieur;*

il a(...)quelque chose de plus. L'ultérieur éprouve le besoin d'un antérieur qui possède davantage de perfection. Le changement sera admis que s'il ne porte aucune atteinte à l'origine: il faut qu'il soit une initiation du modèle précédent" nous dit *Adonis*. La question de la légitimité du pouvoir revient inéluctablement avec toute revendication politique et ce jusqu'en *Espagne* qui est le lieu de notre récit. Comment trouver un équilibre saint entre l'antérieur et l'ultérieur- en raison des changements d'une part spatio-temporels et d'autre part des rôles et fonctions des divers clans et ethnies composant ce royaume goth? Nos *akhbar* à trois voix dans leur microcosme respectif méditerranéen occidental posent la question centrale de la place de l'homme dans la cité, le clan, la famille. Les différences ethniques et culturelles sont pour toute métropole une richesse tant économique qu'intellectuelle et pourtant bien des sociétés la transforment en discrimination. A partir de cet état de fait, les narrateurs démêlent les nœuds embrouillés de l'histoire avec leur subjectivité propre, leur égarement inévitable face à des événements complexes dont l'interprétation est parfois contradictoire à l'instar de la *fitna* de 1009 du comput des nations elle même précédée, un siècle plus tôt, de la guerre civile dite *émirale ou* révolte indigène d'*ibn Hafçoun;* cette guerre civile dont la nomenclature des groupes en conflit était bien différente de la *fitna al kubra* d'orient concernant les seuls musulmans apporte son lot d'interprétations en fonction du lieu où l'on se place pour parler. L'Histoire est une continuation d'événements dont les causes profondes se perdent au final dans des bricolages idéologiques et autres manipulations historiographiques entre mythe et raison. Comment s'y retrouver? Les sources déclarées officielles sont recouvertes du sceau de la sainteté. Tel est le dilemme auquel fait face Sanchuelo au XV s lorsqu'il relit les chroniques d'un anonyme du XI s dans son antériorité propre. Le risque de tomber dans l'anachronisme est présent à son esprit de non spécialiste. *Le* pouvoir utilise la violence dite légale pour instaurer d'une part la vérité et d'autre part, sa légitimité politique. « Nous sommes les oppresseurs de nos âmes» dit le *hadith*. Cette parole de sagesse nous permet de revenir à *Muhammad.*

En effet, ce dernier apporte et transmet une parole inédite pour les polythéistes de la *Mecque*; celle ci est reçue dans la douleur des persécutions au sein de sa propre société tribale rétive aux changements radicaux nous dit la tradition. Selon *Goldziher,* l'idéal ancestral humain *muruwwa de* la tribu signifie les qualités du guerrier virile brave et hospitalier. Or, le message de *Muhammad ibn Abdallah* qui n'est pas encore prophète mais compagnon, dit le coran, bouleverse le déroulement de cette existence tribale et les traditions ancestrales. Toutefois, le vrai problème est la défiance du puissant clan aristocratique omeyyade de nature ploutocrate réticent à embrasser un discours qu'il juge par conséquent hors de propos pour des raisons évidentes: «eh quoi, ce fou veut casser notre commerce ! » D'ailleurs, les tensions violentes entre les *Banu 'Abd Shams* du clan omeyyade et les *Banu Haschim,* clan de *Muhammad,* renvoyaient à 616-619.

Nous retrouvons ce clan controversé loin de la *Mecque et Damas* en méditerranée occidentale avec ses descendants pour réécrire une nouvelle page de l'histoire à partir d'un modèle originel oriental qui toujours exclut l'autre, l'inférieur, l'étranger, le sans généalogie glorieuse...Les luttes politiques éclatent à la mort du prophète aussi au sein des *sahaba* compagnons du prophète. Cela pose la question de la légitimité de la succession. Les sources scripturaires deviendront objets de conflits entre musulmans jusqu'à l'imposition d'un consensus, *i'jma* général; chemin faisant ce dernier devient officiel car décrété par le calife après trois siècles de luttes fratricides. D'ailleurs, l'islam dit orthodoxe n'est qu'une construction intellectuelle *ad hoc* ultérieure pour délégitimer les premiers *kharijites*, les sortants pro alides qui refusèrent le fait accompli. En effet, les sources alides sujettes au blâme mettaient en lumière ce moment «fondationnel» qu'était d'une part la succession du prophète et d'autre part, le devenir des *ahl al bayt.* Enfin, le temps leur montra que les craintes de manipulations des sources scripturaires étaient fondées. Pourquoi dans l'absolu se demandait Husayn les sources alides ne seraient pas aussi légitimes que celles déclarées orthodoxes par les vainqueurs de l'histoire? Nous prenons encore une fois pour point de départ en raison du symbole qu'il représente le fait du "préau public" *al Saqifa"* où se réunirent les musulmans influents *ansar* et *muhajirun(alliés et exilés)* pour discuter de l'avenir de la communauté puisque le guide n'était plus. Qui devait être son successeur? Le défunt *prophète* était pour la communauté des croyants, l'envoyé de dieu mais aussi un frère, un ami, un père, un cousin pourtant, il n'était pas encore en terre qu'une partie de ses intimes débattaient à bâton rompu pour lui succéder! Pourquoi une telle promptitude à ce sujet? Pour Husayn, cet acte dénotait au-delà des questions politiques légitimes un total irrespect pour l'ami disparu doublé d'une ambition latente qui éclatait finalement au grand jour. D'autre part, tous les membres de la famille du prophète étaient absents de cette réunion improvisée puisqu'ils préparaient les funérailles. La tradition admet une version bien différente des faits en restant dans le vague sur les noms des *sahaba*, la chronologie des événements...Il y aurait en suivant le raisonnement alide des prémisses annonciateurs du coup de force déjà vers la fin de l'existence *du prophète*. L'étude magistrale des sources scripturaires de l'islam par le prof *Amir Moezzi* «*le Coran silencieux et le Coran parlant*» apporte un éclairage proto schiite intéressant sur la vision des perdants de l'histoire. Évidemment, d'aucuns parleront de vulgaires polémiques. Néanmoins, ces sources admettent en effet que *Ali,* gendre et cousin du prophète, fut déclaré publiquement lors de l'ultime pèlerinage près de l'étang de *khumm* devant les musulmans réunis comme son successeur par *Muhammad* lui même. Ce récit historique et historiographique est relaté aussi par des sources dites sunnites *ibn Hisham, al Baladhuri, al Tabari*. L'argumentaire alide reposait sur le grand savoir religieux du personnage, sa sagesse, sa bravoure militaire que nul ne remettait en cause. Bref, ses qualités lui conféraient indéniablement un rôle éminent de leader doté de vertus essentielles à la plus haute fonction.

Enfin, il y avait le lien de parenté direct, *Banu Haschim,* avec l'Envoyé de Dieu à l'instar du modèle *Aaron-Moise* que les sources sunnites notamment *Tabari* reprennent. Un autre fait plus anecdotique mais éloquent fut le refus récurrent de *Muhammad* de donner *Fatima* sa cadette en mariage à d'éminents *sahaba* qui revenaient souvent à la charge. *Tabari* dans ses chroniques révèle justement cette amertume lorsque l'on sait l'éminence du mariage pour l'union clanique; or, le refus du prophète peut aisément être vécu comme un affront car la réciprocité n'a pas fonctionné dans cette affaire mais nous sommes là dans l'anecdotique; certes 'U*thman* épousa deux des filles de *Muhammad. Abu Bakr et Omar* lui donnèrent leur fille, *Aisha et Hafsa* en mariage. Le livre de *Sulaym ibn Qays al Hilali,* un disciple de *Ali ibn Abi Talib* mais aussi un des plus anciens écrit islamique rapportait ainsi la dramaturgie de ce moment inaugural du *préau des banu Sai'da* avec force détails et noms d'influents *sahaba* inaugurant l'entrée de la nouvelle communauté religieuse dans une ère de violence. La conspiration, s'il y a, fait sens au vu du déroulement des événements depuis *Ghadir khumm.* Ce coup de force contre les *Hachémites* absents sous le préau provoqua le départ du candidat *ansar Sa'd b Ubada* qui refusa le verdict puisqu'il n'y eut aucune délibération sous la pression et la persuasion du charismatique *Omar* qui s'employa à imposer *Abu Bakr.* Par ailleurs, l'*ansar* fut assassiné quelque temps plus tard en *Syrie!* Ne dit on pas par ailleurs que *Muhammad* n'avait plus d'ennemis extérieurs dans la péninsule à son apogée. En revanche, il semblerait bien qu'ils se trouvassent au sein même de la *umma* qui dès lors connaîtra plus de trois siècles de luttes intestines féroces bien plus sanguinaires que la conquête musulmane elle même. Ainsi, la tradition musulmane dite orthodoxe occulta cette violence entre compagnons qui caractérisa les débuts de l'islam pour faire finalement d'*Abou Bakr* une figure consensuelle limitant les conflits. Le prof *Moezzi* ajoute que les sources historiographiques sunnites dont *Tabari* contiennent nombre d'éléments prouvant le contraire d'où le fait qu'il y a un sérieux problème de légitimation. Mais, il fallait consolider l'unité autour du défunt prophète! Cette terrible discorde amena son lot de répressions féroces jusqu'en *Espagne*. Nous croyons nécessaire de présenter à gros traits la fondation de la religion nouvelle pour éclairer notre texte dans son exposé politique. Rappelons, tout de même et ce n'est pas rien que ces individus issus d'*Arabie* du clan *de Quraych* impliqués dans cet imbroglio politique sont des parents, frères, oncles, cousins et clients. Le Livre controversé de *Sulaym* démontre au delà du déroulement de cette traîtrise préméditée d'illustres compagnons qu'une vive rancœur persistait depuis la première période apostolique contre *Muhammad*. Ensuite, les mesures de rétorsion qui touchèrent la famille du prophète confirmaient la thèse alide! *Muhammad* légua à sa communauté après sa mort deux fondements essentiels, deux dépôts: le Coran et *les ahl al bayt*. *Les omeyyades* ont falsifié le premier et exterminé le deuxième, prolongé sous les abbassides. La mort de *Fatima* un mois après son père suite aux blessures infligées lors de l'attaque de sa maison est stupéfiante, raison pour laquelle, la tradition l'a occulté totalement; mais avant d'en arriver à cette tragédie, il y a l'acte symbolique décrété quelques jours après la *saqifa* de la confiscation du domaine de *Fatima «la mère de son père» (dixit les chiites)* par le premier calife *Abou Bakr.* Cela ressemble étrangement à une énième sanction contre les alides sur ce qui fut un héritage à sa fille cadette. Cette parcelle n'avait aucune valeur monétaire en raison de sa taille nous dit *Ali Shariati.* Pour les hachémites, ce fut une vulgaire punition voire le sentiment d'une mise à l'écart en règle de leur famille. Finalement, on a vu ce qu'il advint des *ahl al bayt.* *Donc, Fatima* fut la première à rejoindre son père, puis Ali son époux assassiné par un Kharidjite, ensuite leur fils *al Hassan* empoisonné et enfin *al Husayn* et sa famille exécutés à *Kerbala* par *Yazid,* fils de *Muawya. Les omeyyades* seront cent ans plus tard eux mêmes pourchassés et exécutés par la révolution abbasside soutenue par des persans convertis, des *mawali,* des clients. Les omeyyades quant à eux fondèrent la première dynastie héréditaire de type monarchique en orient musulman à Damas puis en occident avec le rescapé *Abd ar Rahman* dit l'immigré lequel trouvera une nouvelle opposition politique dans sa nouvelle patrie d'adoption. Chemin faisant, les lettrés musulmans ultérieurs parlent d'un gel de l'écriture marquant le règne de *Damas.* En effet, cette absence de travail historiographique et hagiographique caractérisait leur siècle; cela semblait pour le moins étrange voire incohérent au regard d'une communauté musulmane en quête de reconnaissance internationale face aux byzantins. Quelle importance avait réellement le fait religieux durant leur règne monarchique. Le *tafsir ou exégèse* est dans le coran un hapax, c'est à dire un mot qui ne revient qu'une seule fois dans l'ensemble du texte; le symbole est considérable outre le sens figuré d'une Lumière divine apportée aux hommes durant les 20 années de la vie apostolique de Muhammad. Certains affirment que le pouvoir omeyyade a volontairement laissé ce travail en jachère dans leur désir de voiler une parole encore dans les esprits et compromettante pour être couchée sur feuillets. N'oublions pas que les premiers croyants issus de cette culture orale disparaissent avec les guerres ou simplement de mort naturelle. Ne dit on pas par ailleurs que le temps cicatrise les blessures de l'âme! Sans ce couvercle déposé sur «la *tablette gardée*», *law al mahfuz*, les générations suivantes auraient sans doute possédé une compréhension linguistique sémantique sémiologique ontologique philologique plus fine du Corpus officiel clos afin de sortir des interprétations énigmatiques contradictoires fantaisistes voire sauvages. On sait d'autre part de sources alides que *Muhammad* expliquait après chaque descente (révélation) à *Ali* les versets reçus; ce dernier le questionnait avide de comprendre leur sens obvie et caché. Il consigna donc pas à pas son propre codex qui était trois fois plus gros que la vulgate puisqu'il était accompagné des commentaires de la révélation et des contextes dans lesquels ils descendirent sur l'envoyé de dieu; *'Abdallah ibn Mas'ud et Ubayy ibn Ka'b* avaient aussi leur coran. Ainsi, plusieurs Codex circulèrent jusqu'au X siècle du comput des nations dans la *umma* de *Kufa* à *Damas* ou au *Yémen*; par conséquent cela signifiait que plusieurs lectures avaient lieu dans l'empire musulman trois siècles après la mort du fondateur. Il y avait donc une grande liberté de ton vis à vis du fait religieux car l'islam n'était pas encore ce fait accompli qu'il devint lorsque Sanchuelo narra au XV siècle la vie de Husayn al masri. Sous le califat abbasside et la responsabilité d'*ibn Mujahid,* on vit la condamnation d'i*bn Shannabum* refusant d'abjurer la lecture selon *Ibn Mas'ud;* surtout, il y a décision de clôturer définitivement les sources scripturaires de l'islam en 1017 sous *Al Qadir.* Le processus de compilation des divers matériaux sur lesquels étaient notés les *ayat* en vu d'éditer le coran ou *mus'haf* vit parallèlement la destruction de nombres d'entre eux et ce à différentes périodes comme sous *'Uthman;* d'ailleurs les adversaires de ce dernier lui reprochèrent son népotisme, ses actes (hors des mœurs islamiques) de *jawr,* le bannissement et châtiments infligés à *Abu Dhar, 'Ammar b Yazir, ibn Ma'soud,* célèbres compagnons de la première heure entres autres griefs! S*ous Abd al Malik avec al Hajjaj,* gouverneur d'Irak, il y eut de nouveau destruction de matériaux. En fait, ce qui surprit le plus Husayn en récitant la vulgate fut l'absence totale des *ahl al bayt*(famille de *Muhammad*) alors qu'elle regorgeait de noms et de personnages bibliques avec leurs parents à l'exception toutefois de personnages insignifiants ou disons secondaires comme le fils adoptif de *Muhammad et 'Abd al 'Uzza ibn Abd al Muttalib* plus connu sous le sobriquet d'*abu Lahab* l'oncle de *Muhammad* présenté comme le traître à sa propre famille par la tradition avec une sourate à son nom allant dans le sens du dénigrement, un parti pris des vainqueurs de l'histoire qui extirpèrent toute référence à la famille prophétique; l'argumentaire de la thèse de l'altération voire falsification des sources scripturaires est documenté et cohérent dans son explication du déroulement historique brut; cependant, aucune certitude ne peut boucler un tel dossier puisque nous restons sur des hypothèses, des polémiques faute de documents datables sûrs. Cette religion nouvelle en crise comme nous le voyons arriva dans une *Espagne gothe* elle même en conflit. D'autre part, il est important d'avoir à l'esprit que les chrétiens médiévaux n'acceptent pas la révélation coranique outre l'absence totale de connaissance des chrétiens occidentaux de la nouvelle religion monothéiste. Nous avons maintenant quelques jalons de compréhension des tenants et aboutissants d'un fait historique prépondérant dans un contexte péninsulaire ibérique où vivent nos protagonistes. Premièrement, comment les nommer ensuite qui les nomment? Ces questions sont importantes car elles supposent un vocabulaire imposé par un parti fort car le faible ne se nomme jamais lui même. Nous tombons dans le débat idéologique sans même sans rendre compte. Quelle est leur identité si ce terme à un sens? Ce voyage spatio-temporel où s'entrechoquent cultures langues idées croyances peut surprendre voire déplaire mais, il est un choix assumé afin de faire comprendre par la répétition une anthropologie culturelle de fond et de forme d'un milieu urbain développé, raffiné qu'est *Al Andalus* à travers l'histoire jusqu'à la reconquête chrétienne qui tuera définitivement tout pluralisme culturel et social. Chaque communauté ethnique et religieuse est partie prenante d'un système politique structurant toutes les catégories socio-professionnelles et économiques dont les rôles et fonctions étaient préalablement établis par le pouvoir; par ailleurs, chaque corporation du bazar ou des marchés de plein air était supervisée par des agents de police eux mêmes au service d'un juge subalterne; d'autre part, les soucis de la vie de quartier non communautarisé comme certains l'imaginaient volontiers en fonction de la confession ou ethnie, étaient sous l'autorité administrative et judiciaire d'un juge. Enfin, la mosquée de quartier était le point névralgique du *barrio,* quartier. Dans un second temps de notre lecture, on distingue à coté du récit anecdotique informatif la présence centrale *d'*un individu qui n'appartient pas à l'élite; cet anonyme tourmenté est en quête de sagesse mais aussi de réponses. Or, ce sont toujours plus de questions qui le submergent en tant qu'être au monde confronté tant au mépris des hommes qu'à la tourmente politique (poème de ibn Sina). Nous observons l'obsession viscérale de l'ignorantin pour les superstitions outre que la culture populaire est baignée de merveilleux à défaut de raison; en fait, pour expliciter ce propos disons qu'un savant sera vu comme un thaumaturge qui aura certainement pénétré le monde du mystère pour avoir acquis un tel savoir! Cet homme du peuple luttant avec ses moyens pour éduquer les esprits est Husayn al masri né autour de 976 du comput des nations lequel n'est pas égyptien comme son nom semble l'indiquer mais un indigène de la périphérie de Cordoue. Son existence est relatée par Sanchuelo *el malagueno* autour de 1487. Ces deux hommes de deux époques distinctes sont intimement liés dans l'absolu à cette terre par un destin commun. Deux moments historiquement importants qui correspondent en premier lieu à la mort du dernier savant calife al *Hakam II* et au règne sans partage de son ministre a*l Mansûr-* lequel est impliqué dans le cheminement personnel de Husayn. Ce dernier suit le califat omeyyade-amiride jusqu'à sa chute irrémédiable en 1031-; l'autre date est l'annexion de *Malaga,* la ville de Sanchuelo, par les troupes chrétiennes avec l'ouverture du récit «l'heure bleue» qui est une allégorie de la fin toute proche avec la reconquête militaire totale du pays. Husayn est le fil conducteur de ces *ahkbar* consacrés à une période charnière d'a*l Andalus*. C'est un maghrébin andalou, d'aucuns diront un espagnol de culture arabe issu de la *amma,* peuple, par opposition à l'élite *khassa;* on note d'emblée l'emploi d'un vocabulaire explicite de discrimination institutionnalisée. Husayn alors enfant est placé chez le médecin ibn Hassan *al Qurtubi* vers 982 à l'apogée du califat sous le *hadjib Muhammad Ibn Abi Amir* dit *Almanzor (*le fléau de l'an mil *Philippe Sénac). Cordoba* au X siècle est un centre politique militaire et intellectuel majeur en occident (partie 1,chapitre 1). Or, avec la mort d'*Al Hakam II* le toubib perd son principal mécène et protecteur. Il voit lentement ses activités professionnelles arbitrairement interdites suite à une banale affaire de droit commun. Le sage et l'élève finissent par s'exiler à cause de la politique répressive du

Hadjib éliminant un à un ses adversaires potentiels. Néanmoins, il ne prendra jamais le titre de calife évitant ainsi de ce mettre à dos l'élite arabe omeyyade. Cependant, l'adversité s'acharne sur les fuyards lors d'une razzia de pirates en mer- en dépit d'un contexte géographique sûr au large du levant, *charq al Andalus.* Husayn devient une part du butin *fay'* et ne reverra plus son maître. Libéré après quelques années d'esclavage, il vagabonde dans le royaume au gré d'opportunités professionnelles et humaines en pleine *fitna* avec son bâton de pèlerin pour entrer de plein pied dans ce que l'historien du XI siècle *ibn Hayyan* nomma les *muluk al tawa'if, reyes de taifa* ou royaumes des factions. C'est une période charnière complexe d'émulation intellectuelle contradictoire; en revanche pour le petit peuple l'existence reste précaire. D'autre part, les changements géopolitiques relevés ici et là en *Europe* et dans l'ensemble du bassin méditerranéen contribuent à transformer lentement la physionomie culturelle diplomatique intellectuelle au sein du *dar al islam.* En effet, on constate un arrêt de l'esprit critique scientifique pour lequel *Abu Bakr Mohammed ibn Zakariya al Razi* (m.925) avait sa vie durant œuvré pour la continuité du progrès comme lui-même avait tiré de *Galien,* un polythéiste(sic) tant de vérités scientifiques. En somme, c'est un irrévocable renversement du pouvoir chrétien en méditerranée occidentale qui s'amorcera parallèlement à la clôture du corpus coranique et de l'esprit philosophique de la *disputatio* en contextes islamiques. L'autre phase du récit concerne l'approche existentielle et psychologique de l'individu révélant la difficulté de s'adapter à un contexte incertain; Sanchuelo décrit cette tourmente du moi intime, le doute dans sa quête du Vrai, du bien, du juste à l'instar du passage rappelant le *Lapidé coranique* voire *Jésus* au désert. Toutefois, il existe des hommes dotés d'une passion, L*eidenschaft,* jusqu'à la mort, pour la connaissance à mille lieues de toute barbarie. Les actes et écrits antérieurs ont initié mais aussi engagé Husayn dans cette voie humaniste foncièrement profane puisque le *adib* est un membre à part entière de la cité, non un érudit seul dans sa tour d'ivoire. Ce chantier de déconstruction de la pensée est restitué dans la parabole de la frontière *tugur/marcas* qui est physique et mentale, littérale et figurée car elle symbolise le lieu à traverser pour rencontrer l'autre, cohabiter, partager, échanger non une zone de fermeture et d'exclusion, de discrimination qui était au cœur du dispositif politique sous le calife omeyyade *Abd ar Rahman III.* Celui ci est devenu obsolète en ce début de XI siècle. La lecture du monde nous invite à relativiser une représentation idéalisée d'un age d'or de coexistence des trois monothéistes dans l'*Espagne musulmane* dont *Tulaytula, Toledo* fut peut être le plus bel emblème. En effet, il est important d'avoir toujours à l'esprit que chaque communauté, ethnique et religieuse, pour reprendre les mots de *Gabriel Martinez Gros,* a sa place et ses fonctionnalités. Finalement, demandons nous si la juste mesure en toute chose, le *métrion* des *anciens* est réalisable au regard des réalités humaines? Par ailleurs, est ce que les cadres sociaux sont capables de (se) réinventer une attitude humaniste qui fut celle de *Tawhidi et Miskaway autour de l'an mil?*

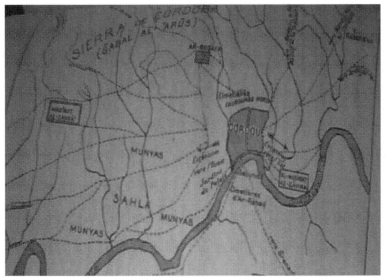

La périphérie de Cordoue au X siècle sous al Nasir

L'heure bleue,Malaga 1487

-«Halte là *moro* !!»

Beugla hilare une sentinelle en faction au coin de la rue *sikka* en compagnie d'une jeune recrue intimidée par ce vil comportement. Youssef, l'ami malade, pénétrait le domaine des *zuqaq gayr nafida,* impasses privées-gérées en copropriété par les riverains du quartier *adarves*, *darb-* susurrant à l'oreille de «Loca» sa mule quelques mots doux comme pour mieux se rasséréner lui même. L'homme et la bête étaient à porter d'arbalète en dépit de l'heure bleue instant merveilleux avant l'obscurité totale comme le lui rappela un jour la regrettée *Sayyeda bint Lôffler.* Il tambourina à la porte de Sandjûl tout en jetant des regards furtifs vers l'énergumène qui n'était plus dans sa ligne de mire. Les secondes lui semblaient des heures...

-"Ce maure est habillé à la mode castillane", tenta le jeune militaire. Son collègue n'eut qu'un vague haussement d'épaule et grogna quelques barbarismes en guise de réponse.

-«Enfin, c'est pas trop tôt! Dit Youssef.

-*Shu habibi*? Quelque chose ne va pas mon cher» Rétorqua Sanchuelo espiègle avant de se raviser face à la pâleur effrayante de son ami. Le visiteur s'engouffra le cœur battant la chamade dans le vestibule, havre de paix contrastant avec l'atmosphère extérieure oppressante depuis l'annexion de la ville par les troupes chrétiennes de *Ferdinand* et *Isabel*. Il remarqua tout de suite le silence pesant émanant de la *casa*. Cela n'auguraient rien de bon. D'ailleurs, il ne lui en fallait pas plus pour imaginer les pires scenarii. Où était donc le vieux Fouad qui d'habitude accueillait les visiteurs de son sourire édenté? Et la famille par dieu! Mais, l'ami le coupa abruptement dans ses pensées obscures:

-«*marhaba habibi! It faddal guwwa.* Salut mon cher! Je t'en prie entre! *Ahlan we sahlan,* soit la bienvenue.

-*Ahlan bik!* Rétorqua l'ami.

-*Que pasa contigo ya hermano?*Quoi de neuf mon frère?

-«*Oyé,*un *borracho,* ivrogne ou plutôt devrai-je dire un *da'ira,* soldat brigand voulait me racketter pour se saouler, enfin, je crois; il était trop saoul pour me courir après! Je suis soucieux de la tournure des événements depuis notre capitulation.»

Sanchuelo s'excusa et sortit un instant mener"Loca"à l'écurie. Il revint auprès de l'ami, ferma la porte à l'aide de la barre de fer *hadida.*

-"Où en étions nous? Oui, offrons lui une pinte de mon *fino!* Il sera au cours de ces jours difficiles notre fidèle obligé(le vin fait partie intégrante de la culture espagnole et ce depuis l'antiquité en dépit de l'interdit islamique).

-*Kif 'halak Youssef,* comment vas-tu?

-Al *hamdullilah quayyis»* Bien grâce à dieu!"

Ils se donnèrent enfin l'accolade.

-La paix soit avec toi mon frère.

-Comment va la famille? (sous entendu la maîtresse de maison)

-*al hamdullilah quayyis!* Dieu soit loué, elle va bien!»

-Où est elle?»

L'ami toujours affable abrégea comme à son habitude les éternels salamaleks de bienvenue ignora magistralement la question de son ami et d'un geste chaleureux pria Youssef inquiet de son silence de le suivre hors du *zaguan*(de l'arabe grenadin *iztiguan-antepuerta de casa*) vestibule. C'est une sorte de couloir coudé préservant l'intimité de la famille dans le patio lequel est véritablement l'âme de la maison andalouse et maghrébine. Cette entrée particulière ouvre de plein pied sur la rue afin de recevoir et saluer le visiteur dignement sans le convier pour autant à pénétrer dans la maison. Au détour du corridor, les deux amis accèdent à la cour centrale, *wast al-dar* avec son puits *bi'r*, sa citerne, son système d'adduction directe ainsi que les commodités habituelles des maisons arabo-andalouses; la cour est disposée en sens nord sud de forme allongée recouverte d'un dallage de calcaire pour l'étanchéité et la robustesse de la construction des fondations apprit Sanchuelo d'un expert artisan lors de travaux importants dans le quartier. Or, ce silence envahissant perturbait Joseph qui était déjà bien malade et de plus en plus inquiet provoquant en lui cet état d'âme très sombre et dangereux à la longue que *Razi* appelait l'*humeur noire* (dépression). D'habitude, lorsqu'il franchissait cette porte familière après un long trajet les bruits et les odeurs le calmaient promptement se sentant alors à la maison. Là, il jouissait du charme froid des marbres blancs et roses du *Portugal,* l'albâtre, les gypses et stucs ainsi que les *azulejos*, ces carreaux de faïence peints que l'on retrouvaient si souvent en *Algarve* et qui accompagnaient à merveille le vert intense des plantes du patio. Cette maison respirait sans aucun doute une certaine réussite dans le négoce. Youssef se tenait là l'air absent comme vidé de toute émotion. Le patio donnait sur la cuisine *matbah* les pièces à provisions dans un coin discret à l'écart encastré entre une pièce et l'entrée se trouvait les latrines *hushush* ainsi que le lieu de stockage des immondices; l'accès à l'étable *marabit* qui possédait en outre une mangeoire se faisait par une porte extérieure; autrement dit, un espace séparé du reste de la maison. Les murs peints à la chaux laissaient par endroit deviner des traces de doigts d'enfants s'essayant à l'art pictural. Les deux hommes prirent alors l'escalier pour se rendre à l'étage *gurfa,* avec les chambres, *bayt,* dans ce qui était véritablement la maison, *dar,* dont deux beaux alcôves avec leur salon à plafond de caisson en bois sculpté s'offrant à l'œil expert de Youssef. Il était maintenant à bout de souffle après son trajet éreintant sur sa vieille mule. A ce sujet, ses enfants refusaient qu'elle finît en pâté. Enfin, Youssef s'affala exténué dans le salon sur de gros coussins moelleux. Les deux amis étaient issus de familles commerçantes associées dans le commerce jadis juteux créé par l'arrière grand père paternel de Sanchuelo (*Sandjûl* ainsi nommé en souvenir d'un lointain cousin du roi *Sancho Garcès II* de *Pampelune* justement contemporain d'*Al Mansûr*) dans le safran de *Baeza* une ville de réputation internationale entourée d'enceintes dotée de marchés et boutiques qui surplombait le *Guadalquivir* en descendant vers *Cordoue.* Mais, l'actuel embargo suite à la perte du port de *Malaga* rendait la situation financière des deux associés critique; la banqueroute était toute proche; en revanche, les nombreux sous traitants et employés avec leurs familles étaient déjà sur la paille. Le grand port d'*Almeria* autrefois une plaque tournante d' *al Andalus* n'était plus que l'ombre de lui même. Ils étaient originaires de *Jativa* et *Rayy* (*Malaga*) pour Sanchuelo. Revenons sur une particularité de la maison arabo-andalouse en l'occurrence la porte; la secondaire est tout aussi discrète que la principale ouvrant sur la rue en avale; elle est la seule ouverture sur cette longue façade aveugle où l'on disposait des banquettes en son long coté rue. Le quartier, l'habitat, sa mosquée et ses alentours *afniya* sont un tout au cœur des relations de voisinage comme le démontre magistralement *Christine Mazzoli-Guintard* dans son étude «*Vivre à Cordoue au Moyen Age*». On apprend grâce aux procès verbaux du magistrat *Ibn Sahl*, les faits opposant des propriétaires et locataires avec leur lot d'anecdotes aussi diverses que terre à terre entre voisins à propos des espaces publics bien définis outre le banc de rue *masatib* (adossé au mur) les murs eux mêmes, les fonds mitoyens, les sous sols, l'évacuation des eaux usées ou des canalisations communes.

Cette responsabilité partagée permettait la construction d'un tissu social urbain avec ses règles et devoirs, ses réunions et fêtes de quartier afin de conscientiser l'individu à son environnement tant matériel qu'humain. Les *fatwas*, avis juridiques d'*Ibn Sahl(1022-1093)* témoignaient de la difficulté des habitants du quartier à s'entendre souvent pour des raisons pécuniaires d'où l'application de la loi au service des relations de voisinage dans un espace commun. La vie citadine dans la capitale omeyyade était bien organisée, huilée, codifiée; l'élément structurant du dit quartier était la mosquée de quartier. L'homme était par nature sociable, *'uns (*sociabilité) d'où dérivait le substantif arabe *'insan-* homme écrivait le philosophe persan humaniste *Miskawayh* (m.420-h) contemporain de Husayn dans son *tahdib al-ahlaq wa tathir al-'a'raq,* traité d'éthique. La maison en espagnol se dit *casa, en arabe dar* ou *bayt;* or, prendre épouse, se marier se dit *casarse* soit littéralement prendre maison(sic)! Ainsi, la maison (féminin) est le symbole par excellence de la réussite sociale et personnelle pour tout mâle. En *Chine* l'idéogramme pour maison est bonheur relevait Youssef. En outre, le droit à la propriété (en fonction de la région et du contexte) était de dix années. Enfin, le statut d'homme marié était éminemment supérieur à celui du célibataire.

«-Et toi Sanchuelo, la forme?

-Excellente, en vérité, c'est un beau mensonge.

-Que veux tu dire?

-Comment puis je t'affirmer sans rire que tout va bien alors que nous sommes prisonniers dans notre propre ville, reclus dans nos murs, sur nos terres de surcroît saccagées. Nous risquons notre peau au moindre faux pas pour un regard malencontreux, une altercation, une bagatelle telle une cruche de *tinto* prétexte à rançonner l'autre, le vaincu comme tu viens d'en faire l'amère expérience à l'instant...Nous sommes des damnés mon frère. Ce fléau que d'aucuns nommaient l'indifférence nous guettait depuis bien des décades; l'histoire m'est témoin.

-C'est une punition divine selon l'ignorantin pour les péchés de nos émirs!

-Il est toujours facile de trouver un bouc émissaire; notre insouciance de la chose politique face à la corruption endémique gangrenant l'état puis l'ensemble des couches sociales que dénonçaient de nombreux *fuqaha* avides et revanchards. Husayn al Masri justement considéraient certains de ces derniers comme des exaltés assénant ce même discours de piété *diyâna* en décalage avec les réalités politiques de ce bas monde *dunyâ*. Par dieu, il y a quatre siècles, Husayn déjà mettait en garde ses contemporains (Sanchuelo montre ses feuillets) d'une part du désordre latent au sein de la *amma* peu de temps avant la *fitna* et d'autre part de l'apathie de l'élite. Il notait cette dégradation du climat social à *Cordoue* ayant pour conséquence la formation de partis liés aux particularismes ethniques et sociaux. L'élite préféra mettre les voiles le temps que se tassât l'affaire.

-L'homme ne tire jamais les enseignements de ses erreurs passées reproduisant à la virgule près les mêmes inepties lourdes d'effets négatifs comme nous le subissons là.

-C'est le moins que l'on puisse dire après plus de 4

siècles de chroniques tant musulmanes que chrétiennes révélant des événements majeurs concernant essentiellement les élites car le commun des mortels est insignifiant dans la littérature avant *ibn Khaldun*. Rien de tel pour renforcer le repli identitaire et annihiler toute paix civile et sociale comme noté à la marge par un inconnu(Sanchuelo lui montre les ajouts sur les dits feuillets).

-Effectivement, la calligraphie est différente. Aujourd'hui, le contexte politique est tout autre que celui du dit Husayn au XI; les royaumes chrétiens unifiés autour du mariage de *Ferdinand d'Aragon et Isabelle de Castille (en 1469)* vont nous jeter à la mer d'un jour à l'autre. Le pouvoir catholique est hégémonique et surtout revanchard. Quelle gloire ils vont en tirer tout de même en mettant fin à plus de 7 siècles de présence musulmane en *Espagne*! En vérité que m'importe le culte, nous sommes nés ici bas de générations en générations.

-Jadis, les relations interétatiques chrétiennes étaient plutôt belliqueuses ce qui arrangeait bien les affaires des émirs musulmans eux-mêmes en conflit permanent;or en s'unissant les catholiques ont reconquis pas à pas toute la péninsule.

-La religion n'est pas le seul élément de cette croisade car l'histoire nous enseigne que tel royaume chrétien combattait pour son compte au coté d'un émir musulman et vis et versa.

-L'entente était pragmatique, diplomatique, calculée en fonction d'intérêts particuliers d'où à mon avis l'alibi facile du facteur religieux.

-Certes. Rappelle toi les propos du cordouan en préambule sur la grande *fitna* des débuts de l'islam puis les guerres menées par *Abou Bakr* afin de garder les tribus en rébellion dans le giron de l'islam lesquelles ne voyaient plus l'intérêt à rester fidèle sans leur leader charismatique. Ces raisons étaient d'une part d'ordre humain, le prophète et d'autre part économique, la dîme. En outre, il n'y a pas de sortie possible en islam comme tu le sais...

-Ou une éventuelle conversion forcée. Mais était ce vraiment ainsi à l'origine, je doute?

-De tout temps les rivalités entre hommes furent d'ordre politique, il est question avant tout de pouvoir, l'homme est un animal politique dit *Aristote;* les nombreux exemples de personnages comme *Musa, Tariq, Julien, Rodéric* voire *Yussuf al Fihri* et *al Soumayl* adversaires déclarés de l'omeyyade *Abd ar Rahman I* ou encore *Ibn Hafçoun* le renégat contre l'émirat omeyyade; tous sont quelques soient leur origine identité époque animés par cet objectif essentiel qu'est la gouvernance, la possession territoriale et ses forteresses militaires qui couvrent le royaume.

-Mais, grâce à ses efforts constants et à ses largesses envers ses hommes de mains, le«*faucon des Quraysh*» vainquit et devint le précurseur du renouveau omeyyade en occident grâce aux stratagèmes politiques et à la corruption; la connaissance de la psychologie humaine est un atout capital tel l'art de la guerre pour prendre une forteresse.

-*Les* clients *amirides* ont détruit l'édifice en seulement une trentaine d'années!

-Ils ne sont pas les seuls fautifs, se serait trop naïf de le croire. Il y a dans l'Histoire des exemples éloquents d' effondrement politique et militaire tout à fait incroyable à l'instar de l'empire *Perse* millénaire, *Sassanide* sur la fin, dont la cavalerie surarmée fut défaite par ces cavaliers musulmans du désert en seulement deux batailles! Certes, il est clair qu' un tel cataclysme trouvait avant tout ses raisons profondes dans une société rongée par la corruption, des luttes intestines fratricides, des mœurs peu vertueuses donc s'il était encore nécessaire de le rappeler la guerre civile n'est pas un châtiment divin mais la conséquence de paramètres internes et externes, de méthodes controversées inaugurées par exemple sous les omeyyades et perpétuées par *Al Mansûr.*

- Mais à quel prix!

-Le califat entra dans la guerre civile en 1009 du comput des nations toutefois les prémisses sont éloquents et nous prédisent sa chute deux décennies plus tard. En effet, plus un dinar ne rentrait dans les caisses de l'état avec la mort d'*Al Mansur* et le règne de son premier fils alors le second surnommé Sanchuelo n'en parlons pas. Deux décennies plus tard, les notables de *Cordoue* écœurés en tiraient les enseignements et démettaient le dernier calife en 1031. L'élite instaurait *in fine* une république. Quelques décades plus tard, on accablera évidemment comme toujours lorsqu'il faut un bouc émissaire les rois des *taifas* de tous les maux malgré l'étonnante prospérité économique liée à une floraison intellectuelle et culturelle qui a suivie la chute historiquement programmée du califat.

-C'est vraiment paradoxal sachant que *Cordoue* fut saignée à blanc par vingt années de guerre civile.

-Effectivement, quelle conjoncture!

-Les anciennes métropoles régionales telles que *Séville Saragosse Tolède Almeria* étaient en expansion, prospères même nous dit *François Clément* qui ajoutait *«les petites bourgades telles Grenade et Saltes, surtout la première, devinrent ces capitales aux infrastructures pérennes magnifiques que l'on connaît»*.

-Le *paria*…,

-Tu vas vite en besogne mon frère!

-Oui, je survole quelques décennies

-Tu veux dire un gouffre!

-N'abuse pas mais bon pour te répéter qu'en dépit de ce *paria(*taxes*)* infligé aux *muluk* musulmans pressurisés pressurisant eux mêmes leur propre population.

-Des taxes jugées illégales car non coranique!

-En effet, ce fut un diktat sous couvert de relation de dominant à dominé sans oublier les appétits insatiables hégémoniques de *muluk*- roi tel *al Mutadid* de *Séville* renforçant leur domination territoriale.»

En fait, la roue de l'histoire emporte certitudes et espoirs. Les souverains chrétiens devinrent toujours plus gourmands dans la seconde moitié du 11 siècle dans les *Marches, marcas, tugur,* de la vallée de l'*Èbre,* reluquant vers le midi. En revanche, le levant, *sharq al Andalus* était environ jusqu'au 10 siècle peu développé avec des terres agricoles de petites tailles contrairement au *latifundium* califal de style romain. *Dénia* était une jolie ville doté d'un faubourg florissant entourée d'une enceinte forte qui à l'est s'avançait dans la mer de plus, elle disposait de sa citadelle et surtout d'un chantier naval d'où sortait une flotte militaire. Elle est connue pour son pirate *Mujahid* qui échoua à prendre la *Sardaigne* aux génois et à leurs alliés. En tant que mécène, il créa un centre religieux d'étude coranique réputé et finança de nombreux poètes et artistes; enfin, *Valencia* qui fut une des premières taifas par ailleurs gouvernée par deux esclavons inséparables dont nous reparlerons plus bas entre 1010 et 1017, jadis au service des *amirides*. Par ailleurs,après leur court règne, l'un des petits fils d'*Al Mansûr* la dirigera. Elle tomba ensuite dans l'escarcelle du *Cid Campeador Rodrigo Diaz de Vivar,* un mercenaire mort en 1099 jusqu'à l'arrivée finalement des *Almoravides* vers 109O. Pour l'anecdote, les africains ne prendront pas *Valence* de son vivant. Ces derniers reformeront un état unitaire impérial en lieu et place des *tawa'if.* Mais, c'est une autre histoire.

-«A propos, l'allié africain dont tu parles fut de tout temps dénigré par le citadin *andalusien* irrité qu'il était par le puritanisme de ce montagnard, ses manières rustres étrangères à la culture andalouse raffinée.

-Était ce à dire que l'*andalousien* était arrogant dans un rôle de donneur de leçon?

-Nous sommes confrontés à un cas épineux. Une étude anthropologique des différentes sociétés serait bénéfique; je crois qu'*Ibn Khaldun* a bien étudié la question berbère dans son *tarikh al barbar. Al Mutamid,* le roi poète a*bbadite,* fils du sanguinaire *al Mutadid* dut la mort dans l'âme se résigner à quémander cette aide militaire aux dits berbères*;* cette contribution était biaisée dès le début et il le savait bien;les clauses étaient insupportables aux *muluk andalousiens* alors que d'un autre coté les chrétiens plumaient allègrement les rois musulmans. Telle était la constellation. D'ailleurs, le roi poète andalou mourut prisonnier de l'autre coté du détroit dans les geôles almoravides...

-Il dut se remémorer à l'heure de sa chute ses propos prémonitoires (fictifs ou non): «*être porcher en Espagne ou chamelier en Afrique*»

-En effet, la prophétie se réalisa dans ses moindres détails; l'abbadite était réaliste. L'africain était pour certains un moindre mal...

-L'ambition politique de certains religieux andalous conjuguée à une conjoncture optimale accéléra cette recherche du pouvoir avec la mise en branle du projet de conquête berbère d'*al Andalus* plutôt que la reconquête chrétienne. D'ailleurs, les chroniques du roi *Ziride* nous apportent la preuve du rôle important joué en sous main par ces clercs à terme dont les effets causèrent la destitution d'*Abd Allah* de *Grenade* et celle de son Frère *Tamin* à *Malaga* avec leur assignation à résidence à *Marrakech* de l'autre coté du détroit.

-Est ce donné trop d'importance aux théologiens dans la destinée du royaume?

-Non, c'est avant tout je crois, l'aboutissement d'un acharnement personnel du faqih *Ibn al Qulay, car il dit :* «*par Allah, je traiterai le petit fils de Badis comme il nous traitait moi et d'autres* (in *les Mémoires* du souverain *Abd Allah).*» Le cadi qui avait bénéficié de la mansuétude de son souverain continua alors de plus belle son travail de sape une fois loin de lui à *Cordoue*. Il demanda à *Yusuf b Tashfin* l'africain d'intervenir une nouvelle fois dans la péninsule pour envahir, écoute bien, le royaume *Ziride*. D'ailleurs, on dit que sous *Ali bin Yussuf 1106-43* les *fuqahas* andalousiens jouissaient de faveurs inégalées d'où les sarcasmes du poète de *Jaén, Abû Gafar al Bini*: «*Hypocrites, vous vous cachez derrière votre respectabilité comme le loup lorsqu'il chemine dans l'ombre de la nuit/Vous possédez les biens terrestres au nom de l'enseignement de Malik et au nom d'ibn al Qasim vous vous partagez les richesses*». Les religieux qui dénonçaient la soi disant corruption des rois et leurs mœurs douteuses devinrent eux-mêmes aussi despotiques et impopulaires qu'eux. Paix civile, paix sociale, l'éthique est au cœur des relations humaines dans la cité. Cependant la stabilité de l'état dépend paradoxalement de la guerre. Ibn *Khaldun* rappelait judicieusement que prospérité rimait avec démographie et d'autre part, la guerre est un facteur économique prépondérant dans la structuration du royaume et de son armée qui ne peut pas se permettre de rester dans la caserne d'où les razzias annuelles par exemple d'a*l Mansur.*»

-Le travail lorsqu'il est efficient organisé permet de produire bien plus que nécessaire *al-a'mâl ba'd al ijtimâ*».

L'emprise chrétienne sur les *muluk* dans la deuxième partie du XI siècle s'accéléra financièrement et devint intenable pour la *amma* submergée alors par une fiscalité extravagante. *Al Mutamid* dans une circulaire adressée à ses généraux reconnaissait la misère ambiante du peuple sous pression à cause des dites taxes: impôt personnel de capitation, *gizya* appelé *qati,* divers impôts liés à la propriété foncière, *kharaj, wasa'if, magarim al iqta,* impôts sur les biens mobiliers, *gizya,* impôts sur le cheptel, *daribat,* taxes de marché *qabalat,* licence pour la vente de vin et encore d'autres charges *kulaf,* voire un prélèvement spoliateur *magsub* qui n'avait rien d'une dîme légale *'usr,* et comme si cela ne suffisait pas, les fléaux naturels s'ajoutèrent à cette liste non exhaustive: sauterelles, sécheresse, famine. Ainsi, les revendications et les doléances se suivaient d'un bout à l'autre du pays pour abolir les *magarim* et autres taxes non coraniques. A la même époque, la ville juive de *Lucena* se rebellait contre le royaume *Ziride* de *Grenade* arguant de l'illégalité du prélèvement exceptionnel *taqwiya* imposé contrairement au droit coutumier *'âda* ainsi que d'autres contributions obligatoires *alqab lazima,* selon les mots de *François Clément. Lucena* fut la première ville du royaume d'*Abd Allah (les mémoires)* à se rallier aux *almoravides* durant la conquête de 1090 du comput des nations. Pour l'individu lambda, la religion du prince et les lois ne sont que de peu d'importance à partir de l'instant où son quotidien était acceptable, digne. D'ailleurs, les faits ici et là le prouvaient amplement puisque nulle insurrection armée du petit peuple était à noter ainsi que les divers alliances passées éphémères avec tel roi chrétien contre tel prince musulman. L'essentiel fut de tout temps pour le commun des mortels la paix du pain bon marché enfin des perspectives d'avenir pour les enfants. D'autres arguaient que l'annonce du *jihad* contre les adorateurs de la croix incitait la plèbe à rejoindre les *almoravides!* Sauf que la guerre sainte ou juste, concept inventé par le berbère d'*Annaba Saint Augustin,* ne faisait plus recette depuis a*l Mansûr* comme put s'en rendre compte le *qadi* de *Salé (marocain) Ali b.Qasim ibn Asara* devant le peu d'enthousiasme de ses coreligionnaires *andalousiens.* Ces derniers n'étaient pas des "va t'en guerre"; ils n'allaient pas suivre aveuglément au nom du *Jihad* des conquérants berbères déjà à la tête d'un royaume au-delà du *détroit de Tariq* en outre désireux d'accroître leurs possessions en *al Andalus,* terre de richesses comme put le voir de ses propres yeux *Yusuf ibn Tashfin* l'émir almoravide. L'extrême prudence initiale à l'égard de ces hommes du *riba* était légitime mais ils n'avaient plus le choix alors ils se décidèrent après réflexions et diverses consultations à faire appel à eux contre l'avancée chrétienne.

1

Partie
Les événements

"Au nom de dieu, le bienfaiteur, le tout miséricordieux pardonne moi mon dieu, fait que je finisse bien»

Chapitre 1
Contextes

Ainsi, ai-je entendu.

Les territoires musulmans se réduisirent considérablement avec les pertes de *Coimbra* conquise par *Ferdinand I* et surtout *Tolède 1085* par le léonais *Alphonse VI* qui désirait rassembler toute la péninsule sous son autorité. La perte de *Tolède* fut considéré comme un naufrage majeur pour *al Andalus,* une punition selon les religieux pour qui les princes musulmans avaient failli. Cette sanction leur incombait même si les causes de la défaite étaient en réalité bien antérieures et plus complexes; toutefois, ce schéma permettait d'identifier clairement le coupable à clouer au pilori pour s'exonérer de toute responsabilité...

-«*dime hombre*, c'est tout de même étrange de trouver un seul et unique responsable quand il faut être au minimum deux pour batifoler.

-Effectivement Youssef, l'amant chrétien disparaît du jeu comme par magie alors qu'il est un acteur majeur du conflit.»

Quelle signification prenait alors le terme de frontière, *tagr* ou *marca,* dans ces zones (marches) septentrionales dotées de capitales régionales d'une grande importance culturelle et politique dans la deuxième moitié du XI siècle. Autrefois, on parlait de zones tampons de pénétration humaine,linguistique goûtant au charme d'une paix certes relative sous le long règne du calife *Abd ar Rahman III al Nasir.* Le milieu urbain d'une capitale régionale comme *Saragosse* était culturellement parlant une pépinière de sciences au même titre que *Tolède;* le célèbre principe «*la darar wa la dirar,* ne nuis point à autrui», gardait tout son sens en matière de bon voisinage et de savoir vivre, d'échanges amicaux soit la recette idéale d'une bonne gestion des affaires courantes. Cette existence citadine musulmane débutait avec ses solidarités et ses contraintes avons dit dit plus haut au cœur du quartier, populaire ou élitiste sous l'autorité des juges secondaires *sahib al ahkam* aidant le cadi.

-«Mais n'était ce pas une image tronquée de la réalité que nous décrivaient les chroniqueurs dans certains ouvrages aisément accessibles?

-Plutôt subjective en effet car ce n'était que propagande! A l'heure du soupçon et des conflits politiques, l'opacité envahit soudain les esprits alors la société se replia sur elle remettant en question les rôles et fonctionnalités de chacun.

-Autrement dit, adieu confiance et cordialité.»

-Oui, manipulation et perversité en lieu et place de la *convivencia* que nous aimons.

-Cette propagande est dans les chroniques d'ordre lexical avec l'emploi de mots bien choisis comme *adgam* ou *nasara* pour signifier les *chrétiens* outre ceux des *Marches* lesquels deviennent les *ahl al fasad,* corrompus (*'aduw* ennemi); par ailleurs,les chrétiens arabisés de l'intérieur, *musta'riba* (mozarabes) sont tout à coup suspects en raison de leur foi. D'autre part, les *muwallad* n'étaient d'une certaine manière ni vraiment arabe, ni vraiment musulman..."

Il semblait aisé de mettre à l'index tel groupe pour quelque raison que se fût. L'heure du redéploiement politique dans les *Marcas* sonnait. Cela ne signifiait pas la déconstruction des structures étatiques califales voire l'émergence d'un système inédit (*François Clément*) mais, plutôt l'annonce avant l'heure d'un repeuplement (*repoblacion*) en marche! La *khassa*, l'élite arabe, pour sa part et sans laquelle rien ne se construisait en *Al Andalus* s'organisait à *Cordoue* en une république redevenue prospère sous les *Banu Djawar*. C'était une famille de notables *wudjuh al nas,* dont les chefs *al mashyaha* à l'instar des grandes familles au sein du conseil *al mala',* un triumvirat dans les premiers temps, détenaient le pouvoir exécutif. Le califat avait vécu et démontré toute son incapacité et son incompétence faute de calife charismatique à diriger le royaume durant ces vingt années meurtrières. La prise en compte de la diversité ethnique dans la formation de dynasties des taifas *duwal al tawa'if* était selon les *ulama,* hommes de savoirs en ce XI siècle primordiale, mais de prime abord seulement! Le phénomène d'acculturation débuta dès le IX siècle. Un manque d'homogénéité ethnique notoire au sein des communautés confirmait les doutes sur un prétendu «esprit de corps» clanique en *Andalus* entre «dynasties sœurs». Husayn suivit sur la fin de sa vie avec détachement les manœuvres des protagonistes avides de régner sur telle *taifa* à l'instar de l'affaire du *faux Hischam II* en lien avec son protecteur. Le phénomène ou jeu politique tel qu'il le connut du dedans même à la cour de son protecteur abbadite ne fut pas étranger à sa décision de la quitter. Un monde de requin notait il; d'ailleurs, pour l'anecdote le surnom de Quraych signifierait un petit requin car ces arabes du Hedjaz étaient terribles en affaires d'où ce titre….

-"Les ressources économiques et militaires s'avéraient le nerf du pouvoir et des alliances pragmatiques; alors, l'esprit chevaleresque, l'honneur clanique et tous les beaux discours n'étaient selon lui que du vent?!

-On a coutume de compartimenter la société par entité socio-culturelle, professionnelle à des fins pratiques. Or, il s'avère que ce schéma n'est pas dénué d'arrières pensées.

-Le prix du pain est un facteur économique de première importance.

-Tout à fait».

L'élite aristocratique d'origine arabe était fidèle à ses principes et méprisante vis-à-vis des *'agam* des non arabes autochtones parlant la langue *'agamya* roman ou latin vernaculaire des chrétiens ou des convertis d'origine ibérique; en revanche, le berbère *al barbar* islamisé avec la conquête mais surtout sa part féminine blonde aux yeux bleus fut lors des razzias en *Ifriqiya* par *Musa ibn Nusayr* envoyée à *Damas* comme butin de guerre. Cette notion de couleur (blonde, blanc et leur symbole) se retrouve dans cette caractéristique dynastique omeyyade avec un va et vient inconscient entre orient et occident dans la psyché omeyyade comme l'a montré le professeur *Martinez Gros* dans l' *identité andalouse*. Ainsi, dans la foulée de la conquête musulmane vers l'ouest, le berbère traversait le détroit aux ordres des arabes pour ainsi dire quasi absents de la 1ère conquête- autre paradoxe- pour soumettre la péninsule wisigothe. La *khassa* arabe refusait en raison de ses préjugés une égalité de droit aux *mawali* (clients) dans la *umma* sur cette terre allogène lointaine. Certains arabes rêvaient encore de cet orient perdu à jamais, chassés du pouvoir par l'ennemi *abbasside* d'où cette pénible frustration qui confirmait l'idée reçue dans l'inconscient arabe que *Quraych* était voué à un éternel exil! L'*asabiya* arabe n'était plus qu'un mythe. Quelle ironie de l'histoire pour les descendants de *Mu'awya* et de *Marwan bin al Hakam.* Les omeyyades d'abord réticents à embrasser la religion nouvelle chassèrent *Muhammad* de la *Mecque,* date de l' *hijra, l'hégire;* ces derniers lui firent de surcroît la guerre durant des années pour finalement embrasser l'Islam dans la défaite du bout des lèvres (*Abou Sufyan*); enfin, ils prirent le pouvoir à *Damas* en 660 pour conquérir des territoires allant de L'*Indus* à *l'océan atlantique* dit «ténébreux» (*al Idrisi*) en à peine un siècle! Ces orientaux exilés à l'instar des premiers colons arabes *baladi-s* «du pays» de *Syrie* qui vinrent s'établirent en *Espagne* assurer avec le *jund* le pouvoir jamais ne retournèrent chez eux à *Damas* ou la *Mecque.* Ils ressentirent dans leur chair le goût et la douleur de l'exil devenu permanent en occident. La poésie arabe préislamique des *mu'allaqat* «les Suspendues» autour de *Hîra* au 6 siècle renforçait ce sentiment d'appartenance clanique à une tribu à un lieu*;* jadis quand un poème plaisait au roi *lakhmide*, le souverain le faisait suspendre dans sa bibliothèque; c'est l'explication qu'en donna *Louis De Prémare (les fondations de l'Islam).* Deux grands poètes représentaient cette période citée *'Amr b. Kulthum* et

Harîth b. Hilliza. Mais aussi tous ceux qui nomadisaient dans la *Djézireh, Harran,*cité antique avec ses stèles cunéiformes du dernier roi de *Babylone, Nabonide (556-539a.J.C)* ses monastères chrétiens proche d'un affluent de l'*Euphrate* montraient entre autres faits le caractère de haute spiritualité de cette terre de philosophie avec ses convergences religieuses mazdéennes chrétiennes manichéennes, sabéennes(à l'origine *Harran*) dont ces dernières propagèrent les savoirs grecs par leur traduction en arabe. D'ailleurs, le calife omeyyade '*Omar II* en 717 transférait d'*Alexandrie* à *Harrân* une école de médecine tandis que le dernier calife omeyyade *Marwan II* (744-750) ancien gouverneur de *Mésopotamie* résidant à *Harrân* fit justement de cette cité sa capitale puisque la *Syrie* était en pleine discorde tribale. Les légendes qui s'amoncellent au fil des événements recouvrent toutes les civilisations, barbares ou civilisés d'où la difficulté exégétique pour les savants à démêler le vrai du conte. Le grand oncle *Maslama de l'omeyyade al dakhil,* l'immigré avait reconnu très tôt en lui, dit on, les signes physiques d'une destiné exceptionnelle; la présence du fait merveilleux montre un besoin de mystère toujours enclin dans nombre de sociétés adossées au pouvoir temporel! Le recours au mythe explique souvent une réalité non qu'il soit lui même vérité...*Al dakhil* fut l'un des seuls rescapés du massacre de son clan en orient laissant dans sa fuite désespérée sur la rive gauche de l'*Euphrate* son jeune frère décapité sous ses yeux par les soldats abbassides déterminés à anéantir les omeyyades de la surface de la terre. L'autre symbole fort de ce pouvoir est le symbole de la couleur que l'on pouvait qualifier d'eschatologique! En effet, de l'autre coté, il y a l'étendard noir des abbassides celui là même qui décapita la bannière blanche usurpatrice des adversaires en orient. Or, en dépit de toutes ces épreuves terribles subies le destin voulut que fut fondé dans la péninsule un pouvoir omeyyade. Le calife de *Bagdad* eut, dit on, pour son ennemi une grande estime, un profond respect car il put seul contre vent et marée rejoindre l'*Ifriqiya* puis *al Andalus* et fonder l'émirat omeyyade à l'ouest du *dar al islam.(Tabari)*. Trois siècles plus tard, la courte dynastie *amiride* intimement liée au califat Umayyade se voyait reprocher son usurpation du pouvoir en tant que client! Pour *Mawardi (974-1058) un contemporain de Husayn* au cas où l'imam(calife)perd sa liberté d'exercer le pouvoir au profit de l' usurpateur, ce dernier devenait tolérable seulement quand il était en conformité avec la *shari'a* et assurait la justice, en outre la communauté ne subissait aucun préjudice. Il voyait assurément la non conformité au *fiq* dans les propos du juriste et se demandait par ailleurs pourquoi ces individus aux origines distinctes établis de longue date dans la péninsule ressassaient les mêmes niaiseries de domination et privilèges, dus à une race, un clan alors qu'ils étaient dans l'absolu serviteurs de dieu dans une déprise de soi amoureuse, des hommes doués de raison devenus sujets du califat. Mais, *Qouraych* s'était octroyée la primauté devenue la caution morale par excellence selon l'orthodoxie mais pour Husayn, c'est le véritable problème de l'exclusion. Il se rappelait les histoires contées pendant les veillées chez son maître sur la terrible mère du calife *Mu'awiya, Hind Bint 'Utba* jurant par les idoles de la *Kaaba, al lât, al 'Uzza et Manât* la mort de *Muhammad et de Hamza* son oncle; les compagnons cherchant protection à *Médine* en laissant derrière eux leurs biens saisis par Quraych autrement dit une dépossession en règle. *D*ans la réalité, on avait au pouvoir un imam symbolique qui régnait au fond d'un palais, reclus, mais ne gouvernait pas tel le calife omeyyade *Hischam II.* En orient, les *Buwayhides (shiites)* pour ne citer qu'exemple imposaient leur tutelle à un calife abbasside orthodoxe relégué lui aussi dans ses appartements! A l'ouest, *Al Mansûr* et les pro amirides étaient les vrais détenteurs du pouvoir politique omeyyade. Or, pour la *khassa,* la *fitna* qui secouait *al Andalus* signifiait un émiettement politique irréversible pour le califat et leurs intérêts propres tandis que les clercs, eux, jugeaient la situation scandaleuse car la *umma* se désintégrait sous leurs yeux. Or, nul ne semblait vouloir endosser une quelconque responsabilité! Cet *'asabiya* arabe durerait selon certains décomptes d'historiens de 630 à 1050 du comput des nations. L'amertume était grande. Cependant, sous *al Hakam II* les anales de *Isa al Razi* montraient le caractère obsolète de la préférence clanique eu égard aux descendants arabes du *jund* admis en même temps que des esclaves lors de cérémonies à l'*Alcazar.* Qu'en était il exactement du rapport de force entre l'aristocratie palatine et la domesticité qui se trouvait entre le calife et les différents clans de la capitale? Voyait on déjà les prémices de la *Fitna d*ans le rôle de plus en plus important des esclavons au palais? Les interprétations étaient multiples et divergeaient en fonction des intérêts des protagonistes eux mêmes d'une fidélité à un régime néanmoins comment démêler «*les nœuds embrouillés*» de la raison prise en otage. Quoi qu'il en soit, le savoir et la raison seuls priment et peu importe sa "couleur" en théorie car dans la praxis, il est ardu de rester objectif au regard des chroniques historiques partisanes contradictoires à l'instar de celles de *ibn al Qutiya* (m.970), *akhbâr majmu'a*,le *Fath al andalus* (anonymes), *Ibn Hazm, jamharat ansab al Arab,* les généalogies arabes en *Andalus* voire les opinions et manipulations. En outre, l'image qu'on se fait de l'autre est capitale dans l'inconscient collectif car c'est une construction idéologisée répondant à des besoins politiques religieux ne souffrant aucune contradiction. Le califat omeyyade représentait alors gloire, honneur, prestige, richesse. En voici un exemple tiré de *E. Lévi Provençal* d'après *ibn Idhari*) de ce faste de cour largement emprunté à l'orient *Sassanide* tel qu'il fut rapporté par le poète mystique andalou *Muhyi'din ibn al Arabi(?)*:

«(...)*une ambassade de chrétiens espagnols du nord étant venue pour avoir une entrevue avec le calife, celui-ci voulut les remplir de crainte en leur montrant la magnificence de sa royauté: il fit étendre des nattes depuis la porte de Cordoue jusqu'à la porte de madinat az Zahra sur une distance d'un parasange et placer à droite et à gauche de la route une double haie de soldats dont les sabres à la fois larges et allongés qu'ils avaient dégainés se rejoignaient à leurs pointes comme les poutrelles d'un toit. Sur l'ordre du souverain,les députés s'avancèrent à travers cette haie comme sous un passage couvert. La crainte qu'ils éprouvèrent la vue de cet appareil fut inimaginable et c'est ainsi qu'ils arrivèrent à la porte de madinat az Zahra: de cette porte jusqu'au lieu où devait se donner l'audience, le calife avait fait recouvrir le sol d'étoffes de brocart et placés à des endroits déterminés, des dignitaires qu'on eût pris pour des rois, car ils étaient assis sur des sièges magnifiques et revêtus d'habits de brocart et de soie; les députés, chaque fois qu'ils voyaient l'un de ces dignitaires se prosternaient devant lui croyant que c'était le calife mais on leur disait: «Relevez la tête, ce n'est qu'un esclave parmi les esclaves!» Ils arrivèrent enfin dans une cour dont le sol était recouvert de sable: le calife se tenait au milieu; il portait des vêtements grossiers et courts; tout ce qu'il avait sur lui valait tout juste quatre dirhems; il était assis par terre, la tête baissée, devant lui se trouvaient un coran, un sabre et du feu. «voici le monarque», dit on alors aux ambassadeurs qui alors se prosternèrent. Il leva la tête vers eux et avant qu'ils n'aient pu articuler la moindre parole, il leur dit: «Allah, nous a ordonné ô vous autres de vous inviter à vous conformer à ceci!» Et il leur montra le sabre! «Et si nous vous tuons, c'est là que vous irez!» Et il leur montra le feu! Les envoyés furent remplis d'effroi et sur son ordre ils furent reconduits sans avoir pu prononcer le moindre mot. Ils signèrent la paix en se soumettant à toutes les conditions exigées par le souverain.*

Un ambassadeur d'*Otton I* de *Germanie, Jean de Gorze*
fut reçu par *Abd ar Rahman III* vers 956.
-«Était ce le même cérémonial pompeux et effrayant?»
demandait Youssef. Était ce vraiment ainsi dans les faits
ou c'est une fable?
-Le calife était le plus puissant des souverains de la
péninsule voire au-delà des *Pyrénées*, c'est un fait. Les
ambassades étaient logées dans de belles résidences
princières *munya's* notamment la *munyat al na'ura, et*
sous *al Hakam II* dans les nouvelles de *Arha'Nasih* et
al Rummanyya.» *Cyrille Aillet* dans sa thèse" Les
mozarabes" rapportait avec justesse cette
intransigeance conservatrice des clercs chrétiens qui
s'opposait à tout contact innovant jugé dangereux avec
le «païen» au risque pour la communauté chrétienne de
perdre son âme, l'acculturation était au cœur des
angoisses des prélats comme plus tard *Orderic Vital* et
Jacques de Vitry s'interrogeront de nouveau sur la
question ballottés entre exclusion et intégration avec les

conséquences sur les populations chrétiennes au contact de l'islam et vis et versa fin XI s! Déjà en décembre 876, le pape *Jean VIII* envoyait une missive au roi *Charles le Chauve:*

«le peuple des fidèles est l'objet d'un carnage continu(...). Les sarrasins se sont abattus sur la terre comme des sauterelles et pour narrer leurs ravages, il faudrait autant de langues que les arbres du pays ont de feuilles»; on note des vocables péjoratifs et durs avec l'image de l'insecte destructeur, la nation perfide des sarrasins, *Gentem perfidam sarracenorum.* L'islam au VIII siècle n'est pas reconnu en tant que religion en chrétienté; ces gens sont des mécréants. En *Espagne,* *Alvare de Cordoue*, riche chrétien d'origine juive et compagnon d' *Euloge* un clerc mozarabe fondaient un mouvement d'opposition religieux pour inciter les croyants à l'apostasie mais l'émir *Abd ar Rahman II* réprima fermement ce dernier qui devint lui même martyr en 859. En *Espagne* avant la conquête musulmane, il y avait des chrétiens ariens, des païens, des juifs, la plus importante minorité du royaume wisigothe; or, les juifs n'avaient aucune existence légale. Cela expliqua certainement la facilité avec laquelle les populations autochtones adoptèrent ou reconnurent la religion des conquérants! L'islam s'avéra financièrement parlant bien plus doux pour des individus qui sous les époques romaines puis wisigothes étaient littéralement anéantis par des taxes élevées…Le changement fut donc la bienvenue. *Alvare* en défenseur de sa religion comparait les musulmans à la bête à 10 cornes dépeinte dans l'*Apocalypse* et le livre de *Daniel*. Une «*vie de Mahomet*»

au IX siècle identifiait la bête de l'*Apocalypse* dont le chiffre était 666 avec le prophète de l'Islam puisqu'il le faisait mourir évidemment cette année là. La chrétienté construisit une vision répugnante de l'infidèle.Les hommes d' église en occident (les lettrés) s'attelèrent à la construction d'une propagande scripturaire et picturale qui diabolisait l'étranger enturbanné. Au fil des siècles, cet épithète fluctua en fonction du contexte géopolitique, de la situation intérieure en chrétienté. Ainsi, les images romanes de *Pernes les Fontaines* en *Provence*, l'église *Sainte Marie d'Oloron* où à la base du trumeau du portail, on distingue un sarrasin enchaîné témoignant de cette vision peu amicale de l'autre. En règle générale l'infidèle était montré avec un nez épaté, très laid, des cornes sur les tempes. Au cours des ages, on le représenta plutôt noir de peau par contraste avec la blancheur chrétienne. Mais, plus généralement, la méconnaissance de l'autre était réciproque. Par conséquent, les clichés ou sens communs abondaient. (*Philippe Sénac-l'occident médiéval face à l'islam-l'image de l'autre*) Revenons maintenant au faste recherché par les rois provinciaux ou *muluk al tawa'if;* aussi précaire et minime que fussent leur puissance armée, ils imitaient jusqu'aux surnoms *laqab* honorifiques les califes omeyyades en reprenant le protocole, *ba'ia* ainsi que le système administratif qui avait fait ses preuves sous le califat d' *Abd ar Rahman III* en fonction naturellement des possibilités du *bayt al mal ou* trésor public des dites factions concernées. Il fallait se prévaloir d'une délégation, de clients à l'instar des *Hammudides* à *Malaga* déclarant la continuité familiale de l'exercice de la fonction. Ils furent 3 califes (non omeyyades) à monter sur le trône à Cordoue (*Ali ben Hammoud an Nasir* 1016-18/*al Qasim al Ma'mun* 1018-21 et 23/*Yahya al Mu'tali* 1021-23 et 1025-27) durant la *fitna*. (*Robert Durand*). Dans un tout autre état d'esprit que l'on peut qualifier de diabolique, l'*abbadite* ressuscitait pour ses intérêts politiques à la tête de son royaume,la caution omeyyade du «faux calife» que nous avons mentionné ci dessus *Hicham II* mort certainement autour de 1009-13. Cependant, le désir de reconquête des chrétiens divisés était bel et bien en construction dans le nord. En réalité, il y eut très tôt une prise de conscience sans pour autant parler de croisade comme certains chroniqueurs jadis considérèrent l'épisode de *Bobastro* en 1064. Des révoltes récurrentes éclataient ici et là dans les *marcas*, marches dont l'exemple le plus retentissant fut la défaite dite *des fosses de Simancas* infligée en 939 par le roi *Ramiro* au calife *Abd ar Rahman III Al Nasir li-din-'Ilah*, «celui qui combat victorieusement pour la religion d'allah», *amir al mu'minim*, commandeur des croyants. Dans l'inconscient omeyyade, les effets de cette défaite furent mémorables car ce fut une humiliation pour le calife qui arrêta de guerroyer personnellement à la suite de cette débandade. En effet, il y eut désertion de plusieurs dignitaires musulmans à l'instar du gouverneur de *Huesca, Furtun ibn Muhammad* qui fut ensuite puni et crucifié à *Cordoue* avec une centaine d'autres; son frère se révolta contre le calife. L'évolution de la stratégie militaire changea radicalement puisque le calife déléguait maintenant la sécurité aux gouverneurs contraints d'assurer eux-mêmes dans les *marches* les expéditions. Le souverain choisit ces derniers parmi certaines familles telles les *banû Tudjib ou banu Kasi-* qui connurent de prestigieuses destinés notamment à *Saragosse.* Autrement dit, il s'agissait d'un nouvel ordre dans les *tugur,frontières* puisque selon *ibn Hayyan,* l'historien du XI siècle, *Al Nasir* partagea le pays en lots, *fa qasama biladahum baynahum hiçaçan,* entre ces familles qui instaurèrent un pouvoir régional héréditaire, une oligarchie locale, un suzerain responsable devant le calife du protectorat attribué d'où le prestige grandissant de ces grandes familles d'origines berbères *Banu al-Aftas, Miknasa* d'origine mais revendiquant une origine *himyarite* et affichant le référent culturel *Tudgibi* ou encore celles qui s'inventaient une généalogie telle les *Banu Di l-Nun (Banu Zannun);* il y avait une relative stabilité sur les terres omeyyades entrecoupée néanmoins de révoltes chrétiennes voire turques comme en 942 où après avoir assiégés *Lérida,* ils firent prisonnier le gouverneur de *Barbastro Yahya B.Muhammad.* Quant à *Abd ar Rahman III,* il se consacra après cet épisode douloureux aux infrastructures de son royaume dont la construction de sa ville palatine *madina al Zahra* à la périphérie ouest de *Cordoue* sous la houlette du savant prince héritier *al Hakam II* lequel créa en tant que mécène et prince érudit un cénacle de savants. *Le livre des juges* fut une commande faite à *al Khushani* dans le but d'écrire la généalogie omeyyade; néanmoins, cela ne signifiait pas pour le vieux calife un retrait de la vie politique mais une lassitude guerrière toutefois, il restait évidemment en contact permanent avec ses gouverneurs dans l'ensemble de son royaume en tant que commandeur des croyants.Il fit bâtir dans la partie septentrionale de son royaume de nombreuses tours de guets afin de renforcer la sécurité de ses terres. Ces dernières se contactaient par signaux de fumée comme en mer sans oublier naturellement le service colombier très efficace. La famille des *Hud* de *Saraqusta,Saragosse* joua un grand rôle dans les *marches* au XI s. Les autochtones christianisés quant à eux fondèrent des royaumes dans le nord où les musulmans les poussèrent à se retrancher; d'ailleurs ces derniers ne prirent jamais pied dans ces régions sans intérêt (une terre avare d'accès difficile) comme dans les *Asturies* le *Léon*, l' *Aragon,* la *Navarre* qui étaient des régions inhospitalières montagneuses. En revanche, le littoral était plus stratégique puisqu'une ouverture vers l'est sur le bassin méditerranéen avec *Barcelone* rattachée d'abord à *Al Andalus* puis conquise en 801 par les *carolingiens,*avant d'être pillée par le chef viking *Hasting* en 859...Quoi qu'il en soit jusqu'au milieu du XI siècle, le christianisme espagnol vivait une existence indépendante et *Rome* ne comptait guère nous dit *J. P Dedieu*. Néanmoins dès 1063, le pape donnait des indulgences à quiconque allait combattre l'infidèle en *Espagne;* on pouvait y voir les prémices des croisades. D'ailleurs *Sanche Ramirez d'Aragon* répondit aux avances du saint siège; une manière de se protéger de la *Navarre* en faisant le voyage de *Rome*!

Ainsi ai-je entendu.

«-Que d' incertitudes et de catastrophes pour les civils

qui revivent sans cesse les affres de la barbarie guerrière...

-Effectivement,quel goût amer! Mais parlons de cet *Al Hakam II al Mustansir qui* succéda à l'age de 40 ans à son père *al Nasir* qui eut un règne d' un demi siècle!

-Incroyable une telle pérennité! *Al Hakam II* dut être un rien maussade de devoir patienter jusqu'à la vieillesse pour gouverner!

-Non, je ne crois pas bien au contraire, c'était dit on, un lettré qui s'adonnait entièrement à la promotion du savoir en tant que mécène en l'occurrence d'Ibn Hasan al Qurtubi le médecin et père de substitution de Husayn dans notre récit. Le prince héritier était un généalogiste reconnu en outre, il dirigea la construction de la ville palatine de M*adina al Zahra* au coté de son calife de père. Il eut la réputation d'être pieux quand pour d'autres, il n'était qu'un dévergondé, un pédéraste et homosexuel. Je doute sincèrement Youssef qu'il ait pu jalouser son père car il était bien trop intelligent pour tomber dans une telle bassesse d'esprit! Il perpétua avec vigueur son attachement à l'éducation traditionnelle de son fils le prince héritier *Hischam II,* couvé par le *harem,*lequel étudia avec le précepteur *al Qastalli* à ses débuts ainsi qu' avec *al Zubaydi* pour la langue arabe et *Abd Allah al Laythi* pour le droit; ce dernier était issu d'une noble famille cordouane de juristes dont le père avait enseigné à *al Nasir* justement. Le prince relisait sous la dictée les notes du livre du grand père *al Nasir!* L'ancêtre des *banu Laythi Yahya* fut même un disciple du fondateur *Malik b Anas* de *Médine* l'école de rite *malikite* paraît il. Plus généralement, il voulait une éducation

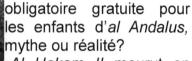

obligatoire gratuite pour les enfants d'*al Andalus*, mythe ou réalité?
-*Al Hakam II* mourut en 976 n'est ce pas? Toutefois, un an plus tôt, il eut une attaque cérébrale qui le laissa impotent.

-«Il était selon les rumeurs d'une constitution fragile pour le malheur d'*al Andalus* qui perdit un calife éclairé. Son fils le prince héritier n'avait que dix ans à sa mort. Or, ce fut selon *Ibn Hazm,* qu'on ne peut suspecter d'être un opposant aux omeyyades, une terrible erreur de jugement politique et constitutionnel de sa part, très mal inspiré ou conseillé. Les effets de cette décision scellèrent certainement le destin du califat omeyyade.

-«Il est facile de désapprouver après coup une décision cadre. Un complot était justement fomenté par les esclavons 15 000 rien qu'à *Cordoue* à la mort du calife.»

-«Ces derniers souhaitaient voir le frère du calife *al Mughira* âgé de 27 ans plutôt que le jeune prince de 10 ans sur le trône! Mais *Almanzor* l'omniprésent vizir eut vent de cette affaire qui était nullement dans son intérêt. Le pauvre frère en dépit de son obéissance au prince héritier son neveu fut sauvagement assassiné par les soldats du *hadgib* qui maquillèrent le meurtre en suicide. C'était un meurtre d'état. Une tragédie quasi théâtrale digne des *anciens* et comme souvent cette affaire d'état passa inaperçue.

-«Quoi qu'il en soit, *Al Hakam II* fit militairement face en l'espace de 4 années entre 971 et 975 à d'innombrables révoltes dans les marches supérieures, *Saragosse*, la vallée de l'*Èbre* avec son fidèle *Ghâlib* en véritable chef d'état major qui ne négligeait aucun détail en s'appuyant sur l'espionnage autant que des renforts de conscrits tolédans ou de volontaires du palais voire au *Maghreb* en tenant le détroit pour ne pas perdre *Tanger,* point stratégique. Le calife, ne guerroyait pas à la tête de ses hommes; il envoyait auprès de ses alliés des troupes et beaucoup d'argent car en tant que parfait stratège, *al Hakam II* savait comment changer le cours d'une guerre en payant grassement certaines tribus. Par ailleurs, il lança une opération judicieuse victorieuse contre les *fatimides* du Maghreb central qui étaient une réelle menace militaire et idéologique pour l'omeyyade. Le but était économique pour le califat alors avec l'aide des *Zénètes* combattants pro omeyyades, ils prirent *Aoudaghost* et *Sidjilmasa* afin d'acheminer par caravane l'or du *Ghana* (lingots/pièces) vers la méditerranée occidentale via *Fès* et *Ceuta* jusqu'à 15 tonnes par an selon les sources de *Robert Durand.*

-Au fait, une question me hante l'esprit depuis toujours: pourquoi les califes, notamment *al Hakam II* puisque nous parlons de lui, se coupaient ils de la population en se réfugiant dans le silence du *harem,* reclus quasiment comme leurs femmes dans cette micro société secrète sujette à tous les fantasmes ?

-Par dieu, de belles blondes slaves aux yeux bleus à cacher qui étaient, parait il, une spécificité du clan omeyyade? (*al Nasir* et *al Hakam II* étaient blonds aux yeux bleus à l'exception de *Suleyman al Zafir* cheveux et barbe noirs selon *Ibn Hazm* dont le père travailla au palais en tant que ministre sous les amirides).

-Cette blancheur (blond) les distinguait symboliquement des abbassides orientaux drapés de la couleur noire. Le symbole ou le mythe nous renvoie à une réalité politique dont le but est de se démarquer de l'autre et marquer sa dynastie. Des chroniqueurs partiaux relevaient le rôle néfaste qu'avait joué *Subh* l'usurpatrice, mère de *Hisham II,* avec le bel *amiride.*

-Allons, honneur aux dames et peu importe les rumeurs ajouterais je simplement. J'aborderai les califes ensuite! Les femmes sont chez les arabes l'honneur du clan qui est de nature endogame. Les liens de parenté sont ceux du sang. Tu comprends alors les raisons de ces rapts coutumiers de femmes étrangères par les arabes au-delà du rôle socio-économique de la razzia.

-Il s'agirait de régénérer une consanguinité saturée?

-Je ne suis pas un expert dans l'étude de l'homme."

En *Espagne,* avant la conquête musulmane, le couple était vue sous le prisme goth et romain soit des traditions différentes de la loi coranique ou de la tradition tribale arabe ou berbère;toutefois l'honneur familial chez les goths consistait dans la forme avec le mariage des filles l'importance accordé au cortège nuptial où le père, très fier, conduit sa fille au futur époux pour former une alliance d'où on le voit des similitudes de fond...

-Et scellant ainsi le contrat de mariage!Il est donc encore une fois question d' affaires, *dinero, no?*

-Dans le royaume goth, on plaçait les filles de l'aristocratie à la cour de *Tolède* pour parfaire leur éducation et aussi en signe de gage et de confiance à l'instar de la fille de *Julien* le gouverneur (d'origine byzantine?) de *Ceuta.*(avant l'arrivée des musulmans en *Afrique*, la cote jusqu'à *Ceuta* était sous domination byzantine)
-Elle fut vraiment violée par le roi *Rodéric*?

-La conséquence de cette infamie selon la légende fut l'invasion de la péninsule par d' étranges «*oiseaux de proie*» comme le rapportait une chronique tolédane...

-Moi, en tout cas, je m'imaginerais volontiers remontant l'allée centrale sous les yeux ébahis des membres de notre élite locale au bras de ma chère Nur étincelante tel l'astre de la nuit. C'est plutôt romantique, non?

-Tu es un fier père mon frère!

-Au fait, Quel était la condition des femmes dans leur communauté respective?

-*Es una broma, c'est une blague,* Youssef! N'oublie pas une chose essentielle dont tu perpétues toi même cette tradition de pensée qu'est notre société patriarcale alors la liberté féminine...

Ainsi ai je entendu.

Les historiens remarquèrent que l'*Espagne* était un lieu de convergence des différentes filiations méditerranéennes et slaves qui scellèrent des mariages, des contrats. Les conquérants musulmans prirent pour épouses des femmes de la noblesse wisigothe, des concubines,des esclaves avec lesquelles ils eurent des enfants; on cause d'acculturation, d'assimilation. L'intérêt pour l'autre avec sa culture intrigue autant qu'il subjugue ou inquiète au delà du rôle purement marchand (rôle et fonctionnalité avons nous déclaré en introduction) des nouveaux conquérants assujettissant les indigènes! L'incompréhension culturelle, les jugements de valeurs rarement objectifs sont légion entre ces groupes cités; toutefois, le point positif est dans les mariages mixtes qui renforçaient les alliances claniques voire interethniques dans la péninsule et ailleurs. En revanche, son acceptation dans les mentalités communes étaient une autre histoire car la mise à l'index de l'autre était et reste récurrente.

-D'ailleurs, nous avons vu à plusieurs reprises au delà des insultes coutumières envers la foi musulmane, ces images et miniatures représentant le sarrasin tel qu'il était fantasmé par la papauté ou encore l'emploi du terme de *ré-conquista* soit, une pierre dans le soulier chrétien!" Husayn essaya sa vie durant avec peu ou prou de résultats d'instruire l'ignorant de lui ouvrir des fenêtres sur l'autre rive; toutefois, la propagande présentait l'ennemi (respectif) sous une image répugnante.

-«Qu'en était il du travail des femmes, leur rôle économique dans la société?

-Que signifie ce subit intérêt pour la gente féminine,mon frère ?

-Simple curiosité,rien de plus....

-Seules les esclaves étaient réellement libres d'aller et venir seules dans les rues, de participer à la vie de la société alors que les femmes libres étaient recluses dans le domaine privé et garder sauf l'honneur clanique. D'ailleurs, l'anecdote ci dessous, ultérieure à Husayn, concernait les deux amis *ibn Ammar* et le prince *abbadite al Mutamid* sur les bords du *Guadalquivir* apostrophant une belle fille seule avec son mulet en ce lieu; c'était une esclave puisqu' une femme libre bien née n'avait rien à faire seule en ce lieu où les hommes flirtaient volontiers, le m'as tu vu?! Jadis, en *Iran*, les femmes voilées étaient les femmes aristocrates libres; celles de condition inférieure telles les esclaves, prostituées indigentes étaient plus découvertes. Cette différence vestimentaire était un marqueur sociale synonyme d' infériorité des unes sur les autres. Dans l'*Europe*, le teint de peau clair proche de la blancheur était un autre signe social distinctif car la femme laborieuse dans les champs avait une peau labourée pour ainsi dire par l'action du soleil durant son labeur sans parler de la faim et conditions matérielles. Voilà quelques symboles plutôt voyant de cette distinction sociale. En revanche, l'autre élément coutumier intervenant dans notre récit concerne le voile ou tissu. En effet, Il est selon notre raison d'ordre géographique et pragmatique puisqu'il protège l' individu sans distinction de sexe d'un soleil de plomb ou du vent du désert donc de conditions climatiques. N'a-t-on jamais vu un touareg maghrébin, un bédouin arabe, un chamelier tête nue ou non couvert dans le *Sahara*? Le voile n'a pas de signification religieuse à proprement parler mais est une banale coutume vestimentaire inhérente à un milieu hostile en l'occurrence le désert du *Hedjaz, le Sahara!* Les sociétés patriarcales ont apporté leurs attributs us et coutumes dans leurs bagages hors de leur lieu d'origine. L'incompréhension des indigènes sur certaines de leur manière d'être est cause de bien des amalgames, préjugés, craintes commandés par cette ignorance dont les effets sont on le voit négatifs.

-Qu'en était il de la liberté d'action de ces femmes copistes du quartier des libraires à *Cordoue* sous *al Hakam II?* On dit qu'elles étaient plus de deux mille à travailler dans la production du livre. Était ce là une fable? Quel était leur statut social? De qui dépendaient elles? Le sais tu Sanchuelo?

-Que de questions dans ta question mon frère! Je débuterais par le rôle du calife lequel est le chef suprême outre, qu'il est le premier employeur du royaume. La condition de ces femmes peut être enviable car elles sont salariées ce qui signifie une sécurité alimentaire alors que d'autres vivent une précarité terrible; certains individus deviennent prisonniers de leurs biens matériels. Le calife selon moi fit une grave erreur de laisser toute latitude politique au grand vizir de gouverner à sa guise en son nom en l'occurrence *al Hakam II* sans réel garde fou outre qu'il se coupait volontairement de ses sujets alors qu'il était dans l'absolu le détenteur du pouvoir.

-On affirme que sa santé fragile ne l'aida pas.

-Cependant, il avait des yeux et des oreilles hors du palais; néanmoins, rien ne remplace une présence physique auprès des administrés.

-Mon incompréhension redouble quand le calife se coupe des réalités du bazar, classe importante pour le pouvoir outre qu'il risque de perdre la sympathie de ses sujets lesquels préfèrent sans aucun doute un souverain avenant et à l'écoute, non?"

-Nous avons une anecdote intéressante et éclairante sur la *Perse* préislamique qui était une terre de haute spiritualité et un modèle. En effet, on nous rapporte que l'on parlait au prince de derrière un voile; s'il n'y en avait pas on plaçait un tissu devant sa face afin que l'éclat divin du prince n'atteigne pas le vulgaire et réciproquement que l'haleine fétide de ce dernier ne souillât pas le divin roi. Coutume antique qui a perduré jusqu'aux califes musulmans dans le faste de cour. Au temps du prophète, on utilisait un voile pour séparer, cloisonner l'unique pièce du foyer des visiteurs opportuns qui avaient du mal à partir de chez lui après le repas de noce, dit le coran. Toutefois, cela fut institué après une révélation suite à une scène de vie. Nous songeons à un habitat rudimentaire en ce 7 siècle à *Médine,* ville d'accueil *d*es mecquois exilés sans biens enfin d'un autre coté nos maisons andalouses sont un exemple d'habitat. Après le prophète, les deux premiers califes et particulièrement *Omar,* figure emblématique selon la tradition, est à l'image de cette société patriarcale qui n'acceptait pas les réformes révolutionnaires engagées par *Muhammad* qui néanmoins savait jusqu'où aller dans ses réformes. *Omar* fut un converti tardif par rapport à *Ali* qui lui fut uniquement musulman puisqu'il est entré dans la nouvelle religion dès l'enfance. On ne remet pas en cause la foi de *Omar* ni ses actions politiques lesquelles ont formatées le nouvel état naissant outre sa réputation d'homme intègre ne plaçant jamais ses amis et proches avant l'islam. Le deuxième calife n'est pas le sujet de notre récit, il nous sert de point d'explication dans notre raisonnement! Le fait est que nombre de qurayshites ne supportaient pas cet égalitarisme institué par *Muhammad* qui donnait à tous les individus des droits pire aux femmes voire au chameaux! Le prophète était dépeint par les compagnons comme un homme sensible, solitaire, rêveur, en somme, un vrai mystique qui allait régulièrement méditer dans la grotte de *Hera* (épouse de *Zeus*), manquant même de bravoure nous rapporte t'on sur le champ de bataille; en outre, il aima terriblement *Khadîdja,* la première musulmane de l'histoire avec laquelle il eut des filles et resta monogame 24 ans. Elle crût en lui dès le début des visitations de l'esprit *rûh* (qui deviendra après l'ange *Gabriel**(on verra plus loin l'épisode légendaire entre les époux à propos de la visitation de *Djibril**). En d'autres termes, *Muhammad* était bien différent de ses compatriotes. Les hommes faisaient appel à lui en tant que médiateur pour sa mesure, sa sagesse, sa perspicacité à dénouer les conflits. Certains *Quraychites* lui reprochaient son manque de *'asabia* (attachement inébranlable à la communauté, plus fort que le lien entre un homme et une femme, disait le poète). Il plaçait le musulman au dessus du clan ce qui était soit dit en passant chose impardonnable; toutefois,il fut toujours attaché à certaines valeurs tribales qu'il adapta à l'islam. Il fuit la *Mecque* car il était sans protection une fois Abu Talib décédé. Finalement, le second calife s'empressera de remettre la femme et d'autres règles édictées par le prophète à un statut initiale dixit *Leili Anvar*. Nombreux furent ceux qui dans un sens trahirent le messager de dieu dans le refus du changement…

«-*Omar* battit la bien aimée fille du prophète *Fatima* car il jugeait qu'elle portait le deuil de son père trop longtemps selon la tradition sunnite. Or, d'autres sources nous disent que *Fatima* est morte un mois après son père seulement. Il est d'autres vérités selon les sources chiites anciennes.

-C'est une honte!

-Sans aucun doute.

-Le mâle est en général une brute à la merci de ses désirs tyranniques; il est obnubilé inconsciemment par le corps de la femme et paradoxalement la craint en raison de son intelligence. Aïcha, l'épouse du prophète, fille de *Abu Bakr* était présentée comme une lettrée laquelle de surcroît commanda sur le champ de bataille - contre Ali alors calife - perchée sur le palanquin de son chameau. Le clan des *ahl al bayt* dénonçait son rôle dans la guerre contre le calife ainsi que l'empoisonnement du prophète au même titre que *Hafsa* une autre épouse du prophète fille de *Omar;* elles auraient été aux ordres de leur père.

-Ce qui signifie que l'envoyé de dieu est décédé de mort violente !

-Qui sait? On sait que Aïcha était jalouse des autres épouses et possessive. *Muhammad* eut de violentes fièvres sur plusieurs mois mais les causes nous restent un mystère.

-De telles paroles te vaudraient bien des ennuis!

-Oui, mais pour revenir à la femme et son immixtion dans la vie publique dérangeait les hommes presser de la renvoyer au foyer où l'honneur est sauf. Quelques siècles plus tard à l'extrême ouest du *dar al islam,* une autre femme, d'origine basque et veuve d' *al Hakam II* était impliquée dans la destiné du califat.

-Dans le sens où elle fricotait avec le bel *hadjib al Mansûr,* l'usurpateur amiride selon les pro omeyyades!?

-*Muhammad ibn Abi Amir al Mansûr* fut ce tyran qui assura en tant que chambellan la régence doté des pleins pouvoirs jusqu'à sa mort en 1002, soutenu donc par la veuve de *al Hakam II* sous le règne du jeune prince *Hischam II* coupé du pouvoir confiné dans le harem avec son clan de femmes dans la ville palatine de *madina al Zahra.* Certains l'accusait même de débilité avancée. Vers 997, la mère du prince dont les rumeurs d'infidélité ternissaient son image de veuve éplorée finit tardivement par s'apercevoir des ambitions de son amant de vizir qui désirait le titre de calife, ni plus ni moins ou du moins l'impossibilité pour le jeune Hischam de gouverner! Toutefois, il se garda bien de franchir le rubicond.

-Gourmand, dis tu! En fait, la femme est de tout temps qu'on le veuille ou non omniprésente dans les arcanes du pouvoir...

-Elle organisa une offensive afin de ramener son fils dans le giron politique avec l'aide de princes alliés au *Maghreb* qu'elle paya de ses propres deniers en vain; et puis, le prince était naïf et se laissa vite convaincre de la dureté de la politique par le vizir, un homme très avenant et courtois avec lui; *al Mansûr,* pour l'anecdote géra longtemps les biens de *Suhb, Aurore. Al Mansûr* inspira à ses adversaires une véritable peur mêlée de respect durant ses vingt quatre années de règne sans partage; il porta le califat à son apogée!

-A quel prix!

-Il partit d'abord en guerre contre l'esclavon *Ghâlib* qui était son beau père au sein du triumvirat qui assurait la régence; enfin dès 978 et les pleins pouvoirs acquis par la force et l' élimination des deux autres magistrats; il guerroya au nom du *jihad* plus d'une vingtaine de fois. Il sema avec ses nombreuses troupes de mercenaires berbères rejoints en chemin par des princes chrétiens, ses vassaux la mort et la désolation dans les zones septentrionales les plus reculées du chemin de *Saint Jacques de Compostelle* en l'occurrence, grand seigneur (sic), il laissa la vie sauve au moine chargé de la sécurité de la relique du saint et de la tombe qui ne subit aucune profanation rapporta un chroniqueur musulman. Néanmoins, en tant que butin et coutume de guerre, il s'empara des cloches de *Saint Jacques* que des prisonniers chrétiens transportèrent jusqu'à *Cordoue* sur leur dos qu'on utilisa comme lampes dans la Mosquée Cathédrale. Ces mêmes cloches referont le chemin inverse à la prise de *Cordoue* deux siècles plus tard... Ses prédécesseurs n'avaient pas pratiqué une telle terreur au delà des *tugur* du royaume. D'ailleurs, Husayn al masri et son maître ibn Hassan al Qurtubi gardèrent à vie les stigmates de la tyrannie *amiride*.

-C'est à dire?

-Te souviens tu de la conspiration au nom d'un prétendant omeyyade ourdie par le motazilite andalou *Abd al Malik,* fils de *Mundhir ibn Sa'id* cadi de *Cordoue* contre *Al Mansûr* en 979?

-Non pas vraiment.

-Et bien, le futur prétendant en question *Abd al Rahman* fut exécuté comme je l'ai déjà dit, *Abd al Malik* fut crucifié et les supposés sympathisants furent exilés. Or,le scheik, saint homme pour le peuple, humaniste pour les lettrés était justement devenu *persona non grata* dans sa chère ville. La véritable cause de son bannissement tenait à un règlement de compte par personne interposée! Tout le reste n'est que littérature car dans le secret de l'alcôve, les choses étaient décidées!

-Était ce sous la bénédiction d' *al Mansûr*?

-Mystère! Mais connaissant sa cruauté légendaire. Nous n'avons aucune preuve si ce n'est des rumeurs d'un service rendu à un fidèle client *amiride* - ami de longue date depuis l'époque où *Al Mansûr* était en ambassade pour *Al Hakam II* au *Maghreb*- pour avoir financièrement soutenue dans l'ombre son accession au pouvoir à *Cordoue*. Il y aurait un document qu'on nomme *jafr* ou *malahim* relatant une prédiction authentifiée par des faits historiques sans être apparenté à de l'astrologie; un proche du tyran se serait procuré un vrai faux à partir d'un travail d'un faussaire *bagdadi* connut sous le nom de *al Daniyali* mort en 936 auquel on redonna vie. On ignore tout de son contenu; néanmoins, on ne sait pas par quelle bizarrerie ce papier compromettait le *arif* ibn Hassan al Qurtubi. En fait, quelqu'un voulait absolument la tête du médecin.

-Effectivement. D'ailleurs, cet exemple pourrait passer pour anecdotique au regard de tout ses coups diaboliques. Par ailleurs, sa politique de terreur alla crescendo durant son règne annonçant entre les lignes la *fitna* trente ans plus tard sous son fils!

-Certes, mais *Almanzor* n'a fait que prolonger ce qu'*Al Hakam II* mit en branle en attirant les mercenaires africains chrétiens languedociens. La construction califale resta bancale prisonnière de ses contradictions comme ses conflits internes. C'est comme si on envoyait au combat des soldats armés de bout de bois!

-Carrément, tu y vas fort !

-Je signifie par là que l'entreprise était vouée à l'échec.»
Ainsi ai-je entendu.

Sur le trône de *Cordoue* après les deux décennies de règne glorieux sans partage d'*Al Mansûr*, ses fils, eux aussi *hagib,* prirent le relais avec *Abd al Malik Muzaffar* (h.392) de 1002 à 1008 et *Abd ar Rahman* dit *Sanchuelo* jusqu'en 1009 (h.399); son propre père ne se faisait aucune illusion sur sa progéniture qu'il jugeait médiocre, dit on. En outre, le père recommanda à ses fils avant de mourir de garder les faveurs du peuple de *Cordoue* en restant au service des omeyyades. *Sanchuelo* et *Hicham II* s'entendaient à merveille et festoyaient souvent à la nuit tombée au grand damne des cordouans qui voyaient atterrer deux figures encapuchonnées sortir à la dérobée par une discrète porte du palais afin de se rendre à l'une de leurs orgies coutumières nous dit *François Clément*... Suite à l' absence dans la capitale de *Sanchuelo*, la ville se souleva. Un des premiers objectifs de la foule dans cette insurrection populaire fut de s'emparer des armes, sabres et couteaux des magasins militaires du palais califal car les émeutiers n'avaient rien, étant des gens de basses conditions issus de la populace et du bazar, *gawga al aswaq*, bouchers *gazzarun*, ventouseurs *haggamun*, savetiers *harrazun*, éboueurs *zabbalun*, vidangeurs *kannafun*, mais, il y a avait aussi des criminels libérés de prison. Il rentra précipitamment à *Qurtuba* pour se faire assassiner, lui qui désirait tant devenir calife. L'aversion des cordouans était telle à son sujet que l'anecdote rapportée par un témoin oculaire le confirmait: «*alors que je me trouvais à la porte du Fer, voici qu'on ramena exhibé sur un mulet, le cadavre nu décapité de Sanchuelo, les mains et pieds épilés teintés au henné renversé sur le ventre, les parties naturelles au grand jour, et je vis, je le jure des moins que rien de paysans(safila min ahl al badiya) lui craché dans le cul! Cela faisait rire la amma; personne ne s'offusquait du péché qui était commis!»(F.Clément*: pouvoir et légitimité/un écrivain anonyme d'après Ibrahim b.al Qasim- Bayan III p 74). On voit bien la rancœur des gens pour l'*amiride.* L'érudit *François Clément* suggère même l' unanimité de la population face à un pouvoir dénigré. *Muhammad II* gouverna avec le soutien d'anciens émeutiers qui rejoignirent l'armée et la garde califale. Or, à ce concours des petites gens de la *amma,* des agressions quotidiennes se succédaient contre les berbères. Le souverain licencia plus de 7000 personnes impliquées dans ces rixes. Naturellement, tout ces individus allaient renforcer le camp adverse des mécontents au service de l'omeyyade *Hicham B. Suleyman* au nom des berbères et des opposants marwanides à *Muhammad II.* En1009/10, les chrétiens (une coalition de barcelonais et d'autres mercenaires castillans appelés par *Suleyman* futur calife *al Musta'in* mirent le feu à Cordoue soit, un an après le meurtre de *Sanchuelo* qui ouvrait 20 années de guerre civile, *fitna.* Ce fils d'*al Mansûr* au sobriquet chrétien en raison de son parent *Sanche II de Navarre* eut l'outrecuidance de vouloir se faire désigner par *Hischam II* calife, alors que logiquement, seul un descendant de *Quraych* pouvait prétendre au titre. En outre, son père jadis avait mis en garde ses deux fils contre toute prétention déplacée! L'amiride favorisa les maghrébins ennemis jurés de l'aristocratie cordouane arabe; manque de clairvoyance ou choix par défaut, à cela s'ajoutait par la suite les reproches des cordouans aux fils du tyran amiride d'ignorer les charges de l'état pour le vin et les femmes. Au delà d'une berbérophobie vivace autour de 400 h dans le petit peuple, l'accession au pouvoir de *Suleyman,* «l'émir des berbères», les attentats et meurtres se multipliaient. *Cordoue* devenait ingérable. Le lynchage par la foule à *Malaga* du *faqih Khalaf al Garawi* de *Melilla* symbolisait cette explosion de haine et sa radicalité avec en point de mire selon *François Clément* un désamour religieux des plus défavorisés au regard des actes illicites commis de pillage et de profanation de la mosquée *djami* de *médina al Zahra.* Le catalyseur de ce chaos programmé était d'une certaine manière le choix politique depuis quarante ans en outre le «victorieux» dilapida l'impressionnant trésor d'état d'*Al Hakam II* équivalent à six années de revenus pour financer sa ville palatine de *madina al Zahira* à l'est de *Cordoue et enfin* ses nombreuses troupes de mercenaires berbères et esclavons; les nombreuses troupes maghrébines avec leurs familles étaient indifférentes aux coutumes indigènes andalouses d'où un climat social exécrable qui n'arrangeait rien à cet état de fait! Il en est que sous *Sanchuelo* plus un *dirhem* ne rentra dans les caisses califales d'où la tension critique au sein de la *amma,* la première touchée; les retombées économiques désastreuses pour l'ensemble de la population créèrent un tel marasme que la paix sociale ne fut plus qu'une chimère.

«-Quel manque de perspicacité tout de même! Il voulait peut être surpasser l'œuvre de son père sauf qu'il n'en avait point l'étoffe!»

Ce sursaut d'orgueil fut brisé par la victoire berbère en rase campagne. Or, le terrible siège de *Cordoue* de 1010 à 1013 ruina la capitale et s'accompagnait d'un afflux de miséreux sans récolte prise par les troupes berbères, augmentation du prix des denrées essentielles, crue mortelle en 401 du *Guadalquivir* faisant 5000 victimes 2000 maisons détruites, famine et cas d'anthropophagie, épidémie de peste un an plus tard, incendie des souks et pillages par les esclaves de ces derniers, perte de châteaux forts sur le *Douro* au profit de la *Castille;* la liste n'est pas exhaustive. En fait, sous *Hischam II,* en 402h, le pouvoir était aux mains du *hagib Wadih* assassiné, puis du *sahib al shurta (un policier) Ali b. Wada'a al Sulami* qui subit le même sort et enfin, le *wazir ibn Munawi* alors que le calife se morfondait dans son palais. En 1013 du comput des nations, après une ultime bataille, les cordouans demandèrent l'*aman;* or, les berbères firent subir aux quartiers populeux des représailles terribles pour prix de leur résistance. Sous le deuxième règne de l'omeyyade favorable aux berbères *Suleyman al Musta'in*, la terreur régnait; Husayn réapparut à *Cordoue* pour des raisons que nous examinerons plus tard portant la robe de laine des soufis. La révolution de *Cordoue* nous dit *Dosy* eut son contre coup à *Séville* dès 1023; le sage *Ismail* (m.1019) père d'*Abbad I* et ami du scheik ibn Hassan al Qurtubi s'était éteint...Les cordouans se rebellèrent contre *Qasim* l'hammoudite qui dut fuir à *Séville* où ses deux fils y étaient avec leur garnison berbère commandée par *Muhammad ibn Ziri* de la tribut d'*Iforen*. Les cordouans avaient montrer aux Sévillans qu'il était possible de se défaire du joug d'un tyran. Bref, *Abbad I* mit en œuvre bien des stratagèmes pour arriver à ses fins en faisant alliance avec le seigneur berbère de *Carmona*

Muhammad Ibn Abdallah et les habitants de *Séville* eux mêmes afin d'évincer *Kassim* et ses deux fils du pouvoir; pour l'anecdote,ce dernier reviendra mettre le siège en 1027 devant *Séville* avec le calife hammoudite *Yahya ibn Ali* à qui le cadi avait fait allégeance, symbolique, mais sans grande conséquence! Il s'ensuivra des alliances, des revers, des trahisons jusqu' à l'épisode du "retour" de *Hischam II* dans la région de Tolède; soit, un véritable coup de maître de l'*abbadide*! En voici un bref rapport: une légende fut brodée et colportée à ce sujet avec force détail sur la vie et les turpitudes du pauvre homme en exil en terre sainte avant de revenir en *al Andalus*; le faux calife était d'une ressemblance confondante avec l'omeyyade; à partir de cet instant, son destin bascula littéralement. Lui qui n'était qu'un pauvre nattier de profession répondant au nom de *Khalaf* de *Calatrava.* Le cadi le fit donc venir à *Séville* pour ses grand projets; il le confronta à des femmes du sérail de *Hischam II* qui le reconnurent comme l'ex calife. Aussitôt,le cadi écrivit au sénat de *Cordoue* ainsi qu' aux princes arabes et slaves. Il fut reconnut par le prince détrôné de *Carmona Muhammad Ibn Abdallah* réfugié à *Séville, Abdelaziz* de Valence, *Moudjehid* prince de *Dénia et des Baléares* et le prince de *Tortose.* Naturellement, le président de la République de *Cordoue Abou'l'Hazm Ibn Djahwar* n'était pas dupe. En revanche, le petit peuple cordouan, selon les chroniqueurs pro omeyyade, était ravi d'apprendre son retour; aussi, le président très respecté des cordouans pour son intégrité morale et sa bonne gestion des affaires courantes ne voulait pas se mettre à dos ses concitoyens par son refus car il recherchait surtout l'union des arabes et des slaves sous un seul et unique commandement; finalement, il accorda qu'on prêta serment de nouveau au nom de *Hischam II* en 1035 (sic). Husayn pour sa part avait à ce moment sa vie derrière lui. Néanmoins, il se garda bien de dévoiler à son ami et protecteur son intime conviction sur cette stratégie opportuniste néanmoins Husayn en avait vu bien d'autres. Le cadi jubilait et pour cause, il pouvait enfin gouverner au nom du calife en toute indépendance et implanté la dynastie arabe abbadite à *Séville*. Il profitait de la renommée des *banu umayya* qui avait apporté gloire et fortune à *al Andalus*. En revanche, anecdotique était la demande d'une enquête de la part des sceptiques au sujet du soi disant *Hicham II*.

«-Comment peut on avaler une telle couleuvre! Quoi qu'il en soit *Abbad I* était en passe de devenir le plus puissant des rois de taifas. *Séville* enterrait définitivement *Cordoue* même si cette dernière retrouvait lentement des couleurs et une économie florissante après tant de misères grâce au charismatique *ibn Djahwar;* mais le pouvoir et la renommée étaient dès lors à *Séville*.

«-A propos, sais tu Sanchuelo que *Ibn Hazm* le *zâhirite* contemporain de Hussein nommait tous ces pseudo rois des usurpateurs!»

-Oui, et pour cause! Ce savant resta toute sa vie loyal au *banû umayya;* d'ailleurs, il combattit en 1018 dans les rangs d'*al Murtadâ* contre les berbères. Mais, ses mauvais choix l'amenèrent en prison et il devint un homme amer et humilié qui finit sa vie seul; on dit qu'il insultait même ses interlocuteurs tel le savant juif assimilé à *Samuel ha Naguid* qu'il traitait de matérialiste *dahri* comme le rapporte *Dominique Urvoy* en dépit de toute son érudition dans sa critique des idées religieuses *kitab al fisal fi'l milal;* par ailleurs, les reproches récurrents de ses contemporains(jalousie parfois)sur la nature ambiguë des relations de son propre père au service de la dynastie *amiride* renforcèrent son sentiment de révolte laissant de lui à la postérité cet image d'un homme acariâtre,nous dit on. *Ibn Hazm* occupa la fonction de cadi pendant trois mois sous *Abd al Rahman V* qui était son ami(régicide)

Il fut vaincu en débat public par l'agilité dialectique d'*al Baji* nous dit encore *Gabriel Martinez Gros* dans *l'idéologie omeyyade* renforçant la morosité du savant accablé par le sort. Enfin, ces ennemis *malikites* et *asharites* condamnèrent ses œuvres au bûcher. Selon certains chroniqueurs, il était préoccupé principalement par le devenir de la *umma* qui était une fois de plus mise à l'épreuve(*fitna*) comme «*l'or est éprouvé par le feu*» disait *Jurjâni*. L'homme qui contribuait à entretenir la *fitna* était coupable, «*la fitna des croyants est pire que le meurtre*» (II-191). Le coran rejoint d'une certaine manière *Matthieu*, l'apôtre «*malheur à l'homme par qui arrive le scandale*» (XVIII-7). Pour *Ibn Hazm* la grande épreuve *fitna al kubra* fut celle des luttes entre les compagnons du prophète qui conduisirent au meurtre du troisième calife *Uthman* dont les conséquences, politiques et idéologiques continuaient encore à diviser les musulmans. En effet, l'héritage prophétique d'abord oral puis calligraphié avec la recension de la *vulgate* anéantit volontairement des corpus antérieurs et des matériaux sur lesquels étaient consignés de nombreux versets; ce fut une réduction arbitraire des lecteurs à cinq et l' élimination entre autres de l'important corpus de *ibn Mas'ud*. À l'époque des califes dit bien guidés, *raschidun*, il n'y avait pas le même service de police tel que l'on peut l'imaginer depuis pour protéger l'*imam* dans sa demeure. Cela expliquait peut être en partie la facilité avec laquelle les assassinats de trois d'entre eux furent possible. Toutefois, c'était tout à l'honneur du calife de vivre parmi ses concitoyens au plus près d'eux à *Médine (Yathrib)* et non retranché dans un somptueux palais devenu le symbole pour nombre d'individus d'une rupture définitive entre le peuple et son chef derrière les hauts mûrs du palais califal de *Cordoue* ou *Madina ar Zahra* la cité palatine. D'orient en occident, en ce XI siècle, on avait coutume de dire qu'il y avait une perte de la préséance arabe en Islam au profit de peuple à demi barbare dixit *Ibn Hazm*...

-«Quel crédit accordé à cette thèse mon frère?

-L'histoire est souvent dénaturée en raison de la partialité des hommes voire leur agacement, leur ressentiment à l'égard par exemple des *mawali* berbères, des indigènes espagnols convertis qui restent des *'agams,* des chrétiens pour certains, donc des ennemis héréditaires à l'instar des clients perses islamisés en orient, vus comme des adorateurs du feu et leur clergé de mages puissants ou bien les manichéens dualistes (*zandaqa*) dont la seule présence alors exécrait ce clergé mazdéen qui voulait purement et simplement leur peau comme plus tard des musulmans le firent avec leurs opposants politiques. En fait, la rancœur qu'elle soit d'ici ou là bas se nourrit des frustrations,des jalousies,des privilèges d'où les plaintes récurrentes d'individus mécontents se sentant floués en raison d'une origine arabe censée procurer des droits et la primauté sur l'autre non arabe. Je ne sais pas si cette explication est honnête.

-Nous sommes nés sur cette terre d'*Espagne* aux origines et identités multiples alors ce besoin viscéral d'identification ethnique me révulse franchement car elle n'apporte rien de bon.

-Nous sommes le résultat ici bas d' un riche mélange d'hommes et de femmes dans le temps et l'espace telles que sont les sociétés babyloniennes, phéniciennes, byzantines, égyptiennes, grecques, romaines, berbères. Or, nos contemporains chrétiens cherchent inlassablement sa destruction (al Andalus) définitive prétextant une terre jadis chrétienne qui devait le redevenir entièrement car il y avait incompatibilité de mœurs et de croyance, us et coutumes entre les hommes!

-Oui, tu entends par ici bas sur terre? Ils ne leur manquent en vérité que la sagesse nécessaire à toute cohabitation harmonieuse. L'intolérant n'est pas forcément un ignorant et son attitude est souvent intéressée ou calculée; il se moque de connaître la descendance d'une haute civilisation raffinée dont il a hérité une partie d'un patrimoine dont il n'a pas même conscience. Toute la problématique est là: cette ignorance de son être qui pense et capable de se projeter capable d'empathie pour l'étranger! On trouve de surcroît les éternels animosités entre nomades et citadins, agriculteurs et marchands en fait d'importants critères d'ordre anthropologique sociologique interviennent pour entrevoir une analyse féconde. D'où une des questions qui nous vient à l'esprit parmi d'autres: "les uns ont-ils encore besoin des autres?

-La réciproque est elle vrai?

-L'hostilité des uns sera toujours justifiée d'une manière ou d'une autre ou par une mauvaise foi en raison d'un pouvoir légal reposant sur une fragile légitimité. Il est difficile d'imaginer un consensus satisfaisant les deux camps quand l'autorité ne reconnaît pas dès le départ l'autre; un dialogue de sourds pourrait on dire! Les débuts compliqués de l'islam en sont le plus bel emblème opposant une vision officielle orthodoxe aux vaincus en dépit de sources concordantes et reconnues de part et d'autre à l'instar de *Omar* empêchant *Muhammad* de prendre l'encrier et la plume pour faire son testament au motif qu'il délire sur son lit de mort(préméditation?!) Pour quel motif inavouable en vérité fut il empêché d'écrire ses dernières volontés concernant le futur de la umma? De quoi avait il peur? Ou quoi d'autres?

-Oui pure spéculation mon frère!

-Certes! En revanche,le discours officiel de la mort de *Fatima*- décédant un mois après l'agression de *Omar* et de ses hommes de main dont *Qunfuhd* lesquels incendièrent la maison de *Ali* et *Fatima* pour obliger *Ali* à reconnaître *Abu Bakr* comme *amir al muminim,* commandeur des croyants-cet épisode fut occulté comme les noms des protagonistes avec leur généalogie pouvant rappeler leur trahison originelle pour l'éternité! L'*Hispanie* était une terre multiethnique, plurielle en déconstruction dont la configuration en devenir dépendait des alliances claniques et de leur docilité sous le pouvoir de l'islam. L'idéal était pour les omeyyades à partir de l'immigré de construire un pouvoir local indépendant de Damas ou Bagdad beaucoup trop loin. *Muhammad* avait désiré unifier les hommes en dépit de leur différences ethniques et sociales sous le schème de la *umma* soumise à l'islam. Les mentalités en lice n'avaient de cesse de nous rappeler que le clan seul comptait et tout le reste n'était que littérature ou une utopie politique puisque les relations étaient plus belliqueuses qu'harmonieuses. Voilà pourquoi,les fondements d'*al Andalus* étaient dès lors franchement compromis. Une religion seule quelque soit sa nature même la plus merveilleuse bonne et équitable ne pouvait gouverner les hommes. Les chrétiens avançaient au nord alors qu' au levant, les esclavons s'affirmaient comme à *Valence* avec l'un des petits fils d'*al Mansûr* l'amiride; enfin, les berbères dans les villes méridionales du pays ainsi qu'au-delà du détroit menaçaient l'intégrité du pouvoir arabe ou ce qu'il en restait aux mains de parvenus tels les *abbadides* dont les flatteurs de cour faisaient remonter leur origine aux rois de *Hira* de la tribu *lakhmide* alors qu'en vérité, le plus vieil ancêtre reconnu serait *Itaf,* capitaine d'une division de troupes de *Homs* arrivé en *Espagne* avec *Baldj* et qui aurait reçu des terres près de *Séville.* Le père du cadi *Abbad I, Ismail* était un théologien intègre et respecté,certainement l'instigateur de la dynastie *Abbadide* et ami du maître ibn Hassan al Qurtubi.

-Une question me chagrine Sanchuelo: comment vivre ensemble en parfaite intelligence avec nos différences religieuses et compétences professionnelles lorsque l'homme fait de cette richesse une discrimination pure et simple?

-C'est un non sens à mon avis de parler de dialogue religieux voire d'entente puisque chaque partie veut convaincre l'autre qu'elle détient l'unique Vérité.

-Ce n'est pas le sens que je donnais à ma question; peu importe, pour toi nulle dispute possible en bonne intelligence comme ce fut le cas à Bagdad au X siècle; s'ensuit une guerre quasi inévitable...

-Oui! Il y a bien eu des joutes verbales, des *disputatio*

entre chrétiens juifs et musulmans voire de simples dialogues de sourds irrespectueux comme à l'époque de la *Cordoue* du X siècle où des prosélytes chrétiens se convertissaient à l'islam pour mieux apostasier et ainsi chercher la mort dans le martyre. Ils voulaient créer une dynamique auprès de leur coreligionnaire. Ces chrétiens considéraient *Muhammad* comme l'antéchrist, un faux prophète, un usurpateur et le Coran était l'œuvre du diable. En dépit de travaux de traductions du Coran en latin dont la première version date de 1141 ordonnée par *l'abbé de Cluny Pierre le vénérable,* l'image du musulman ne change pas vraiment jusqu'à nous Youssef! *La* révélation est passée par l'ancien testament commun avec les juifs pour s'achever avec *Jésus* selon eux mais les juifs eux ne reconnurent pas Jésus.

-Est-ce réellement ainsi que les chrétiens se représentent l'islam?

-Cette manière de voir vient, dit on, d'orient au VIII siècle par l'intermédiaire de *Jean Damascène. Muhammad* aurait acquis son savoir d'un moine arien, une conception des évangiles acceptée de *Muhammad* car différente de la vision chrétienne de *Nicée* (la trinité); l*es infidèles combattent toujours l'Islam par les* «deux glaives»: la prédication et l'extermination, nous dit *le prof. Durand éd. prf*). N'oublions pas que *Muhammad* était un marchand, un négociant, au service de son épouse une femme très riche. Il se cultivait ainsi au contact des juifs, des chrétiens, des perses, des byzantins qui rappelons le étaient les deux grands empires de la région en 622. On peut donc sans se tromper ajouter qu'il baignait dans une sphère géographique de culture judéo chrétienne et perse! Voilà pourquoi l'image colportée du prophète illettré de la tradition ne collait pas à la réalité du négociant; de plus, il y a deux exemples dans la sunna contredisant cette affirmation; d'une part, le prophète doit signer un décret cadre avec des opposants où il paraphe "*Muhammad Envoyé de dieu»* suite à cela, son interlocuteur lui rétorque qu'il serait au courant s'il était effectivement le messager de dieu alors *Muhammad* prit le calame et ratura Envoyé de dieu inscrivant donc *Muhammad fils de Abd' Allah.* D'autre part, sur son lit de mort, il demanda qu'on lui apportât un calame et un feuillet afin de faire son testament comme déjà dit plus haut à propos du conflit successoral.

-Selon *H.Djait* c'est une erreur lexicale de traduction du terme *ummiy/ummiyyn* ayant un équivalent hébraïque *umam'ulam* désignant les nations hors des enfants d'*Israel* qui ne possédaient pas de livre comme les juifs(*Torah*) ou les chrétiens (*Évangiles*) d'où le terme employé de *ummiy* caractérisant celui qui n'a point de livre d'où les termes du coran (*Al Araf,157*) «an-Nabiyy al-ummiyy» (prophète des arabes n'ayant pas de livre) signifiant qu'il est un *gentil* dans le sens chrétien utilisé par *Saint Paul*"

Ainsi ai je entendu.

L'alternative pacifiste à but propagandiste était ces rencontres littéraires imaginaires où un seul et unique lettré imaginait une réunion amicale entre deux ou trois protagonistes à l'instar du philosophe et infatigable voyageur Raymond *de Lulle* avec son *livre du gentil et des trois sages* de 1270 écrit 5 ans après sa conversion et quatre avant son illumination sur la montagne de *Randa* sur son île de *Majorque.* Il fut poète courtois et chevalier, un fidèle de *Jaques II de Majorque* vers 1262. A l'époque,il mène une vie aisée avec femme et enfants; or après plusieurs visions du christ crucifié, il se convertit et vend tout ses biens. Il quitte cette vie facile ce qui lui vaudra un dur procès de la part de sa famille. Il est pour de nombreux humanistes un bel exemple de pluralité des savoirs outre qu'il parlait plusieurs langues d'où une approche nouvelle des savoirs scientifiques et spirituels vis à vis de ses contemporains; avant lui au XII siècle à *Paris*, on déplore le macabre destin de l'érudit *Abélard* émasculé victime d'une punition personnelle qui fit scandale dans le royaume; un tel châtiment était réservé en principe aux adultères. La raison d'un tel drame était l'amour alors que les deux amoureux s'étaient mariés dans l'intimité de l'aube avec peu de témoins pour ne pas ruiner sa carrière d'érudit car depuis la réforme grégorienne de 1075 les clercs devaient respecter le célibat. Mais le *chanoine Fulbert* révéla au grand jour l'affaire!

-Le traître!

-Ils eurent du reste un enfant de cet amour. En conclusion, le savant se fit moine à *Saint Denis* tandis qu'elle prit le voile à *Argenteuil*. Toutefois, l'histoire ne s'arrêta pas là car des moines essayèrent en vain de le supprimer par le poison: «*il est plus grave de tuer par le poison que par le glaive*» selon *Hadrien*. Une abondante correspondance existerait sur cette histoire d'amour véritable. Elle est parait il, ce que l'histoire de *Madjnun et Layla* est à l'orient. En revanche, pour revenir à *Lull,* il alla jusqu'en *Ifriqiya* pour convertir les infidèles où pour apporter une vision différente du fait religieux mais en dépit de ses outrances verbales sur l'islam, le *bey* de *Tunis* laissa l' exalté repartir pour l'*Espagne*...

-Avec ses couilles?

-hi hi hi! Bref, en règle générale, il faut apprendre à connaître son adversaire pour mieux le réfuter. *Lulle* maîtrisait l'arabe, le latin, le romance, le catalan. Il fut surnommé le fou de dieu. C'était un homme incroyablement savant.

-Et celui que l'on mettait à l'index restait en vérité l'ennemi à chasser des terres chrétiennes voire de *terre sainte* et ce, par tous les moyens comme le confirmaient les appels récurrents à la croisade de la papauté. Les rois espagnols jugèrent à l'origine un tel choix politique financièrement contre productif étant donné un manque de moyens.

-En effet, il était plus judicieux de tirer avantage des richesses sarrasines par le biais de lourds *paria*(des sommes astronomiques en pièces d'or); plus tard, ils négocièrent des redditions voire l'installation de *fueros* ou *foros* au Portugal (charte de franchise ou de peuplement, *repoblacion*).

-En Castille, la *reine Constance* jouait les intermédiaires entre l'abbaye bourguignonne et *Alphonse VI* avec pour conséquence la romanisation des mozarabes à travers un recrutement d'évêques zélés, champions de cette politique d'acculturation dans les zones de frontière(latiniser les mozarabes). Certains préférèrent migrer vers *al Andalus*.

-*Jacques I d'Aragon* signa autour de 1230 la réédition de

l'aljama de Uxo (moreria juderia, communauté), forteresse musulmane, *hisn,* avec les populations mudéjars où ces dernières gardaient leurs biens et coutumes, néanmoins soumises aux taxes(comme à l'époque du pouvoir musulman) prévues par la reddition; mais,cela ne mit pas fin au sentiment de frustration des populations soumises; et enfin,que faire lorsque la partie adverse ne tenait pas ses promesses prétextant un changement de pouvoir chez eux...Mon ami, cela ne te rappelle rien ?

-Effectivement...

-On a coutume de constater des seigneurs généralement plus préoccupés par un ego surdimensionné, un enrichissement personnel que par les affaires de l'état, le bien être du commun des mortels. Ils écartent d'un revers de la main les engagements passés confondant souvent leur cassette personnelle avec celle du trésor public.»

Au X siècle, le calife était le premier propriétaire terrien ud royaume.(*Lévi Provençal, Cordoue au X s*). Ce dernier assurait à ses sujets dans l'absolu, un travail donc une sécurité existentielle et alimentaire aussi minime soit elle à de nombreuses familles ainsi que des opportunités concrètes pour des emplois administratifs plus élevés pour les lettrés en fonction aussi de l'origine sociale dont profita en l'occurrence le subalterne cadi de *Séville,* futur *Almanzor.* Le XI siècle débuta comme nous l'avons déjà dit avec la guerre civile suivie de l'éclatement du pouvoir centralisé en une trentaine de royaumes d'origines distinctes conservant une aristocratie locale sans réelle rupture avec l'ordre *amiride* établi en tant que modèle. Mais, la configuration politique sociale économique et militaire de la médina musulmane dans les zones dites de frontières en pâtit irrémédiablement; elle se transforma au fil des ans avec des communautés rurales (*aljamas*, regroupées autour de *husun (sing.hisn)*, espaces fortifiés de pouvoir et de culture foncièrement différents des châteaux forts chrétiens) qui se géraient seules sur des bases claniques. Or, ces roitelets n'avaient plus les moyens d'entretenir des troupes régulières, des mercenaires et autres habitants paysans soldats comme à l'époque du califat dans les Marches, *tugur* où cette politique avait permit une sécurité relative pendant trois siècles dans les zones de frontières. On constatait en outre dans ces zones tampons qu'une cohabitation harmonieuse était souvent à porter de plume. Or, la confiance faisait défaut pour juguler un ostracisme fondé sur l'alibi de la seule foi reléguant aux oubliettes tout bon sens et savoir vivre de bon voisinage. On parlait d'hérésie, *zandaqa* pour dénoncer celui qui pensait autrement la foi en dépit d'identités linguistiques ethniques et culturelles convergentes au fil du temps en *Hispanie*. Cette notion de frontières *tugur* relevée à maintes reprises était particulière en *Espagne*. Il s'agissait pour de nombreux individus d' une anomalie politique d'où ce devoir de séparation et de discrimination afin de protéger le musulman de l'infidèle et vis et versa. L'homme trouve parfois d'étranges outils pour trancher un litige faute d'arguments rationnels à sa disposition s'en remettant alors au patronage du divin infaillible: l'ordalie par le feu…

-«Le feu purifie, non!

-Effectivement, il anéantit surtout; d'ailleurs à ce sujet je cite le hadith du prophète(*Tirmidhi* et *Boukhari*): «*Nul excepté dieu ne fera du feu un moyen de supplice*». L'homme s'investit de pouvoir qu'il n'a pas reçu.

-La seule alternative possible plus douce et surtout censée est entre les mains de princes courageux et honnêtes capables de s'opposer à un diktat de clercs ignorants et au refus de la corruption car le chef est au service du plus grand nombre. Mais, l'intégrité est une chose rare face aux pressions de toutes sortes.Une chronique anonyme révélait une cohabitation intelligente suite à des changements politiques intervenus dans la région de *Badajoz*. Un émir laissait au couvent chrétien son autonomie en contrepartie de quoi le seigneur musulman et ses hommes recevaient l'hospitalité des moines dans leur couvent lorsqu'ils chassaient sur ces terres riches en gibier de la région. Après ces parties de chasse tant appréciées de l'émir, les musulmans mangeaient le produit de la chasse à la table des moines, dormaient au couvent avant de reprendre la route le lendemain. Les moines vivaient et travaillaient en paix en dépit d'un pouvoir musulman! Sanchuelo notait que Husayn préconisait dans ses feuillets contre l'incompréhension générale, la solution novatrice à ses yeux de la substitution bien plus douce et raisonnable autrement dit, une certaine idée de l'empathie en se mettant à la place de l'autre sans nier pour autant son propre Moi, sa culture,sa vision du monde. L'unique but est de comprendre justement cet autre ses motivations pour construire un avenir éclairant créateur d'avenir, construire des ponts entre les humains! Mais les deux esclavons *Mubarrak et Muzzafar* autour de 1010-1017 dans la région de *Valencia,*causèrent plutôt la misère pour les populations rurales sous le poids d'une fiscalité élevée. Les populations n'avaient d'autres choix que de quitter leur *qura,* village; nos tyrans mentionnés ci dessus s'approprièrent donc des habitats pour en faire des domaines privés, *day'a(pl. Diya). Ibn Hazm* ajoutait qu' à cette même époque tous les gouverneurs de villes ou de places fortes étaient des voleurs! On connaît le ressentiment du zâhirite pour les amirides usurpateurs. En somme, tout au long du XI siècle, il y eut une main mise progressive d'une minorité changeante voire éphémère d'individus sur les campagnes. Cela signifiait concrètement un appauvrissement de l'agriculture et de la production puisque les paysans s'en allaient la mort dans l'âme; conséquence,on notait une diminution des revenus de la terre pourtant indispensable à l'état; de fil en aiguille, il y eut une réaction en chaîne évidente avec un affaiblissement de l'armée donc, une facilité supplémentaire pour la victoire des chrétiens. Si les princes avec leurs surnoms honorifiques *laqab* pouvaient contrôler leurs sujets à leurs guises par la terreur, le vol et les taxes illégales en ignorant d'honorer les contrats passés entre les différentes parties(cultures, élevage, répartition des profits,etc.) et en négligeant la menace d'ennemis dangereux à leurs portes, synonyme de pertes irrémédiables(territoires, patrimoines) en revanche, les tyrans n'avaient aucune prise sur les éléments qui étaient l'œuvre de dieu. Ni les astrologues consultés, ni les devins, ni les incantations ne pouvaient prévenir les fléaux et autres catastrophes naturelles. En 961, le *calendrier de Cordoue* en version bilingue fut l'outil idéal des paysans; un opuscule renfermant des matières d'ordres astronomiques, météorologiques agricoles composé par le secrétaire *'Arib ibn Sa'd* et l'évêque de Cordoue *Rabi b Zaid* où se retrouvaient les paroles divines du coran à destination de lecteurs musulmans mais aussi un mémorial des principaux saints chrétiens honorés à *Cordoue* à l'époque califale apportant en outre des renseignements importants pour l'histoire de l'Église sous les omeyyades. L'intérêt du document était du domaine agroalimentaire de la production jusqu'au bazar l'entretien sanitaire des espèces cultivés, leur traitement, les greffes, les saisons et récoltes etc. Au XII siècle, le sévillan *ibn al'Awwam* s'en servit pour écrire son traité d'agriculture un travail monumental d'intérêt public incontestable deux siècles après le calendrier de *Cordoue*.

-Par dieu, la providence "divine" fit malgré tout des heureux car la terrible peste noire qui ravagea l'*Europe* au XIII siècle donna un répit supplémentaire à *al Andalus* ou du moins à ce qu'il en restait car les rois catholiques cessèrent leur progression militaire en raison des pertes humaines considérables subies; les historiens parlaient d'un tiers de victimes de la population totale en Europe.

-Actuellement, nous dépendons toujours du bon vouloir d'*Isabelle et Ferdinand* en dépit du lourd *paria* payé; or, nous regardons depuis des siècles notre richesse fondre comme neige au soleil.

-Les chrétiens ont acquis la puissance militaire avec les caisses des émirs, belle ironie de l'histoire!

-Voilà, une raison valable supplémentaire pour ne pas se lancer corps et âme dans la croisade à moins d'être idiot! Enfin, jusqu'au moment propice bien entendu!

-Ne leur ont-ils pas même joué la sérénade: *ô moro mio, cariño mio*!

-C'est justement cette épée de Damoclès dont je te parlais au tout début qui était au dessus de nos têtes,prête à nous trancher le col .

-Au fait Sanchuelo, tu sais certainement la dernière rumeur venant de *Séville*. Un marin génois affirme pouvoir rejoindre les *Indes* en passant par l'ouest, un fou!

-Pas du tout! Au contraire, cet homme a certainement lu *Al Bakri* «*(…)al masalik wa-l-mamalik(…)*» les routes et les royaumes, écrit vers 1068. En outre, *al Andalus* eut connaissance dès le X siècle des tables astronomiques nouvelles les *zig al Mumtahan* plus connut des latins sous le nom *tabulae probatae* ainsi que la mesure d'un méridien que *Colomb* connut par le biais de *Fhargani*. *Al Bakri* a découvert par ses lectures les savants orientaux à l'instar de l'astronome et physicien al *Khwarizmi*(m 845)dont les procédés mathématiques et astronomiques furent peut être introduits en *Espagne* par *Abbas b Firnas* (m887) suite aux travaux grecs, indiens persans et arabes, sans même parler de sa formidable intuition à propos de la sphéricité de la terre. En effet, il avait la conviction sincère que l'on pouvait gagner la *Chine* en passant par la grande mer à l'ouest!»

On parlait de *jighrafia, géographie* de science, non de superstition; ensuite, le livre d'*al Idrisi,* établit en *Sicile* à la cour de *Roger II, Kitab Rudjâr* achevé vers 1153 ou *«livre du divertissement de celui qui désire parcourir le monde»* était le meilleur exemple de l'évolution des géographes andalous qui se basaient sur les témoignages de leurs contemporains, leurs vécus plus que sur des théories fumeuses. Le palestinien du X siècle, *al Muqqadasi*(voir *Henri Miquel, Un palestinien de l'an mil- éd. acte sud*) avait voyagé en orient jusqu'en *Inde* une vingtaine d'années pour revenir et accomplir son grand œuvre. Cependant, il ne mit jamais les pieds en *Espagne*!

«-En fait, ce génois doit rechercher désespérément des fonds, un mécène pour réaliser son projet. Mais, imaginons un instant mon frère les conséquences politiques et économiques pour l'*Espagne* s'il arrivait effectivement à ses fins au nom de la Couronne d'*Espagne*!» Un silence de cathédrale envahit soudain le bureau de travail de Sanchuelo. Mauvais présage.

-Après le vaste océan, c'est le néant; il faut être fou pour entreprendre un tel périple, dit Youssef.»

-«Et s'il n'y avait pas au-delà de la *mer ténébreuse* ce que tu avances Youssef! Imaginons maintenant qu'il existe en guise de géhenne une zone tempérée exubérante, un jardin des délices où l'eau douce et le miel coulent à profusion, des matières premières à foison comme l'or, l'argent, bois et pierres précieux, métaux avec lesquels construire des armes destructrices nouvelles mais surtout, des civilisations avancées dont nul ne connaît ici bas l'existence. Au bout du chemin, il y aurait la puissance avec le commerce donc le pouvoir et la domination des mers, reléguant la route de la Chine aux calendes grecques.

-En somme, la face du monde changerait radicalement de physionomie si je comprends correctement ton raisonnement.

-Tout à fait! Cet homme semble confiant en outre, il est rationnel; il croit en sa bonne étoile de marin pour solliciter audience auprès de la *Reine Isabel*.

-Selon les rumeurs de ses plus farouches détracteurs, un *djinn* guiderait cet affairiste bon géographe avisé selon la conception arabe ancienne où chaque poète était inspiré par un djinn attaché à sa personne

-Mais surtout, il a la foi!

Et moi, Youssef, je l'ai perdu. O *Al Andalus*.

-Sanchuelo! Ce sont tes mots ou ceux de ce Husayn?

-Peu importe! Mais crois tu réellement que *Grenade*, ultime bastion musulman de la péninsule pourrait se sortir seul des griffes de *Ferdinand* après la perte de notre port de *Malaga*, il y a peu, c'était un port hautement stratégique et vital pour notre commerce enfin, du royaume *nasride*. Tu vois, ce n'est plus qu'une question de temps! C'est la réalité, voilà tout. D'ailleurs, c'est un miracle que ce dernier soit toujours sur la carte. Nous sommes finis depuis bien longtemps en vérité...

-A moins que d'orient *Bayezid II* envoie les armées ottomanes à notre rescousse!

-Foutaises. Au pire nous enverrait il des bateaux pour nous permettre de fuir sous sa protection. Les chrétiens jouiraient alors d'une victoire totale! L'exil est une peine pire que la mort pour certains.

-Moi, je me considère à la maison, un point c'est tout; nous sommes nés sur cette terre et y vivons depuis des générations. Où irions nous donc! Alors, seul le mythe survivrait après nous grâce aux lettrés, à l'art, au patrimoine, à la pierre.

-J'ai bien peur et ne m'accuse pas d' être encore une fois un pessimiste endurci que le couple royal et l'inquisition de *Torquemada*- confesseur particuliers de la Reine qui entre nous comme tu le sais est un converti- ne veuillent expurger toutes traces de l'héritage arabo-andalou ou judéo islamique de la péninsule." Ils sont, dit on, un caillou dans la botte d'*Isabel la catholique*.»

L'incroyable et très sérieux ouvrage d'*Ignacio Olagûe* *«Les arabes n'ont jamais envahi l'Espagne»*peut leur donner raison; c'est pourquoi, un autre savant *Pierre Guichard* répondit dans les Annales ESC-1974 par «*les arabes ont bien envahi l'Espagne*.

-"Sanchuelo, as-tu remarqué que le converti était par nature plus royaliste que le roi.

-Effectivement, il doit prouver sa foi.Mais, excuse moi si je change de sujet subitement car j'ai constaté depuis un temps déjà que tu minimisais la gravité de ta maladie. Or, je note ton état de santé préoccupant; tu me refuses des explications comme s'il s'agissait d'un banal rhume! Par dieu, tu me brises le cœur.

-*Kayate coño*, tais toi! Allez, lis! Au fait, l'intérêt que tu portes à ce Husayn m'intrigue vraiment. Est-ce ton ancêtre?

-Non,un humaniste.

-Oh, je vois! Une espèce en voix d'extinction

-Toujours le mot pour rire Youssef! j'ai travaillé dans des conditions extrêmement difficiles ces derniers mois toujours à la merci des tracasseries habituelles, pots de vins et j'en passe et puis les pertes territoriales. La vie est devenue précaire pour nous tous; chacun essaie de tirer la corde de son coté au lieu de rester souder face à l'ennemi commun; mais qui est il en réalité?Néanmoins, dans mon malheur, la chance m'a sourit à la suite d'une altercation dans la rue, je suis tombé sur le vieil ami de mon regretté père qui me reconnut au milieu d'un attroupement pour me sortir de cette impasse avant que des soldats n'arrivent. Il a beaucoup ri de ma naïveté! Finalement, il m'a conduit chez lui où nous avons longuement discuté de mon père de leur relation avant de lui exposer mon projet d'écriture dans les moindres détails. Il m'a donc ouvert sa bibliothèque privée pendant des semaines alors plus de recherches laborieuses de crises de nerfs. D'autre part, j'ai pu le questionner sur son passé et celui de sa famille afin de trouver des anecdotes et des exemples parlants ainsi que l'inspiration et surtout copier et piocher à foison dans ce trésor tant de références. Si des ignorantins mal intentionnés venaient à découvrir ce riche héritage le vieil homme n'y survivrait point. C'est un amoureux des livres doté d'une mémoire phénoménale. Il collectait depuis quasiment un demi siècle toutes sortes d'ouvrages acquis par des amis marchands lors de voyages d'affaires ou dans des foires. Notre homme ne quitta jamais l'*Espagne* prenant soin de ses vieux parents d'abord puis en raison de ses soucis de santé outre son statut de fils aîné...Il avait un seul regret: mourir sans toucher la pierre noire. J'ai eu beau lui répéter que la *kaaba* était dans son cœur en tant que croyant originel *hanif* pourtant, il était inconsolable. La tristesse le submergeait chaque année un peu plus à l'approche du pèlerinage. Sa bibliothèque était certainement à cette heure grave l'une des plus précieuses d'*al Andalus*.

-Je suppose que tu lui as conseillé de mettre à l'abri tout ses livres.

-Il n'en a plus la force et les moyens; la goutte pernicieuse le ronge à petit feu. Par dieu Youssef tant d'ouvrages empilés dans une pièce aménagée depuis les intempéries qui anéantirent une partie de sa maison! Tant de savants exposés là par colonnes sous mes yeux un peu en vrac aussi, je lui proposais mon aide vu son grand age pour tout ranger convenablement par genre. Je suis tombé sur un épître du sûfi andalou persécuté du IX siècle *Ibn Massara* dont les thèses anti syriennes et anti arabes furent reprises par le *muwallad Ahmad b. Faraj b. Montel* dont le nom roman soulignait son origine espagnole, d'où son refus selon *Julian Ribera* de voir des juges arabes dans l'émirat d'*al Andalus* dirigés les charges religieuses. Je dénichais des ouvrages d'astronomie, de physique et mathématique dont je ne comprenais absolument rien, mais aussi de logique, de sagesse de métaphysique, d'éthique, recueils de poésie espagnole en langue romane écrits en caractère arabe. Je saisissais soudain toute la richesse culturelle de notre patrimoine culturel intellectuel de cette terre. En outre, il avait en sa possession des copies d'œuvres théologiques de petits épîtres de moines chrétiens de *Reims*, *Chartres*, de *bourgogne(Cluny)* mais aussi de l'université de *Paris*, des ouvrages de rhétorique et de grammaire enfin des sermons de *maître Eckart* jugés hérétiques en langue vulgaire non en latin!

-Comment a t' il fait pour se procurer tant d'œuvres d'un éclectisme aussi surprenant?

-Sa passion des livres n'était absolument pas partagée par les siens qui finirent par lui vouer une haine farouche ne supportant plus la dilapidation de ses biens pour de simples livres, disaient ils.

-En effet, c'est là une opinion assez répandue chez les ignorantins.

-Bref, ils s'opposèrent à lui lorsqu'ils comprirent que ce n'était pas une simple lubie de sa part mais bien, un collectionneur averti dont le sens leur échappait visiblement. Il jetait selon eux sa fortune par la fenêtre! Le *calendrier de Cordoue* était dans sa bibliothèque; c'était bien la preuve concrète de l'intérêt pratique et vital que le commun des mortels pouvait tirer des sciences exactes par le biais d'un maître expliquant à l'agriculteur, comment quand où produire, planter, greffer .

-Mais, il n'est pas aisé de faire entendre raison à l'individu borné!

-A l'heure de la vieillesse, il était bien seul. Il semblait heureux de me conter avec pudeur sa jeunesse, des époques avec ses rencontres. Il m'accorda son temps, m'ouvrit son âme, ses tourments, ses joies, ses craintes. En somme, il profita de l'opportunité de ma présence pour vider son sac comme avait coutume de le faire les vieux. Autrement dit, une thérapie par la parole comme *Razi* concevait la première étape d'un bon diagnostic vers la guérison. Les souvenirs de jeunesse du vieil homme se retrouvent dans mon récit comme pour mieux peser et mesurer la véracité des mots du *khabar*».

Ainsi ai-je entendu.L'ignare se moquait de savoir que la

France dès 1200 était un centre de la vie intellectuelle culturelle chrétienne tout comme les villes du nord et du centre de l'*Italie* telles *Bologne, Sienne, Venise.*

-«Cela ne nourrit pas notre homme Sanchuelo.»

-«Certes.»

Sans les savants juifs et mozarabes d'*al Andalus* ayant migré vers le nord de la péninsule voire une autre terre d'accueil telle la *Sicile* normande où les médecins s'installèrent à *Salerne* en raison des commodités enfin du savoir byzantin gréco-arabe juif avec le mouvement de traduction des dites sources. Ce fut autour de 1300 au prix de réels efforts que l'occident put rattraper son retard intellectuel sur la culture arabe-qui elle déclina, a t' on coutume de dire, avec la condamnation d'*Averroès* pour la dépasser. Mais que sait on des travaux des orientaux persans, arabes, chrétiens pas encore étudiés en a*l Andalus.* Jusqu'alors, la pensée chrétienne liait philosophie et théologie alors que les arabes eux, liait intimement philosophie et médecine (*Kurt Flasch Einführung in die Philosophie des Mittelater).* On verra plus bas un exemple d'échanges avortés à travers l'expérience rare d'un médecin andalou allant soigner un chevalier franc oncle d'un prince musulman, tiré du livre du professeur d'*Heidelberg.* L'église concrétisa son rêve de toute puissance politique et renouvela sûre d'elle son appel aux croisades. Lentement, *Frédéric II* sous la pression de *Rome* asphyxie cette cohabitation sicilienne harmonieuse dont le point culminant fut le règne de *Roger II.* Elle instaura l'inquisition en 1231. Elle écrasait dans le sang toute contestation, l'hérésie cathare, *zandaqa* du sud de la *France* où les bûchers pullulaient dans une atmosphère de fin de monde dans laquelle l'homme perdait son humanité créatrice par le feu, encore et toujours le symbole. La peur de l'an mil insufflée par le biais de récits comme *l'apocalypse* de *Jean* permit à l'Église d'amasser d'énormes fonds et patrimoines reçus de ces princes et ducs pénitents...Les moines(lettrés) poursuivaient leurs débats et travaux dans une conjoncture économique politique en croissance continue à l'image des villes nouvelles qui poussaient comme des choux avec le déboisement important des forêts, une démographie en hausse...La nécessité de plus de terres arables, plus de consommation mais aussi plus de luxe et de besoins à assouvir pour les classes privilégiées ainsi qu'une évolution de l'armement militaire avec des armes nouvelles à se procurer; bref, il s'agit d'un commerce vraiment fleurissant et lucratif avec les terres lointaines ce qui permet un véritable essor des échanges.Toutefois, une brèche vint secouer l'édifice de la papauté toute puissante et de sa «*cité de dieu*» confrontée aux opposants internes dénonçant le luxe et le train de vie indigeste voire décadent de ses hauts représentants. L'empereur *Louis de Bavière* ou encore le théologien *Ockham* furent des opposants connus. L'anecdote ci-dessous représente cet état d'esprit, ce malaise généralisé dans lequel couvait la contestation contre et au sein de la papauté:de nombreux dirigeants franciscains entre autres furent convoqués par la commission en *Avignon.* Or, ils durent s'enfuir car l'invite n'était rien d'autre que leur arrêt de mort pour dire les choses crûment en cette fameuse nuit de 1328 du comput des nations où ils échappèrent à une embuscade planifiée en plus haut lieu pour les réduire définitivement au silence. Ils s'enfuirent pour *Aigue Morte* et de là, voguèrent vers *Pise.* Ils sauvèrent donc leurs peaux. Ils retrouvèrent plus tard l'empereur ci-dessus mentionné en cette ville où *Guillaume d'Ockham* rencontrait *Marsile de Padoue,* fin théoricien politique dont les idées novatrices et séculières sont réunies dans son ouvrage *defensor pacis;* 4 ans plus tôt, le 14 juillet 1324, le pape *Jean XXII* avait déposé *Louis de Bavière* qui n'abdiqua pas pour autant. Bien entendu, la papauté était violemment opposée à perdre une once de son pouvoir temporel. Les ordres franciscains augustiniens carmélites revendiquaient une vision plus proche des nouvelles réalités urbaines et surtout des pauvres car le désir d'humilité des moines à l'image des apôtres était le souhait d'une religiosité revendiquée et affirmée de pauvreté mais combattue par le pape et la curie qui avaient bien trop à perdre. Il s'agit de politique et d'intérêts particuliers non plus de foi et encore moins du message christique. Finalement, une terrible régression économique puis la peste noire et la famine ravagèrent l'*Europe* tout entière. Dans ce triste constat où des centaines de milliers d'individus périrent, les condamnations pour hérésie de savants comme *Maître Eckhart«* le plus arabe des penseurs chrétiens» pouvaient presque passées inaperçues.

-"Mais pourquoi ce regard embarrassé dans tes yeux Sanchuelo? Je l'ai remarqué depuis mon arrivée chez toi. *Por favor*, comporte toi normalement comme tu l'as toujours fait.

-*Vale*!

-Devrais je craindre la mort alors qu'elle est synonyme de libération. Je suis pour l'instant bien vivant et je jouis de ce moment avec toi! Allons,sèche tes larmes *habibi*.

-Oreille attentive et bon vouloir! Je suis ton serviteur Youssef. Mais songer à ta disparition est une souffrance. Installe toi confortablement. Je reprends la lecture dans un moment.»

Sanchuelo alla en cuisine prendre quelques biscuits sucrés, dattes et fruits secs du té une briquette de charbon de bois incandescent. Une fois de retour, il disposa les aliments sur la table basse puis s'enquit de la pipe à eau qu'il prépara pour le rituel de l'opium. Le franciscain *Juan Gil de Zamora* vers 1290 dit de ce poison qu'il épaississait la masse sanguine en interdisant bientôt l'écoulement. C'est le suc du pavot, *shaick-afioun,*appelé aussi *teriak* en *farsi vulgaire* que Sanchuelo s'apprêtait à fumer.

-«*Abu* fumait la *teriak* pour calmer son mal à l'âme. C'est un poison diabolique pour certains mais une médecine efficace pour d'autres. Toutefois, les effets secondaires sont réels et une accoutumance terrible car psychosomatique et tu l'as vu toi même sur sa fin, *ya ammû*...»

Quand Sanchuelo déballe son produit, il découvre une pâte homogène presque dure d'apparence devenant huileuse sous l'effet de la flamme et qui colle aux doigts.

-"Cette drogue n'est pas vraiment appétissante!

-Les raisons médicales pour une prise régulière sont strictes. En orient, la *tériak* est consommée dans des fumeries à l'instar du *kif* chanvre *cannabis sativa*.

Sanchuelo se mit lui aussi à son aise sur le tapis de laine recouvert de moelleux coussins à coté de Youssef les traits tirés scrutant le socle en bois d'ébène du *Ghana* de la table basse. Youssef mit l'embout de la pipe à ses lèvres et aspira longuement profondément sans à-coup écoutant le "*glou glou*" sonore de l'eau et de l'air; le liquide perdait au fur et à mesure sa transparence. Sanchuelo à son tour fuma ravivant une braise incandescente sous l'appel d'air; leurs pupilles ressemblaient au fil du temps à deux minuscules cailloux noirs en dépit de la pénombre dans laquelle se trouvait la pièce.

-Je l'ai eu par l'intermédiaire de l'apothicaire *al çaydali*. Il est le cousin de mon ami. D'ailleurs, il m'a promis qu'il se joindrait à nous avec son cousin ce soir; j'espère qu'il ne tarderont plus sachant que le couvre feu ne tardera plus maintenant.

-Le fils du Rabbi?

-Tout à fait!

-Je pensais qu'il était déjà en orient.

-Et non, il eut un contre temps. Il m'expliqua l'anesthésie en chirurgie, les risques d'addiction liés à une consommation abusive ou détournée, la criminalité attachée à ce produit dans les faubourgs populaires de *Bagdad* comme Samuel me conta une fois les malheurs de son pauvre cousin victime de fausses accusations et jeté comme un bandit dans les geôles de l'ancienne capitale abbasside. Il m'a en outre fait un cours magistral sur la panacée, m'a cité des passages du *kitab al Qanûn fi al Tibb,* du maître *Ibn Sina* médecin, philosophe et politique en tant que haut fonctionnaire. D'ailleurs, ne dit on pas qu'il mourut d'avoir trop bu et surtout qu'il passât sa vie à fuir des "sultans" ingrats. Il était une bête de travail ne dormant pas plus de quatre heures par nuit.

époque romaine - Cordoue ci dessous

Mon bien aimé Samuel est une bible. Au fait, n'oublie pas ton paquet avant de repartir demain; surtout transporte le en lieu sûr; je veux dire où nul soldat viendra te palper! Enfin, n'oublie pas de saluer Myriam et les enfants. Tu sembles tellement las mon frère! Tu pourrais éventuellement avoir des problèmes de constipation; bois beaucoup d'eau fraîche au lever, mange des légumes et des fruits évite les graisses animales enfin la consommation de vin.

-Ne t'inquiète pas pour moi *toubib*! Je connais mon affaire et puis ce problème d'addiction dont tu me parles n'est rien comparé au mal qui me ronge. Mais, comment as-tu fait pour te la procurer avec l'embargo? Ils vont finir par nous laisser crever comme des bêtes...

-Argent et relations!

-Maudite corruption...

-Tu veux changer le monde Youssef?

Allez, reprend de l'orangeade et des biscuits secs, tiens ces dattes d'*Ifriqiya* sont un régal!

-Pas pour l'instant mon frère.

-*Naschékholi,* dit on à *Rayy(Téhéran)* pour qualifier ces petits encas post kif dit Samuel, oui toujours lui! Les orientaux sont vraiment des jouisseurs invétérés!

-Ou des drogués!

-C'est une manière de voir, des clichés. *Omar Khayyâm* a chanté dans bien des quatrains l'ivresse(*sukr spirituelle,* par opposition à *khamr*-profane) du vin et le ravissement *ghalaba* pour l'âme; c'était un grand épicurien!

-Exact."

Depuis leur mielleuse retraite plongée dans un léger brouillard bleuté, les deux amis n'entendaient pas la soldatesque se déployant dans les rues désertes de *Malaga.* La ville fut conquise quelques semaines plus tôt. L'armée chrétienne captura dans le même temps des milliers d'hommes qu'ils comptaient bien échanger contre rançon par les familles. Les soldats s'adonnèrent aux habituels pillages. En fait, ils perpétuaient une banale coutume guerrière qui s'apparentait à une rétribution en nature,un complément de salaire à leur maigre solde. Avec un mépris total de la dignité humaine, ils torturaient impunément les civils pour leur soutirer un improbable trésor caché dans leur foyer. Enfin, le viol des femmes et des jeunes filles vierges était l'ultime humiliation dans la barbarie. Des bandes de paysans, des gens de ferme s'étaient reconvertis dans le banditisme aux ordres d'un chef charismatique suite à l'annexion pour résister et signifier haut et fort au pouvoir leur refus de l'inacceptable. Mais la résistance fut anéantie.

-Comment peuvent ils au nom de la croix, ô *Jésus*, torturer et violer puis qualifier de surcroît les oppressés de barbares?

-Je ne sais trop mon frère.

-Un exemple significatif de révolte populaire en *al Andalus* restait l'insurrection indigène de *Omar hafçoun* contre l'*émirat omeyyade* au IX s. En effet, ce turbulent jeune homme descendait d'un *adib,* gentilhomme du nom de *Hafç* dont le grand père *Djafar al islami* le renégat avait pour cinquième aïeul l'illustre wisigothe *Alphonse* honoré même du titre de comte; une famille de montagnard convertie à l'islam venant d'un hameau près de *Hiçn Aute,* au nord est de *Malaga* mais une foi empreinte du souvenir de la religion des aïeux qui était devenue un des symboles de la révolte politique contre les omeyyades. Son très respecté père au sein de sa communauté le sauva une fois de la potence en allant vivre ailleurs dans la région de *Ronda* puis, une autre fois, en exilant le turbulent jeune homme au *Maghreb* chez un ami tailleur espérant sans doute le ramener à la raison par le biais d'une formation professionnelle en tant qu'apprenti. Or, un jour, un vieillard ami du tailleur leur rendit une visite de courtoisie et profita de la situation pour aborder les derniers événements dans la péninsule avec son ami en compagnie évidemment du jeune homme. Il le questionna en l'occurrence sur la révolte de *Bobastro* où il connaissait nombre de personnes là bas.

D'après ses informations, il reconnut à la balafre au dessus de l'œil le garçon assis à ses cotés visiblement de plus en plus gêné par les questions du vieillard un peu trop indiscret à son goût. L'aura du jeune homme avait déjà traversé le détroit. Le vieil homme lui prophétisa un grand avenir de chef contre ces maudits omeyyades; pour cela, il devait suivre son destin! *Omar* rentra en *al Andalus* fort de la prophétie et de ce soutien moral. Il se fit bandit, *ratero* à partir d'une ancienne forteresse romaine *Municipium Singiliense Barbastrense,* inexpugnable dans les environs de *Bobastro* (vers 880) connut de nos jours sous le nom *del Castillon.* De ce repère, sa quarantaine de compagnons et lui même razziaient contre le pouvoir de *Cordoue.* Au fil des semaines, ses troupes de *ladrones,* voleurs ainsi que son aura de justicier opposant ou de bandit grossissaient; d'ailleurs, le pouvoir se sentit un temps démuni face à sa force de frappe et de l'appui autochtone non négligeable aussi l'émir omeyyade changea de gouverneur mais en vain. La lutte continuait et *Omar* se retrouva en mauvaise posture. Par la suite, le vizir de *Cordoue* vit en lui un parfait officier et par conséquent l'engagea avec ses valeureux hommes dans sa lutte contre les *Beni Casi* et *Alphonse roi de Léon* pour des raisons purement politiques. Mais, le héros local reprit son métiers initial plus rentable de *ratero* en 884 lassé des intrigues et luttes de pouvoir à *Cordoue* et ce, à partir de la même place forte escarpée qu'il reprit sans coup férir au pouvoir celle là même qu'il avait rebâtit jadis avec ses quelques hommes. Il devint selon les chroniqueurs musulmans le chef de la "race espagnole" contre les arabes. Le héros ne vit pas la fin tragique de son clan orchestrée de main de maître par celui qui allait devenir le calife *Abd ar Rahman III al Nasir* pendant un demi siècle. *Omar* mourut malade en 917 du comput des nations après trente années d'une lutte contre l'envahisseur musulman qu'il faillit renverser. Il laissa quatre fils, *Djafar, Soleiman, Abderame, Hafç* et une fille *Argenta* qui fut mise à mort coupable d'apostasie en 931. *Abd ar Rahman III* voulait anéantir toutes les anciennes distinctions de races en les fusionnant en une seule et unique nation à ses ordres! Il y arriva partiellement. On notait qu'au cours des générations passées jusqu'à *al Nasir,* l'aristocratie arabe avait négocié statut et privilège avec les émirs omeyyades; néanmoins, la fortune de cette élite arabe était un gage non négligeable pour le pouvoir! Elle perdit beaucoup avant pendant et après les guerres civiles.

-"Mais, Sanchuelo, à propos de notre *Malaga* et de la capitulation du 18 août, je crois que nous devrions revenir sur l'encerclement castillan du printemps à une période où grâce à notre artillerie légère nous résistions brillamment aux assauts ennemis, espérant jours après jours l'arrivée de renforts surtout que nos assiégeants étaient décimés par un mal inconnu, une sorte d'épidémie. C'était un signe de dieu dirent certains; or, nous n'avons pas cru en nous en notre salut!

-Ne rêve pas Youssef et puis, cela ne sert strictement à rien de remuer la dague dans la plaie, il est trop tard; on ne refait pas l'histoire. Selon nos agents, les castillans avaient outre leur puissante armada de 70.000 hommes de nombreux mercenaires suisses et allemands dans leurs troupes; il y avait le blocus de notre port qui n'augurait rien de bon dans ce rapport de force asymétrique dès le départ. Nous n'avions aucune chance Youssef avec ou sans *Boabdil*.

-Le terrible siège de trois mois sous le feu des bombardes et en dépit du courage de notre commandant nasride *Ahmad at Tagri* de nos militaires et de toute la population réduite *in fine* à bouffer chiens chats mulets alors que *Boabdil* contemplait notre humiliation depuis son royaume de *Grenade*. Ce fut une traîtrise sans nom qu'il commit contre des musulmans; qu'il soit maudit lui et sa descendance! Pourquoi n'a-t-il pas envoyé de troupes à notre rescousse Sanchuelo?

-Il a vendu son âme au diable ou plutôt à *Ferdinand d'Aragon* comme tu le dis,*no*!Selon les rumeurs,il y eut en échange de sa libération et de son retour avec l'aide du roi chrétien évidemment sur le trône, la promesse de ne pas défendre *Malaga* que *Ferdinand devai*t attaquer en outre, il y avait 14 000 ducats d'or de versement ainsi que la libération de 7000 prisonniers castillans prévue. Son fils de deux ans était retenu en gage par *Ferdinand* comme le voulait la tradition depuis des siècles. A *Malaga* donc, *Abou al Hasan Ali* dit *el viejo,* le vieux(son père) gouverna jusqu'en 1485 puis son oncle *Muhammad XII az Zaghal* siégea sur le trône après lui.

-La défaite humiliante trois années plus tôt, le souvenir de son incarcération chez les castillans, la maladie d'un père qu'il démit du trône, les intrigues du *chico* comme le nommaient les castillans; enfin, son retour aux plus hautes fonctions était plutôt délicat!

-Aux vils agissements des uns s'ajoutaient ceux

macabres et pervers des soldats chrétiens couronnant finalement les résurgences d'un passé barbare éloquent. D'ailleurs, *Iblis* lui-même a plus de cœur que tout ces monstres réunis!.

-Tout bon chrétien connaît normalement le récit biblique de l'ange apparaissant en songe à *Joseph* pour lui indiquer le chemin où s'enfuir avec *Marie* et l'enfant».

Les deux amis pour leur part étaient dans l'expectative. Youssef espérait sans vraiment y croire une aide extérieure providentielle pour ne pas dire miraculeuse, un signe du destin surtout après l'horreur des semaines écoulées alors que Sanchuelo le cynique utilisait la métaphore chimique de l'oxygène se raréfiant inexorablement sur ce territoire reconquit entièrement par les chrétiens dépossédés jadis par «*ces étranges oiseaux de proie*» venus d'*Afrique* à l'époque wisi*gothe*. Aucune frontière n'assurait plus leur droit à vivre ou cohabiter en paix sur cette terre qui les avait vu naître. Bien au contraire, la limite *tagr* était devenue un purgatoire, un lieu de la perdition; c'était un énième rendez vous manqué avec l'Histoire pour le réaliste qu'il était au regard de ce monde aigri incapable d'aimer. L'Homme était trop occupé à châtier celui qui était différent et qui de surcroît se plaçait sur son chemin sans oublier tous les peuples persécutés tout au long de l'Histoire avec leurs cultures, leurs langues, leur pensées et religions. En fait, cette simple présence suffisait à les vouer aux gémonies…A croire que l'homme victime d'un instinct animal ne cherchait qu'à occire le plus faible pour l'exemple. D'ailleurs, une fois les adversaires défaits, il s'empresse de se couronner dictateur afin d'éradiquer en toute impunité l'insoumission et l'altruisme de certains de ses sujets devenus encombrants. Le prince au delà de la force militaire garante de son pouvoir était confronté à ses propres choix, ceux là même qui déterminaient sa légitimité devant le peuple qui n'était pas un bloc compact. Deux *hadith* énoncent en outre qu'il n'est pas au dessus des lois(*shari'a*) et des hommes: «*aucune obéissance dans le péché/n'obéissez pas à une créature contre son créateur*», dès lors que des raisons fiscales, *mazalim*(taxes non coraniques) étaient la cause de la discorde. Serait ce là un autre prétexte de la *fitna*, cette incapacité à trouver un souverain sage capable de partager l'eau sans distinction. Nous étions le 1 septembre 1487 du comput des nations…

2
Agonie du califat

Ainsi, ai-je entendu.

L'islam sous *Abd ar Rahman III(912-961)* dominait *jazirat al Andalus,* la péninsule, un territoire pourtant isolée en terre chrétienne. Néanmoins, les musulmans d'*Espagne* avaient une conscience ténue d'appartenir au *dar al islam,* maison de l'Islam, partageant communément une religion, une culture et une langue, l'arabe…Ceux qui partaient pour des voyages d'études en quête de sciences, *rihla fi talab al'-ilm,* recommandés par le prophète pour leur formation intellectuelle "jusqu'en *Chine"* accomplissaient bien sûr le *Hajj* le pèlerinage et revenaient au pays avec de nouvelles connaissances, des livres, ce qui renforçait ce sentiment d'appartenance à la *umma,* la communauté, à un livre le *Coran,* à son prophète *Muhammad ibn Abdallah,* à une langue claire l'arabe*(mubîn)* en dépit des divergences politiques culturelles et religieuses nombreuses au sein même du *dar al islam.* L'émirat puis le califat umayyade d'*Espagne* profitèrent véritablement du formidable essor culturel entrepit sous *Abd ar Rahman II(821-852 a.c)* qui n'hésita pas à envoyer un diplomate *Yahya al Gazzal* à *Constantinople* dans le but de construire des ponts culturels et politiques avec l'orient byzantin. L'orientalisation ou l'arabisation était fondamentale pour construire des liens forts au sein de la communauté des croyants. Le mythe«oriental» était au cœur de la construction du territoire et d'une identité après le *Fath al Andalus,* l'ouverture, la conquête d'*al Andalus.* D'ailleurs, *Alvare,* le polémiste du IX siècle s'inquiétait de l'arabisation et surtout de l'acculturation des chrétiens d'*Espagne* eux-mêmes qui adoptèrent l'écriture, la poésie et les savoirs arabes délaissant l'écriture latine et le *romance* parlé, la langue vernaculaire. Il remarquait: «(...)*qu'ils oublient leur loi et leur latin et s'est à peine s'il s'en trouve un sur mille pour écrire correctement une lettre ordinaire à son frère*» (*FJ Simonet Historias de los mozarabes de España Madrid 1897*). Pour *Simonet* les *martyrs de Cordoue* et la lutte de *ibn Hafçoun* contre les omeyyades étaient un même et unique combat pour la primauté d'une identité espagnole chrétienne immuable. Pour Husayn al masri, on ne pouvait plus considérer comme «*barbare la langue de l'antéchrist*», une langue adoptée par l'ensemble des fidèles d'orient en occident! Le prêtre cordouan *Hafs B Albar al Quti* traducteur en arabe *des Psaumes* versifiés*(urguza)* vers 889, (traduit par *M.T Urvoy*) dément avec sa vision les thèses de *Alvare et Euloge (*voire de *Simonet au XIX s)* en tant que précurseur d'une culture chrétienne arabe dite mozarabe en traduisant du latin à l'arabe la bible nous dit M. *Aillet;* pour autant, la tradition latine wisigothe sévillane n'était pas éteinte. Il y eut affrontement plutôt que convergence chez nombre d' historiens espagnols au sujet de l'identité de ces chrétiens arabisés, les *musta'riba* d'*al Andalus.* Selon *Hafs B Albar* c'était un travail indispensable pour répondre aux évolutions sociétales linguistiques comme aux pratiques religieuses qui nécessitaient un vocabulaire et un lexique précis nuancé intelligible à un public arabisé surtout face aux arguments des juifs et des musulmans andalous plutôt critiques à cet égard, toujours selon M. *Aillet.* Le *psautier* était récité à voix haute de la naissance à la tombe. Il était en outre un outil traditionnel d'apprentissage de lecture; en outre, il agissait comme un talisman protecteur contre les djinns dit *Hafs B Albar*. Par ailleurs, cet évêque attaché à son ascendance latine et gothique dixit *Cyrille Aillet* désacralisa la langue latine biblique, évangélique version d'*ibn Balashk* voire arabe coranique par ses traductions poétiques(quasi divine) montrant par là toute la beauté de la littérature chrétienne mozarabe et son arabité culturelle chrétienne en terre d'islam dont le modèle oriental de référence *Melkite, Jacobite, Nestorien* de *Syrie* et *d'Irak* fut, dit on,introduit par la politique de l'émir omeyyade *Abd ar Rahman II* (822-852) avec le concours certainement de l'*Abbasside Ziryab* précurseur d'une culture arabo andalouse raffinée. Or, le conflit entre *omeyyades* et *muwalladun* rejoint celui d'orient au prise à une surenchère hiérarchique des peuples (*ahl*) au sein du *dar al islam* et à leur légitimité déclarée. Il semblerait que cet antagonisme soit inhérent à la nature humaine sujette à la jalousie, à la mesquinerie entres autres vils instincts contre lesquels dieu mit les hommes en garde. La *umma* est censée être, dit on, une entité vivante unique solidaire pourtant, il n'en est rien. Est-ce à dire que la religion nouvelle est incomplète et qu'elle ne peut pas régir la vie des hommes dans un état de droit! *Muhammad* est mort sans avoir réglé le problème de sa succession d'où la grande discorde mentionnée en introduction et qui poursuivra la destinée des musulmans à travers les siècles et le *dar al islam*. Pour Husayn, le religieux n'a pas à s'occuper de politique mais de l'exégèse et de l'herméneutique de la parole divine. La foi était pour le cordouan du domaine du privé. Tout le reste n'était que de peu d'importance. Cette *shu'ubiyya*, contestation sociale n'avait donc pas attendu l'époque des *muluk al tawa'if* pour revendiquer un statut d'égalité avec les arabes purs au sein de l'islam, voire même d'affirmer une supériorité culturelle comme le firent les perses en orient sur la caste des bédouins du désert et leur langue sacrée de la *vulgate* en tant que peuple millénaire converti à la religion musulmane. En outre, le prêtre *Albar* montrait par ses œuvres qu'au sein du *dar al islam* une communauté chrétienne indigène de culture arabe maîtrisait l' arabe langue claire qui n'avait rien à enviée à celle du coran; d'autre part,ce message devait relativiser l'idée d'une langue sacrée intouchable car il montrait qu'elle n'était qu'un outil linguistique au service des hommes en constante évolution! *Al Andalus* possède des centres urbains importants reliés entre eux depuis *Cordoue* et *Tolède. La* première est la nouvelle capitale tandis que la seconde est l'ancienne capitale du royaume wisigothe par les anciennes voies romaines, terrestres et fluviales, facilitant les transmissions, le commerce dont *Idrissi* exposa dans sa géographie avec clarté et exactitude les milles séparant les lieux en jour ou en demi journée,sans oublier *Séville* ville des sciences avant la conquête musulmane. Les voies fluviales qui irriguent cette terre en font un atout essentiel pour développer et acheminer une richesse minière, agricole incomparable en climat tempéré,le quatrième climat selon *Idrissi*. En outre,cette position géographique hautement stratégique depuis l'antiquité est la cause d'invasions successives qui contribuèrent à faire de ce lieu un«melting-pot» d'une complexité sociologique à la hauteur des ambitions de chaque conquérant; à l'époque romaine, les esclaves représentaient *circa* ¾ de la population. *Idrissi* rapporte la légende qu'*Alexandre* «*l'homme aux deux cornes*» du Coran avait demandé à ses meilleurs ingénieurs de faire creuser deux digues de part et d'autre du détroit à l'endroit de *Gibraltar* afin de faire cesser les incessantes attaques barbares en *Espagne*. L'*Hispanie* hérita en effet des riches cultures antérieures avant l'islamisation relative du pays qui était selon le mythe, annoncée sans oublier une importante présence juive depuis l'antiquité puisque on dit que *la table de Salomon* aurait été retrouvée à *Tolède*. En effet, selon des chroniques musulmanes et chrétiennes, soient des versions différentes,un parchemin était enfermé dans une maison de *Tolède* d'autant de serrures que l'*Espagne* comptait de règnes. La prémonition était claire! Elle annonçait la venue d'hommes du désert enturbannés avec de surcroît au dessus du dessin en légende les mots: «*quand on ouvrira les verrous de cette pièce (futihat), cette île sera conquise (futihat) par les arabes(...) et ceux qui auront ouvert s'en repentiront*». La prophétie était une chose et le délitement du royaume wisigothe une autre; toutefois,cela tenait en un mot: la trahison! Elle fut double car *Rodéric* viola un soir qu'il était ivre la fille chérie de *Julien* son gouverneur de *Ceuta*. Ainsi, le roi goth bafoua l'honneur d'un père,d'une nation et les coutumes ancestrales; bref, toute une tradition à propos des jeunes filles nobles qui étaient envoyées à *Tolède* au palais pour y être éduquées. La fille de *Julien* trouva un stratagème pour faire comprendre à son père ce qui s'était passé à *Tolède* faute de lettre claire en raison de la censure. En effet,elle demanda alors la permission d'envoyer à son père des présents en prenant soin d'y mettre parmi ces cadeaux de grandes valeurs un œuf pourri. Le père fut tout d'abord surpris et interloqué. Mais, il comprit le sens du message de sa fille. Fou de rage contre cet homme immonde,il pactisa avec les arabes pour se venger et décidait d'offrir l'*Hispanie* sur un plateau aux arabes. Ainsi, il punissait l'usurpateur. Il s'agit d'une légende. Cependant, il mit concrètement à disposition des musulmans ses bateaux avec en toile de fond les rivalités claniques et ethniques latentes au sein du royaume wisigothe en déliquescence. Les wisigothes avaient jadis réunifiés les cinq provinces de la péninsule. Or, après l'invasion musulmane et le partage entre alliés des terres ibères les premières frictions et chiismes éclatèrent entre arabes et berbères(ces derniers représentaient la majorité des conquérants); deux vagues de guerriers arabes arrivèrent en *Espagne* d'une part avec *Musa* en 712 puis avec *Balj* en 740, soit au total 40.000 soldats afin de coloniser le pays; parallèlement, de nouveaux états chrétiens fondés sur de vieilles bases s'organisaient dans les régions les plus septentrionales en l'occurrence les *Marcas, tugur(*zones frontières délimitant *al Andalus* des autres états chrétiens)* jusqu'aux *Pyrénées* et au royaume franc, des régions difficiles d'accès et défavorisées par un climat rude,une terre avare. En revanche, sur ces contrées d'accès difficiles-un avantage stratégique préservant le territoire des invasions et razzias-vivaient des hommes fiers de leur liberté. L'invasion arabo-berbère de 711 apporta aux populations indigènes encore majoritairement païennes un nouvel élan grâce à une relative autonomie et une liberté cultuelle; en outre, ils payaient moins de taxes, permettant *in fine* la pérennisation d'une culture pour le moins attrayante à leurs yeux avec l'apport de progrès techniques agricoles et scientifiques dès les VIII-IX siècles; l'héritage intellectuel grec perse indien et chrétiens nestoriens, sabéens s'enracinait dans la péninsule avant d'atteindre le reste de l'*Europe* du nord à partir des XII et XIII siècles. Avant ces dates, les érudits juifs et musulmans fuirent la répression *amiride* après la mort d'*al Hakam II* en 976. Néanmoins, la dynamique intellectuelle allait véritablement fleurir contre toute attente le siècle suivant qui avait pourtant très mal débuté grâce à une politique seigneuriale tout azimut de mécénat dans un contexte politique délétère(*fitna*). Il n'était pas rare que les savants,poètes aillent par les routes quémander protection à l'émir qui reconnaîtrait leur indéniable talent. Un esprit de compétition intellectuel et artistique anima *al Andalus* et les *tugur* durant le XI siècle en dépit de la guerre civile de Cordoue. Une partie du peuple cordouan resta néanmoins fidèle au *banû umayya* quand une autre fuyait à toute jambe.Toutefois,le professeur *Clément* dans son ouvrage cité plus haut sur la Cordoue des taifas donne des tableaux et chiffres assez précis des migrations temporaires en fonction des classes professionnelles et des érudits religieux par exemples entres autres. Mais les luttes d'influences motivées par des considérations claniques et financières finirent par tuer le *califat* aux aboies dans un véritable défilé de prétendants jusqu'en 1031...

-«Le shah est mort»(échec et mat). Dit Youssef prit abruptement d'une quinte de toux effroyable.

-Mon frère, ça ne va pas?

-....

-Youssef!

-...

-Youssef!

-OK, c'est bon. Tu sais j'"aimerais tant retourner au centre thermale, *al hamma* de *Grenade;* te souviens tu nous partions en famille passer une semaine de cure thermale dans ce lieu privilégié pour son eau,son climat,ses hôtels ses gargotes et spécialités locales.»

-Oh oui, comment pourrais je oublier notre "retraite" préférée!?"

Youssef sortit prendre l'air un long moment avant de reprendre sa place les yeux embrouillés par les larmes. Sanchuelo essuya les siennes, prit une grande inspiration et poursuivit la récitation mais l'angoisse se lisait sur leur visage. La tonalité n'y était plus vraiment. Et puis où était Samuel et Hans?

«-Dès lors, le royaume se fractura en une multitude d' états autonomes, les *mulûk al tawa'if* ou *reyes de taifas* qui...

-Tu me fais un cours magistral!

-Excuse moi, mais, je ne suis plus vraiment dans mon récit car ta santé m'inquiète...

-*Por favor*!»

Sanchuelo s'exécuta mais son esprit semblait ailleurs: «on en était, je crois, à ce commentaire sarcastique de

Al Qayrawani à l'égard des *muluk* qui s'attribuaient des *laquab* honorifiques dans le genre: *al Mutadid, al Mamoun, Muq'tadir,* etc: «(…) *cela fait penser à des chats qui se prennent pour des lions»(Foulon &Tixier du Mesnil).*» Nous savons ce qui advint de la grenouille qui voulait se rendre aussi grosse que le bœuf(*al Muqaffa: kalila wa dimna*) «*et comment elle éclata de vanité au propre comme au figuré*» dixit *François Clément.*
Ainsi ai-je entendu.
La *amma,* première touchée économiquement, subsistait difficilement tant en milieu rural qu'urbain dans les métiers du souk. Le citadin aristocrate menant une vie de rentier était toujours avide de sensations dans les hauts lieux de plaisir et de débauche s'adonnant au vin, femmes et aux éphèbes très appréciés des hommes mûrs durant leurs virées nocturnes comme seule une capitale aussi attractive et cosmopolite que *Qurtuba* pouvait en proposer à ses sujets à mille lieues des misérables réalités sociales de la plèbe qui dans l'ombre se prenait en main pour une revanche sur le sort. Husayn considérait cette forme d'oisiveté recherchée au regard de la conjoncture ambiante comme immorale. *Qurtuba* était un centre économique incontournable de plus de 700.000 habitants pour les plus fantaisistes des chroniqueurs, disons 250.000 âmes selon des estimations raisonnables avant 1009, date du début de la *fitna;* un lieu de rencontres et d'échanges tant pour les intellectuels que les religieux avec écoles, madrasas, bibliothèques, maison de santé, hospices, marchés, foires annuelles, souks, entrepôts de produits manufacturés luxueux sur les berges du *Guadalquivir* ou

grand fleuve qu'utilisèrent les *vikings* pour remonter jusqu'à *Séville* puis *Cordoue* et razzier; bref, cette mégapole fut la nouvelle capitale de l'émirat choisit par *abd ar Rahman I* pour ses réminiscences byzantines car un indéniable flair oriental damascène se dégageait de cette dernière, chère à son cœur, outre sa propreté selon la description qu'en fit *ibn Hawqal* en 948:«(...)*la plus grande ville d'Espagne, Cordoue qui n'a pas son équivalent dans tout le Maghreb pas plus qu'en haute Mésopotamie, Syrie, Égypte pour le chiffre de la population, l'étendue de sa superficie, le grand espace occupé par les marchés, la propreté des lieux, l'architecture des mosquées, le grand nombre de bains et caravansérails(...).»*

Abd ar Rahman b. III fonda à l'ouest de *Cordoue* la cité palatine de M*adina ar Zahra* qui regroupait les administrations, les soldats, la famille royale nombreuse, en raison d'une urbanisation en expansion comme la densité démographique; la ville prit des proportions si importantes au point que les habitations formaient une sorte de ligne continue entre *Cordoue* et *Zahra.*

Ruine de Madina al Zahra
basa marmor,salon de Abd ar Rahman III 957/961

musée de madina ar Zahra à l'ouest de Cordoue
fondation de l'Aga Khan

Idrissi, le géographe du 12 siècle ultérieur à l'époque califale fit une description différente de la ville à l'époque de la *fitna:* «*Qurtuba se compose de 5 villes contiguës, chacune est séparée des autres par une enceinte sûre et est dotée de suffisamment de marchés aswaq, d'hôtellerie, fanadiq de toutes sortes tout comme d'artisanats et de bains. C'est dans la ville centrale que se trouvent la porte du pont(bab al Qantara) et la mosquée du vendredi*». *Qurtuba* à la fin du califat était composée de 21 faubourgs *arbad* en outre *Cordoue* et ses faubourgs s'étendaient sur 5000 ha ou encore de *madina al Zahra* à l'ouest et à *Zahira* à l'est, on parcourait une distance de 18 kms. *Cordoue* était une ville militaire avec ses parades guerrières au départ d'expédition comme au retour des troupes victorieuses avec ses réjouissances grandioses où le peuple allait au devant de ses troupes quémander une part du butin. *Cordoue* avait donc son camp de concentration des troupes le *fahs al suradik.* Elle est au cœur des communications. *Cordoue* à l'époque omeyyade commerçait avec l'*Afrique (Ghana)* pour l'or les esclaves l'ivoire les céréales le cristal de roche d'*Égypte* la céramique dorée de même sa céramique et son bois sculptés notamment vers l'*Ifriqiya,* important d'orient divers produits luxueux manufacturés de décorations, du bronze et d'*Europe du nord,* dans les deux sens, cuirs et armes enfin du nord de la péninsule ainsi que de *Septimanie Narbonnaise* esclaves, épées...Avec la *fitna,* on notait la destruction et le dépeuplement des zones d'expansion urbaine à l'ouest *Ajerquia(Cordoue)* bien au delà des murailles de la médina. L'arrière pays cordouan était une véritable terre nourricière où la population *dhimmi* était peu représentée; en revanche, elle détenait des terres économiquement productives dont des monastères de tradition wisigothique comme le rappelle *Christine Mazzoli-Guintard*. Mais la guerre fit péricliter automatiquement le commerce, l'agriculture avec des récoltes détruites sur pied, des bandits *rateros* saccageant les campagnes, dépouillant les paysans tout comme les troupes berbères vouées aux gémonies par de nombreux individus. Nous parlions plus haut du peuple en liesse allant au devant de ses armées au retour de la guerre. Or, sous *Sanchuelo* l'*amiride*, aucune source de revenus ne rentrait plus dans les caisses, plus de razzia, plus de butin, nulle croissance, profit économiques alors la *amma* se révolta face à cette condition existentielle exécrable. A chacun ses devoirs et son rôle; or, le *hadjib* qui voulait tant devenir calife n'était qu'un médiocre ministre qui ne remplissait pas ses obligations étatiques! Enfin, à toutes ces calamités s'ajoutaient les aléas météorologiques pour mieux appuyer les arguments des bigots sur la malédiction divine! Résultat, la famine décima les rangs des paysans et des plus précaires en générale. La misère poussait l'individu dans ces derniers retranchements pour assurer à sa progéniture un minimum de blé et de poix chiche que l'on servait en bouillie! Husayn al masri laissa sur la *fitna* en guise de témoignage très personnel des croquis poignants d'animaux et végétaux se passant de tout commentaire. Le dessin fut son premier amour et lui rappelait à l'heure de la maturité une seconde enfance heureuse jadis au coté du médecin. Il pratiqua même le luth recevant des leçons particulières car son maître lui répétait que la musique adoucissait l'âme agitée des gens tourmentés par les aléas de l'existence et d'autre part, la musique l'aiderait en mathématiques comme en logique outre que la pratique musicale favorisait l'écoute des autres. Husayn avait eu énormément de chance lorsqu'il songeait à ses sœurs. Qu'étaient elles devenues? Il ne faisait pas bon en outre appartenir à la gente féminine.

-«Ô ami, écrivit il, qui que tu sois, sache que l'existence du gueux ressemble à cette noria tournant imperturbablement sur son axe de l'aube au crépuscule. Une vie humaine ne vaut pas un dinar ici bas. Moi Husayn, je l'appris suffisamment tôt».

La société arabe se décomposait en deux entités distinctes: la *amma,* le commun des mortels (*amm:* général) contre l'élite *Khassa (khass:* particuliers). Husayn connut les deux faces d'une même médaille. Son soucis de justice sociale s'affermit au coté du maître durant son apprentissage. Il éprouva un certain dégoût pour cette élite méprisante qui traitait l'indigent de vil personnage à l'égal d'un animal. Il comprit que tout l'argent du monde ne suffirait pas à modifier ces *topos.* Or, la bêtise humaine était la conséquence logique d'un manque d'éducation. Jadis, *al Hakam II* institua la scolarisation obligatoire des enfants comme le lui rappelait son tuteur; certes, certains disaient que ce n'était que pure propagande, pour d'autres une pieuse forgerie. Or, elle tomba en disgrâce avec la tyrannie d'*al Mansûr* lequel avait du reste grand besoin d'argent pour entretenir ses troupes nombreuses et construire sa prestigieuse M*adina al Zahira.* Durant la régence *amiride,* la situation empira et les premiers mouvements de population commencèrent; le bon temps était terminé et l'espoir du maître désirant bâtir des ponts entre les hommes s'écroulait faute de partenaires fiables. Effectivement, la peur comme le répétait le maître à Hussein était mauvaise conseillère au même titre que son appréhension. *Al Andalus* était au X siècle sous les banû Umayya un état puissant autoritaire centralisé jouissant d'une diplomatie efficace intelligente mise en œuvre par un calife pragmatique pendant que son fils futur *al Hakam II* s'investit dans le mécénat; la recherche dans les sciences exactes permit au royaume de briller en *Europe*, de perfectionner les anciens ouvrages romains existants tels que ponts, routes, canalisations, système hydraulique, outillages. On greffait et produisait de nouvelles cultures importées d'orient dont raffolaient tant les levantins(*Damas*) dans un but mercantile; en fait, le souverain *al Hakam* II distinguait dans l'instruction le facteur évident du progrès social. Le fils d'*Al Nasir* put se consacrer à son domaine de prédilection en raison du règne d'un demi siècle de son calife de père médicalement suivi par des médecins habiles qui surent le préserver grâce à des thérapies efficaces mais avant tout, il était doté d'une bonne santé. Il était un fin stratège parfaitement entouré de généraux avisés, de diplomates connaissant parfaitement l'*Europe,* les arcanes du pouvoir tel *Recemundo* dit *Rabbi ben Zaid,* évêque catholique et ami du calife, dit on. Un choix judicieux surtout lorsqu'il s'agissait de missions diplomatiques en terre chrétienne voire le diplomate juif lettré de surcroît médecin particuliers du calife *ibn Shaprut* considéré comme le précurseur de l'age d'or juif en *al Andalus*. Une telle ouverture d'esprit était bien le symbole d'une politique pragmatique qui correspondait en un sens seulement à la philosophie humaniste du sage Hassan al Qurtubi attentif à une certaine justice sociale au sein du royaume afin de consolider la charpente fragile d'un état constitué de communautés indociles à l'instar des berbères et ce depuis la conquête de 711. Ces derniers furent la majorité des troupes lors de la conquête d'où le fort ressentiment de non reconnaissance depuis lors. Ne négligeons pas non plus l'anti judaïsme wisigothique parmi les communautés chrétiennes arabisées en dépit de la domination socio politique de l'islam qui n'abolit pas les clivages d'antan pour paraphraser *Cyrille Aillet*. Le califat sous *Al Nasir* connut une paix relative jusque dans les zones septentrionales du royaume; cependant, la dure défaite dite *des fosses de Samanca* lui resta en travers de la gorge et modifia pour longtemps sa stratégie ainsi que sa conscience du problème chrétien. Rejoignons Husayn al masri pour le situer dans le contexte de son époque. Ce dernier naquit probablement à la périphérie de Cordoue vers 976; nul ne le sait réellement mais la sage femme du bourg se rappela que le ciel était en feu et coïncida avec la mort d'*Al Hakam II*. Husayn grandit sous le règne d'*Almanzor* dont le *laqab* fut synonyme de cauchemars pour nombre d'individus de tout horizons. Il voulut sa vie durant rendre hommage à son père spirituel grand humaniste dont la fonction et le rôle dans la société en tant que *juste* parmi les justes, *min an salihina,* fut une recherche du bonheur partagée au sein d'une cité vertueuse,vaste entreprise utopique mais nécessaire. Cet idéal est porteur d'un message révolutionnaire si l'on se réfère aux nombreux personnages du passé qui en raison de leur paroles furent exécutés(Socrate,Jésus) pour ne citer qu'eux; messages d'amour, de pardon, de bon sens, de raison, de guérison des âmes(médecine spirituelle) loin de ses prédécesseurs qui n'avaient su trouver dans la *Thora* les remèdes au mal. Selon des rumeurs folles, la naissance d'une fille issue de la plèbe reconnaissable à une tache de naissance sur l'épaule droite était porteuse d'un changement positif irrémédiable pour les petites gens;dès lors, une véritable paranoïa s'empara de la foule dont les comportements devenaient inquiétants. Pour le palais, il s'agissait là de pures balivernes sans fondement scientifique. Or, *al Andalus* vit la mort d'*Al Hakam II* et de son frère assassiné le lendemain même par les sbires d'*Al Mansûr* et passant inaperçu dont nous reparlerons car les causes de la fin annoncée du califat étaient peut être dans cet acte puissant. *Cordoue* fut par ailleurs témoin quelques années plus tard d'une éclipse solaire en 1004, suivie d'une comète à quelques mois de ce jour. Que de funestes présages! Les bigots dénoncèrent une nouvelle fois une punition divine imputable à son calife(*Al Hakam II*) qu'ils qualifiaient de sodomite. Toutefois, rien de nouveau dans de tels propos injurieux, les dits fidèles faisaient de leur ignorance une religion mais aussi une fierté. Avec la mort d'*al Hakam II*, Fatima, la *qabila,* sage femme de profession et entremetteuse ayant pignon sur rue crut reconnaître dans ce ciel rouge en feu, elle aussi, un signe fatal aux omeyyades....

-«Quand la situation devient confuse, certains individus ont tendance à s'emporter, non!

-Effectivement, ils cherchent dans le surnaturel des explications plausibles selon eux.» Lui rétorqua Sanchuelo. En revanche, les *saqalibas,* esclavons, cette catégorie sociale- d'origines européennes slaves mais pas uniquement- et plus particulièrement deux officiers *fityan(sing:fata)* importants *Fa'ik an Nizami* et *Gawdar* essayèrent en vain de garder secrète la mort du calife *Al Hakam II.* En effet, selon *el kitab Bayan al mugrib fi ah bar al Andalus wa-l Magrib,* compilé par *Ibn 'idhari (tr.Dosy/Levi-Provençal)* les esclavons au comportement de plus en plus arrogant étaient plus de mille eunuques rien qu'au palais sans compter leur grand nombre dans l'armée. Selon l'ouvrage le *Bayan,* la ville palatine de *Zahra* à la fin du règne d'*al Nasir* comptait 3750 esclavons rien qu'au palais; le harem comptait avec les esclaves 6300 femmes. En outre, à *Cordoue,* tous les princes de naissance omeyyades apparentés de près ou de loin au calife étaient logés au palais et dans ses annexes; donc, des sommes énormes étaient nécessaires à leur entretien lesquelles étaient tirées sur la cassette personnelle du calife voire par des taxes soulevées à partir d'un domaine califal spécial en l'occurrence des métairies louées à des paysans dont l'administration et la perception revenait à un personnel de choix portant des titres honorifiques naturellement préposé au palais autour du monarque à l'instar des nombreuses et variées cours royales sassanides, abbassides, fatimides voire européennes; ces offices plus particulièrement les postes créés étaient attribués à des affranchis slaves, des sortes d' officiers voire des majordomes qu'on nommait *fityan ou khulafa* qui étaient sous l'autorité de deux officiers *al-fatayani'l-kabirani,* toujours selon les mots d'*ibn Idhari.* Ces deux personnages outre leur responsabilité de l'organisation complexe et surchargée par tant d'individus au sein du palais rendaient des comptes devant le calife; ils se partageaient la garde personnelle du prince, *da'ira (le* garde du corps s'appelle *da'ir).* On trouvait un chef de cuisine *sahib al matbah,* une sorte d'officier de bouche tel celui de 930 dont le nom nous était connu, *Tarafa abd ar Rahman* qui fut nommé *sahib al mawarit* sous *al Nasir,* un directeur des bâtiments *sahib al Bunyan,* le grand écuyer préposé aux écuries royales, *sahib al khail,* le surintendant des postes, *sahib al burud,* justement le service des postes fut emprunté aux perses par le califat oriental; par ailleurs, nous trouvions le commandant du courrier personnel du calife, *rakkas.* Ensuite, dans cette liste non exhaustive des arcanes complexes du fonctionnement administratif et de ses nombreux offices, citons les trois importants: le grand orfèvre *sahib al saga* qui dirigeait les ateliers spéciaux *dar as sina'a* où on ciselait dans les métaux précieux les bijoux des princesses, les *claustra* ou statues ornant les salles d'apparat, les coffrets d'ivoire, typique de l'art omeyyade, mais encore, le grand fauconnier, *sahib al bayazira,* enfin le directeur du *tiraz* califien, *sahib al tiraz,* le chef des manufactures. Il y avait, selon le *Bayan,* l'office du porte épée, *sahib al saif* qui était l'esclavon slave *Badr* à la fin du règne d'*al Nasir,* chef des arsenaux royaux *khizanat as silah* pour la fabrication et dépôt des armes pour les expéditions annuelles.Tout ces officiers ainsi que les majordomes *khahraman* du palais participaient aux réceptions solennelles et fêtes canoniques ou encore lorsque le calife revenait d'expéditions ou quand une ambassade arrivait à Cordoue. Il faisait disposer la *Khassa,* son entourage particuliers où le calife prenait rang avec les principaux dignitaires du califat. Une des plus importantes célébrations était la *bai'a,* prestation de sermon du prince héritier, *wali al'ahd.* Le père de Husayn était un homme fier qui refusait d'acclamer les princes de retour d'expéditions comme la coutume le voulait espérant une obole sur le butin pour sa présence (peuple) et ses acclamations; il n'était pas un chien mendiant mais, en vérité ces viles bêtes vivaient mieux que lui. Aussi, cet état d'esprit était certainement bien différent de celui des esclavons avec leur statut particuliers à *Cordoue* mais qui néanmoins étaient méprisés; certains espéraient au plus profond d'eux-mêmes la prise du pouvoir de l'un d'eux car c'était le moment opportun, outre leur capacité de nuisance et leur nombre important. Mais, ils sous estimèrent l'*amiride* et ses sympathisants ou alors, ils ne furent pas assez vigilants! *Almanzor* de plus en plus puissant soutenu par *Suhb* l'épouse d'*Al Hakam II* eut vent du complot et contrecarra le plan et toute visée hégémonique de leur part. Cependant, pour énumérer la liste des mécontents signalons en remontant à l'orée de la conquête musulmane, les païens ou *goths* christianisés puis convertis à l'islam plus par opportunisme donc, étaient frustrés de leur nouveau statut qui ne leur ouvrait toujours pas les portes des hautes fonctions administratives d'où l'esprit de révolte soufflant sur ces zones septentrionales alors que ceux qui gardèrent la foi chrétienne jouissaient d'une reconnaissance effective en tant que *dhimmi*, protégés. Bref, la conversion s'avéra malheureusement bien inutile pour ces goths plongés dès lors dans un dilemme dérangeant vis-à-vis de leur propre communauté avec ce sentiment de culpabilité. Toutefois, Husayn se demandait avec raison la valeur réelle intime accordée à leur foi puisqu'ils changèrent de religion sans trop de soucis; au fond d'eux-mêmes soufflait encore vivace ce paganisme germain de leurs ancêtres. Le mythique songe ouvrant cette lecture: *Al Ma'moun* questionnant *Aristote* sur des questions métaphysiques. En effet, cette mission intellectuelle, politique et culturelle tout azimut finit par atteindre l'occident. Néanmoins les débats philosophiques et théologiques furent rares entre les savants des différents cultes au cours des siècles. Chacun se considérait le détenteur de la seule vérité d'où l'impossibilité de dialoguer. Tout cela n'allait pas de soi et devait être mis en perspective avec l'héritage augustinien socle de la chrétienté. *Al Mamoun* pour sa part avait cherché à instituer la vision mutazilite rationaliste d'un Coran créé d'inspiration divine advenue dans le temps dans un langage humain; en fait, c'était très près de la vision biblique qu'en avait les chrétiens avec les évangiles ou les juifs avec la Torah contre la thèse concurrente devenue majoritaire et définitive de la parole incréé de dieu selon la vision qu'affectionnait les littéralistes, pour reprendre les propos du poète *Abdelwahhab Meddeb*. A l'époque du prophète et des premiers musulmans au VII siècle, l'*Arabie* baignait dans un climat judéo-chrétien dit on en introduction; jusqu'au X siècle du comput des nations, les musulmans eurent des versions différentes du coran. Le calife *al Ma'moun* fut amené dans sa jeunesse à gouverner l'est de l'Empire dans le *Khorasan*. D'ailleurs, il alla maintes fois sur la tombe de *Khosroes I* ce qui montrait inconsciemment peut être un désir de continuité royale à propos du rôle politique très pragmatique du roi philosophe et de cette culture politique héritée *des anciens(grecs)*. La figure d' *Alexandre le grand* que l'on retrouve dans le coran sous le nom de «*l'homme aux deux cornes*» était aussi présente que celle du grand roi perse...Il n'y avait pas incompatibilité entre la révélation nouvelle et le pouvoir politique, entre la raison et la loi divine; c'était un faux débat imaginé par des savants mal intentionnés. L'interprétation du texte était infinie, quasi talmudique; aussi, par exemple *Ibn Rushd* avait pour habitude après avoir fait la liste des interprétations possibles de choisir la plus douce à ses yeux, la plus raisonnable et agréable. Enfin, le commentateur du *Stagirite* affirmait que les littéralistes enclins à mettre des bâtons dans les rouages de la pensée en raison de leur conception du verbe n'avaient pas à ouvrir ses livres puisqu'ils ne voulaient pas de toute manière entreprendre cet effort d'interprétation, *ijtihad* nécessaire. Pour Husayn al masri les quelques années passées sous la protection du roi de *Séville* furent bénéfiques et salutaires, synonyme de vie studieuse loin des turpitudes passées. Supportait il la vie de cour? Rien n'était moins sûr. Le doute le rattrapait le hantait au rythme des frictions entre factions et l'insécurité voire des annexions territoriales qu'il ne cautionnait pas sans parler des luttes récurrentes entre rivales dans la douleur et la mort! Dans les faits, lorsque son protecteur *abbadide* attrapait un méchant rhume, *Séville* frissonnait et ses alliés éloignés étaient tout à coup fiévreux. *Ishbiliya* devint finalement très puissante. Il ne vieillit pas suffisamment pour constater le règne du fils pervers et tyrannique de son protecteur. Quelle légitimité accorder aux éphémères roitelets aussi insignifiants fussent ils? Que signifiait dès lors le substantif: état, avec ses prérogatives et en point de mire l'intuition quasi viscérale de Husayn sentant au plus profond de son âme se dessiner une lente reconquête chrétienne? Quel état était acceptable pour la *khassa* qui avait renversé le dernier calife à *Cordoue* sachant en outre que la capitale avait été sans souverain trois années durant, ce qui n'était pas rien. Cependant, les services administratifs avaient continué à assurer un minimum de cohésion. La solution fut pour la *khassa* une remise à plat du régime et la légitimité du prince(imam) à gouverner. D'ailleurs, *Ibn Sa'id(m.1286)* inscrivit la chute du califat au manque de *nomos* ou *rectitude morale et religieuse* des derniers califes. Revenons dans le temps à *Kufa* en orient afin de mettre en exergue nos deux contextes politiques et religieux troublés notamment avec le mouvement *mutazilite* introduisant la contestation au sein du discours religieux et du dogme. Le mutazilisme devint sous le calife *Al Ma'mun* en 827 du comput des nations la secte officielle de l'état; le désir califal était d'instaurer ce rationalisme religieux par la force militaire. Mais, l'histoire montra que le calife échoua dans sa tentative d'imposer la vision qu'il aimait. Les *fuqaha* et *ulama* orthodoxes dits littéralistes gagnèrent le combat des idées puisque l'histoire retint la version canonisée-dite de *Uthman*- du coran incréé trois siècles après la mort du prophète...Cette dissension trouva des racines théologiques tardive dans les idoles de pierre(les bétyles) vénérées des mecquois. En vérité, la querelle est plus politique et économique que théologique pour l'élite païenne riche et puissante tirant les plus grands profits de ses foires où les idoles étaient sorties de la *kaaba* pour l'occasion. C'était la version symbolique de la victoire de dieu unique sur le paganisme. Le clan omeyyade était avide de ses privilèges économiques et sociaux, fier d'une liberté que les poètes de la *Jahilya* encensaient en vers durant les dites foires annuelles. Les bédouins étaient des jouisseurs invétérés! Or, la religion de *Muhammad* révolutionnait les mœurs tribales d'où la réticence aux changements instaurés par le fils de *Abdallah,* de ce dieu abstrait prônant un«socialisme»et donnant de surcroît des droits aux femmes voire aux bêtes! Les plus sceptiques ne croyaient point en ce message divin car de tout temps, il y eut des usurpateurs, des pseudo prophètes(voir les chroniques de *Tabari).* Husayn al masri se demandait naïvement en repensant aux débuts difficiles de l'Islam, quel destin pour l'islam malikite espagnol à l'heure des *muluk al tawa'if?* Le prophète avait annoncé avant sa fin le fractionnement en 73 sectes de l'Islam selon un *hadith ou la tradition musulmane* que les hérésiographes musulmans s'empressèrent même de rappeler. Pourquoi n'avait il pas proclamé de successeur, de règles précises pour sa succession? Était ce du à une mort violente par empoisonnement confirmant le manque de temps! Nul ne saura la vérité. Tellement d'épreuves jalonnèrent la nouvelle religion depuis la mort du prophète qui pourtant rayonna de l'*Indus* à *al Andalus* à travers les conquêtes, donc il s'agissait de politique et non de la foi qui concernait l'individu seul. L'année 922 du comput des nations vit un fait pour certains anecdotique mais qui symbolisait parfaitement les propos de *Muhammad* sur le devenir de la révélation prophétique et de son interprétation par l'homme voire sa capacité de réflexion parce que des ignorantins, des savants bornés décidaient au nom de dieu du sort d' individus dotés d'une foi expansive jugée dangereuse pour le commun des mortels. Par conséquent, ils crucifièrent un saint pour ses fidèles et un charlatan pour ses détracteurs. Autrement dit, l'homme dans sa recherche de la Vérité était prêt à tuer sans sourciller car aucune note divergente n'était possible en matière de foi vraie; l'insoluble problème de l'interprétation du message coranique confronté à la force brute des armes. Dans un contexte géopolitique mouvant prenant en compte la diversité ethnique et culturelle de la *umma,* le risque de guerres civiles outre des raisons plus profanes de corruption, d'usurpation du pouvoir ou d'accords passés entre factions rivales ou sectes musulmanes étaient une réalité bien profane.A l'instar du crucifié *Husayn ibn Mansûr Hallâj* pour la double accusation, temporelle et spirituelle, politique de *da'wat ila'l-Rububiya* ou usurpation du pouvoir suprême de dieu(*Louis Massignon)*! En premier lieu, dessinons à gros traits les conditions existentielles dans lesquelles se lovait le sujet lambda à *Bagdad* en l'an 920 du comput des nations; la cité était plongée dans une grave crise économique et politique avec notamment, l'envolée du prix du blé. Or, la cause de cette inflation était une pure spéculation folle. En d'autres termes, c'était une banale escroquerie de la part d'opportunistes sans scrupule impliquant donc des fermiers généraux, des administrateurs politiques, des vizirs jetant leurs dévolus sur un produit de première nécessité essentiel pourtant à la cité dans le seul but de s'enrichir. L'appât du gain était au cœur du conflit lequel prenait en otage l'ensemble de la population. Dieu était témoin. En second lieu, au-delà de cette cupidité toute profane, il y avait l'incompétence politique d'individus incapable de gérer un territoire, des ressources et des taxes. Ainsi, la corruption endémique qui malheureusement sautait aux yeux de tous mit le feu aux poudres et les émeutes de la faim éclatèrent comme à *Cordoue*! Au regard de ce vaste grenier qu'étaient les régions fertiles et formidablement irriguées des terres de l'*Ahwaz,* comment était il possible d'en arriver là; *(voir Muqaddasi-un palestinien sur la route,tr par H. Miquel)* d'où l'incompréhension légitime du peuple qui n'acceptait plus d'être encore et toujours le dindon de la farce. Mais, une politique clientéliste engendrait toujours à moyen terme l'injustice relevée ci dessus. L'usurpateur dont l'absence d'empathie sautait aux yeux semblait détacher de toute réalité physique; aussi, il ne vivait que pour le seul profit, nuls sentiments envers son prochain, *Mitgefûhl*. Cette incapacité à se substituer à cet autre, méthode viable et douce de cerner comprendre une culture étrangère! Au lieu de quoi, nous notons la médiocrité généralisée rongée par l'affairisme; comme le disait le poète: «*Le pauvre peuple quant à lui nettoie les fourneaux*». Il se demandait pourquoi bon adhérer à telle croyance plutôt que telle autre quand les risques de manipulations psychologiques et sociales de l'élite cléricale étaient bien réels; d'ailleurs, l'appel aux armes au nom d'une cause sainte en était sa manifestation dernière. Combien d'individus périrent au nom de Dieu qu'ils fussent chrétiens, manichéens, musulmans hétérodoxes, chiites donc hérétiques, renégats, juifs, mécréants? *Ibn Warraq (m.862)* fut justement un *mutakallim* mort en prison, en raison de ses convictions religieuses trop critique vis à vis du *kalam*. *Aristote* reconnaissait comme une évidence que les hommes n'avaient pas tous les capacités intellectuelles pour gérer un état, une *République* (très hiérarchisée) surtout lorsque les individus étaient inaptes à gérer leur propre vie et comprendre des concepts abstraits; les discours métaphoriques allégoriques des textes religieux en étaient la preuve éclatante puisqu' ils rendaient à la plèbe le sens obvie des idées et concepts philosophiques complexes. Voilà pourquoi le sage *Ibn Maimoun* ou *Ibn Rushd* préconisait de ne pas mettre dans les mains du commun des mortels des textes difficiles d'accès afin de ne pas perturber leur esprit. L'élite bien pensante depuis l'antiquité n'eut bien souvent que mépris pour le commun des mortels! *Ibn al Muqaffa,* traducteur du livre des rois en pehlevi, ainsi que du «*kalila wa dimna*» exécuté prématurément en 756-57 fut un penseur persan musulman hétérodoxe converti par nécessité dit on; d'autres disaient de lui qu'il était un sceptique. Il s'intéressa pour son malheur aux dogmes, à leur interprétation juridique au sein de l'empire abbasside confronté aux différentes sectes chiites elles mêmes décimées par la suite. Il fit toute sa carrière dans l'administration califale. Il eut, dit on, pour seul soucis la stabilité politique et le bien être de la communauté toutefois, en se mettant à dos les hommes influents de religion au service du palais qui érigeaient au nom du calife des lois cadres, l'érudit signait irrémédiablement sa chute. Souvenez vous, ô hommes, nous dit Husayn, du sage *Joseph* ministre du roi égyptien! En dépit des années passées dans les geôles de *Pharaon*, il ne garda pas rancune de ses malheurs personnels et œuvra au service de son bourreau pour le bien être des hommes. Le prophète *Muhammad* en dépit d'un exil, d'une chasse à l'homme poussée à l'extrême(?) en était l'exemple type à l'instar de l'épisode mythique de la grotte en compagnie *d'Abu Bakr,* où ils furent sauvés par une toile d'araignée qui recouvrait l'entrée de cette dernière où nichait en outre une colombe laissant croire à leurs ennemis qu'ils fussent à l'intérieur reprend la tradition. *Muhammad* rappelait que le pardon était mieux que la punition…D'ailleurs, lorsque le prophète rentra à la *Mecque* victorieux après tant de déboires, il alla se reposer chez A*bu Sufyan* son ennemi juré malgré les quinze années de guerre que ce dernier lui livra avant de se convertir…du bout des lèvres. *Joseph* le prophète de la bible, un juste parmi les justes, s'avéra de surcroît un administrateur agricole hors pair et intègre au-delà de son humanisme et de son intelligence visionnaire; il était homme de bon sens pragmatique avec l'épisode de création d' importants stocks de céréales en prévision de périodes de disette!» Dans les *Prolégomènes-sur le discours universel- dans le livre des exemples:* sous *Al Mam'un,* un père donne à son fils devenu gouverneur des conseils de sagesse afin de servir avec zèle éthique et raison l'état et ses sujets. En tant qu'administrateur et gestionnaire, il assure le bien être du peuple en employant des agents administratifs qualifiés et compétents qui seront bien rémunérés pour éviter toute corruption. Alors, il sera bien vu de ses administrés, sera même vénéré par ces derniers pour cette gestion équitable, sa sympathie sa résilience car, les gens recueilleront les fruits de cette bonne gouvernance et l'état connaîtra la prospérité. Ces exemples, mythiques ou réels, disent en eux-mêmes la nécessité pour l'homme d'être bon et juste pour sa société. Une vision très socratique. Les propos certes anecdotiques ci dessous mentionnés se réfèrent à la vie de *Halladj* durant ses pérégrinations et semblent légion parmi les ignorantins:

-«*La famine est une punition de dieu pour les péchés de l'homme!*

-Et toi, tu es un bel idiot!

-Qui es tu pour me tourner en ridicule parmi les miens étranger? Si tu veux rester en vie fuit sur le champ, maudit soufi.»

L'étranger, par sa seule présence envahissante,

provoque le mécontentement d'une foule hostile. Or, lorsque l'ignorance mélangée à la haine de l'étranger s'emparait des esprits, *Halladj* comprenait bien qu'il n'avait plus rien à faire chez ces rustres s'il voulait rester en vie. Les années 306-308 de l'*hégire(ou IX siècle)*à *Bagdad* furent nous l'avons dit des années de colère et de révolte populaire. Le peuple et même l'armée pourtant la garante du pouvoir du prince ne reconnaissaient plus la voyoucratie instituée au nom du souverain par des vizirs tirant les ficelles. Conséquences, des rixes éclatèrent dans la mégapole abbasside multiethnique et foisonnante de vie dont le trésor s'était lamentablement vidé en raison de la rapacité des nouveaux gouvernants. Il y a finalement une corrélation évidente entre les épreuves spatio-temporelles dans le fond. Le désordre social dura vingt cinq années- comme à Cordoue-sous la treizième année du règne de *Muqtadir*, fin 308 h; les révoltés incendièrent même les entrepôts de céréales...N'est-ce pas là le signe ultime de l'annihilation voire de la bêtise brute en ce passant soi même la corde au coup. Jusqu'où peut on aller dans le combat pour ses idées? L'origine de la rébellion était cette corruption endémique devenue incontrôlable chapeautée par des luttes d'influence pour le pouvoir comme à *Qurtuba* avec les rivalités, haines, jalousies des factions rivales contribuant à renverser et décrédibiliser définitivement les candidats omeyyades. L'affaire *Mansûr Hallaj* est fondamentalement politique dont 7 années de prison et résume assez bien la complexité des luttes récurrentes d'influence au sein de l'immense royaume abbasside. Il fut même lâché par ses maîtres soufis. Le gueux ignorait certainement tout des tenants et aboutissants d'une conspiration anti-hallâgienne bien loin de ses préoccupations terre à terre dirons nous. Il n'était qu'un simple spectateur pleurant un saint homme ou bien crachant sa haine sur un charlatan. Cependant, *Hallaj* était emprisonné depuis sept ans dans un flou juridique total parallèle à ce désarroi des masses poussées à l'émeute par la faim et la colère. Finalement, la réouverture de son procès voulut par ses opposants les plus farouches le mènera hors de sa prison pour être torturé puis crucifié lorsqu'il perdit ses derniers soutiens au palais! *Du haut du gibet, il pousse son cri apocalyptique annonciateur du jugement: «me voici, la vérité créatrice». (Louis Massignon).* On dit que celui qui tutoie dieu témoigne d'une expérience de soi; la limite peut alors s'effacer devant une autre puissance qui est à son sommet et qu'on nomme la réalité créatrice: «*en moi est la source de l'être entier*» dixit *Abdenur Bidar.* Voilà, ce contre quoi dieu par l'intermédiaire des prophètes avait mis l'homme en garde, lui enjoignant de réfléchir et de comprendre le sens caché afin de distinguer le bien du mal renvoyant l'homme à ses responsabilités de père, de gouvernant, d'imam de la communauté. *Iblis* incarnait à merveille dans l'imaginaire populaire la face sombre de l'homme; chez le lettré en revanche, c'est l'approche éthique et surtout existentielle qui est privilégiée; le mal se trouve dans l'homme dénué de compassion pour l'autre à coté *neben mensch* par opposition au *mit mensch* littéralement avec lui, incapable de lire sur ce visage la souffrance et la singularité de cet être humain issu d'un autre milieu social. Le petit peuple subit toujours le premier les effets de la crise, simple constat de bon sens. Il n'a point son destin en main et de surcroît aucun capital lui permettant de prévoir, d'envisager à court ou moyen terme...Enfin, le statut social et professionnel de l'individu chargé de taches ingrates au bazar est jugé vil par l'élite toujours apte à vilipender le sans droit, le pauvre, le laborieux de la *amma*. L'existence ici bas était devenue pour les proches de Husayn une totale abjection, une annihilation pure et simple de leurs droits humains élémentaires, des lois(*Pentateuque* notamment; dans une autre mesure les *Évangiles*) de la révélation commune aux trois monothéistes abrahamiques *ahl al kitab*. Effectivement, les hommes négligeaient magistralement dans les faits l'étranger, l'orphelin, la veuve,le pauvre, en fait, les recommandations coraniques. Pour la famille de Husayn al masri l'existence était cruelle. Cette famille ne connaissait quasiment rien de sa propre religion en raison de son illettrisme et puis les soucis récurrents, la précarité d'un quotidien effroyable ruinaient tout apport aussi minime soit il culturel voire un effort de spiritualité. Mais, ce constat n'est pas le fait du seul islam évidemment. Le petit peuple se construit en générale une religion populaire basée sur quelques notions essentielles, des interdits moraux et quelques versets ou prières laissant une grande part aux croyances anciennes païennes adaptées en fonction de la religion du clan. Il n'est pas rare titre anecdotique du reste de constater une même dévotion pour un saint local en dépit des distinctions religieuses...

-J'aimerais bien savoir si nos ancêtres étaient réellement

plus ignorants que nous le sommes aujourd'hui mon frère en matière de religion? Questionna Joseph.

Ainsi ai-je entendu.

«-Les somptueuses résidences de *Cordoue* et de sa ville palatine M*adina al Zahra* engendraient dans la psyché populaire une rancœur face à tant de richesses ostentatoires. En dépit des reproches de la masse indigente il y avait une administration centralisée efficace orchestrant la vie du royaume qui tranchait avec le laisser aller des périodes romaines et wisigothes sur le déclin bien plus discriminantes dans les faits pour la masse constituée de pauvres libres et d'esclaves et des minorités ethniques. Au-delà du romantisme éclatant de *Zahra* chanté par les poètes de cour en vers, l'historien savait qu'il était en réalité question du désenclavement physique d'une administration dès lors à l'étroit dans l'*Alcazar* de *Cordoue* enserrée parmi des zones habitées comme emmurée! Nous parlons de mesures d'urbanisations et d'esthétique naturellement!

-"La *Cordoue* du X siècle surclassait le reste de l'*Europe*, n'est-ce pas? Donc, la ville nouvelle devait être à l'image du souverain grandiose!

-Tout à fait Youssef. Il s'agissait en premier lieu d'une mesure d'urbanisme plutôt pragmatique; en second lieu, c'était l'image représentative à l'étranger du califat omeyyade comme je te l'ai lu plus haut sous *Al Nasir* recevant une ambassade chrétienne espagnole du nord. Mais l'une et l'autre ne font qu'une capitale économique et administrative.

-Les amalgames sont toujours des raccourcis faciles pour l' ignorantin de mauvaise foi dénigrant l' étranger comme tu me le faisais déjà remarquer.

-Toutefois, l'individu est complètement sous le charme des patios ombragés de *médina al Zahra*, des secrets d'alcôve, de ses jardins aux mille senteurs avec ses fontaines et bassins où tout n'est que volupté; il savoure cette atmosphère de calme et de sérénité, de détente du cliquetis de l'eau répondant aux refrains des canaris le tout s'accordant harmonieusement avec le luth d'une jeune musicienne travaillant ses gammes. Il est indécent de jalouser ce qu' autrui possède surtout lorsque l'on ignore tout en matière de goût de savoir et de raffinement. De *Madina al Zahra* ou de l'origine de sa fondation, *Évora Lévi Provençal* nous rapporta cette légende: la favorite d'*Al Nasir, Zahra* lui avait légué une importante somme d'argent que le calife voulut utiliser pour racheter des prisonniers musulmans espagnols prisonniers de guerre dans les royaumes de *Léon* et de *Navarre;* les émissaires envoyés dans ce but n'ayant trouvés aucun captif à racheter, la favorite d'*an Nasir, az-Zahra* lui aurait alors conseillé d'employer le legs à la fondation d'une ville à laquelle elle attacherait son nom. A cette époque, il n'était pas rare de trouver des villes nouvelles à un jet de distance de la capitale à l'instar de l'*Ifriqiya* au IX et X siècles, une agglomération telle la *Rakkada* des *Aglabides* fondée par *Ibrahim II* en 876 au sud de *Kairouan* ou encore la *Mansourya* des fatimides fondée par *Ismail al Mansûr* en 947. Les travaux durèrent jusqu'à une quarantaine d'années et a*l Hakam II* dirigea lui-même les travaux selon *ibn 'Idhari- Bayan II*. L'architecte en chef était *Maslama b. abd Allah(Lévi Provençal)*. Les ambassadeurs du Saint Empire chrétien étaient littéralement subjugués par un tel luxe de surcroît utile. La pierre, les stucs, les boiseries, les marbres roses blancs des colonnes en quantité innombrables dépassant les quatre mille voire les jardins qui subjuguent l'âme du croyant avec ses innombrables fleurs, jasmins, orangers grenadiers lui donnant à voir une vision paradisiaque par le biais de l'eau à profusion apportée par des canalisations et un système hydraulique romains doté de noria perfectionnées par les arabes des montagnes environnantes. Plus de dix mille personnes travaillèrent à l'édification de la cité palatine. Mais, cette perle tant chantée par le bel éphèbe subjuguant son auditoire affamé de caresses fut détruite, saccagé, vandalisé sous les hululements du hibou(qui symbolise la malédiction), pure ignominie face à cette indécente beauté; mais, en vérité, Husayn y voyait des raisons guerrières opportunistes afin de gagner des partisans mécontents chez les berbères. Ses matériaux furent réutilisés durant les siècles suivants. Sa rivale amiride *madina az Zahira* à l'est de *Cordoue* fut édifiée par *Almanzor*(sa construction ruina le trésor du royaume). Maintenant, dire qu'elle fit de l'ombre à *Madinat az-Zahra* où *al Hakam II* et son fils *Hischam II* passèrent une partie de leur règne voire quasiment la totalité pour *Hischam* serait présomptueux.

-«En l'an mil mon frère, la route de huit Kilomètres reliant *Cordoue* à sa ville palatine de *Madina al Zahra* était éclairée tel un collier de perle comme l'avait décrit le poète *ibn Shuhayd* ami de *ibn Hazm*!

-Une telle modernité cinq siècles avant notre malheur présent! Parfois, j'ai l'impression que nous sommes des primitifs...

-En effet, mais nous constatons surtout le décalage patent entre d'une part, une chrétienté vivant dans d'obscurs châteaux froids à la même époque *d'Al Nasir* sans véritable luxe au regard de la luminosité intellectuelle et architecturale des palais d'*al Andalus;* enfin, la scission abyssale au sein même de cette société raffinée entre le pauvre paysan et le rentier.»

Ce gap n'a jamais empêché l'homme bien né voire le poète affamé de chanter en vers outre mesure l'amour courtois cherchant dans l'art et la poésie un exutoire à ses passions refoulées. Mais, cela ne plaisait guère aux *ulama;* d'ailleurs, ces derniers disaient de l'élite aristocratique qu'elle était efféminée, décadente, mécréante, infidèle *kufr.* Autrement dit, ils crachaient dans la soupe comme disaient vulgairement les pauvre bougres affamés. Des propos haineux contre une classe dirigeante tout de même compétente en dépit de critiques légitimes(*François Clément)* au regard de la santé économique des royaumes des factions au XI s mais la raison essentielle était les taxes non coraniques prélevées sur des populations exsangues comme plus tôt sous *Sanchuelo* avant sa fin en 1009 puisque l'argent ne rentrait plus dans les caisses califales! Non, on ne pouvait pas accabler les princes de tous les maux de la terre. Vers 1013 sous *Suleyman al musta'in* lettrés et poètes cordouans prirent la fuite voire le chemin de l' errance à l'instar de *ibn Darradj* le «*Mutanabbi d'occident*» ainsi dénommé par ses compatriotes et chantre d'*Almanzor* voire *ibn Shuhayd* dont la vie heureuse s'éteignit avec la *fitna* comme bon nombre de lettrés. Un de ses poèmes très pessimiste sur cette époque décrit la désolation dans *Qurtuba* où personne ni même les maisons ne furent épargnés par le déchaînement de cette barbarie. Ce fut justement à cette époque troublée dans l'intervalle de calme relatif que Husayn revint à *Qurtuba* pour régler ses comptes! La foi influe sur le comportement des gens à défaut de raison et d'éducation même si dans l'absolu elle devait être pour lui cantonnée au domaine privé. Néanmoins, les religieux très prosélytes s'immisçaient dans la vie d'une élite préoccupée légitimement comme tout un chacun de son bien être; la *khassa* ne supportait pas cette hypocrisie insupportable. Les vers suivants d' *al Moutamid* et *Ibn Ammar* datent d'une époque ultérieure(Seconde moitié XI s)à celle de Husayn mais, l'atmosphère et le propos vont dans le même sens: «*voici le muezzin qui annonce l'heure de la prière/ En le faisant, il espère que dieu lui pardonnera ses nombreux péchés/ Qu'il soit heureux puisqu'il porte témoignage à la vérité/ Pourvu, toutefois, qu'il croit dans son cœur ce qu'il dit avec sa langue*». Nombreux furent les *ulama malikites* qui condamnaient cette élite qui boycottait la mosquée du vendredi où l'imam dénonçait les impôts illicites car non coranique d'un pouvoir en place corrompu consommant définitivement la rupture d'*ulama* influents avec la *khassa.* Par conséquent, cette dénonciation devint légitime face à l'injustice flagrante d'un tyran borné ne comprenant que la force et la répression ce qui en outre favorisait l'ennemi chrétien et son seul clan, au détriment de la masse furieuse. Que l'on terrorisât la population ou qu'on l'accablât d'impôts non coranique illicites, la situation était devenue pour la plèbe et le clergé intolérable! Alors plutôt que de continuer à payer les lourds parias aux rois chrétiens, *al Mutamid* et d'autres rois musulmans se résignèrent la mort dans l'âme à demander l'aide des *almoravides* africains en dépit de leur puritanisme à partir de 1085(prise de *Tolède*) Ainsi ai je entendu.

Le ras le bol populaire fut dès le départ un acte spontané car les ventres étaient vides et aucune perspective d'avenir pour redonner quelque espoir et ce quelque soit la légitimité de la foi. Cette frustration fut canalisée par quelque manipulateurs n'attendant plus que le moment opportun pour le coup d'éclat politique...Là entraient en jeu les parvenus sans foi ni loi obnubilés par le seul pouvoir. *Al Farabi*, le deuxième maître, pointait par le biais des traductions d'*Aristote* et surtout de *Platon* sa vision politique et éthique de la bonne gouvernance et notamment du prince philosophe; la recherche du bonheur passait par la connaissance de soi afin de trouver sa place dans la cité. La maîtrise des affections de l'âme et l'espoir d' atteindre l'excellence passait par le discernement dixit *Leili Anvar*. Le dicton populaire «*celui qui commence par se gouverner lui même sera capable de gouverner les autres*» réaffirme notre propos à des époques différentes dans des civilisations distinctes. C'est un combat permanent avec soi pour être bon, vertueux, juste, un *djihad* en quelque sorte ou une remise en cause de soi constante aussi, la «*médecine spirituelle*», *al tibb al ruhani* d'un *Razi* peut aider l'individu par des conseils utiles simples et quotidiens à modérer ses désirs, contrôler ses émotions et son impatience. *Al Farabi* était au fait des travaux néoplatoniciens de *Plotin* traduits à son époque par ses nombreux collaborateurs et étudiants. Autrement dit, son savoir encyclopédique lui permit une analyse pertinente de l'état et de la société de son époque dans sa vision utopique de *la cité vertueuse* et *le régime politique*. Mais surtout avec ce discours, il escomptait trouver des étudiants des sages capables d'argumenter de commenter de décortiquer sa pensée en somme de comprendre la subtilité de ce qu'il mettait en exergue dans la perspective justement de trouver des hommes capables de décider, instruire, gouverner, légiférer; mettre en pratique cette utopie de la cité vertueuse. Il ne parlait que très peu de dieu dans ses différentes œuvres. Certes, la *Bagdad* de *Farabi* n'était pas celle du *zâhirite,* *Ibn Hazm(*secte minoritaire dans *l'Andalus* malikite) Amère fut la saveur de l'expérience pour cet esprit vif et borné confronté à un pouvoir laxiste englué dans la *fitna;* or, il refusait toute pensée divergente en dépit d'un réel talent littéraire précoce(*le collier de la colombe*) et incontestable du haut de ses vingt cinq ans. Certains chroniqueurs pensèrent qu'il eut une sacrée malchance sa vie durant et surtout qu' il fit les mauvais choix au mauvais moment; en outre, il lui était reproché à l'instar d'*ibn Hayyan* son manque d'impartialité dans son jugement politique. *Ibn Ammar* quant à lui fut peut être l'exemple même du fils de la *amma* qui crut en son destin et ses rêves d'enfance en devenant poète ambulant avant d'accéder au poste de vizir sous les *muluk al tawai'f.* Il rêvait de gloire et richesse alors qu'il cheminait seul avec son grison pour unique compagnon de route à la recherche de sa pitance! La fortune lui sourit à force d'audace d'abnégation et surtout d' opportunisme à toutes épreuves, ce qui lui coûtera plus tard la vie. En effet, *Al Mutamid* ne lui pardonnera pas son ultime trahison après maints pardons de la part du prince lorsqu'il injuria et calomnia son épouse et la famille royale. Il appert que cette jeunesse oisive avait l'habitude à *Ishbilya, Séville*-une des plus importantes et puissantes taifas- d'aller flâner à la *prairie d'argent* sur les bords du *Guadalquivir*, haut lieu de cette aristocratie en mal d'amour, de poésie et raffinement où l'on clamait ses propres compositions afin de plaire et d'être vu surtout en compagnie d' *Al Mutamid* à l'instar de l'ami intime *Ibn Ammar*. Ce dernier avait une dizaine d'années de plus que le prince qui partageait volontiers sa couche avec lui nous dit au XIX s le savant hollandais *Dosy*. A propos, le métiers de libraire, *warraq*, prit de l'ampleur avec l'arrivée et la production du papier, *kâghit*, au IX siècle en *Irak*, introduit par le vizir barmécide *Al-Fadl b.Yahya* car le parchemin, *raqq*, fabriqué en peau d'addax, *mahhat*, par les artisans ne suffisait plus au regard de l'expansion culturelle économique et administrative de la métropole. (*ibn khaldun al-muqaddima*). *Cordoue* devint en occident productrice de papier en tant que centre intellectuel politique et religieux. En arrivant en *Espagne* les conquérants musulmans découvrirent des villes hétéroclites aux origines diverses notamment *Cordoue* l'oriental (byzantine) qui rappelait à *Abd ar Rahman I* sa *Syrie* perdue aussi s'attela-t-il à en faire une capitale digne des plus grandes métropoles tandis que *Séville* suintait les origines germaniques, ancien centre religieux du royaume wisigothe. Les Abbadides en feront un centre intellectuel au XI siècle lorsque *Cordoue* déclina avec la *fitna* puis sous les *muluk al tawa'if.* Le jeune prince *Al Mutamid,* fils d'*al Mutadid,* roi cruel féru de poésie, flânait sur les berges du *Guadalquivir* lorsqu'il rencontra sa futur épouse *Itimad* aussi nommée *Roumaykya*, une esclave muletière de profession qui entendant les deux compères clamer à tour de rôle leur poésie décida d'improviser dans les règles de l'art métrique quelques vers admirables puisque *Ibn Ammar* calait incapable de donner la réplique! Le jeune prince fut aussitôt séduit par sa grande beauté et sa vivacité intellectuelle et en son for intérieur, il la comparait déjà à *Wallada,* la poétesse amante du poète *ibn Zaydun* de *Cordoue.* Finalement, après s'être enquis de la belle et de sa condition sociale, il racheta à *Roumayk* la fille dont il était éperdument tombé amoureux. Elle devint l'épouse de toute une vie! Il lui sera fidèle jusqu'à sa mort.

-«Ce comportement Sanchuelo, traduit il un changement des mœurs en *al Andalus*? Certes, il y a aussi les concubines...»

-«*No se* Youssef. Mais, grâce à dieu, Il y a toujours eu des hommes se vouant à leur épouse pour la vie.»

Toutefois, il y a un lien ténu entre condition sociale et besoin économique dans les mentalités ibères. Mais quelques années plus tard, l'arrivée des *Almoravides* d'*Afrique* appelés à la rescousse par les émirs inquiets changea radicalement la donne en *Al Andalus.* Les moeurs, les coutumes ne peuvent être éradiquer d'un revers de main. Au X siècle, le calife *al Hakam* II revint à la raison à l'écoute de ses conseillers en laissant libre les individus consommer du vin; le palais était confronté à un cas de conscience évident entraînant à coup sûr un probable clash culturel au sein du royaume. D'ailleurs, pour l'anecdote, un chroniqueur mentionnait l'erreur fatale d'*al Mustansir(al Hakam II)* d'intégrer dans son armée de forts contingents berbères rompant ainsi avec la politique traditionnelle de son père faite de méfiance à l'égard des berbères! *Al Mansûr* continua dans le même sens après le savant calife omeyyade. En revanche, les *fuqaha* songeaient principalement au devenir de l'islam et à leur privilège. L'homme pieux africain était préférable aux adorateurs de la croix; en second lieu, l'aristocratie andalouse devait se faire une raison; d'autre part, le rigorisme berbère ennuyait les espagnols lesquels affectionnaient le vin et les plaisirs de ce monde tant pis pour les préceptes religieux; al Mutamid était responsable de son propre sort en tombant dans la décadence. La fameuse vrai fausse alternative de ce dernier: « *être porcher en Castille ou chamelier en Afrique* » n'était pas une simple formule littéraire pour paraphraser *R. Dosy* mais bien un véritable défi lancé au devenir des *muluk al tawa'if,* et de la préservation d'une identité andalouse singulière héritière des *banû umayya.* Néanmoins, il était important de rappeler que les persécutions sociales et religieuses allaient déjà bon train dans le royaume wisigothe christianisé pour les esclaves majoritaires dans la population ainsi que les sans droits: les juifs encore et toujours. Les juifs sont appelés par les musulmans les gens des livres, *ahl al kuttub,* avait on coutume de dire, car ils étaient des lettrés. Était ce pour cette raison qu'ils furent suspects aux yeux du pouvoir *wisigoth*? Les juifs accueillirent relativement bien ces nouveaux conquérants musulmans. En orient, moins d'un siècle plus tôt, la chronique arménienne de *Sébéos (*vers 660) décrivait un partenariat entre les fils d'Israël exilés en *Arabie* et les fils d'Ismaël venus d'*Arabie* dans la conquête de la Palestine. En fait, suite aux persécutions d'*Héraclius* recouvrant la *Palestine* et *Aelia(Jérusalem)* et suite à un édit de 634 qui ordonnait la conversion forcée des juifs ou la mort! *Qurtuba* possédait à l'instar des grandes métropoles comme *Constantinople, Bagdad, Samarcande, Alexandrie, Kairouan* une pléthore d'artisans talentueux aux origines variées. Ouvrons une petite parenthèse sur un métier bien particuliers de la cité, *wattaq,* notaire au cœur des polémiques justement et qui fit couler énormément d'encre en raison de son activité au contact des gens viles;la discrimination encore et toujours sous ses plus beaux habits; cette activité professionnelle était au cœur de tous les amalgames inimaginables et nourrissait bien des fantasmes aux yeux de l'aristocratie ainsi que de nombreux historiens contemporains de Husayn. L'étude du notaire se trouvait au cœur du bazar, lieu public par excellence de labeur fréquenté par la *amma;* le statut social est un facteur handicapant à l'instar de toute société civilisée. Le grenadin *ibn al Hatib* prenait en grippe les notaires en raison de leurs viles fréquentations d'ordre professionnelle et surtout leur âpreté aux gains ainsi que leur ignorance. Nous imaginons aisément d'autres raisons plus personnelles qu'objectives chez certains historiens. En revanche, notre censeur minimisa totalement- ce qui nous intéressait ici comme avant lui *ibn Hayyan* ou *ibn Bassam*- le rôle de la *amma*, un terme péjoratif dans leur bouche notamment au moment des événements de 1009 à *Cordoue* où ces dites viles professions(la plèbe) agirent de manière collective et organisée formant *de facto* une réelle entité politique que nos censeurs avaient consciemment ignorée par mépris sans doute. Ceux qui connaissaient le mieux cette réalité sociale étaient les agents chargés du contrôle des marchés comme *Ibn Abd al Ra'uf* (*François Clément).* Enfin, un autre exemple représentatif de la société dans sa diversité professionnelle était cette profession libérale de poète qui ne nourrissait pas son homme. Rappelons l'anecdote succulente de ce commerçant inculte qui fit appel à *ibn Ammar.* Ce dernier était plongé dans un anonymat total survivant difficilement aussi, il cherchait le moyen de vendre ses vers au plus offrant vagabondant au gré des opportunités comme de nombreux troubadours. Or, un jour la chance lui sourit, pensa-t-il. Il composa un poème pour satisfaire l'ego d'un commerçant et nourrir son fidèle grison. Le coquin lui envoya pour tout salaire un malheureux sac d'orge, notait il dépité. *Ibn Ammar*, fils de la plèbe, n'oublia jamais cet épisode douloureux car il fut touché dans son amour propre. Le niveau d'éducation élémentaire en *al Andalus* était convenable même si la conscience professionnelle des maîtres d'écoles était selon les chroniqueurs déplorable; on leur reprochait souvent d'abandonner leurs élèves pour aller gagner quelques argents servant de récitateur du Coran dans les convois funéraires ou de témoins devant les tribunaux. Quelques années plus tard, le poète lui renvoya ce même sac soigneusement gardé plein de pièces d'argent avec ces mots:« *si autrefois vous eussiez envoyé ce sac rempli de froment, nous vous l'aurions renvoyé rempli d'or*» (R.Dosy). *Ibn Ammar* rêvait de côtoyer l'aristocratie depuis son plus jeune age; or, son rêve devint réalité puisqu'il devint le compagnon d'*al Mutamid* alors âgé de douze ans, petit fils du *cadi Abbad I*(1023-1042) et fils du sanguinaire roi sévillan *Abbad II al Mutadid* qui collectionnait, dit on, dans un coffre de sa chambre, les crânes de ses puissants adversaires décapités! Il exposait par ailleurs dans son jardin sur des pics les crânes enguirlandés de fleurs de ses ennemis. Brutalité et poésie allaient de pair chez le sévillan (mythe ou réalité?) L'*al Andalus* des *mulûk al tawa'if* fut une période de liberté créatrice pour les artistes en mal de protecteur de *Séville* à *Tolède* de *Cordoue* à *Badajoz* jusqu'à *Dénia* dont l'émir, *Mujahid*, était un célèbre pirate aimant les richesses matérielles et qui s'entourait de savants uléma dont *ibn Bâggi*, protecteur des intellectuels de son temps de passage à *Grenade, Malaga* ou *Jaén* et même à *Majorque* où *ibn Hazm* se réfugia un temps sous la protection du gouverneur *Ibn Rashiq* aux ordres de *Moudjahid.* Il créa en outre un centre d'étude théologique renommé et spécialisé dans les lectures coraniques, *qira'at.* Cependant, le commerce était la clef du bien être et de la prospérité d'un territoire favorisant les échanges culturels et diplomatiques et d'une croissance économique dépendant bien sûr de la paix; à contrario, les troubles, l'instabilité politique causaient récession et effondrement des marchés. La foi unifiait les hommes derrière le roi mais aussi à travers le pèlerinage, un des cinq piliers de l'Islam sans oublier la haute recommandation du prophète(hadith) pour le voyage d'étude car dieu dit on aime les hommes qui réfléchissent. Pour *al Farabi*, les penseurs divins, *ilahiyyun* étaient *Platon* et *Aristote*. Leur héritage à travers les siècles est considérable. *Al Nadir,* libraire de métiers à *Bagdad* révélait dans sa compilation le fameux rêve mythique du calife questionnant *Aristote*. Dans le *Phèdre, Socrate* était comparé au taon. En effet, il était en quelque sorte l'électrochoc pour certains de ses concitoyens voire l'emmerdeur pour les autres. Il ne pouvait par conséquent laisser personne indifférent! Toutefois, comme il le rappela à ses juges, il était le seul à se préoccuper de l' âme de ses concitoyens. Or,cela semblait déplaire à une partie de ces individus en l'occurrence ses accusateurs. Les juges, 11 sur 12, le condamnèrent à mort à *boire la ciguë,* pour corruption de la jeunesse athénienne ainsi que l'ajout de nouvelles divinités au panthéon. L'espoir de devenir plus sage, meilleur, modéré dans son jugement était pour les *anciens* un but en soi. Husayn désirait à l'automne d'une vie de chien être maître de son âme désirant et colérique. Les juifs utilisaient pour leur part un terme mathématique adéquat les comptes pour clore *le livre de l'exil*; la transparence était fondamentale au sein de la communauté. Ce soucis de l'exemple en soi est universel car il est justice, éthique, bonté. Mais la grande nouveauté intellectuelle venue d'orient en *al Andalus* en ce début de l'an mil est sans doute l' expérience de la polémique. L'apport culturel *des anciens* fut multiforme. Il se traduisit aussi de manière plus terre à terre dans la manière de consommer, le désir de posséder des produits de luxe très recherchés de l'aristocratie locale, d'afficher sa bonne fortune en dépit du prix exorbitant des produits rares; l'individu affiche sa puissance financière grâce au luxe jugé indécent par d'autres évidemment; naturellement, le négociant connaît exactement la valeur et les coûts élevés des produits luxueux en raison de la dangerosité du transport maritime avec la piraterie qui sévit en Méditerranée; par conséquent, cela implique obligatoirement des coûts supplémentaires pour la sécurité, les intermédiaires, le stockage qui augmentent de facto le prix initial. On le voit de tels facteurs influencent les marchés- la notion de capitalisme n'existait pas dans la *Cordoue* du XI siècle selon *Le Goff*- en outre la spéculation légitime sur la dite insécurité le long des cotes orientales de *Dénia*, des *îles Baléares* provoquait une hausse des prix d'où l'angoisse des marchands d'un effondrement des marchés tant redouté des armateurs, négociants et en fin de chaîne du malheureux consommateur subissant la hausse des prix. Cette classe sociale andalouse commerçante savait lire et écrire. Si elle était pour l'essentiel humble, elle restait en revanche d'une efficacité logistique remarquable. Par contre, l'indifférence des chefs musulmans englués dans leurs contradictions eut pour conséquence terrible l'accélération de la reconquête chrétienne. En effet, la *reconquista* naquît très tôt dans l'esprit des rois catholiques d'*Aragon,* de *Castille,* de *Léon* sous l'unité de la sainte croix avec des mercenaires francs et normands qui une fois les razzias effectuées repartaient dans leurs contrées riches d'un butin formidable. La culture en générale, les sciences humaines et religieuses en particuliers se développèrent dans le royaume dans la communauté juive dont l'apport intellectuel en *al Andalus* était indéniable; ne serait ce depuis *Abou Youssouf ibn Shaprût* promoteur du renouveau juif en *Espagne*, médecin et diplomate du calife *al Nasir.* Il fut aussi un mécène généreux. Mais pouvait on passer sous silence les persécutions wisigothes sous le règne de *Sisebut* en 616. Ainsi, on fixa un ultimatum de une année pour la conversion de cette race maudite meurtrière de leur seigneur *Jésus Christ(dixit Sisebut et l'église)* et s'ils persévéraient dans leur foi alors ils seraient exilés avant d'avoir reçus cent coups de fouets et privés de leurs biens. On dit que plus de Quatre vingt mille reçurent le baptême, une conversion de façade naturellement puisqu'ils continuaient à circoncire leurs enfants et pratiquer dans le secret de leur demeures la foi de *Moise.* Au quatrième concile de *Tolède* les évêques reconnurent qu'ils étaient vain de convertir de force un aussi grand nombre d'individus. Alors, ils décidèrent de leur prendre leurs enfants pour les élever dans le christianisme avant de revenir au sixième concile à d'autres mesures extrêmes et brutales quoi qu'enlever des enfants à leurs parents était la plus haute des aberrations. Cependant malgré toutes les horreurs, les juifs subsistèrent en *Espagne* et possédaient même des terres contre toute attente; aussi, il semblait que les lois n'étaient pas toujours appliquées. Les juifs souffrirent en silence durant encore quatre vingt ans mais n'y tenant plus,ils se vengèrent contre leurs oppresseurs et en 694 du comput des nations ils projetèrent avec leurs coreligionnaires de l'autre coté du détroit, des tribus berbères de confessions juives et les nombreux exilés réfugiés de passer à l'action. Or, le roi *Egica* eut vent du complot; il convoqua un concile informa ses guides spirituels et temporels; la situation des juifs devint insoutenable. Dix sept ans plus tard, les musulmans débarquaient en *Espagne* et les juifs y virent un signe de dieu pour soulager leur existence. Durant la conquête maure qui au départ devait être une simple razzia comme le pensaient les fils de *Witiza* qui trahirent *Rodéric* l'usurpateur, les généraux musulmans confièrent aux juifs sous l'autorité de musulmans la sécurité des villes pendant qu'ils continuaient leur avancée. Pour les musulmans conquérants, l'important était de maintenir toutes ces communautés disparates dans la sujétion grâce à un état fort, une armature solide selon les mots de *Lévi Provençal*. Quant aux chrétiens, ils signèrent des traités favorables après des débuts naturellement difficiles; parfois ils gardèrent même tous leurs biens payant seulement le tribut de capitation à l'instar de la région où *Théodémir* était gouverneur incluant les villes de *Lorca, Orihuela, Alicante, Mula.* Ajoutons que leur situation était meilleure que sous les Wisigoths, la capitation se montait à 48 *dirhems* pour les riches et 24 pour la classe moyenne et 12 pour ceux qui avaient un travail manuel en revanche,les malades, les femmes, les enfants, les estropiés les moines, les esclaves en étaient exempts; les propriétaires payaient le *Kharadj*, impôt sur la production des sols d'une valeur de 20%. La capitation

cessait pour celui qui embrassait l'islam, pas le *kharadj*. Les chrétiens, serfs esclaves furent certainement reconnaissants aux musulmans de leur tolérance et équité calculées si on peut dire en comparaison des germains et des francs. Le souvenir des barbares *Alains, Suèves, Vandales* hantaient les esprits des clercs de *l'école d'Augustin*;mais ne fallait il pas mieux être pauvre sous ces barbares qu'esclave sous les romains ou encore sous la plume d'*Orose* qui se demandait finalement qu'importait à un chrétien qui aspirait à la vie éternelle d'être enlevé à cette misérable vie, même s'il reconnaissait tout de même l'ignoble barbarie des *Suèves*. En 587, le roi *Reccared* et ses goths abjurèrent l'hérésie arienne pour le catholicisme; néanmoins,ces derniers à moitié romanisés par un demi siècle de séjour dans les provinces romaines avant leur arrivée en *Espagne* voyaient dans la discipline romaine des atouts non négligeables aussi, le clergé s'employa à adoucir et éclairer ces barbares! (Dosy- les chrétiens et les renégats- l'Espagne musulmane- Leyde 1861).
Ainsi ai-je entendu.
Une petite explication s'impose parce que depuis le début on parle d'un certain al masri l'égyptien. Or, notre homme est de la périphérie de *Qurtuba* et n'a certainement jamais mis les pieds en *Égypte*, peut être durant sa captivité où il navigua en méditerranée mais, il resta muet par respect des gens floués ou par honte. *Su abuelo,* son grand père serait originaire d'*Égypte* toutefois, le conditionnel s'impose car on ne sait pratiquement rien de la raison du patronyme. En outre, ce dernier aurait même des racines byzantines car le

mot *rum* revint dans deux procès verbaux qu'aurait eu entre les mains son maître. Dans un tout autre genre cette fois ci, une source chrétienne affirmait que ce *Tariq* n'était en fait qu'un symbole de l'invasion des mécréants.

- Époque wisigothe-
-Sarcophage romain musée de Cordoue

En somme, c'était un personnage de fiction car ce terme arabe signifiait la route toujours selon cette même source. Le risque d'annihilation de l'héritage judéo islamique d'*al Andalus* est bien présent dans l'esprit des vainqueurs. D'ailleurs, il n'en suffit pas plus pour distiller le doute dans l'esprit et l'avenir le dira. Rayer la présence musulmane d'un trait de plume serait chose ardue; enfin comment expliquer l'origine de toutes ces merveilles architecturales à travers le territoire ainsi que la riche étymologie arabe du lexique castillan. Merveilleuse est l'époque punique qui «*par leur puissance égalèrent les grecs et par leur richesse les perses(Appien)*» oui, une civilisation issue d'un mélange d'indigènes berbères tel *Saint augustin* un des plus grands savants berbère et sa somme monumentale en 20 livres de *la Cité de Dieu*, de colons phéniciens grecs, l'époque romaine si riche et sa *pax romana* avant sa décadence sans commune mesure avec les Wisigoths qui étaient depuis deux siècles déjà en *Espagne* au début du VIII siècle, finalement l'arrivée musulmane et l'annexion sarrasine.

-«Nous sommes «ces étranges oiseaux» te souviens tu, même si nous nous considérons comme des espagnols à part entière après des siècles de présence ici bas de nos familles.» Il y eut tout de même quelque contre point à noter tel ce prêtre de cette époque première qui en dépit de sa haine des infidèles reconnaît une révolution sociale grâce à eux et ne s'offusque pas que le fils de *Musa*, *Abdelaziz* épousa la veuve de *Rodéric* car bien des maux disparurent de cette société notamment la condition des classes serviles qui s'améliora et les classes privilégiés voyaient leur pouvoir amoindri. Il y eut ensuite une répartition des terres cultivées entre de nombreux individus qui favorisa l'essor de l'agriculture dans l'*Espagne* musulmane. Enfin, l'islamisme était bien plus favorable à l'émancipation des esclaves que le christianisme des évêques wisigoths. Le sort des serfs se trouvant sur les terres de musulmans s'améliora aussi. Quant aux esclaves et serfs au service d'un chrétien, la conquête leur permit un moyen vraiment simple; ils n'avaient qu'à s'enfuir et aller chercher protection sur la propriété d'un musulman et prononcé les paroles: « *il n'y a de dieu que dieu et Muhammad est son messager*» *la shahada,* pour être l'affranchis d'*Allah* selon les paroles du prophète. Nombre de serfs devinrent libres de cette manière et il est inutile de se demander pourquoi ils quittèrent aussi facilement le christianisme. L'esclavage chez les musulmans n'était jamais long et dur nous dit on; d'ailleurs ils étaient libres souvent après quelques années de service seulement et en embrassant l'islam. En revanche, la situation n'était pas aussi enviable et favorable pour l'église soumise à une servitude dure. Suite aux débuts doux et humains pour les vaincus de la conquête musulmane, il s'ensuivit une intolérable dictature puisque les traités n'étaient plus respectés. Les plus mécontents étaient les renégats non les chrétiens. Ils se reprochaient peut être leur apostasie inutile; mais, la loi musulmane était claire la dessus. La peine encourue était la mort. Les descendants de ces renégats souffraient bien plus encore de la faute de leurs aïeux de ne pouvoir rejoindre le giron de l'Église.Ils formaient la majorité de la population et étaient souvent des affranchis. L'historien ne réécrit pas les événements à sa guise pour satisfaire ses convictions ou les désirs d'un tyran voire d'une propagande; les chroniqueurs musulmans médiévaux ne sont pas en reste. Ils reprennent dans leur prose l'opinion du prince; il est inconcevable qu'ils fassent l'éloge d'un autre prétendant ou qu'ils chantent les louanges et la bravoure au combat d'un infidèle. Par ailleurs, l'objectivité historique des faits s'avère souvent secondaire voire fantaisiste; on constate d'une source à l'autre que le nombre de conquérants fluctue largement-de sept à douze mille hommes- qui auraient fondus sur l'*Espagne wisigothique* en déclin avec l'aide et la bénédiction de *Julien de Ceuta* pour le compte du calife omeyyade de Damas *Al Walid* et *Mûsâ b Nusayr* gouverneur d'Ifriqiya en l'année 711 du comput des nations. En outre, *Rodéric* avait défloré la fille de *Julien* comme nous l'avons déjà vu; une raison de plus pour maudire ce barbare. *Rodéric* guerroyait contre les *Vascons* au nord lorsqu'il apprit que les maures traversaient le détroit; il dut rebrousser chemin et tracer vers le sud à la rencontre des envahisseurs. Mais, il fut trahit par ses alliés qui ne le portaient pas dans leur cœur en n'engageant pas leurs troupes dans la bataille au moment critique. Ce fut alors un véritable carnage en dépit de l'asymétrie des forces militaires en lice; d'ailleurs, on ne retrouva pas sa dépouille royale, si ce n'est selon la légende son manteau de brocard cousu de fil d'or et recouvert de pierres précieuses. Avant cette date, il y avait eu quelques incursions ou repérages stratégiques ordonnés par le calife de *Damas* dont la première comprenait quatre cent cavaliers sur des embarcations mises à disposition par *Julien* qui firent des razzias à *Algésiras* avant de s'en retourner. Ainsi, ils purent constater que l'appui chrétien de *Julien* était fiable. Le pouvoir politique et la religion ne faisaient qu'un sous les omeyyades en s'arrogeant le pouvoir temporel et divin; la gouvernance d'a*l Nasir,* al *Andalus* était un *dar es salam, havre de paix* pour tous les persécutés à partir du moment, bien entendu, où ils se soumettaient aux lois autoritaires en vigueur. Il est important d'avoir à l'esprit que la notion même de temps est différemment appréciée et fixée en fonction des cultures, traditions et fonctions sociales de chacun car les repères spatio-temporels correspondent toujours à des rites particuliers perpétués d'age en age par l'intermédiaire d'institutions ou de personnes morales, prêtres, guérisseurs célébrant des cycles(solstices) pour d'autres des saints; enfin, plus prosaïquement, relevons la fonction du travail des champs et du cycle des récoltes d'où la création du *calendrier de Cordoue*. Dans des villes portuaires prospères et développées, *Ibn Hayyan* disait par exemple d'*Almeria* au temps de sa splendeur que les gens payaient sans compter ni marchander tellement ils étaient riches! Visiblement, il faisait bon vivre dans cette cité. On ne prenait pas si nécessaire la mer en hiver pour des raisons climatiques, forte houle. La famille de Husayn vivait sur la propriété d'une fratrie cordouane d'origine berbère proche d'*Almanzor.* D'ailleurs, la réputation des berbères étaient tellement mauvaise à *Cordoue* qu'on appela les troubles de 1009 *al fitna al barbarya.* Devant les razzias et autres combats sporadiques des différentes milices, nombre de familles furent dans l'incapacité d'exploiter la terre et durent fuir pour se cacher dans les plus intimes recoins des bois et grottes naturelles en remontant vers le nord dans le *fahls al ballut* avant de revenir constater le chaos engendré par des miliciens assoiffés de sang. Un jour béni de dieu le docte Ibn Hassan al Qurtubi vint soigner *oumm* Husayn en route pour l'*Hadès*. Voici, le récit qu'en fit ce dernier une fois adulte: "Ma pauvre mère était d'une maigreur saisissante et périssait à vue d'œil. Mon père n'obtenait rien de ses maîtres en raison de dettes impayées. L'état de santé de son épouse qui ne participait plus au travaux des champs s'aggrava de jours en jours mais cette famille, sur elle la malédiction, ne fit rien pour nous venir en aide; or, le patriarche avait un devoir moral vis-à-vis de ses paysans du moins je le croyais. Toutefois, un compagnon de mon père lui conseilla d'aller en ville au *'adudi(hôpital)* lequel avait une annexe réservée aux aliénés ainsi que des parcelles de terrains pour la culture de plantes médicinales que gérait l'hospice. Là, *Abu* devait s'enquérir du scheik ibn Hassan al Qurtubi. *Cordoue* possédait comme en orient des *bimaristan(iran.bimar/malade)* voire des léproseries, des officines pour les maladies incurables et à *Cordoue* le *Rabad al mardâ.* Il partit de bonne heure en ville quémander une aide providentielle pour être de retour le plus tôt possible. Or, la chance lui sourit car il n'avait pas même entamé une demi lieue qu'il vit devant lui trois individus sur des mules; aussi quand ils furent assez près, il reconnut à la description que lui fit la veille son ami le sage accompagné de deux étudiants. *Abu* interpella le maître lequel jeta un rapide coup d'œil à ce dernier, suffisant pour noter toute la détresse émanant de cet homme. Il lui demanda des explications sur son état d'anxiété sa mine creuse et défaite. Le père raconta leur calvaire par le menu détail sans rien omettre de la maladie de son épouse, du foyer familial enfin, l'attitude de son employeur. Ils allèrent tous les quatre à sa masure. Une fois à destination, il s'écroula sur le pas de la porte épuisé, affamé. Les deux étudiants le mirent sur le ban adossé au mur. Mon père était las mais, l'état de santé préoccupant de son épouse l'incitait à se battre. Ils pénétrèrent enfin dans la pièce et le toubib s'assit auprès de *umm* Husayn pour la questionner. Les larmes de A*bu* se déversèrent tel un torrent lorsqu'il vit sur le visage angélique de l'étudiant l'effroi, la mort. Ce fut la première et ultime fois que je vis mon père pleurer; l'état de son épouse était à l'image de ce lieu de vie sordide. La douceur des paroles du sage réconforta la malade qui recommença à croire en la vie; au même instant, dans son coin, le mari invoquait en sourdine pour la énième fois la protection divine sur son épouse. Le toubib sortit déprimé de cette visite comme il me le raconta plus tard; le médecin croyait avoir quasiment tout vu dans sa longue carrière. Était ce la vieillesse, la fatigue ou plutôt une certaine lassitude de se battre contre des moulins! Rien ne changeait. Toujours cette misère ambiante qui poursuivait inlassablement la plèbe laborieuse alors qu'une minorité d'individus accaparait les richesses et vivait comme des dieux la panse pleine. Or, un dixième seulement de cette manne équitablement répartie suffisait à éradiquer cette précarité indigeste. Ce fut ce fameux jour où mon père supplia le toubib de me

175

prendre à son service car il était dans l'incapacité de nourrir sa famille endettée. Il ne souhaitait pas vendre ses enfants comme le faisait d'autres paysans endettés. Il désirait pour son unique fils une solide éducation, unique moyen pour sortir de la misère selon lui.Le médecin était catégoriquement opposé à cette idée farfelue mais ce frêle garçon au regard éteint par la faim et surtout la crainte de perdre sa maman finit de le convaincre d'accepter cette demande. En outre, ibn Hassan avait remarqué des signes de malnutrition chez le petit comme chez les sœurs; la *muerte* guettait les êtres de cette masure. Le petit Husayn était de facto la propriété du *latifundium* en raison du contrat liant son père endetté au maître des lieux. Le toubib alla consciemment au devant de gros ennuis en prenant le gamin à son service sans même l'approbation du maître des lieux. Je compris tardivement le geste du scheik, sa compassion; néanmoins, il y avait autre chose de plus intime dans son acte. J'ai spéculé des années sur sa réelle motivation. J'étais une victime comme ma famille du reste d'un système inique. En vérité, une alimentation efficiente simplement plus riche en protéines, équilibrée suffisait à requinquer en quelques semaines toute la famille. Le scheik était depuis la mort d'*al Hakam II* en 976 du comput des nations sans soutien économique du palais,autrement dit, sans protecteur. Cependant, les années aidant, le toubib ressentait un terrible manque affectif depuis la mort odieuse des siens littéralement trucidés dans une embuscade lors d'un voyage familiale durant le mois de *ramadan*. En effet, les familles avaient coutume de se rencontrer lors de ce mois de jeûne qui donnaient lieu à des réjouissances familiales, de partage le bonheur d'être ensemble en ce mois saint. Le scheik accepta cette charge difficile qu'était mon éducation intellectuelle car pour le reste, il bénéficiait de l'aide domestique incomparable de Myriam sa servante qui devint ma mère de substitution sur la poitrine de laquelle je pleurais les miens à chaudes larmes dans les semaines qui suivirent la séparation. Je grandis dans un autre monde au contact des enfants de l'élite à l'abri du besoin. Or, ce dernier était inquiet car ma famille disparut quelques semaines plus tard après sans laisser de traces. D'autre part, la loi du silence régnait dans le bourg où nous résidions; les ennuis ne tardèrent pas à se déclarer sous bien des formes; je réfléchis à la corrélation évidente entre le déclin du maître mon protecteur et la disparition des miens sans négliger l'implacable vieillesse contre laquelle nul ne pouvait s'opposer pas même les marchands de rêves qui prétendaient avec leurs fameuses potions et autres élixirs de jouvence aux vertus curatives offrir l'impossible.»

Ainsi ai je entendu.

-«Il s'agit d'une punition collective Sanchuelo dans le bannissant de la famille voire pire.

-Visiblement…

-Il fallait montrer aux paysans les conséquences terribles encourues pour celles et ceux qui ne respectaient pas les règles sachant qu'en haut lieu il en allait de même."

La peur qu'inspirait le tyran Almanzor était telle que même les panégyristes ne se bousculaient pas à la cour du souverain! Le chantre *amiride ibn Darradj* fut bien l'un des seuls à chanter la gloire d'*Al Mansûr* et certainement le plus fameux; d'ailleurs, il remplit à l'age de 35 ans cette tache à son service malgré des débuts compliqués. En effet, il était accusé de plagiat par des poètes jaloux coalisés de la cour. Mais, son talent d'improvisateur lui permit de plaire au souverain qui l'embaucha généreusement pour une période de seize années où il rédigea une soixantaine de panégyriques à la gloire du victorieux et des dignitaires du régime. Cette co-souveraineté *amiro-omeyyade* était pourtant prometteuse puisque *al Mansûr* avait renforcé l'influence omeyyade au Maghreb; finalement, cette courte dynastie accompagnera comme nous l'avons évoqué la fin du califat. Quelles sont les raisons de ce déclin? Quelques pistes éventuelles permettent de se faire une idée de cette fin programmée. Premièrement, la pierre d'achoppement de toute politique rigoureuse est pour l'état son économie et la gestion scrupuleuse du trésor. Or, les monstrueuses dépenses d'al Mansûr grevèrent le trésor d'une part la construction de sa ville nouvelle *medina al Zahira* afin de rivaliser de prestige avec la ville palatine édifiée par *Abd ar Rahman III* et d'autre part le financement de ses mercenaires pour la guerre. Deuxièmement, l'ambition personnelle, la vanité, de mauvais conseils jouaient un rôle prépondérant. Par ailleurs, un pouvoir autoritaire mal perçu des cordouans qui constataient un déséquilibre des forces important dans la société à l'instar des mercenaires berbères excessivement coûteux. D'un autre coté, les guerres récurrentes au nom du *Djihad* contre les chrétiens au nord ne rapportaient pas grand-chose, si ce n'était un afflux supplémentaire de troupes par clans entiers d'esclavons européens, berbères pour des raisons éminemment stratégiques. En effet, la peur du *jund* syrien fidèle aux omeyyades et des cordouans haïssant l' usurpateur amiride poussèrent le tyran dans cette politique. Concrètement cela signifia une accumulation de dettes peu de butins rentrant pour ses deux fils qui lui succédèrent après 1002. Ces derniers, surtout *Sanchuelo*, n'avaient pas l'étoffe et le charisme de leur père. Sous ce dernier, les caisses de l'état étaient vides.Le peuple se révolta.

COLLAR Y PULSERA
Necklace and bracelet

Taifas. Siglo XI
Oro. Filigrana y repujado

3
connais toi toi même, ta place dans la cité

Ainsi, ai-je entendu.

-«Tant d'années d'études pluridisciplinaires de recherches laborieuses pour constater en une seule nuit l'anéantissement de ce fruit précieux; c'est un carnage! Mais pourquoi et à qui profite ce forfait d'une stupidité sans borne?»

Husayn songeait en priorité aux ignorantins qui élevaient l'ignorance en religion. Cette destruction annonçait la fin de *Cordoue* sur la voie de l'obscurantisme. Le vandalisme était aveugle. Voulaient ils donc des hordes de moutons marchant au pas prêt à l'équarrissage? Husayn ne voyait dans les décombres carbonisés que le résultat d'un acte méticuleusement organisé, prémédité. Il s'agissait certainement du travail de mercenaires vendant leur service au plus offrant. La justice devait sanctionner les commanditaires comme les exécutants! Mais était il pertinent de parler de justice à l'heure du chaos généralisé de la *fitna*. Cordoue à l'heure de l'*épreuve* n'avait plus rien d'une «république athénienne» bien au contraire. Dans sa recherche des causes expliquant cet état de fait, il observait le critère militaire au regard des nombreuses troupes et clans en lice guerroyant parfois par pur banditisme donc, l'alibi religieux ne valait pas grand chose. L'embrigadement militaire et religieux était plutôt l'affaire du *riba*, certes peu développé en *al Andalus,* plus répandu au *Maghreb.* Il avait en effet un rôle stratégique par sa proximité des routes caravanières. Il était aussi un relais postier, un lieu de repos et de sécurité pour les commerçants puisqu'il faisait office de caravansérail, d'hôtel, *fundunq*; il était plus présent en *Italie du sud* et particulièrement en *Sicile;* toutefois son influence dans le temps et l'espace fut bien réel de *Kairouan* à *Fez,* au sud de la méditerranée. Cette tradition du couvent signifie l'hospitalité donnée au voyageur. En revanche, l'historien oriental *Ibn Hawqal* déclarait à son propos:«*n'avoir jamais vu autant de vauriens et d'hypocrites s'adonnant à une vie dépravée pour se soustraire à l'autorité du prince; un lieu de corruption où aurait du régner l'esprit de Jihad(...)»* contre les chrétiens qui attaquaient constamment. En outre, il dénonçait la lâcheté récurrente et le peu d'empressement des lettrés et docteurs de *Palerme* à défendre l'islam et qui en outre se faisaient maître d'école, une profession peu rémunératrice vu le grand nombre d'instituteurs en *Sicile* afin d'être dispensés d'engagement militaire! Il ajoutait: «*quelle position est plus ignominieuse, quelle conduite est plus basse et méprisable que celle d'un homme qui vend une obligation imposée par Dieu, la guerre sainte,avec ses aubaines ses honneurs et sa gloire, pour le plus vil des emplois, le plus humble des métiers et la plus abjecte des occupations*».

Mais, l'homme reste un simple mortel non téméraire qui tenait à la vie et à sa tranquillité légitime dès lors qu'il ne nuisait à personne. Est-ce à dire qu'il était un lâche? Aller au front et mourir aveuglément pour la foi voire des intérêts royaux qui ne rapportaient rien ni à dieu ni à la *umma* mais, au seul clan du prince! Là, c'était stupide selon Husayn. Le but de sa vie fut de mettre en accord ses actes et ses principes.Telle était selon lui l'unique interrogation faisant sens. Un homme ignorant par exemple verrait dans de telles paroles un blasphème alors qu'il jugeait lui qu'un tel homme n'avait pas appris à réfléchir avec un maître et disputer avec d'autres étudiants. La formation reçue permettait ensuite d'enseigner et diriger d'autres personnes et enfants de la cité. La relation de maître à élève était la base du travail de formation intellectuelle et spirituelle de l'étudiant. Des notions aussi abstraites que profanes pour l'homme tels l'amour, le partage, la compassion, la bonté sont des concepts que la foi approchent par le cœur et la raison par l'esprit. Est on mécréant dès lors qu'on refuse le sacrifice de soi pour le *Djihad*? Oui répond l'un en se basant sur la tradition; pour l'autre signifiant le cas d'un lettré répond qu'un lettré mort n'est plus d'aucune utilité à la communauté.» Sanchuelo reprit son propre récit après cette parenthèse. Le syrien *Usama b Munqid* (m.1188) décrit son sentiment des guerriers et de leur esprit de guerre sainte en l'occurrence,la valeur guerrière des *Rums(*chrétiens*)* du levant comme les seules personnes qui soient appréciées dans leur société. Effectivement, l'esprit chevaleresque du croisé fier et plein de bravoure de sacrifices est bien à l'opposé du palermitain lettré taxé de vilenie par notre auteur. En *Ifriqiya* par exemple de ces couvents militaires sortit le *mahdi,* le controversé *Halladj* en orient. Arrêtons nous mon ami un instant sur cet homme aux multiples couleurs.Il porta parfois l'habit militaire qui en jetait aux yeux de la police ou bien,la bure de laine(qu'il rejeta un temps) de l'ascète qui valait le dédain des uns et la reconnaissance des autres.

-«Excuse moi, Sanchuelo, mais que vient faire ce soufi oriental dans l'histoire de Husayn?

-Il a un rare destin d'où le détour nécessaire afin de ne pas oublier le génie créatif de cet l'homme de dieu pour les uns, de brigand pour les autres et surtout du rôle politique qu'il eut puisque cet individu fut jugé comme hérétique dangereux pour les masses! Il n'y a pas séparation entre le politique et la foi lorsqu'un être dérange des juristes bouchers craignant pour leur statut auprès du calife; Il ne peut laisser indifférent, ses contemporains le menèrent au gibet et le torturèrent de surcroît. Cette affaire est foncièrement politique. Pourtant, l'homme en extase fait peur aux autorités qui y voient un *Risiko* ; est il un possédé, un poète, un rebelle, saint. Ses envolées spirituelles et poétiques chantent l'*Un*, le *El* de la bible, la rencontre avec *al Haqq*, la vérité créatrice; brimer la parole conduit à la discorde. C'est fermer la dispute et *Hallaj* finit crucifier après 7 années de prison et de procès en révision. La foi de cet homme était inébranlable. Les gens oublient que l'homme devient pourriture et que seule, l'âme peut le préoccuper.

-Effectivement, je comprends; il est un personnage incontournable dans l'islam spirituel d'orient, terre d'*Abraham, Gilgamesh, Ardashir, Zarathoustra, Mani....*

-L'impact culturel et religieux du *riba* est essentiel dans la propagation du message divin et des idées sur les routes du commerce et des migrations donc des influences extérieures. Autre cas de figure historique de par son rôle est la figure du leader charismatique du *mahdi* en *Ifriqiya,* un homme du *riba* prêchant une idéologie radicale qui put s'exporter en raison de conditions socio politiques favorables en *al Andalus*. Ainsi, on remarque un *dar al islam* pluriel ou multiethnique puisqu'il regroupe des sociétés, des mentalités aussi diverses que complexes. Tout est lié comme une grande chaîne depuis les temps immémoriaux car sans *Galien* ou *Dioscoride* pas de *Razi* voire d'*ibn Sina pour* les progrès de la médecine; cette longue route du savoir vers l'occident en mutation lui même est ininterrompue grâce à des savants du calibre de *Kindi, al Farabi* qui commenta *Aristote* et ainsi de suite *ibn Bagga, ibn Tufayl, ibn Rushd, Maimonide, Moise Narboni (m1362), Gersonide (m.1344).* La présence juive en *Espagne* remontait à l'antiquité. Enfin, *al Andalus* est une terre de savoirs tant scientifique que religieux, historiens géographes mathématiciens astronomes grammairiens logiciens musiciens et les docteurs de la foi malikites étaient nombreux. *Hallaj* au-delà de son mysticisme incompris de ses contemporains est l'exemple parfait de cette fusion culturelle autour de l'arabe et des ages; il naquit dans une des provinces orientales du *khalifat abbasside* dans le *Fars,* un pays encore profondément iranien de langue, mazdéen de culture mais arabisé par régions ou centres intellectuels le long des routes commerciales qui étaient de véritables nœuds stratégiques du *Ahwaz* jusqu'à *Ramlé* en Terre sainte voire la *Samarcande* de *Manès* et de son église quoi que ses disciples étaient des itinérants propageant la parole de *Mani* qui avait pour le Christ un amour infini. Pour l'anecdote *Saint Augustin(les confessions)* hésita un temps sous la pression de ses amis manichéens, en fait une dizaine d'années en tant qu'auditeur, à les rejoindre dans cette croyance méconnue des occidentaux qui était une synthèse entre l'orient et l'occident; toutefois, si un homme de la qualité de *Saint Augustin* s'intéressa à cette religion, c'était certainement bien plus compliquée que le simple dualisme primaire «*entweder-oder*», noir ou blanc, caricatural à souhait. Enfin, à l'age de trente trois ans, ce père de l'église romaine confessa sa foi chrétienne à une mère très croyante et assez pressante nous dit il. *Halladj*, lui, est toujours vénéré dans de nombreuses contrées d'*Asie* centrale telle *Balkh*, en pays *Ouighour*. *Halladj* ne se suicida pas comme beaucoup semblaient l'affirmer; en revanche, il cherchait le martyre. Son geste était littéralement christique. Chez les chrétiens, *Saint François d'Assise* chercha lui aussi le martyre en allant jusqu'en *Égypte* la provoquer, conjurant le sultan d'embrasser la foi du christ mais en vain. Nombreux étaient les sympathisants ou disciples de *Hallaj* en dépit de l'interdit planant sur son nom longtemps après sa mort. *Beiza* était sa ville natale arabisée ou *désiranisée.* En fait, il ne comprenait pas le dialecte iranien; donc, il avait besoin dans les centres urbains qu'il traversait du concours des gens de quartiers de langue arabe. Il marcha jusqu'au *Qashmir,* par ces lieux reculés à la recherche du savoir afin de se construire sa propre philosophie et prêcher au sein du *Ribaa*. A travers son origine, son statut social, la fréquentation des scribes et des *abnal'douanya,* les gens du monde, c'est à dire les fonctionnaires de l'administration, les lettrés, il absorba la science des courants chiites *extrémistes, mutazilites, qarmates* voire hellénistes au plus profond des provinces de l'empire abbasside.Enfin, l'exemple espagnol qui nous intéresse concerne précisément d'autres martyres, les chrétiens de *Cordoue* au IX siècle comme nous le verrons plus bas. Les barbares qui incendièrent certains *arbad (faubourgs)* dont notamment celui de la maison de l'aumône, *dar al sadaqa,* proche de l'école du maître étaient dans le fond les mêmes individus égarés hurlant la mise à mort de *Jésus* et *Hallaj* .

-«Effectivement, nous retombons de nouveau sur nos pas.

-Les caisses de l'institut étaient bien vides sous le victorieux à *Cordoue*. A terme, l'école était vouée à disparaître faute de moyens financiers. La reconstruction des lieux était improbable et de toute façon, *Cordoue* s'enfonçait dans les ténèbres et le chaos. La «maison du savoir pour tous» comme la nommait ibn Hassan al Qurtubi était le résultat d'un travail de longue haleine; la réalisation d'une philosophie humaniste en accord avec l'utopie de ses mentors, malheureusement resté longtemps un vague projet faute de soutien politique avant que le calife *Al Hakam II* encore prince héritier le soutienne. Le scheik soignait gratuitement l'indigent, lequel du reste ne pouvait payer la consultation! Cela lui valut les remontrances de confrères plus intéressés par le profit que par la santé des patients. La jalousie motivait de tels sentiments difficilement compréhensibles dans une capitale de la taille de Cordoue au regard du nombre important d'habitants de la qualité des infrastructures telles écoles, bains, souks. Le maître suivait certaines pratiques médicales de *Abou al Kassim Ibn al Zahrawi* (Aboulcasis des latins-m.1010/13) natif de

Zahra et médecin attitré du calife *Al Hakam II* avec lequel ibn Hassan al Qurtubi collabora. Ce brillant savant laissa de nombreux travaux d'obstétrique, des descriptions chirurgicales d'amputations, opérations de fistules, hernies, de trépanation. Son encyclopédie en trente volumes de pharmacologie est un véritable don aux générations postérieures. Il mit à disposition du commun des mortels un ensemble de règles simples à suivre au quotidien basés essentiellement sur la modération et l'équilibre d'ailleurs son livre majeur a pour titre: «*kitab al tasrif li man adjiza an al-ta'âlif*» ou approximativement«*le livre des manipulations pour celui qui est incapable de composer les recettes*». Soit, une entreprise colossale puisqu'il s'agissait littéralement d'éduquer par l'exemple simple les individus. A ce propos, on reconnaît dans sa méthodologie l'héritage *grec* des quatre éléments froid-chaud-sec-humide qui sont en équilibre chez l'homme. Donc la rupture de celui ci est cause de maladie. On peut y porter remède en administrant au malade le pourcentage nécessaire de l'élément en déséquilibre selon lui. *Al Kattani* est un de ces nombreux savants qui quittèrent *Cordoue* dès le début de la *Fitna* pour *Saragosse* alors qu'il avait déjà plus de 60 ans, soit un homme de l'age du maître. Cette ville des marches supérieures était un lieu de savoir majeur d'*al Andalus* où migrèrent tant de savant pour son école philosophique. *Ibn Djanah* quitta lui aussi *Cordoue* pour *Saragosse* à l'age de 26 ans. Il s'épanouit au contact d'autres érudits juifs tels *Ibn al Fawwal, Isaac ibn Gikatilla* voire *ibn Tabban* considéré comme un des plus grand grammairiens du monde juif. L'*Espagne* chrétienne tenait énormément de la culture scientifique philosophique juive comme cette dernière reçut beaucoup de l'apport philosophique et mystique musulman. Husayn avait remarqué qu'un acte improvisé n'avait pu dévaster de la sorte la structure du bâtiment jusque dans sa substance. On pouvait voir sur le sol par endroit des traces sombres laissées sans doute par des produits inflammables démontrant s'il en était encore nécessaire la thèse criminelle de l'acte. Mais qui s'en préoccupait alors que *Qurtuba* était plongée dans le pillage, les assassinats ciblés bref, la guerre civile depuis quatre années. Tout n'était plus que désolation dans la Cordoue omeyyade après le désastre de 1013; or, le mental des habitants devant le malheur ne faiblit pas tout comme leur abnégation et courage à défendre leur ville et son héritage omeyyade symbole identitaire par excellence. Comme bien souvent dans les épreuves de force, l'horreur atteint des sommets au sein de sociétés et peuples dits civilisés. L'esclave berbère lynchée par le petit peuple en raison de sa couleur de peau n'était pas un acte isolé. C'était de la vengeance aveugle, raciste ordinaire en temps de crise et surtout laquelle s'abattait sur des proies faciles. La foule devient une meute enragée animale. La bête tue pour éliminer le rival et avec lui, sa descendance pour assurer la sienne propre comme le lion. Mais, comment fonctionne l'homme? Trop de questions affluaient entre ses dents. Il était assis seul sur ce banc de pierre aux jointures dépouillées de gypse méditant. Dieu avait oublié ses jeunes brebis en guenilles qui derrière lui s'injuriaient violemment de tous les noms d'oiseaux incapables de partager équitablement les fruits de leur larcin. Qu'était donc devenue sa chère ville? Ceux qui avaient les moyens financiers avaient quitté *Cordoue*. Nombre de maisons étaient vides de ses locataires, propriétaires voire vider par les *rateros* pour celles et ceux qui ne pouvaient se payer des gardiens le temps que *Cordoue* retrouvât la paix. A cette heure sombre les enfants des rues admiraient maintenant la canaille et ce mode de vie excitant, ces garçons des bas fonds, *salifat al arrachis* qui récoltaient les fruits d'un marché fait d' extorsions, de rapines en tout genre. En fait, pour dire la vérité, ces gamins trimaient pour un caïd du quartier qui assurait leur sécurité dans des rues peu sûres, milices soldats, mafieux. Husayn ignorait tout de cette vie sauvage qui avait perdue son humanité. Néanmoins, il n'était pas aussi naïf à ce point et savait pertinemment qu'il s'agissait de politique et corruption. Il sortait lentement de sa méditation lorsqu'un vieil homme élégant et soigné quitta une somptueuse demeure de l'autre coté de la placette accompagné d'une charmante femme laissant deviner sous ses fichus de soie une croupe ferme et attirante. Il reconnut le traître qu'il haïssait plus que tout au monde; il le tenait pour l'un des responsables de leur malheur. Le vieux ne paraissait nullement ébranlé par les derniers événements; aucun signe extérieur ne se lisait sur sa face de rat; son maître lui avait pourtant mis le pied à l'étrier, formé sans aucune reconnaissance si ce n'était la trahison. Présentement, il jouissait du soleil matinal qui lui réchauffait ses vieux os perclus de rhumatismes; néanmoins, sa charmante " jeune épouse", supposait il, à ses cotés lui redonnait quelques forces salutaires. Quelle crapule, songea il, ruminant ses ressentiments à son endroit imaginant même avec écœurement ce vieux bouc plantant son palmier dans ce jardin secret. Or, à cet instant, un collaborateur zélé pressant le pas héla le doyen, une missive dans la main droite. Il remarqua le sceau califal du document à la main du toujours alerte fils de Alvar. Husayn était de retour à *Cordoue* en cette fin de 1013 du comput des nations laquelle vivait une accalmie .Aucune unité fit l'unanimité pour maintenir une réelle coalition au sein du califat. *Suleyman* convoitait *Qurtuba*; les deux fils d'*Almanzor,* d'épouses différentes dont une chrétienne convertie à l'islam, avaient été incapables de pérenniser l'œuvre de leur père. Le royaume n' était plus qu'un fruit mûr prêt à être cueilli. Il voulait simplement réhabiliter la mémoire bafouée de son maître avant de reprendre son chemin vers son destin qui selon son maître passait inévitablement par *Séville* en cas de coup dur; mais nous verrons plus tard. Son esprit rebelle à toute forme d'injustice aspirait à des réponses claires jusqu'à se fourrer dans la gueule du monstre pour retrouver le type responsable du bannissement de son maître et de son sort personnel. En effet, comment ne pas tomber dans la dépression après tant de malheur surtout au moment de recevoir une *idjaza* licence ou autorisation d'enseigner les écrits d'un maître. A t' il le droit de se faire justice lui même? Non, sinon il devient lui même un bourreau en dépit, de la coutume ancestrale du droit du sang. Une petite explication s'impose en raison de la *Sourate VII Al'Arâf- v. 12/13* qui pourrait porter à confusion sur le mot rebelle. En effet, la tradition musulmane affirmait que le premier révolté de l'histoire était *Iblis* l'orgueilleux qui refusa de se prosterner devant *Adam* sur ordre de Dieu. C'est la cause première du malentendu assimilant le révolté au diable. Le rebelle est donc mauvais. Or, dans le cas de Husayn sa révolte était motivée par ce devoir de justice, dent pour dent dit la Bible. Il désirait stopper l'individu pervers qui se plaçait au dessus des lois de dieu et dans le cas présent, la loi humaine. Il réclamait justice. Est il donc un hors la loi, un mécréant? Selon le sens commun, l'homme ne peut se permettre de s'exclure de son clan en provoquant ses semblables voire en subvertissant le pouvoir politique et religieux de la communauté par des paroles ou des actes démesurées. *Iblis* fut maudit et chasser du jardin des délices pourtant Satan demanda à dieu un marché. Il voulait corrompre suffisamment d'hommes, ce qui lui fut accordé. Mais cette affirmation ne tient pas car l'homme est au service de sa communauté qui est au dessus du simple clan sinon, on retombait dans l'archaïsme tribal que *Muhammad* avait subverti en instaurant la religion nouvelle. Nous avons vu en introduction selon, une *loggia* un hadith, que l'injustice est préférable à la discorde et que la recherche du compromis à tout prix pour sauver la communauté du chaos est un devoir; on comprend mieux l'état d'esprit dans lequel est plongé alors l'homme de bon sens face à l'orthodoxie se référant à un dit du prophète dont la véracité est peut être douteuse. Peut on remettre en cause cette parole sachant que quatre siècles se sont écoulés depuis et de surcroît sur une terre de traditions et coutumes différentes de l'*Arabie* tribale. Peut on vraiment clore le débat alors que tant de questions restent en suspens, ouvertes? Le quartier mitoyen de l'institut du scheik ibn Hassan al Qurtubi avait été pillé par les troupes de *Suleyman*; était ce à dire que les pyromanes du général l'avaient incendié? Pourquoi auraient ils fait une chose pareille? Cela n'avait pas de sens. *Suleyman* voulait le seul pouvoir. L'assistant marqua un petit temps d'arrêt respectueux à quelques pas du couple quelque peu confus avant d'interpeller le vieux:

-*Mu'allim*, un message important du palais, il ajouta ces mots ailés: «mon dieu, quel désastre, c'est bien la fin d'une époque bénie; la reconstruction est vaine encore faut il une direction compétente pour cela!» Lâcha il volontairement et dépité à l'attention de l'opportuniste qu'il ne portait pas dans son cœur; l'arriviste s'arrangeait toujours pour se retrouver dans le camp du pouvoir.

-Pardon? Ajouta le vieux. L'assistant regrettait l'époque de Ibn Hasan(le bon) al Qurtubi sous le mécénat d'*Al Hakam II*. D'ailleurs, jadis le pain ne manquait jamais sur sa table. Aujourd'hui, l'angoisse était la compagne quotidienne des habitants de Cordoue. Le doyen se tut malgré les propos outrageants de l'assistant qui résonnaient encore dans sa tête. Le pauvre homme reprit:

-«lorsque je pense à tout ces ouvrages collectés et acheminés jusqu'à *Cordoue* ainsi qu'aux nombreuses traductions et autres copies soigneusement ouvragées de médecine par nos meilleurs copistes et étudiants, quel gâchis! Ça sent la vilenie à plein nez. Il semblerait qu'une armée de djinns s'ingéniait à nous renvoyer à l' époque de l'ignorance. Je ne vois vraiment pas le sens de cette destruction.»

-«L'age d'or» est bel et bien terminé! C'est le chaos absolu pis, c'est *Thagout*. Nos femmes gémissent pendant que les enfants pleurent pères frères et oncles!» Le doyen lui arracha des mains le document et le laissa planter là comme un vulgaire piquet. Ces deux hommes étaient employés depuis de nombreuses années à l'institut qui comprenait jadis deux départements; l'un voué à la recherche médicale et à la pharmacologie l'autre à l'alphabétisation des indigents. Par ailleurs, le scheik pensait qu'il était préférable d'enseigner aux enfants en premier lieu la grammaire et l'étude de la langue afin de leur donner une base solide pour aborder ensuite l'étude du saint livre à partir de 13 ans. Le doyen avait trahit la noble cause pour laquelle, il avait adhéré à ce projet éducatif, pourquoi? Avait il perdu tout idéal? En octobre 975, suite à une attaque cardiaque, *Al Hakam II* était devenu hémiplégique avant de s'éteindre une année plus tard.Ce fut le moment clef du changement.

-«On pense obligatoirement au jugement d'*ibn Hazm* sur la succession du calife ratifiée et paraphée dès 975 puis envoyée à travers le royaume aux responsables consacrant *Hischam II* seul héritier du trône comme une grossière erreur», dit Youssef.

-En effet, son fils de onze ans s'avéra une marionnette au main du victorieux qui assura la régence soutenu par l'épouse du défunt calife et mère de *Hischam II*.»

Que signifiait ce décès pour les lettrés du royaume? En premier lieu les plus fidèles de ses sujets tombèrent dans un état de perplexité et de crainte légitime en dépit de la stabilité politique du califat mais le *Hadjib al*

Mansur gagnait en puissance au fil des ans. En second lieu, il ne perdit pas de temps pour emprisonner, éliminer à tour de bras ses opposants potentiels. D'ailleurs, les mécènes du maître tout comme l'intelligentsia mirent les voiles. L'institut déclina donc faute de fonds et de volonté politique et ce bien avant le déclenchement de la guerre civile en raison d'une corruption endémique! Quoi qu'il en soit *Cordoue* possédait selon l'argumentaire *amiride* suffisamment de centres d'études. D'ailleurs qui s'en soucia qu'une étude brûlât alors que les berbères razziaient des quartiers entiers. Les indigents attendaient une improbable accalmie livrer à eux mêmes. Il songeait à ce chaos programmé lequel renvoyait droit à cette politique irréfléchie de persécution religieuse qu'entreprit jadis a*l Mansûr,* certainement pour plaire au pouvoir religieux, gagner la confiance de l'élite pro omeyyade et du peuple en amassant du butin et calmer leurs ardeurs mais surtout, il s'agissait de la légitimité politique car la légalité était acquise. La fuite des cerveaux juifs et mozarabes de *Cordoue* pour *Saragosse* autre centre important du savoir médicale philosophique dans la péninsule voire en *Catalogne ou Narbonnaise* en était un des effets bien concret; cette politique finalement desservit le califat à double titre donc car les chrétiens du nord récupéraient satisfaits de l'aubaine des compétences humaines et technologiques. La *Catalogne,* vers la fin du X siècle était intellectuellement parlant en avance sur le reste de l'*Europe* chrétienne. Le jeune *Samuel Halevi Ben Joseph Ha Naguid* était l'exemple même de la répression cruelle du tyran orgueilleux. Dans le prolongement des événements, le juif avait fui devant *Suleyman* pour le port de *Malaga* au sud où il monta, dit on,une petite affaire, une épicerie. Sa boutique était non loin du château qui appartenait au vizir *Abou Quassim ibn al arif*,le vizir de *Habbous*, prince de Grenade. Or, les habitants illettrées devaient souvent écrire à leur maître,aussi *Samuel* correspondait pour eux dans un style incomparable qui éveilla la curiosité du vizir.Celui-ci s'aperçut vite que ce drôle d' épicier était un savant doté d'une connaissance aiguisée des affaires de l'état. Finalement, il devint cet homme d'état génial mais ennemi héréditaire d'un autre homme remarquable conduisant lui aussi les affaires d'*Almeria* et de *Grenade*, l'arabe *Ibn Abbas*. Le poète *Mountafil* adressa ces vers: «*Tu es supérieur aux hommes les plus libéraux de l'orient et de l'occident, de même que l'or est supérieur au cuivre/Quand je me trouve auprès de toi et des tiens, je professe ouvertement la religion qui prescrit d'observer le sabbat et quand je suis auprès de mon propre peuple, je la professe en secret*» Les écrivains arabes, selon l'érudit *Dosy* ne les citent qu'avec une sainte horreur. Il fut poète, traducteur, grammairien, talmudiste mais aussi grand vizir et chef des armées du petit royaume de *Grenade*; un des rares juifs à une telle fonction politique et recevra ainsi de la communauté juive de *Grenade* dont il était l'un des rabbins, le titre de *Naguid*, prince! *Samuel* s'employa à améliorer le sort des Juifs de *Grenade* mais aussi celui d'autres communautés juives par le biais de ses relations diplomatiques. Il dépensa des sommes considérables pour financer des écoles et académies talmudiques mais aussi pour réaliser des copies de livres dont il fit don aux étudiants pauvres. L'un des bénéficiaires de ses largesses fut le poète et philosophe *Salomon ibn Gabirol (la source de vie- fons vitae)* qui avait été banni de *Saragosse*, capitale où trois courants se confrontaient sous le patronage éclairé de *Muqtadir ibn Hûd*: la logique aristotélicienne pratiquée par les trois religions, le néoplatonisme des juifs de l'école rabbinique kairouanaise, les musulmans de l'école des *ikhwan al safa* ou *frères de la pureté Dominique Urvoy: «un groupe secret philosophico politique appartenant à l'élite sociale dont l'activité était centrée sur Basra; auteur d'une encyclopédie composée de 52 épîtres, Rasâ'il»* un courant mystique ésotérique. Cette famille juive de lettrées donna trois générations de traducteurs. Le calife lui-même subventionna des auteurs en *Al Andalus*, mais aussi dans d'autres pays comme *Isfahani* qui composa son recueil anthologique de poésies et chansons arabes «*Kitab al-Aghani*» (Livre des chansons); il lui envoya dit on, mille monnaies d'or pour en avoir une copie. *Isfahani* lui envoya un exemplaire spécial avec la généalogie des omeyyades; en outre *Al Hakam II* était un généalogiste renommé qui avait lu et annoté des milliers de livres de sa bibliothèque. Un historien contemporain de Husayn fit du souverain un portrait peu flatteur: «*ce blond roussâtre, aux grands yeux*(noirs?) *au nez aquilin à la voix forte, aux jambes trop courtes au corps râblé aurait eu par surcroît, des avant bras trop longs et la mâchoire supérieur en saillie; Il semble avoir toujours eu une santé fragile. Certains insinuait qu'il était homosexuel* ». *Ibn Hayyan enfonçait le clou avec même la tardive paternité de ce dernier! D'autres encore parlaient d'une tendance congénitale à l'homosexualité chez les andalous. En revanche, tous les historiens s'accordaient sur l'ampleur de ses capacités intellectuelles formés par les plus grands précepteurs de son temps.*» (*François Géal*). Afin de donner un ordre de grandeur tout relatif, le premier inventaire de la bibliothèque cathédrale de *Notre Dame de Clermont* en 980-1010 était de 55 volumes; à *Notre Dame de Rouen* 58 volumes; les principales bibliothèques françaises à la fin du XII siècle: 570 volumes à *Cluny*; *Saint Amand* 389 volumes; *Corbie* 370 volumes. D'autres types de bibliothèques comme la *Royale du Louvre* en 1380 était de 917 volumes; à la *Sorbonne* en 1297 de 1017 volumes.(voir *A.Vernet dir. Histoire des bibliothèques françaises médiévales du V s à1530*) L'individu lambda avait des préoccupations nettement plus alimentaires; beaucoup d'incrédules voyaient dans cet incendie et le chaos ambiant plus général une punition divine à cause de la décadence des gouvernants, la suffisance et le mépris du palais et de l'élite faisant des lois sur mesure réduisant le peuple à l'état de serf. Néanmoins «*rien n'est-ce qu'il parait être*» dit le proverbe pachtou. Les jugements hâtifs sont souvent responsables d'effets incommensurables sur le devenir. A cela s'ajoute la mauvaise foi des uns conjuguée aux rumeurs les plus farfelues des autres; calomnier puis tuer dans l'œuf toute contestation sociale. Ainsi fonctionnait la politique à *Cordoue depuis* Sanchuelo. *Suleyman* parvint deux fois au pouvoir en 1009-10 puis 1013-16 tout comme *Muhammad II* avant ce dernier en 1009 et 1010. Bref, on vit défiler en une vingtaine d'années un nombre incroyable de souverains omeyyades et hammudides.

Ainsi ai-je entendu.

Husayn à l'automne de sa vie était finalement arrivé chez son protecteur abbadite lequel avait presque perdu espoir de le revoir. Le maitre et le cadi avaient eu une correspondance jusqu'à la mort du premier. Husayn quant à lui était dans le fond sceptique sur son séjour à Séville, peut être en raison de ce choix par défaut. La vie de cour était tout sauf une sinécure aussi au delà de la satisfaction intellectuelle d'avoir enfin un accès libre à des milliers de feuillets pour poursuivre ses recherches sur la condition de l'homme dans le califat de *Cordoue.* Or, le sujet d'étude le ramenait invariablement inconsciemment sur ce fameux ban de la placette de *Qurtuba,* pourquoi? Il ignorait lui même le sens de cet «élan vital» incontrôlable responsable de sauts spatio-temporels quasiment proches de la vision.Il ne pouvait que spéculer incapable d'appréhender un tel phénomène proche selon lui du monde inconscient onirique sauf qu'il était bien éveillé dans ces sortes d'élan comme il les qualifiaient. Dès lors, il était projeté sur le lieu de guet discret vêtu de sa grossière bure de laine attendant l'instant opportun de trucider le traître. Toutefois, ce lieu ne signifiait pas uniquement la rancune et la vengeance mais aussi une familiarité tranquille douce révolue, des souvenirs d'enfance. Tiraillé entre le pardon et la vengeance, la culpabilité et l'innocence, il ne pouvait tuer cet homme sur une simple présomption; or, plus il réfléchissait et plus le doute s'insinuait logiquement en lui. Ce ban jadis entouré de lauriers rose fut un repère amoureux pour de nombreux cordouans, l'amour s'invitait aussi dans ce flux ininterrompu de sentiments, d'émotions. Soupir.

Husayn, songeur et affalé sur son secrétaire, avala d'un trait son verre d'eau grignota quelques dattes fit quelques pas dans sa chambre pour se dégourdir les jambes. Une nouvelle fois, il ne fit pas sa promenade journalière sur les bords du fleuve. Il était important pour sa santé déclinante d'éviter toute sédentarisation prolongée. Par ailleurs, il n'avait eu ni femme ni enfant. Mais, comment aurait il pu, ne serait ce y songer un instant au regard de cette vie tourmentée entre exil, esclavage, fuite perpétuelle enfin son combat éducatif qui était le projet d'une vie débuté sous son maître. Husayn voyait le doyen lisant le document avec quelques réticences comme s'il redoutait le pire au fil des lignes. Quelle était la nature de ce fameux document qui désagrégea sa face de rat pensa il. Le vieil homme se dirigea ensuite droit vers les décombres et fouilla ici et là à l'aide de sa canne à pommeau d'ivoire les restes calcinés; il remarquait amusé que son outil finement travaillé qu'il maniait avec dextérité n'était qu'un objet de luxe inutile. Ce vieil homme coquet cachait au henné ses cheveux blancs. Or, cet artifice ne pouvait occulter les sillons de son front tant les remords rongeaient son âme damnée. Que cherchait il donc parmi les décombres encore fumant si ce n'était des preuves compromettantes. Le doyen semblait avoir patiemment attendu la chute de ibn Hassan al Qurtubi. Toutefois, on pouvait se demander légitimement s'il ne l'avait pas accéléré d'une manière ou d'une autre? Husayn gardait de lui l'image d'un être lâche, opportuniste. C'est pourquoi il était convaincu de sa culpabilité. Mais ce doute l'envahissait à chaque fois qu'il repensait aux recommandations du maître à propos de la hâte des hommes à juger; elle était mauvaise conseillère. Il finit par se libérer de ses démons. Le cheikh par son apprentissage le guida sur la voie de la rectitude lui inculquant le respect de soi et de tout être vivant, de la justice, des lois de la cité enfin, la clémence et plus que tout le pardon spirituel. Voilà pourquoi le vieux lui causait un indéniable dilemme, un cas de conscience. Il était à cette heure un vieil homme sans illusion à l'abri des soucis matériels dans l'alcazar du souverain *Abbadite* de *Séville*. Pourtant, il lui semblait s'être trompé en choisissant les recommandations de son maître qui pensait avant tout à sa sécurité au cas où il disparaîtrait prématurément. Or, ce choix positif lui laissait un goût d'inachevé en dépit de cette sécurité matérielle évidente, du confort, de leur vieille amitié. Il lui manquait en fin de compte cette liberté d'action qui lui procurait cette paix intérieure qui était impossible à trouver dans ce milieu sournois du palais. Il n'incriminait nullement son protecteur mais ce milieu dénaturait toute existence humaine, tout caractère, toute intégrité morale. Lorsqu'il se retrouvait seul la nuit dans ses appartements trop grands, ressassant le protocole pompeux, les interdits, les devoirs et obligations, les fausses manières et l'hypocrisie des courtisans, Husayn savait qu'il n'était pas à sa place; la sienne était au fin fond de la *sierra Morena* chez ces villageois où il trouvait un sens à sa vie, un rôle, une fonction vitale salutaire pour le groupe dont il était la courroie de transmission dans une atmosphère familière où ces gens se battaient pour une vie meilleure sans chercher à nuire à autrui. Cette époque était radicalement différente de la stabilité politique d'antan. D'autre part, aucun service administratif digne de ce nom n'apportait plus de soutien à ces villageois d'où son rôle imminent au sein de cette communauté villageoise. Il était en somme l'homme providentiel aux différents turbans, le sage, le médecin, l'écrivain public, l'imam enfin l'ami et à ce sujet, nombreux furent les hommes du village à vouloir lui donner leur fille en mariage. Il comprit par son travail journalier auprès de ces déshérités ce que signifiait réellement le savoir, la connaissance, la voie droite et surtout le don de soi christique dont parlait son maître. La nostalgie le submergeait lorsqu'il repensait au *alim* au fait qu'ils ne s'étaient pas même dits au revoir. Les larmes s'agglutinaient aux coins de ses yeux pour perlées avec furie sur ses joues creusées par les soucis et les ans avant de tomber dans les bras de Morphée. Alors, il se retrouvait enfant en visite avec le maître chez *Ismail*, le père du cadi Abbadide; d'autres fois, c'était en mer quand sa journée avait été éprouvante mentalement au moment de la razzia...Au réveil, il repensait à la probable collusion entre les pirates et le pouvoir amiride. En effet, ils savaient exactement où frapper pour se retirer ensuite aussi vite qu'ils étaient apparus. Surtout, ils disposaient visiblement d' informations de première main sur leur itinéraire. Sa capture marqua une seconde rupture dans sa vie tout aussi dramatique que la première jadis enfant; au final, il était séparé de celles et ceux qu'il chérissait. Aujourd'hui, il goûtait au luxe exquis de la vie royale en ses vieux jours! Cependant, il avait acquis une âme nomade au regard de ses pérégrinations passées aussi son destin n'était pas ici bas au palais! Il devait prendre une décision à l'instar du caïd des pirates qui en dépit des nombreux avantages d'avoir un lettré à ses cotés décida de lui redonner sa liberté pour lui avoir sauver la vie. Les expériences comme les rencontres depuis son enfance façonnèrent sa personnalité à l'instar des voyages. *Al Andalus* était le résultat d'un formidable brassage d'individus de savoir faire d'échanges de contrats et Husayn était l' un des fils de cette civilisation brillante et paradoxalement meurtrière. Le passage de témoin d'une civilisation à l'autre était bien souvent délicat, conflictuel lorsqu'il y a acculturation, contrainte, discrimination, sentiment de perte d'identité, de son moi intime, choc psychologique, révolte intérieure contre le fait accompli qui ne peut signifier fatalité car le destin est entre les mains de celui qui ose entreprendre et que la résignation est la compagne de cette croyance stupide car incomprise du *kun faya kun* coranique! Ainsi la révolte contre l'injustice devient un devoir moral contre un pouvoir illégitime. La discorde apporte la mort, la douleur; or la vie est ainsi faite et il faut être prêt à payer le prix pour les générations à venir ce qui signifie que la *fitna* est d'une certaine manière source de création nouvelle après l'orage comme le printemps succède à l'hiver, la société doit se renouveler. Ainsi, la fantastique effervescence culturelle artistique et économique de la période des taifas qu'il vivait quotidiennement démontrait la justesse de sa thèse puisque *al Andalus* globalement réussissait après le sang et les larmes un virage culturelle artistique scientifique à cent quatre vingt degré toutefois, l'existence précaire du gueux restait identique. En revanche, les lettrés d'occident s'émancipaient d'une certaine manière de la main mise d'un orient savant en matière de médecine, astronomie, mathématique, droit, philosophie(*Juan Vernet*). Ce boom extraordinaire permit la convergence d'idées et d'hommes de tout horizon culturel spirituel de *Kairouan* vers *Cordoue* point central du savoir arabe vers d'autres capitales régionales qu'étaient *Saragosse Tolède* avec les savants traducteurs français italiens anglais allemands qui choisirent de passer les Pyrénées avant de repartir vers *le nord de l'Europe* au XII s. L'*Espagne* connut avec *Al Andalus* une Renaissance intellectuelle qui rayonna au-delà des Pyrénées. Husayn connut l'expérience mystique de l'illumination qui le plongea dans un état d'anxiété et de crainte totale car les visions étaient l'adage d'êtres exceptionnels et pourtant si commun d'une certaine manière. Tel est le paradoxe du prophète ou du saint. Ce jour où il connut l'extase, sa perception du monde et de soi changèrent. Sa vie ne fut plus jamais la même puisque ce phénomène renforça considérablement sa foi en l'*Un,* en une force abstraire indescriptible ineffable qui jusqu'alors n'était qu'indifférence bien loin de ses préoccupations journalières profanes. En effet, on ne sortait jamais indemne d'expériences empruntes de mystère car la signification du D*asein,* l'être au monde était remise en chantier. L'individu prenait conscience de sa singularité alors que dans le même temps le commun des mortels le pensait fou (pas dans le sens moderne du terme de malade mental). L'élite politique ou religieuse y voit les prémisses d'un bouleversement surtout pour son pouvoir quand l'individu subvertit un système de valeurs par son discours innovant. Dans pareilles situations, les grands moyens s'imposaient aussi la prison permettait dans un premier temps de calmer les ardeurs du récalcitrant,le bannissement en second lieu en ce qui concernait les méthodes douces enfin, l'option ultime le meurtre dans les outils de répression au service de l'intérêt général dixit le pouvoir qui s'accrochait des deux mains à ses privilèges; l'esclavage fut pour lui une privation de son moi car il devint une chose, un vulgaire butin. Cette expérience le marqua au fer rouge. Or, il y trouva paradoxalement une excitation irrationnelle non dans le fait d'être au service d'un homme contre son gré mais plutôt d'être en dehors ou au dessus de la loi. Certes, ces hommes sans foi ni loi lui avaient volé ses rêves, ses espérances de jeune homme en quête de connaissances auprès d'un maître aimant; il sut s'adapter à son nouveau style de vie. C'était son trait de caractère principal, s'adapter pour dépasser ses buts. Ces brigands représentaient la face obscure de la société, les égarés qui n'étaient que le produit de ce que la société avait de plus malsain! Il se posait souvent la question: étaient ils des bourreaux ou des victimes? Il imaginait parfois le *ratero* noble comme un symbole de la lutte contre une autorité bafouant autant les lois fondamentales que la raison pure; une littérature sociale politique révoltée et sarcastique dénonçait les agissements d'une élite arrogante parfois niaise s'imaginant spirituelle et intelligente dont ces représentants s'appelaient *ibn Al Muqaffa, Jahiz, Tawhidi, al Hariri* et d'autres au IX/ X s *à Bagdad* avec l'*adab l'humanisme* dans des récits, épîtres, genre épistolaire(rasâ'il) ou(nasa'ih) conseils sur les usages avec les puissants; bref, un genre littéraire en phase avec son époque à l'instar de canailles extraordinairement habiles et cultivés singeant et extorquant la bonne bourgeoisie damascène bagdadienne de surcroît en verset prose avec raffinement. C'est ce qu'on nomma la satire sociale. Au fil de sa captivité, cette image romancée qu'il avait sauta en éclat car les faits au quotidien qu'il vécut étaient sordides. Finalement après bien des turpitudes, les pirates furent contraints de cesser leur activité criminelle en mer suite à des pertes essentielles à leur commerce outre une mauvaise conjoncture. Ils perdirent leur soutien politique à *Majorque.* Leur reconversion fut délicate, hasardeuse par ailleurs, ils devaient faire profil bas étant recherchés par de nombreuses autorités; ils étaient *persona non grata* dans tout le *Levant.* Husayn eut sa libération suite à un coup du sort. Entre sa libération et son arrivée à *l'Alcazar de Séville* plus de deux décades s'écoulèrent; il était devenu un homme sage. Le cadi lui trouva une fonction sur mesure rétribuée en conséquence qui fit de nombreux jaloux parmi les courtisans du palais; aussi les bruits de couloirs résonnèrent tout au long de son séjour sévillan. Mais ne mettons pas la charrue avant les bœufs. Que cherchait cet homme vêtu d'une bure de laine bouffée par la vermine à la cour du cadi? Qui était il? Voilà quelles furent les premières questions dans l'entourage royal à son arrivée mémorable. Nul ne le connaissait parmi la foule présente à l'audience quand il apparut pour la première fois; le souverain en revanche avait crû reconnaître le nouvel arrivant grâce à cette petite tache brune distinctive qu'il avait sur le cou. Il s'amusa de toutes ces messes basses très bruyantes. Nous reviendrons plus bas sur l'*Alcazar* et ses arcanes. Cependant, il se consacra à un travail débuté jadis sous la direction du maître pour collecter des informations variées sur la végétation du bassin méditerranéen en général et de la péninsule ibérique en particuliers. La constitution de cet herbier débuta bien avant la naissance de Husayn dont le but au-delà du simple répertoire de type encyclopédique était d' approfondir les savoirs en pharmacopée, trouver de nouveaux remèdes efficaces en étudiant et combinant plantes,racines, etc. Durant ce temps d'insouciance pour le maître sous l'autorité d'*Abd ar Rahman III* ce dernier transforma et embellit *Qurtuba* avant de fixer sa résidence à *Madinat al Zahra*. La nuit on distinguait dans l'obscurité un long et sinueux cordon lumineux reliant les deux villes. *Cordoue* était pavée et disposait d'un éclairage nocturne entres autres infrastructures urbaine dont l'utilité et le confort étaient une sécurité supplémentaire pour ses habitants face à la criminalité. C'était technologiquement parlant sans commune mesure en ce X siècle. Il accompagnait volontiers le maître à *madina ar Zahra* non pour des consultations mais lors de visites courtoises où en chemin assis sur la mule, il ne ratait pas une miette des plus minimes détails autour de lui. Il était un observateur remarquable d'où sa capacité a analysé correctement toutes les situations possibles. *Al Nasir* entretenait de bons rapports certes autoritaires avec les minorités mais la satisfaction dans l'ensemble était bien là avec une qualité de vie certaine; l'acceptation de l'autre était la règle à partir du moment où les lois étaient respectées à la lettre. Tout de même, le souverain avait pour conseiller et ami *Recemundo*, évêque de *Cordoue*, «*Rabbi ben Zaïd*». Le calife convoquait lui-même les conciles ce qui était pour la curie catholique inacceptable. Son médecin Juif séfarade *Hasdai ben Shatprut* était philosophe poète diplomate conseiller du Calife. En 932, il prit *Tolède* après un siège qui infligea une terrible famine aux habitants. Le califat entra ensuite dans une période de paix relative et de prospérité. À partir de 950, il eut autorité sur le *Maghreb* de *Tanger* à *Alger mais se* heurta aux attaques des *Fatimides*. En 955, son ambassadeur plus haut évoqué obtenait un accord de paix avec le roi *Ordono III* des *Asturies* et le duc de *Castille*. À sa mort en 961, le Califat de *Qurtuba* était à son apogée. *Cordoue* comptait entre 400.000 habitants. Elle était donc avec *Bagdad* et *Constantinople* une des trois plus grandes villes du monde connue.»

Husayn ne connut pas les règnes d'*abd ar Rahman III* et d'*Al Hakam II.* Lorsque la mort faucha *ce dernier* l'heure d'*Al Mansûr* sonna. Dans les faits, le souverain ne pouvait réellement régner en raison de ses maladies vénériennes qui l'avaient affaiblies sans même aborder son attaque cérébrale qui le cloua au pilori dès 975. Il fut un temps où *al Mansûr* était encore le modeste *sahib al shurta al wusta cadi de Séville* et curateur des successions vacantes. On rapporte une anecdote à propos de lui alors en compagnie de trois amis étudiants, il dit: «*Quelles charges choisirez vous d'exercer lorsque je serais parvenu au pouvoir? Le premier lui répondit:tu me nommeras cadi du district de Rayyo(Malaga) car j'adore les figues qu'on y cultive. Le deuxième dit:tu m'octroieras la surveillance du marché car je raffole des beignets. Le troisième dit: si tu accèdes au pouvoir commande qu'on me promène dans tout Cordoue posté sur un âne tourné vers sa queue enduit de miel afin que les mouches et les abeilles se posent sur moi!*» Ils se séparèrent ensuite mais quand ibn Abi Amir devint ce qu'il avait prédit, il concéda à chacun de ses 3 amis ce qu'ils avaient demandé.

Au regard d'une santé fragile, le calife profitait volontiers de villégiatures dans des *munyas,* pavillons d'été qui pullulaient autour de *Cordoue*; il acceptait volontiers de ses *fytian* les préposées au service du calife(officiers) d'aller jouir pour la journée avec femmes et enfants de quelques plaisirs innocents pour reprendre les mots des chroniqueurs. Sa paternité tardive fut aussi très commentée avec toujours des sous entendus sur son homosexualité. Les berbères reprochaient aux andalous originaires du levant leur raffinement excessif et démonstratif, leur oisiveté, leur arrogance et surtout, ce manque ostentatoire de pureté religieuse préférant s'enivrer de vin. Le scheik s'évertua à lui montrer toute l'idiotie de tels propos accusateurs ou de donneurs de leçons sans posséder le savoir. Le médecin lui inculqua très tôt une maxime pleine de bon sens et simple à retenir pour un gamin: « ne nuis pas à autrui, partage ton savoir, soit bon et juste».

Le message fut reçu parfaitement. Mais, trop d'individus ignoraient magistralement le respect de la vie surtout en ces temps troublés pour des raisons partisanes où tout semblait autorisé dans un chaos sans nom. Toujours est il que les individus perspicaces ayant un sens aiguisé des affaires sentirent le vent tourné et saisir au vol les opportunités nouvelles qui se présentèrent à eux dans l'épreuve; les plus débrouillards s'enrichirent relativement vite comme souvent en temps de crise profitant de leurs réseaux pour monter des affaires juteuses voire illicites devenant eux mêmes des usurpateurs. Une cité régit par la corruption le vol de vils comportements décline automatiquement. Était ce la raison pour laquelle de braves cordouans instruits ayant une haute estime de soi jugeaient la plèbe telle un bouc émissaire facile responsable de sa propre misère et par extension celle de la cité à une époque où ils se souvenaient parfaitement qu'*al Mansûr* cherchait à conquérir les suffrages de la *amma*...Ils faisaient alors appel à *Aristote* pour appuyer leur opinion: «*celui qui n'est pas capable de vivre en communauté ou qui n'en a pas besoin parce qu'il se suffit à soi-même n'est pas une partie de la cité; il est donc ou une bête (thèrion) ou un dieu.*» A une autre époque, des esprits mal intentionnés soupçonnaient *al dakhil*, l'immigré qu'ils appelaient le miraculé omeyyade d'avoir signé un pacte avec le diable. En effet, comment avait il pu échapper au massacre de sa famille, survivre à l'emprise abbasside jusqu'en Ifriqya pour finalement réussir à fonder un émirat indépendant de Bagdad. Les pro omeyyades affirmaient au contraire qu'il avait pris une formidable revanche sur le destin puisqu'il fut le précurseur d'une restauration omeyyade en occident dont l'apogée fur en 929 le califat. D'autre part, il était parfois difficile de trancher entre le mythe et l'histoire tellement ce premier était ancré au plus profond des mentalités comme un lieu commun. Les poètes et les chroniqueurs n' y étaient pas étrangers parce qu'ils servaient le calife, le prince, l'état, une taifa, une cause et qu'ils étaient rémunérés par ce même roi. Le fils cadet du doyen, Tariq ami d'enfance de Husayn était un garçon timide, intelligent, amoureux de poésie qui récitait en cachette à son seul et fidèle ami les vers scandaleux d'*Abû Nawas;* son père l'aurait écorché vif s'il l'avait entendu. Tariq n'eut pas le loisir de grandir, devenir poète; il fut assassiné vraisemblablement par les siens; d'ailleurs son décès ne fut jamais élucidé et Husayn ne put jamais faire le deuil de son ami! Tout enchantait ce garçon sensible sans cesse rabroué par ses proches. Il rumina longtemps les dernières paroles de son ami avant sa mort subite maquillée en accident domestique. Cette famille ne supportait pas d'être la risée des cousins et voisins, d'écouter sans broncher sur leur passage les sarcasmes les plus odieux et salaces sur leur fils outre l'incapacité insinuée du patriarche à élever dans la droiture sa progéniture. Un meurtre pouvait il laver l'affront subi?

-«Pour quelles raisons me torturent ils ainsi? Ils me reprochent des futilités à croire que je suis celui sur qui on se défoule de ses frustrations?

-«Parce que tu es différent d'eux; tu fais ce que tu aimes sans te préoccuper d'eux ou du qu'en dira t'on! Eux en sont incapables».

-Tu es le fils d'une famille de paysans meurtrie par la misère; or, moi, j'ai l'indécence de me répandre devant toi pour si peu.

-H*ombre, escucha me, tu eres el nuevo Ziryab, vale!!*» lui rétorquait il. Les deux garçons éclatèrent de rire et passèrent à autre chose. Deux jours plus tard, un vendredi exactement, il se rendit chez son ami pour étudier et échanger les derniers ragots et profiter de ce jour de repos. Une amitié était née très tôt entre eux deux puisqu'ils se voyaient quasiment tous les jours depuis l'enfance. *Cordoue* était constituée de nombreux quartiers, *ar rabad* au nombre de 21 à son apogée au X siècle, 9 à l'ouest, 7 à l'est, 3 au nord et 2 au sud. Le quartier juif *barrio de la Juderia* était appuyé quasiment au palais non loin de la mosquée cathédrale et des jardins du palais. Les souk répertoriés par quartiers de la médina portaient le nom du métiers et consistaient en des ruelles, des placettes, un dégagement *rahba* alors que les grands marchés de plein air dits de poussière *al aswaq li-l gubar* étaient réservés aux produits de la campagne et au négoce des animaux; les métiers polluants et sales étaient eux aussi en dehors du périmètre urbain. La vente à l'étalage avait lieu sous une hall (*mu'tab*) alors que les diseurs de bonne aventure travaillaient sous tente. Le peuple fut de tout temps un réel souci pour le pouvoir en place qui devait contenir sa colère, son exubérance; or, il avait lui aussi besoin d'assouvir ses désirs qui n'étaient pas l'apanage de la seule élite de *Cordoue*. Mais il y avait des activités plus discrètes cachées au regard de la foule *dar al banat, dar al harag,* maison de prostitution. L'activité économique était variée et renommée dans toute l'*Europe;* l'important port de *Séville* plus au sud sur le grand fleuve était une plaque tournante du commerce. D'ailleurs, *Séville* avait un lieu insolite pour le commerce et divers activités marchandes: le cimetière où des commerçants avaient installé des baraques, *hiyamat,*nous dit *ibn Abdun.* Les librairies et les nombreux bouquinistes ravissaient les amateurs de belles lettres *adab* avec un choix de livres important, les plus luxueux étant conservés à l'abri des mains indélicates. En dépit de certaines sources faisant état de quartier confessionnel comme *el barrio Triana* à *Séville* qui comprenait une forte communauté chrétienne selon *ibn Abdun à l'orée du XII,* il n'y avait aucune trace juridique dans les *ahkam* d'*Ibn Sahl* de la *Cordoue* des X-XI siècles démontrant une quelconque ségrégation spatiale des communautés *dimmi* ou musulmane à *Cordoue* à l'époque *umayyade.* La *juderia* possédait ses artisans, ses écoles talmudiques, ses libraires, ses médecins, ses propres juges; toutefois, des familles musulmanes partageaient et tiraient leur eau du même puits dans leur venelle comme le relevait une *fatwa* prononçant comme licite le partage du puits entre les individus musulmans et juifs de la ruelle; toutefois la vie de quartier a toujours ses problèmes de cohabitation,ses comportement asociaux, etc. et les procès verbaux d'*ibn Sahl(plus haut)* l'attestent. Les deux garçons rêvaient de *Bagdad* ce nom les faisait fantasmé!Ils avaient tant de choses à apprendre des sages,à conquérir répétaient ils comme un mantra! Tariq adolescent ne supportait pas l'idée d'une vie entière sous le joug d'une ségrégation familiale en particuliers ni même ethnico-politico religieuse en générale dictée par des injonctions morales d'un autre age. Les deux adolescents constataient que le fait religieux n'était qu'un outil oppressif au service des puissants et tant pis pour la vrai foi du croyant pieux! Et puis, la politique amiride mit en place une stigmatisation du statut de *dhimmi* ainsi que des penseurs trop indépendants pour le palais. *Al Mansur* recourut à quelques crucifixion car il fallait se mettre les clercs de son coté non à dos; Les adolescents entendirent une fois dans la rue deux vieillards parlés d'un code vestimentaire particuliers suggéré jadis à l'époque wisigothe par des évêques imaginant différentes couleurs en fonction de la communauté concernée! Les deux vieux songeaient ils par hasard à imaginer la ré-instauration de telles pratiques? Husayn et Tariq furent effrayés et scandalisés par cet ostracisme. Comme si le statut de perdant n'était déjà pas une punition suffisante en soi. L'ami supportait de moins en moins le pouvoir borné de son père, véritable tyran sous son toit. Il tomba dans une dépression et tenta une première fois de mettre fin à ses jours en dépit de l'interdit religieux et de la honte qui resurgit sur les siens. La mort vint en effet mais des siens cette fois ci. Il avait surpris une bribe de conversation entre son père et un conseiller du *palais* planifiant la fin du médecin. Le père avait été ébranlé par le regard plein de reproches de son fils. Le père-tyran n'avait d'autre choix que de supprimer son fils qui du reste était pour lui une fille aussi il allait inévitablement ébruiter l'affaire en premier prévenir Husayn, ce qui était inenvisageable. Le scheik par ailleurs n'était pas dupe et connaissait exactement l'âme noire de son assistant. Il sut grâce à de fidèles partisans qu'il était temps pour lui de mettre les voiles. La *Cordoue* tant aimée n'était plus. Le maître avait pris à la lettre ce verset du Coran: «*nulle contrainte en religion*»; la spiritualité de ses élèves n'était pas de son ressort; par ailleurs, il n'était pas un religieux mais un médecin aussi libre à ses étudiants de prier ou non avec leurs coreligionnaires; seul importait pour lui l'enseignement des sciences exactes, l'éthique la sagesse. La discipline était fondamentale dans l'acquisition d'une rigueur de travail, de réflexion, l'assiduité aux cours dispensés; bref, elle était la base de la réussite académique et par extension professionnelle. Cet atelier éducatif n'avait sans doute rien de très original puisque l'enseignement au sein d'*Académie*, *Lycée* existât dès l'antiquité chez les *grecs* où l'exercice physique prenait par ailleurs une grande place dans la formation des étudiants(privilégiés) pour répondre à un état de guerre permanent. En effet, un jeune homme faible n'apportait rien à la cité (*la République, Platon*) laquelle pour défendre sa constitution son territoire devait instruire dans tous les domaines de la vie des citoyens athéniens capables de remplir des taches spécifiques précises, marchand, artisan, juge, soldat. C'était une vision politique pragmatique censée. Le scheik était l'héritier spirituel des *Socratique* entre pensée et actes en donnant à penser à ses contemporains. Cependant, au-delà des concepts et des valeurs morales, sans la bonne volonté de chacun, la collecte de l'impôt qui sert la cité dans son ensemble. En second lieu, guerroyer ou maintenir son hégémonie militaire coûtait cher. L'éducation et la santé étaient tout aussi importantes car elles représentaient le long terme; l'avenir des générations futurs. Il raconta un jour à Tariq la drôle d'activité matinale qu'il faisait avec son maître depuis qu'il vivait sous son toit. Tous les matins, le maître s'asseyait sur son tapis de prière et débutait d'étranges exercices physiques d'étirement des muscles disaient ils en accord avec la respiration d'une importance capitale. Il imita le vieil homme au départ par jeu ensuite, par simple entretien du corps disait le scheik pour finalement découvrir que cette activité matinale lui donnait de l'appétit et renforçait ses capacités respiratoires musculaires et surtout une bonne humeur. La respiration régénérait l'esprit et le corps en raison d'une meilleure oxygénation sanguine. Ce fut ce fameux jour après les activités matinales qu'il se rendit chez son ami pour apprendre brutalement sur le seuil de la demeure familiale son décès! Contrairement à la tradition qui veut que la famille du défunt accueille les amis venus présenter leur condoléances en offrant des en cas et du thé il fut chassé comme un mal propre avec des regards noirs comme s'il était responsable. Il avait longuement pleuré le défunt en rentrant à la maison. Le scheik avait été surpris de le voir rentrer aussi rapidement tête basse les yeux rougis par les larmes. Aussi lorsqu'il apprit la nouvelle un soupir rauque sortit de ses entrailles comme s'il avait redouté ce moment. Il l'avait pris dans ses bras et récité à voix basse la prière des morts en n'oubliant pas d'encenser son ami pour ses compositions poétiques. La perversité de cette famille était sans borne; le scheik était d'accord avec l'adolescent. Qu'aurait il pu dire d'autre? C'est à partir de ce triste jour que le maître décida de quitter *Cordoue* avant qu'ils ne deviennent tous les suivants de cette macabre comptabilité. Myriam avait pleuré avec lui à chaudes larmes; elle les avaient vu grandir cote à cote. Il était heureux dans sa tristesse de constater que son ami était hautement apprécié et respecté parmi les siens pour sa gentillesse, n'ayant jamais eu un mot plus haut que l'autre pour quiconque et pourtant! Il lut avant le dîner un poème du défunt qu'il lui avait offert pour sceller leur indéfectible amitié. Et tous s'étaient réjouis en honorant sa mémoire durant cette soirée de veille à la mémoire de son proche.

Ainsi ai-je entendu.

Les jalousies, les rancœurs, les ressentiments enfin la violence naissaient d'abord au cœur du clan en privé dans ce microcosme tabou qu'était le cercle proche où logiquement, les enfants pouvaient selon le maître en tout sécurité se permettre d'expérimenter les limites du possible avant d'affronter dehors dans la vie publique l'inconnu. C'était en fonction des réactions du père, de la mère que le gamin apprenait à gérer ses erreurs. Telle était sa conception de l'éducation par le verbe non par l'intimidation et la peur qu'il connut lui même dans son enfance,ne sachant jamais la raison véritable des coups reçus. Il s'était juré alors de construire son existence dans l'optique d'aider ses semblables de les éduquer et surtout de ne jamais battre un enfant inutilement. La violence gratuite des adultes n'était en réalité que le résultat de frustration chronique. Restons dans l'enfance avec la fillette du doyen, Maya, âgé de neuf ans qui conta un jour à Husayn et Tariq et son père *una broma,* blague qu'elle entendit de la bouche de deux portefaix hilares dans la rue à deux pas de chez eux: «des hommes sur leur embarcation en haute mer sont pris dans une tempête; le navire chavire. Seul un homme projeté à la mer s'accroche désespérément à la vie; tous les autres marins ne sont plus de ce monde; il survit et prie de toute ses forces. Après quelques temps, un bateau vint à passer à l'endroit même du naufrage où le survivant attendait confiant l'aide de dieu accroché au mât restant. Or, contre toute attente il refusa de monter à bord du premier bateau prétextant que seul Dieu le sauverait. Les marins étaient totalement bluffés par les propos de ce fou qui refusait de monter à bord. Le temps passait.

-Ô Dieu viens moi en aide, jurait il accablé frigorifié.

Un deuxième bateau vint à croiser dans les eaux; toutefois l'homme s'entêta d'être sauver par l'Unique...

-Pourquoi m'abandonnes tu Seigneur! cria t' il.

Une voix grave(Dieu)lui rétorqua alors:

«bougre d'idiot, je t'ai envoyé deux bateaux».

Pourquoi le doyen pensait il encore à cette blague puérile qui l'avait fait s'étouffer de rire quand la petite Maya l'avait conté? La culpabilité revint hanter cette famille en son centre. Ils étaient tous responsables sauf Maya trop jeune pour comploter. Le verdict du bon sens tombe sous le sens: complicité, indifférence, mépris, intolérance! Même le plus cruel des hommes connaît le remord. Il est impossible d'oublier car notre conscience nous le rappel en temps voulu par le très haut. Dieu aimait la tempérance, la réflexion, la justice, ne le savaient ils pas eux qui étaient toujours si ostentatoires et prosélytes dans leurs actes en matière de religion!?

Husayn haïssait l'hypocrisie qui visiblement était élevée au rang de vertu dans cette famille...Avec la fuite des savants de *Qurtuba* et donc d'une partie des libéraux, ibn Hassan constata la réduction drastique de tout espoir de pérennisation de la maison du peuple parce que, ce travail d'une vie consacré à la jeunesse en laquelle il croyait dur comme fer, s'opposait maintenant aux ambitions politiques du pouvoir portées sur un renforcement militaire considérable.Le désenchantement de ibn Hassan al Qurtubi était immense puisque à cela se greffait une *fatwa* à son encontre. Cet homme du X siècle connut sous *abd ar Rahman III* les savants de son temps qui prirent part aux évolutions scientifiques et culturelles autour d'un projet émiral de grande envergure dont *Abd ar Rahman II* fut peut être le précurseur (m850) sur cette nouvelle terre d'accueil qui bénéficiait d'un climat exceptionnel! La construction d'un lieu de culte unique par sa structure architecturale germa dans les esprits des émirs pour leur capitale(*Cordoue*). Ibn Hassan avait entendu un gascon lors d'un voyage en Europe du nord dire à ses amis que celui qui voulait savoir ce qu'était l'islam devait pénétrer dans la mosquée de *Cordoue*. Cette capitale s'était résolument donnée les moyens d'accéder à l'excellence afin de ne plus être l'élève de la grande sœur orientale. Or, avec l'usurpateur l'optimisme du maître s'éteignit définitivement. En outre, la philosophie était tout entière à conquérir en ce début de XI siècle car ce n'était pas une science pratique comme l'astronomie, les mathématiques, la médecine. Les condamnations, les autodafés les représailles restaient légion dans une péninsule frileuse à l'encontre des esprits libres et sages tel le mentor de Husayn! *Al Mansur* par opportunisme avons nous dit brûla les ouvrages de philosophie de la bibliothèque califale et crucifia quelques esprits libres pour complaire aux *ulama;* Les savants andalous connaissaient effectivement les arcanes du pouvoir politique essentiellement par leur activité médicale ou juridique rarement en tant que pur philosophe. Ces derniers au même titre que tous les individus dépendants du palais devaient rester dans les bonnes grâces du palais en prenant garde de ne pas bousculer les théologiens influents du royaume. *Ibn Hazm*(994-1064) un savant dont l'œuvre couvrait l'ensemble des sciences islamiques traversa le XI siècle en tant que ministre par deux fois au service de la dynastie omeyyade alors en pleine décomposition. En revanche, *ibn Hazm* se tint à distance des écoles juridiques *chafiite* et *malikite*. Ainsi, selon lui, le Coran devait être étudié comme un tout achevé à quoi l'on ne devait rien retrancher ni ajouter:il nomma cette méthode la *zahiria*. De tels savants profitèrent certainement de l'héritage politique et culturelle du calife *al Nasir* et de son fils *Al Hakam II*, le plus érudit de tous les souverains sous lequel *Cordoue* connut son apogée, certes idéalisée, au regard de la situation existentielle de la masse...L'exemple le plus parlant de bonne gouvernance restait certainement la politique éducative avec la scolarisation "obligatoire" des enfants. Par ailleurs, le travail d'édition et de diffusion du livre voyait dans certains quartiers des centaines de femmes travaillées à copier, miniaturiser dont les plus connus d'entre elles étaient *Lubna*, une secrétaire du calife et *Fatima* qui furent en vérité deux copistes talentueuses, nous dit *Dosy.* Songer à donner aux femmes une visibilité sociale au cœur de la cité restait du domaine de la simple pensée, certes ancienne et révolutionnaire dans une société patriarcale telle Cordoue. Un débat d'idées conceptuelles des maîtres pénétrés des sciences des *anciens*: aristotélisme, platonisme, plotinisme, pythagorisme, épicurisme, stoïcisme voire encore l'hermétisme, le manichéisme, le zoroastrisme tous d'origine mésopotamienne. La liste n'est pas exhaustive et puis la révélation judéo chrétienne restait essentielle et imprégnée de néoplatonisme tout comme le vieux sémitisme. Selon *De Prémare* dans *«les fondations de l'Islam»* l'exemple des arabes du nord représente parfaitement ce mélange culturel car ils parlèrent une variété de langues mais, pendant un temps n'avaient pas d' écritures propres à la dite langue. Elles furent transcrites dans des graphies issue du sud arabique ou du phénicien qui étaient en usage pour d'autres langues à différentes époques. Par exemple, la langue vernaculaire des nabatéens de *Petra* était l'arabe mais l'écriture voire la langue épigraphique était d'origine araméenne même chez les arabes de *Palmyre.* Toutefois, il serait faux de proclamer que l'héritage grec provenait des seules arabes ou des savants musulmans, comme voulaient le faire croire les propagandistes au service d'une cause et qui considéraient toute cette période d'avant l'islam péjorativement nommée la *jahiliya,* la période d'ignorance! On remarquait dans des tribus du *Yémen* ou du *Nedjd* des pratiques païennes encore en vigueur trois siècles après l'hégire. Géographiquement parlant, l'*Arabie* n'était pas une île perdue au milieu de nulle part mais bien au carrefour de deux puissants empires, byzantin et perse. D'ailleurs, l'influence d'*Origène* sur l'école d'*Édesse* dite *école des perses* où *Probus* apparaissait comme le grand traducteur des œuvres philosophiques grecques en Syriaque voire le rôle des Syriens et des nestoriens qui prirent refuge à *Nisibe* où ils fondèrent un important centre philosophique atteste de ces mouvements perpétuels entre centres de savoirs chrétiens. Le souverain *Khosraw Anush Ravan* (521-579) fondait à *Gondé Shahpur* une école dont les maîtres étaient principalement des Syriens; d'ailleurs plus tard, c'était de cette dernière que le *calife abbasside Mansûr* fit venir le médecin *George Bakht-Yeshû*. D'autre part, en 529, J*ustinien* fermait l'école d'Athènes. Or, sept des derniers philosophes néoplatoniciens prirent refuge chez les zoroastriens en Perse! Le grand savant qui domina cette période était *Sergius de Rash'Ayna* (m.vers536) un médecin jacobite qui traduisit l'*Isagoge* et *les Catégories* ainsi que nombres de traités sur *le Monde* et sur *l'âme d'Aristote* et *du Pseudo Denys* ainsi que des textes de *Galien et Hippocrate,* les traités sur l'agriculture et l'élevage, les *Géoponiques.* Il a rédigé en outre deux traités d'introduction à la philosophie d'*Aristote* selon la méthode des traducteurs de l'école d'*Ammonius.* Il collabora avec un lettré religieux d' expression syriaque toujours au plus près du texte qui lui même tout comme son collaborateur traduisait oralement avant tout travail d'édition. Un siècle plus tard au moment de l'émergence de l'Islam se produit également un grand mouvement de traductions en syriaque dans le monastère de *Qenneçra* non loin de *Harrân.* Finalement, l'intégration des populations syriaques dans l'empire musulman fut une impulsion relayée sous *Abd al Malik*, le fondateur de la mosquée du Dôme du rocher à Jérusalem d'une part et d'autre part, il institua l'arabe comme langue des institutions à la place du grec sur tout l'empire musulman. *Paul le Perse* pour sa part dédiait un traité de logique au souverain sassanide *Khosraw.* Enfin, pendant la *jahilya* était il encore utile de rappeler que la péninsule arabe comptait un grand nombre de médecins nestoriens presque tous sortis justement de *Gondé Shahpur. Bagdad,* l'abbasside fut fondée par *Al Mansûr(* l'aïeul du calife al *Ma'mûn* dont le père fut le célèbre et légendaire *Harun al Rashid des mille et une nuits)* en juillet 762 pose de la première pierre sur recommandation de son astrologue *Nawbakht.* al *Ma'moun* n'était pas le fondateur du *bayt al hikma* en revanche, il devint le premier régicide fratricide de la dynastie abbasside avec le meurtre de *al Amin* son aîné. Son illustre ancêtre sut s'allier les différents courants au sein du royaume abbasside primitif en tant que continuation de l'empire sassanide zoroastrien en traduisant les ouvrages en pehlvi et persan moyen d'astrologie dans un contexte propice alors que le savant calife al *Ma'mun* eut maille à sortir d'un contexte politique troublé et de cette guerre contre son calife de frère *al Amin.* La maison de la sagesse était d'une part une fantastique création intellectuelle sans commune mesure à cette époque dans le monde et d'autre part, elle était une officine de propagande au service du calife bien loin de la légende dorée communément admise, avec néanmoins, à sa direction, *Yahya ibn Masûyeh* dont son élève *Honayn ibn Ishaq* 809-873 issu d'une famille arabe chrétienne des *Ibad* fut le plus prolifique traducteur d'ouvrages grecs en syriaque et arabe. Ajoutons tout de même que ce mouvement de traduction et ce foisonnement d'idées vit son avènement grâce au calife abbasside *al Mahdi* qui fit traduire «*les topiques*» *d'Aristote.* Toutefois toutes les œuvres vivront par la suite de leur vie propre en arabe.(*Henry Corbin- histoire de la philosophie islamique.*) En outre, il y eut l'encyclopédiste humaniste fin connaisseur des textes sacrés et hadith, érudit mort à 93 ans, véritable homme de son siècle(776-868) puisqu'il vit passer 12 califes; c'était *al Jahiz* petit fils de *zanj* (esclave africain). Il reprit le livre des animaux *d'Aristote* pour créer une œuvre magistrale et originale *kitab al hayawan* qui servit notamment à nombres de savants désireux d'approfondir cette notion d'écologie scientifique, théorie de la sélection naturelle dans l'environnement et de surcroît sous forme de poésie! Cet homme était pour Husayn l'exemple même du gentilhomme, *adîb,* qui était peut être l'idéal de "*l'homo islamicus*", pour ses bonnes manières, sa mondanité, son excellence. De là découlait le mouvement littéraire l'*adab q*ui au départ est un humanisme. Cet héritage des *anciens* était un don du seigneur pour Husayn; or, cette transmission païenne suscitait le mépris de certains théologiens obscurantistes qui tentaient d'interdire certaines œuvres de ces mécréants car contraire au dogme islamique fixé par les docteurs de la foi. L'héritage aristotélicien fut commenté par *Al Kindi*, le philosophe des arabes (chrétien) *al Farabi* enfin *Ibn Sina* (Avicenne) lequel dut fuir sa vie durant devant les hordes de ses ennemis; il était considéré par beaucoup comme le père de la philosophie de langue arabe; ces deux derniers savants encore une fois n'étaient pas arabes mais issus d'Asie centrale. Cela permit une révolution des idées et surtout, la naissance d'une pensée originale islamique plurielle devrait on dire au regard des nombreuses sectes toutes tendances confondues, ésotériques et exotériques. Effectivement, la *umma*, communauté des croyants, implosa en une multitude de sectes après la mort de *Muhammad* et les quatre premiers califes dit les bien guidés. Finalement, il y avait dans le monde musulman au X siècle plusieurs califes: l'un à *Bagdad* abbasside sunnite depuis 750, fatimide chiite en *Égypte* et *Kairouan* depuis 909 et omeyyade sunnite en 929 à *Cordoue*...Difficile dans de telles conditions de trouver une réelle unité, un esprit de corps jusqu'aux confins de l'atlantique à l'ouest et en Chine à l'est.

4
le défi

A l'ouest, dans la péninsule ibérique, *Al Jazira,* le calife *Al Nasir* savait exactement comment diriger sa barque et ses administrés; d'ailleurs, son règne d'un demi siècle était la preuve éclatante d'un savoir faire politique; la culture en règle générale était sans commune mesure dans une Europe médiévale voire une renaissance ottonienne ou deuxième renaissance carolingienne. Il pensait aux apports extérieurs que les souverains omeyyades puisèrent chez les romains de l'antiquité à l'instar d' une administration efficace et centralisée appuyée sur une puissance militaire laquelle permit en fait la création du califat omeyyade de *Cordoue* en l'an 929. Malheureusement, la «*fitna barbarya*» de 1009 ainsi nommée par les cordouans fut d'une certaine manière la conséquence, entre autres, d'une politique menée sous *al Hakam II* et poussée à son paroxysme sous la dictature d'*al Mansûr* durant un quart de siècle. Il notait scrupuleusement les faits marquants qu'il put lui même éprouver et ceux de secondes mains toutefois de sources sûres afin d' analyser objectivement l'état d'esprit d'une époque donnée et la mettre en perspective avec ses devancières. L'historien savait que le rapport de l'homme au temps variait selon les époques et les contextes politico-religieux. Un commentaire était par nature subjectif mais comportait une part de vérité au même titre que le mythe expliquait une part de la réalité. La vérité s'avérait tragique pour les plus farouches opposants au hadjib *al Mansûr* car, ce dernier déjouait un complot contre *Hichâm II*, le jeune prince de 11 ans, intronisé en octobre quelques jours après la mort de son père *Al Hakam II*. Or, l'enfant fut une simple marionnette au main du puissant vizir. En effet, de concert avec son beau-père *Ghâlib* dont il épousa la fille *Asma*, il organisait la chute d'*al-Mushafi* qui était arrêté en mars 978; il devint alors *hadjib* ou chef du gouvernement. Il avait désormais les pleins pouvoirs. En 981, il se débarrassait de son beau-père à la bataille de *San Vicente*. On avait coutume de dire que le bonheur des uns faisait le malheur des autres aussi dans le cas du scheik ibn Hassan al Qurtubi la maxime le confirmait avec l'avènement du victorieux *Almanzor* au pouvoir. Ainsi, les ennuis du vieil homme et de son jeune apprenti allèrent crescendo au fil des ans à cause des nombreux usurpateurs prêts à tout pour donner une impulsion à leur carrière; la traîtrise et la calomnie en l'occurrence étaient des traits de caractères inhérents à l'homme. En outre, c'était un fait, le courtisan comme le bigot étaient plus royalistes que le roi...Qui était donc cet homme de guerre valeureux que les chrétiens redoutaient tant. *Abû`Amir al Mansûr bi-llah"* Muhammad ben `Abd Allah était issu du coté paternel d'une famille de juriste yéménite; du coté maternel ses origines étaient berbères; son grand père maternel était médecin. Il avait suivi des études comme tous les enfants bien nés. Il débuta sa carrière comme écrivain public puis devint greffier. Les aléas de l'histoire du *califat de Cordoue* était une véritable mine d'or pour l'œil expert de savants tel le sage ibn Hassan qui inocula à son protégé les atouts et outils nécessaires aux sciences cognitives. Le mythe prophétique du souverain abbasside *al Mam'un* demandant à *Aristote* la permission de le questionner en est le meilleur exemple; la curiosité intellectuelle et le savoir étaient un devoir selon le messager de dieu, par conséquent, en accord avec la pensée religieuse dominante de son temps; comprendre toute l'intelligence encyclopédique de l'aristotélisme. D'ailleurs, l'herbier méditerranéen qu'*Aristote* compila durant son existence lors de ses voyages, exils et fuites était représentatif de cet état d'esprit relevé ci dessus. Le *stagirite* méritait son *laqab* de *al mu'allim al awwal,* le premier maître qui apparaissait déjà à l'époque du médecin jacobite *Sergius de Res'ayna* car selon ce dernier, il réunit et assembla avec discipline tel un médecin méthodique arts et sciences afin d'en faire un remède à enseigner à l'humanité. Par contre, une cité minée par le nombrilisme est vouée à péricliter. *Al Andalus* était un patchwork d'individus, d'identités, de coutumes et de traditions. Or comme dans toute histoire singulière, la péninsule ibérique connut bien des revers et des destinées extraordinaires,pénibles comme celle du dernier calife omeyyade enfermé dit on dans une pièce avec sa fille en 1027 par la bourgeoisie cordouane excédée par l'attitude califale. Père et fille manquèrent de mourir de faim avant d'être finalement relâchés. Fin du califat faute d'un imam charismatique,sage et fin politique. Par ailleurs,suite à l'éclatement vers 1031, le Califat fut partagé entre 23 roitelets indépendants dont les armées destituaient ou plaçaient à leur guise untel ou tel autre; ces derniers se proclamaient émirs, liaient des relations diplomatiques avec les royaumes chrétiens parfois d'une duré de vie éphémère. Ces pactes successifs avec les adorateurs de la croix étaient pour beaucoup contre nature et dangereux comme le pensait Husayn qui ne croyait plus en leur parole car trop d'antécédents avaient installé le doute dans son esprit pour imaginer construire une relation sincère avec ceux qui rêvaient de les jeter à la mer ou les expulser d'*Espagne*. L'histoire était ainsi faite, une succession d'événements profanes politiques littéralement passionnels pourrait on avancer; d'ailleurs, le terme germanique *Leidenschaft* traduit parfaitement cette folie humaine dont la raison peut difficilement endiguer le flot d'émotions submergeant dès lors l'individu. Seul l'initié ou le sage est capable de se maîtriser en effectuant un lâcher prise...Husayn était toujours à sa place sur ce ban et observait le vieillard qu'il exécrait tant pour tout ce qu'il représentait, c'est-à-dire l'hypocrisie, la duperie. Il se remémorait la mort de Tariq dès qu'il vit le doyen, une véritable catastrophe à son age sans parler des séparations antérieures, sa famille puis son maître. Or, ce vieillard était selon lui le responsable de la chute de son maître outre que le doyen avait pris fait et cause pour *Almanzor* lorsque celui ci signa avec les berbères d'*Ifriqiya* si différents des espagnols citadins un pacte jugé suicidaire par les plus avertis des espagnols qui redoutaient ces hommes incultes; l'avenir justifia leur appréhension alarmante au regard des relations inter communautaires passées dans la péninsule depuis la conquête. Avait il des remords d'avoir trahi le scheik ou ce mécontentement qui se lisait sur sa face était en rapport avec la missive? Au même instant, deux jeunes galopins issus du petit groupe lui lancèrent des cailloux et l'insultèrent copieusement en

prenant naturellement la fuite riant de surcroît à gorge déployée! Cette génération d'enfants des rues se différenciaient des précédentes plus brave et mesurée envers les anciens selon le vieil homme qui hurla au leader de la bande:
-«*kelb*,chien!».
Au même instant son fils aîné déboulait sur la place de l'autre coté.
-«*Abu,* ce n'est qu'un gamin sans cervelle» avança l'aîné qui déjà l'avait rejoint. D'ailleurs, il ne reconnut pas son père tellement son visage était blême et la lippe inférieure tremblante. Husayn avait des raisons de détester ce scélérat qui bouffait à tous les râteliers. Par allah, il devait payer le prix de sa trahison! Cela le rendait malade de le voir se pavaner en toute impunité. Où était la justice? *Ibn Faradi* le mathématicien cordouan son contemporain perdit la vie lors du sac berbère de *Cordoue* peu de temps avant cette journée sombre de 1013. Ils étaient les témoins d'une époque révolue. Depuis son récent retour à *Qurtuba*, il croisait le doyen pour la première fois. Une telle opportunité ne se reproduirait peut être pas!
-Était ce un plan des chrétiens qui trois ans plus tôt avaient déjà incendié la ville?» Demandait Youssef.
-Ça n'a aucun sens» rétorquait Sanchuelo.
En fait,depuis son retour en ville dans cet accoutrement, il s'amusait beaucoup de constater sur son chemin ici et là, les nombreuses grimaces et autres regards de dégoût sur sa bure de laine élimée jusqu'à la corde, synonyme de vœux de pauvreté; mais ce torchon de laine qu'il portait causait autant de méprises que d'heureux

hasards. Une bure de soie en revanche s'apparentait à la classe supérieure, au raffinement, à l'exclusivité d'un produit noble. Une source renvoie l'étymologie du mot soufi selon *Biruni* à la *Sofia* grecque voire éventuellement une origine juive persane...

-«Je n'ai pourtant pas fait mienne la philosophie des cyniques *Antisthène* et de son disciple *Diogène de Sinope* avec le *tribôn**doublée, la besace et le bâton ainsi que son fameux tonneau comme semblait le croire la majorité des individus me jugeant en fonction de mon apparence. En outre, *Diogène* aboyait provoquait mordait accordant parfaitement sa parole à ses actes. Il déféquait ou se branlait en public sans aucun scrupule.» Un tel comportement en public était inimaginable en *Andalus*. Il avait lu divers fragments d'ouvrages sur les *cyniques*:

-«*Quel grand homme que cet Antisthène!*
Frappé en pleine figure par un de ces voyous impudents,
il se contente en retour de tracer sur son front le nom de
son agresseur comme sur une statue le nom de l'artiste
de façon probablement à accuser l'autre de manière plus
cuisante.»(les cyniques -fragments et témoignages).

-«'*Issa* lui-même, fut d'une certaine manière, toute proportion gardée, un disciple des cyniques en se détachant complètement des biens matériels de ce monde prêchant l'amour, la justice sociale entre autres choses qui intéressait Husayn dans son combat; en fait, ce comportement était totalement politique à contre courant d'une pensée dominante corrompue». Mais le changement faisait peur! Il jugeait son exemple tiré par les cheveux; toutefois, son ignorance sur le sujet l'excusait. Il n'était nullement blasphématoire envers le fils de *Marie* qu'il chérissait.

-«*En fait, il s'agissait de renverser les valeurs couramment respectées dans le domaine social, moral, religieux et philosophique*» (*les cyniques*). C'était le but des cyniques et certainement celui de *Jésus*; par ailleurs, la répartie de '*Issa* à l'encontre d'une foule avide de sang voulant lapider la femme adultère était représentative de son humanisme:

-«*que celui parmi vous qui n'a jamais péché jette la première pierre*» Seul un homme charismatique pouvait ainsi anéantir d'une seule phrase toute la bestialité d'une horde d'ignorantins assoiffée de sang. Il eut tout à coup un haut le cœur en reniflant l'odeur de bouc montant inexorablement de ses aisselles:

-«un bon bain me ferait le plus grand bien!»

Malheureusement, il se rappela que les bains publics étaient exceptionnellement fermés depuis son arrivée en ville. Cette corporation de métiers nécessitait beaucoup de personnels tels le *tayyab*, garçon de bains, *hadim al hammam*, serviteur de bain ou encore le *waqqad*, chef de chauffe de bain, les strigilaires, *hakkakun* s'activant au service du client, les porteurs d'eau, vidangeurs complètent la liste incomplète et il y avait bien sûr le personnel féminin pour les horaires d'ouverture aux femmes. Les employés étaient en désaccord avec le *mûhtasib* qui avait la charge de contrôler l'hygiène des marchés et lieux publics à l'instar des bains, aussi, ils cessèrent leur labeur et allèrent grossir les rangs des révoltés en dépit du danger et des embuscades où le sujet lambda pouvait y perdre la vie. (*François Clément*).

Aussitôt, Il se rendit vers l'antique pont romain faire un brin de toilette où jadis Tariq et lui encore insouciants avaient découvert un endroit secret où jouer et flâner ensuite du coté des *Moulins de Enmedio et de Albolafîa* à la recherche du vieux meunier à eau, Sanche, *rahawi*, *maqqas* qui avait toujours tant d'anecdotes à leur conter. Cet homme était un véritable faiseurs d'histoires merveilleuses alors qu'il était illettré. Le citadin raffiné méprisait autant cet homme pour son activité que l'ascète pouilleux mendiant son obole même si la religion recommande le don à l'indigent. Il ne reconnaissait plus sa cité après sa longue absence; il avait connu tant de satisfactions avec les premiers plaisirs platoniques puis charnels des jeunes hommes. En effet, le souvenir de la péripatéticienne Warda lui revenait en mémoire. Il avait compris ce jour que la simple procréation était bien différente du plaisir sexuel que procurait l'acte d'aimer et puis une chose inconnue jusqu'alors de lui s'était gravée dans son âme. Le puritain dénigrait l'atmosphère diabolique des cabarets de Cordoue et des lieux de réjouissances; des moines se fouettaient jusqu'au sang pour expurger le péché de chair en raison du doute de la pureté de leur foi. Mais la nuit est aussi le domaine du rêve, de l'amour, des amants, de la lune qui éclaire jusqu'au retour du soleil loin des regards indiscrets enfin, l'aube est propice à la dérobée. Par ailleurs, la flagellation n'est pas une exclusivité chrétienne un genre de rachat de ses fautes. Les corps enlacés suintant l'amour étaient le symbole de l'union sacrée entre un homme et une femme, songeait il.

-«Comment pouvait on qualifier l'acte amoureux de vil!

-Concrètement Youssef, c'était toujours la même rengaine hypocrite d'un type hurlant haut et fort son dégoût des corps mais qui ne se gênait nullement pour aller forniquer en cachette comme le dit le poète:
«(...)*planté son palmier dans son jardin secret et perdit sa virginité grâce à cette rose si délicate et envoûtante!*», n'est ce pas vrai, eh quoi!
-Si son maître l'avait surpris en plein ébat avec cette fille, déesse pulpeuse, ô mon dieu, j'ose imaginer la tête du vieil homme! Gloussait Youssef.
-En fait, Il découvrit ce jour que l'acte sexuel brut décuplait la bonne humeur, la puissance, la gaîté, l'euphorie et surtout la confiance inébranlable en soi.
-Leçon fructueuse pour lui qui j'imagine portait fièrement un duvet taillé avec soin sur ses joues basanées. Les pédérastes sur son chemin devaient lui lancer des regards suggestifs.»
Warda était à jamais calligraphiée dans son cœur. Elle était certainement d'origine slave. Pourquoi faisait elle commerce de son corps, lui avait il naïvement demandé? Elle avait alors ri aux éclats devant la naïveté de sa question et avait en guise de réponse déposé un baiser sur ses lèvres humides. Son désir sexuel pour cette jeune femme augmenta au fil des semaines; mais jamais, il ne laissa ses désirs décider de la suite des événements. En fin de compte, il dut faire face à la place à un phénomène nouveau et plutôt très embarrassant, les pollutions nocturnes.
-«Ah(gros soupir) Warda» Il reprit ses esprits et la raison de sa présence en ce lieu sur cette place. Il était temps d'agir s'emporta-t-il car une telle opportunité aussi

favorables à l'abri des regards ne se représenterait pas de si tôt. Il s'approcha tel un félin du vieillard tirant sa lame dissimulée sous sa manche qu'il s'était procurée afin de venger son maître, pour l'égorger comme un vulgaire mouton non en souvenir du sacrifice d'*Ibrahim* mais au nom de la vengeance personnelle, œil pour œil dent pour dent; la justice biblique puisque celle des hommes était inexistante à cette heure chaotique de troubles. Mais, il fut envahi de scrupules, son cœur battit la chamade sa main trembla comme une feuille et perdit tout courage. Il n'était pas un criminel; il était incapable de commettre un tel forfait. S'il avait commis l'irréparable à l'instar des miliciens qui égorgeaient les opposants à leur cause ou simplement pour s'emparer des biens d'autrui, il n'aurait pas été différent d'eux qu'il exécrait!

Il avait soudain honte de lui en songeant au scheik. Qu'aurait il pensé de lui à ce moment?

-«Plus jamais ça»songeait il.

Il s'éloigna alors rapidement. Au détour d'un mur calciné, des pilleurs étaient déjà à l'œuvre à l'intérieur du bâtiment calciné à la recherche de matériaux utilisables, planches, métaux, objets divers et aucune force de l'ordre en vue pour sécuriser les lieux…

-«Et s'il n'y avait rien à recueillir dans les décombres puisque l'essentiel avait été déposé à l'abri avant l'incendie prémédité; le doyen était présent sur les lieux pour constater en tant que doyen affligé par tant de bêtise humaine le drame. On ne décelait chez lui aucune tristesse,étonnant pour le responsable d'un institut. Certes, l'anarchie régnait à *Cordoue* et la culture le savoir étaient en cet instant le dernier souci des autorités, si ce mot avait encore un sens. Husayn al Masri soupirait de tristesse en voyant la cité de son cœur livrée aux mains de criminels obsédés par l'argent le pouvoir. Il se sentait en décalage avec cette époque! Le commerce pâtit des conséquences de la guerre; les denrées de première nécessité se monnayaient chères excluant invariablement l'indigent. L'agriculture avec ces céréales, oliviers, vignes qui avait connut avec les conquérants arabes de nouveaux produits inconnus jusqu'alors dans la péninsule était à son plus bas niveau de production. L'amélioration des systèmes d'irrigation datant de la période romaine, les nouveaux savoirs transmis d'orient avaient permis ce progrès sociale. Ces levantins expatriés développèrent intelligemment la terre très fertile par l'intermédiaire de la main d'œuvre indigène sous ce climat propice notamment aux cultures du figuier, de la canne à sucre, du citronnier, du bananier, du palmier, dattier et des plantes aromatiques colorantes telles le safran,la garance, la coriandre, le henné mais aussi des textiles, lin et coton; la liste n'était pas exhaustive précisait il en relisant ses notes jonchées de petits gribouillis que lui seul déchiffrait sans peine. En règle générale, une société vivant dans l'opulence générait en son sein même de la jalousie et une criminalité en raison des biens, du luxe enfin, de l'extérieur la hantise des razzias. A la fin de l'époque romaine décadente, les inégalités étaient criantes pour la majorité silencieuse de la population qu'était les esclaves. D'ailleurs, un important dignitaire avait pensé à faire porter aux esclaves une tunique spécifique avons nous déjà dit, mais, après mûres réflexions, il pensa aux conséquences néfastes d'une telle loi pour les privilégiés romains ultra minoritaires en *Espagne*. En effet, si les esclaves se mettaient à compter leur nombre, l'idée se révéla quasi suicidaire. L'instruction, la seule issue possible selon lui pour sortir de cette ornière terrible de l'obscurantisme ne suffisait pas pour ramener l'individu aigri à la raison. Par ailleurs, *Almanzor* ravagea *Saint Jacques de Compostelle, Barcelone* affirmant ainsi sa toute puissance sans vouloir pour autant conquérir des territoires. La razzia renflouait les caisses et calmait les humeurs du peuple attendant avec impatience le retour des troupes avec un important butin. Un militaire toutefois n'était jamais assez prudent; mieux valait d'abord agir; ensuite, on pouvait discuter comme aimait le dire les tyrans! *Al Mansûr* vainquit les arabes révoltés légitimistes avec l'aide de berbères venus d'*Ifriqiya*, il défit en 978 le souverain chrétien *Ramire III de Léon*. Finalement, il ne se trompait guère en affirmant que la politique était morte puisque savants et diplomates aguerris manquaient cruellement à l'appel, laissant les militaires va t'en guerre seuls au commandement où courage rimait trop souvent avec bêtise. Le tyran de droit divin chapeautait le tout. Le dernier véritable serviteur intègre de la cité au sens christique du terme fut son maître docteur des corps et des âmes. Celui là même dont il ne tarissait pas d'éloges et que le palais ou plutôt une branche active de ce dernier avait honteusement pourchassé sans relâche; un homme qui avait consacré sa vie aux autres. Husayn dans son texte parlait souvent de ce souverain responsable de son devenir et de la mort de son maître. La plaie resta béante jusqu'à son dernier souffle, il ne put l'oublier en dépit de l'adage le temps soigne les blessures de l'âme.

-«Quelle ingratitude», rétorqua Youssef qui éprouvait au fil de la lecture une certaine sympathie pour ce scheik humaniste. Comment ne pas penser à tout ces cris venant des entrailles d'individus: le cri de *Hallaj* sur le gibet à *Bagdad* en 922, le cri du christ sur la croix, les lamentations de *Marie, mère de Jésus,* le cri de *Fatima*. Une telle configuration de violence symbolisait la tyrannie pure d'un système politique dont l'unique but était l'anéantissement de l'autre. Sanchuelo en relisant les feuillets repensa aux grandes personnalités comme le médecin diplomate juif d'*Abd ar Rahman III*. En effet, il était le symbole d'une ouverture sur le monde. Dans l'absolu de telles personnalités forçaient l'admiration des étudiants dans leur ensemble sauf en cas d' embrigadement de la foi; la rationalité scientifique et la foi ne font pas vraiment bon ménage. La nostalgie le reprenait alors se revoyant gamin avec son maître logeant non loin de l'institut dans une annexe réquisitionnée jadis sous *Al Hakam II* prince héritier pour «la maison du peuple» où vécut également un temps le doyen avec sa famille ainsi qu'un proche du médecin, exilé levantin qui eut la vie sauve grâce à une famille juive qui le cacha chez elle au risque de leur propre vie. Il ignorait le nom de cet homme; mais, son bref passage fut important pour le jeune adolescent; il maîtrisait l'algèbre, l'astronomie, la grammaire son savoir semblait immense; Il avait trimballé sa vieille carcasse aux quatre coins de la méditerranée et diffuser son enseignement acquis en orient chez les peuples barbares!

-«*Mais qui sont les barbares* en vérité? demanda Youssef.

-Tout à fait, d'ailleurs ce serait un excellent titre* pour une épître»(*Youssef Seddik*,éd. L'aube) Il se souvenait de ses déplacements à dos d'âne alors qu'il n'était encore qu'un adolescent se rendant avec son maître chez d'éminents amis de longue date. Or, à l'heure des comptes, nombre de ces savants étaient morts de vieillesse, morts subites, exilés et calomniés parfois de sodomite pour certains d'entre eux. Tout était permis pour détruire un homme, sa réputation, sa dignité, une carrière! Ibn Hassan était en dépit de sa profession de médecin doté d'un savoir encyclopédique en outre, il travailla en étroite collaboration avec l'un des secrétaires, *katib,* d'*al Hakam II* et historien réputé *Arib ibn Sa'd* de *Cordoue* coauteur du *Calendrier de Cordoue* avec l'évêque *Recemundo* car les savants avaient en général bien des cordes à leur arc; le scheik soignait gratuitement l'indigent; en revanche, il était rétribué par les nobles et riches commerçants car toute recherche scientifique nécessitait des fonds. C'était un rare honneur avant son bannissement de suivre les cours du scheik. Sa popularité ne plaisait guère aux nouveaux maître de Cordoue en outre, la veuve d'*Al Hakam II* soutint *Al Mansûr* à partir de 978 pour son plus grand malheur. L'un des dons de l'enfant était le dessin avec son incroyable imagination dans laquelle le scheik décela une créativité à exploiter de manière ludique surtout que les plaies du gamin(la séparation,la perte) se cicatrisaient lentement aussi le maître redoutait des séquelles psychiques difficiles à soigner. Ses sœurs tant aimées sa mère n'étaient plus à ses cotés à le dorloter comme une poupée étant le cadet et unique garçon de surcroît dans cet univers féminin qui lui manquait depuis ce jour où le savant l'emmena loin des siens pour lui offrir une vie meilleure. Effectivement, Il découvrit dès lors un monde différent dans lequel il ne comprenait strictement rien aux us et au parlé si éloigné du vulgaire familial confronté du jour au lendemain à cet étrange jargon du scheik dictant ses notes à ce pauvre secrétaire sans age. Or, le malheureux n'arrivait plus à tenir sa plume à cause de ses rhumatismes qui finirent par lui déformer littéralement les mains. Il mourut six mois après l'arrivée de l'enfant, plongeant le scheik dans un immense désarroi; il perdit l'ami d'une vie, un de plus. Le scheik contrôlait attentivement les études du garçon entre temps libre, jeux, sieste car le sommeil était vital pour l'équilibre de Husayn tout comme une alimentation équilibrée accompagnée d'une activité physique car la sédentarisation, le manque de mouvement s'ajoutant à une nourriture trop grasse étaient néfaste pour le corps; certaines habitudes humaines pouvaient devenir un frein voire un handicap dans le sens d'une addiction; la routine quotidienne tue parfois le libre arbitre, par facilité ou encore par pure fainéantise intellectuelle. Ainsi, le scheik lui apporta la meilleure éducation possible qu'il avait promis au père du gamin; une tête bien faite plutôt qu' une tête bien pleine. La fidèle servante Maryam veillait sur le gamin comme à la prunelle de ses yeux. Sa stérilité lui avait coûté la répudiation d'un époux rustre,frustré et alcoolique. La répudiation fut une délivrance pour cette femme. Le maître l'avait également recueilli par l'entremise du secrétaire qui connaissait Maryam. Le maître lui offrit un toit, soit une sécurité existentielle et matérielle. Les villageois autour de *Cordoue* le nommait avec respect le saint homme en raison de son intégrité, sa bonté, sa compassion envers l'indigent. Une nuit, elle s'était rendue à la stupéfaction du scheik dans ses appartements sans y être conviée. Le pauvre homme surpris par son comportement ne l'avait ni réprimandé ni même chassée de sa chambre en dépit du choc émotionnel qu'il ressentit à la sentir tout près de lui. Il la questionna sur son geste. Mais elle ne répondit pas. Or, dans la pénombre de la pièce, il ne distinguait pas vraiment le visage de sa servante; Il se détourna pour prendre la chandelle qu'il alluma. L'éclat de la flamme lui donna lentement la réponse! Elle était somnambule. Il trouva plus prudent et facile de la coucher dans son propre. En outre, cet état comportait des dangers pour elle comme pour les autres personnes de la maison. A son réveil, ce fut le choc! Elle poussa un cri de stupéfaction mêlé de terreur car elle ne comprenait pas ce qu'elle faisait dans la couche du maître alors qu'elle s'était endormie dans sa chambre après avoir souhaitée une douce nuit à Husayn. Le scheik lui avait dès lors laissé sa couche aussi lorsqu'il l'entendit hurler il entra dans sa chambre en souriant puis la salua comme tous les matins; il lui expliqua ce qui s'était passé la veille. Elle lui répondit qu'elle n'avait aucun souvenir si ce n'est de s'être mise au lit comme tous les soirs dans sa couche; soudain, elle éclata en sanglots alors. il prit Marie dans ses bras et la rassura. Elle craignait suite à cet incident de perdre son travail, anxieuse, déstabilisée elle semblait ne pas s'en remettre alors le maître pria Husayn de lui tenir compagnie pour la journée en raison de son état inhabituel. Elle se crut posséder dit elle. La tendresse de l'adolescent influa sur son humeur. Marie était devenue pour lui une *Ersatzmutter ou* mère de substitution. Le scheik avait recommandé à l'élève de respecter tous les êtres vivants en général, la femme en particuliers du fait que tout homme sortait de son ventre qu'elle fut mère, sœur, compagne. Il lui apprit contrairement à la pensée répandue que la femme était inférieure à l'homme qu'elle avait au contraire les mêmes dispositions cognitives que l'homme pour apprendre, travailler, réfléchir. Or, une telle pensée revendiquée haut et fort était source de soucis avec les conservateurs du royaume. Cette position courageuse trouva tout de même quelques oreilles attentives. Il rêva d'instituer une fois adulte une parité homme femme en *al Andalus* puisque dès l'enfance ses sœurs comme sa mère n'avaient pas eu même un dixième de sa chance et cela l'avait profondément troublé une fois en age de penser par lui même. C'était une idée farfelue dans le sens de pensée subversive au regard patriarches conservateurs prêt à tout pour conserver leur privilège jusque dans la tombe. Le maître ne pouvait oublier les coups portés aux esclaves, les femmes battues pour des futilités par leur protecteur ou époux. Trop d'humiliations observées autour de lui depuis l'enfance; voilà pourquoi, le scheik voulait provoquer, faire trembler les traditions archaïques que l'individu reproduisait sans même une réflexion digne de ce nom parce que «recommandée» par la tradition oubliant certainement qu'il était écrit avant et après pour constater par ailleurs que la femme méritait respect attention à l'instar du prophète qui avait émancipé la femme outre son rôle de gardienne du secret dans le mystère de la création dont Maryam était le symbole ayant même une sourate à son nom! En outre, le scheik dit au père du gamin qu'il ferait de lui un *adib* non un simple lecteur coranique comme l'imaginait le père pour son fils. L'histoire est imprévisible; le gamin ne put revoir sa famille après son départ ce qui n'était pas du tout prévu. La séparation était censée temporaire non définitive. Par ailleurs, on perdit la trace de trois familles du bourg où Husayn naquit. Quand sa fratrie lui manquait terriblement le maître déstabilisé incapable de lui apprendre la vérité emmenait le gamin sur le dos du grison aux grandes oreilles pour une balade de découverte dans la campagne pour lui montrer les merveilles de la région auxquelles s'ajoutaient les anecdotes du maître sur son enfance dans cette *sierra* qu'il connaissait si bien. Les enfants en général étaient friands et demandeurs d'histoires et Husayn ne faisait pas exception à la règle. Aussi, ibn Hassan improvisa sur les nombreuses cabanes construites pendant son enfance haut perchées sur les arbres; ils s' imaginaient être des éclaireurs en terre barbare où les individus se nourrissaient de chair humaine! Or, par un après midi étouffant, les trois compères s'étaient finalement endormis dans leur cabane aménagée avec l'aide du métayer du domaine dont le fils était parmi eux. Or, toute la maisonnée s'inquiéta de l'absence d'ibn Hassan alors que le soleil était déjà bas dans le ciel; jamais encore il n'avait désobéi à ses parents. Aussi lorsqu'ils émergèrent en frissonnant de cette douce sieste sur leur arbre, la panique les submergea en pensant aux coups de nerfs de bœuf spécialement pour l'un d'entre eux dont le père était un type violent.

-«Maître, ton père te frappait lorsque tu désobéissais?

-Non, c'était un homme sage!

-Qu'est-ce que c'est un sage, maître?

-C'est une personne qui par la parole et l'écoute essaie d'aider les gens dans le besoin.

-Oh,c'est un docteur!

-Tout à fait.» De retour à la maison, l'enfant s'asseyait près du maître avec son matériel et dessinait tout ce qu'il avait vu pendant leur escapade. En outre, le gamin s'essayait maladroitement à la calligraphie recueillant les compliments du maître; d'ailleurs ce dernier se réjouissait fort de cette persévérance. Le gamin plongé dans son exercice oubliait son chagrin. Néanmoins, la séparation brutale ne s'effaçait pas de si tôt; devait elle un jour disparaître?! Le gamin était si brave et respectueux des livres, feuillets, Kalam et divers matériaux que le scheik n'avait aucune raison de s'inquiéter. Cet enfant était une perle disait Myriam. Avant tout, il fut surpris de la taille imposante des lieux en songeant à la masure familiale qu'ils partageaient avec leurs bêtes; d'autre part, il n'y avait pas de questions idiotes selon le maître, aussi, il l'incitait à questionner par un je t'écoute mon garçon puisque, l'enfant avait une vision non totalement dénaturée par la pression culturelle ambiante. Bref, l'enfant se forgeait sa propre personnalité et ne comprenait pas forcément les innombrables principes des adultes d'où l'importance du dialogue plutôt que les corrections à coups de nerf de bœuf à l'instar du métayer avec sa progéniture. La violence remplaçait les mots chez bien des hommes; c'était une sorte de médecine familiale chez nombre de fratrie. Le scheik essaya d'éradiquer de telles pratiques au sein de son école et durant ses visites à domicile. Le médecin découvrait alors quelque soit la condition et le statut social du patient des choses bien étranges. Le maître était un toubib des âmes aussi rigoureux dans son diagnostic que dans l'analyse de la société et de la condition humaine de son époque. Le médecin compatissait au malheur du gamin d'avoir été ainsi enlevé aux siens sans même une explication. Le dialogue n'était pas la norme chez les indigents ou plutôt chez les gens sans éducation. Il réalisa adulte le sens de l'altruisme chez son père malgré la souffrance intérieure causée par la séparation, les remords prévisibles durant les longues nuits d'hiver mais son avenir était plus important que ses maux de cœur. Ce fut surtout le caractère désintéressé du père ne songeant qu'au bien être de son fils car vendre un enfant était chose banale en vérité. Lorsque le père annonça brutalement sa décision de confier leur unique garçon au sauveur providentiel de umm Husayn pour l'instruire et lui donner un avenir ses sœurs versèrent toutes les larmes de leur maigres corps alors que le jeune garçon courra se cacher derrière l'aînée effrayée par les paroles du père. Il n'était pas certain d'avoir compris ce qui se passait; toutefois, les réactions de ses sœurs étaient sans ambiguïté. Vendre sa progéniture pour payer un créancier comme un vulgaire esclave par ces temps difficiles était la misérable existence d'une partie de la *amma* et n'avait rien de choquant; c'était un fait. C'était une fatalité existentielle au même titre que la razzia qui était un acte récurrent dans la guerre annuelle du calife avec procession en grande pompe pour regarder l'armée partir en campagne, souhaiter victoire au commandeur des croyants, à ses généraux afin de renflouer le trésor du royaume. L'ignorantin accourait pour apercevoir, toucher l'habit du généralissime espérant ainsi sur lui une part de chance car, il était par nature fétichiste, superstitieux croyant aux traitements fantaisistes des charlatans qui pullulaient dans la région. Ceux là même que dénonçait *Razi*(865-925) qui attachait une grande importance aux signes cliniques mais aussi à la symptomatologie laquelle constituait la base d'un raisonnement menant au meilleur diagnostic possible donc à la thérapeutique adéquate pour soigner. D'ailleurs, l'exemple parlant des charlatans incapables de guérir sa mère corroborait l'affirmation de Husayn. Le maître quant à lui vint à bout de l'infection contractée par la mère. Elle se rétablit relativement bien. Ibn Hassan envoya deux de ses étudiants veiller la maîtresse de maison avec les recommandations d'usage durant une semaine. Le médecin avait décelé dans cette promiscuité entre l'homme et l'animal un facteur de contamination certainement due aux excréments, une hygiène inexistante. Le scheik avait inspecté les bêtes dans ce qui était une sorte d'étable et comme il le redoutait l'une des chèvres était malade et gisait sur le sol crasseux; il ordonna au père du gamin l'abattage des bêtes atteintes et d'une quarantaine stricte pour les autres en attendant plus de signes d'une possible pandémie. Circonscrire tout risque était un devoir absolu pour la santé publique. Abu Husayn alla prévenir le propriétaire. Le pauvre père la mort dans l'âme suivit les ordres du toubib et brûla les premières carcasses. Le médecin fit un rapport sanitaire exhaustif aux autorités de *Cordoue* sur la zone infectée, l'élimination des bêtes des particuliers atteintes par mesure de sécurité sanitaire ordonnant en outre un dédommagement pour la perte sèche du paysan néanmoins, cela n'était pas de son ressort. Enfin des contrôles rigoureux devaient suivre sans attendre sur les marchés aux bestiaux et dans les *kuras,* districts autour de *Cordoue.* Ibn Hassan compatit à leur malheur sachant pertinemment que ces bêtes étaient la seule source de revenus de cette famille. Ibn Hasan al Qurtubi fit parvenir une bourse au pauvre homme sur ses propres deniers. Voilà pourquoi les gueux le surnommaient le saint homme, le *wali.* La misère des gueux se révélait sous cette forme anecdotique hors du temps et des livres d'histoires dans un quasi servage bien loin de cet age d'or tant vanté par les voyageurs étrangers, diplomates qui à la cour d'*Al Nasir* en prenaient plein les yeux devant tant de beauté, de faste, de raffinement, d'un avancement scientifique sans égal à l'instar du traitement de l'eau et de l'irrigation facteur d'une urbanisation continue. En sauvant la mère du gamin, le maître devint son héros. Trente ans plus tard, des larmes jaillissaient de ses yeux rouges en pensant à sa famille. Les reverraient ils un jour? La mère comme de nombreuses paysannes superstitieuses avait glissé un talisman sous la couche du gamin quand d'autres femmes invoquait le bon sort. De telles coutumes entretenaient cette religion populaire construite sur des coutumes païennes donnant un mélange des genre; la superstition confortait les propos critiques de Husayn sur la naïveté et l'ignorance de la majorité. En fait, la masse était une proie facile pour les nombreux charlatans sillonnant le royaume. L'image de ses proches en mémoire étaient celle d'il y a des années. Qu'en étaient ils aujourd'hui de leurs traits probables, des rides sur leur visage, la couleur des cheveux en vérité, cette image des siens s'étiolait lentement avec les années. Que devenait la rescapée de l'*Hadès*? C'était le nom grec du lieu que les israélites nommaient le séjour des morts. Vivaient ils toujours dans la petite maison identique à toute celle du bourg repeinte à la chaux selon les ordres du *Sayyed* qui ne souffraient aucune contestation et dont l'unique bougainvillier en fleurs grimpant le long de la façade donnait la seule touche artistique à cette indigeste pauvreté. Une image gravée dans la cervelle du petit pied nu en guenilles, le ventre vide souffrant de malnutrition. Il avait remarqué les changements psychologiques et comportementaux de son maître dès les premières heures de son bannissement. Ses amis avaient suivi ses recommandations à la lettre dans cet épreuve douloureuse pour des raisons évidentes de sécurité. Puis, sa santé déclina. La philosophie fut interdite d'enseignement dans toutes les universités du royaume. D'ailleurs la bibliothèque du défunt calife *Al Hakam II* tant vantée pour la richesse de son contenu fut expurgée des ouvrages jugés suspects. Il y eut un autodafé de plus contre la connaissance et l'intelligence humaine. En fait, les berbères installèrent avec la bénédiction des *ulama* d'Espagne un islam puritain des deux cotés de la méditerranée; deux civilisations s'opposaient à l'intérieur de l'islam malikite espagnol au lieu de se compléter par le biais de leur différence pourtant des atouts indéniables dans l'absolu et d'une richesse évidente pour le royaume. Non, la rançon du deal fut pour les *andalousiens* de l'élite enclin à l'oisiveté selon certains religieux catastrophique; en revanche, le petit peuple accueillit favorablement ces conquérants qui rétablirent le seul impôt coranique licite. Ces gens venus du *Rif* n'étaient pas ces citadins instruits de *Cordoue* mais des montagnards proches de la terre fiers et courageux qui continuèrent pour beaucoup à vivre comme en *Ifriqiya* ne souhaitant pas s'intégrer à une société qu'ils ne comprenaient pas forcément. *Al Andalus* vécut un «choc des cultures». D'ailleurs, on remarquait à nouveau ce diktat récurrent à chaque changement de régime radical: la fuite ou la conversion forcée. Un éternel déjà vu en particulier pour les juifs...

Homo homini lupus, l'homme était un loup pour l'homme, et ce en premier lieu au sein de son clan. Il est dit en revanche: «*il n'y a rien de plus utile à l'homme qu'un homme dirigé par la raison*»

-«Et une femme!» Ajouta guilleret Joseph.

Ainsi ai je entendu.

Le soucis récurrent du mâle est autant son obsession de la beauté féminine que ses attributs intellectuels en tant qu'épouse, amante, esclave, concubine enfin rivale qui l'amenait à se comporter en tyran car il la craignait sans pouvoir se l'avouer à lui même par fierté car ce que pensaient les autres comptaient plus que tout autres choses. Les monothéistes quant à eux trouvèrent le prétexte pour dominer le sexe faible. D'ailleurs, elle fut tirée du flanc d'Adam qui pria dieu de lui donner compagnie...Or, la femme avait, nous dit la Bible, corrompu *Adam*. Aussi, est-ce la raison pour laquelle elle le payait encore aujourd'hui. Hors du champ monothéiste, les bédouins idolâtres arabes voyaient la naissance d'une fille comme un malheur et souvent, ils s'en débarrassaient en les enterrant vivantes. La sourate *LXXXI vers VIII* l'énonce sans ambages: «*Lorsqu'on demandera à la fille enterrée vivante*(...)». Ou bien était ce pour des raisons matérielles telles la dot? Avec *Muhammad* la femme acquit des droits sur la succession, l'héritage donc mais aussi le mariage, la dot, la répudiation jusqu'alors inexistants dans cette culture patriarcale où la femme était un banal objet. Le prophète en introduisant sa vision révolutionnaire dans sa société bouleversa les mœurs et devint de facto l'ennemi numéro un. Ce changement préconisé par la nouvelle religion qu'il prêchait était inacceptable pour le pouvoir économique et politique du clan dominant. Pour Husayn l'apôtre de dieu était un "féministe" (ce mot n'a pas de sens au XI siècle). Les faits et dires et autres lieux communs rapportaient que la femme ne participait pas à la vie économique de la cité; elle était discriminée dans quasiment toute les civilisations du pourtour méditerranéen et d'Europe du nord. Pourtant, la première épouse du prophète, *khadidja*, plus âgée que lui d'une quinzaine d'années était une riche commerçante Quraychite indépendante respectée et deux fois veuve. *Muhammad* par l'intermédiaire de son oncle *abu Talib* put travailler à son service pour mener à bien ses affaires et ses caravanes; il devait tant à sa générosité et son intelligence. Elle choisit *Muhammad* pour époux ce qui n'était pas banal. Le rôle joué par *Khadîdja* unique femme du prophète durant leur vie commune et que tout musulman honorait avec respect. D'ailleurs, l'épisode mythique lié à la révélation était éloquent: «*Muhammad* dit à son épouse que l'esprit saint *rûh* qui deviendra par la site l'*ange Gabriel* était de retour; elle prit *Muhammad* sur sa cuisse droite et lui demanda: «o cousin, le vois tu? Oui, répond il. Elle le prit ensuite sur sa cuisse gauche et lui demanda le vois tu? Oui, rétorqua t' il encore. Elle lui demanda de s'asseoir sur ses genoux et le questionna encore aussi lui fait il la même réponse positive. Alors, elle le prit entre elle et sa chemise et lui demanda de rester ferme et lui dit: «cousin, le vois tu maintenant? Non» dit il.

En effet, un ange ne s'immisce pas entre une épouse et son mari. Avec la présence de *Khadîja* invitant et guidant le prophète à découvrir le sens de la visitation divine, on aperçoit la part indéniable de féminité dans le mystère divin au cœur même de la relation entre l'homme et la femme. Mais, les hommes ont perverti après la mort du prophète, la part féminine du message coranique comme le pensait le prophète lui même sachant bien que les hommes de la tribu n'étaient pas prêts à un tel changement de mœurs. La femme restait l'objet de tous les fantasmes de l'homme voilà pourquoi elle fut cantonnée au foyer soumise aux mâles de la famille et en fait infantilisée dans les faits par son statut comme avant l'islam. Il s'était lui aussi juré de ne jamais discriminer une femme et encore moins un être humain tout simplement refusant de reproduire un schéma traditionnel bien éloigné de sa philosophie de vie. Il fallait dénoncer ce qui n'était qu'une interprétation fallacieuse ou partisane de textes ayant valeur de loi. Or, la sanction tel un couperet guettait les contestataires de son acabit. Son regretté maître en savait quelque chose. Le poète athée déclarait sans détours:« *Lorsque Dieu et Satan se mettent à table, le pauvre peuple nettoie les fourneaux*» (Prévert). Les sujets éduqués des différentes communautés pleuraient la *Cordoue* à son apogée relativement tolérante moyennant des contreparties, des contraintes; néanmoins, les hommes pratiquaient librement leur culte et vivaient dignement; par ailleurs, l'impôt légal permettait la viabilité de l'état(constitution, lois, armée) qui existait justement grâce à l'impôt de tous les sujets du royaume outre les guerres et razzia coutumières permettant la pérennisation d'un système politique efficace en dépit d'inégalités d'injustices ressenties par tel ou tel groupe d'individus; mais y avait il un régime parfait s'interrogeait il. Les juifs par exemple de tout temps payèrent un lourd tribut à cette folie humaine qu'était l'intolérance, la haine de l'autre. En l'an 500 avant J.C, *Hamann* l'ambitieux vizir du roi des rois avait décrété illégalement un ultimatum de mise à mort de tous les juifs de l'empire(Perse). Or, *Esther*, belle comme l'astre et préférée du roi farouchement amoureux d'elle, entreprit avec le concours du vieux sage *Mardochée* de convaincre le roi de l'ignominie de la trahison suprême de l'ambitieux vizir et de son plan diabolique qui avait falsifié le sceau royal à ses propres fins. En outre, il avait ordonné la construction dans la cour du palais d'une potence pour pendre *Mardochée,* son ennemi juré qu'il exécrait tant...Au final, la vérité triompha du mensonge et le vizir prit la place du juif avec tout ses fils sur le gibet...Ainsi, le 14 *Adar,* les juifs fêtent *Pourim* pour se souvenir que sous le règne du roi Achéménide *Xerxès 1er,* les juifs avaient été sauvés miraculeusement de l'extermination. Voilà pourquoi, les juifs honoraient dans l'allégresse, le chant et la danse cet événement depuis des siècles. Le devoir de mémoire était fondamental.

«Les habitants de la terre se divisent en deux/ Ceux qui ont un cerveau mais pas de religion/ Et ceux qui ont une religion mais pas de cerveau.»

Ainsi ai-je entendu.

L'existence était pleine de rebondissements et certains affirmaient que le destin nul n'y échappait. Il y eut tout de même d'agréables surprises en dépit de sanglant revers. Le clan de la famille omeyyade en fut le plus bel exemple car de ces revers de fortune la chance finit par sourire de nouveau. À l'instar *d'Abd al- Rahman*, petit-fils du dernier calife de Damas, survivant d'une lignée prestigieuse (les Marwanides avec *Abd al Malik* dôme du Rocher 692/ instauration de l'arabe comme langue diplomatique) qui se réfugia en Afrique du nord parmi les tribus berbères dont sa mère était issue. Son affranchi *Badr*, lui ayant obtenu le ralliement des Syriens et d'une partie des *Kalbites* d'*Espagne*, passa alors dans ce pays et s'empara de *Cordoue* en 756 après tout de même maints rebondissements pour s'allier suffisamment de partenaires. Il se proclama émir. *Abd Ar Rahman II* (822-850) le plus érudit des émirs, disait on, développa les arts, la littérature, la musique avec *Abû al Hassan Ali b Nafi* dit *Ziryab* le plus représentatif des artistes orientaux de *Bagdad dont le* parcours singuliers s'apparente à un cauchemar, victime de la jalousie de son maître qui jura sur sa vie de le supprimer s'il ne fuyait pas la capitale abbasside car il avait fait une telle impression sur le calife que ce dernier voulait déjà en faire son unique artiste de cour. L'élève dépassa le maître, ce qui était inadmissible. *Ziryab* introduisit au-delà de la musique (arabo-andalouse) le raffinement de la table, la mode vestimentaire et la coiffure à l'instar du port de la frange; à ce sujet, les andalous avaient coutume avant son arrivée de porter les cheveux longs avec une raie au milieu; enfin, n'oublions pas les sports tel le polo! Mais la plus remarquable avancée technique qui améliora grandement le quotidien des hommes en *Espagne* fut l'eau fraîche de la sierra environnante canalisée et amenée déjà par les romains. Toutefois, ils améliorèrent les infrastructures en place et développèrent l'agriculture; Vers 718 *les «chroniques asturiennes» répertoriées notamment dans les monastères d'Oviedo et Rioja par des moines rapportaient la geste résistante quasi miraculeuse des chrétiens d'Espagne»* selon un chroniqueur anonyme dénonçant l'antéchrist enturbanné. Toutefois, l'évêque de *Séville Oppa*, frère du roi *Witiza* et oncle du jeune *Akhila* opposé à *Rodéric*, aida les maures! Dans les montagnes difficiles d'accès des *Asturies*, les chrétiens se fédéraient pour former le royaume des Asturies. Le quotidien de Hussein en revanche était à l'image de ce début de XI siècle, incertain, une succession de revers tant affectifs que sociaux, un véritable cauchemar dont les issues possibles n'invitaient guère à la sérénité. Or, un jour qu'il pérégrinait à travers la campagne il chuta sans raison apparente, tout à coup ses jambes ne le portèrent plus, il s'effondra sur ce chemin caillouteux et perdit connaissance un long moment, voire quelques instants qui savait vraiment puisqu'il était seul. Ainsi, il resta allongé de tout son long dans la poussière la tête ensanglantée. Lorsqu' il reprit ses esprits, un mal de tête effroyable l'empêchait de faire un quelconque effort ou mouvement, le plus infime était une torture. Il s'assit difficilement à l'ombre d'un arbuste l'air hagard. Or, il lui sembla qu'un être se tenait là devant lui sans bien distinguer ses traits, rien d'étonnant du reste car le choc avait été sévère. Cette vision d'un être débitant une série d'injonctions d'un autre temps dont il ne comprenait pas le sens était comme merveilleuse non rationnelle c'est pourquoi il pensa avant tout aux effets du traumatisme crânien sur sa vision et son audition visiblement endommagés par l'accident. Il ne voyait d'autres raisons plausibles raisonnables. Mais après quelques temps, le voile s'estompa et il vit une présence humaine certes indéfinissable dans le sens où le visage ne cadrait pas avec la silhouette qui le contemplait là avec un large sourire; le type très courtois se présenta à lui d'une voix mielleuse très avenante mais il ne le comprit pas. L'individu s'enquit de sa santé et lui proposa son aide alors que Husayn était toujours assis les genoux repliés sur son torse la tête reposant entre les genoux, pensif; ses yeux scrutaient l'horizon. Ce dernier monologuait sans se préoccuper outre mesure de son interlocuteur toujours coi incapable de proférer une parole tandis que lui dévissait sur le sens de la vie la triste condition humaine qu'il observait jour après jour dans les contrées qu'il visitait. Il lui dit que l'homme ne pensait qu'à sa petite personne et pour les plus philanthropes au bien être de la communauté mais de tels individus étaient rares. Il ignorait toujours l'identité de ce dernier néanmoins, l'inconnu le saoulait littéralement de paroles au sens propre comme au figuré! Il avait un regard étrange, des yeux perçants de couleurs distinctes d'où pointaient le vice outre qu'il se sentait sondé jusqu'au plus profond de son âme. Il commença à ressentir de l'angoisse face à cet individu! Il était bien conscient de son environnement des odeurs des couleurs des sons des criquets et cigales environnantes, le gazouillis des oiseaux, la poussière sur son visage. Enfin, il comprit qu'il n'avait rien à craindre de l'homme qui n'avait aucune raison de le trucider puisqu'il ne possédait rien si ce n'était sa bure élimée alors il se ressaisit et garda raison! Cet homme lui semblait familier mais comment, était ce possible, où quand, dans quelles circonstances. Cependant, l'autre se mit à lui décrire la scène des évangiles où 'Issa était face au lapidé au désert; à cet instant, Husayn fit le rapprochement entre l'étrangeté de la situation présente dans ce désert humain et la scène légendaire où le diable tenta de corrompre le nazaréen comme il le lui rappela afin de ne laisser aucun doute sur sa véritable identité. Le puzzle prenait forme sous ses

 yeux mais, il se croyait devenir fou car en tant qu'élève du sage de Cordoue, il se considérait comme un rationaliste aussi, le fatras religieux n'était qu'un absurde mythe, une construction humaine à des fins intéressées pour ne pas dire politiques; cependant, allégorie, métaphore image devaient être analysées car ils n'étaient rien d'autres qu'une représentation de la condition humaine face à l'exclusion, la misère, le pouvoir, l'amitié mais aussi l'incompréhensible le surnaturel voire le monde de l'inconscient qui habitait chaque homme. A ce moment, le doute l'avait littéralement envahit. En fait, l'ange déchu préféra aller droit au but en le confrontant à ses propres contradictions; il aborda des sujets brûlants pour son interlocuteurs à l'instar de l'impensé sur le bannissement du cheikh, leur fuite, la séparation, la disparition du vieil homme, sa captivité, sa liberté retrouvée, son envie de meurtre. *Iblis* ne l'égarait point bien au contraire, il lui rendit service en lui rappelant quels étaient ses buts dans l'existence et pour qui il le faisait.Allait il rester un simple disciple ou bien se détacher de la pensée de son mentor qui n'était plus. *Iblis, oracle de la rébellion par excellence* narcissique à souhait, aimait plus que tout se jouer des hommes en particuliers l'individu doué d'intelligence. Il jetait l'angoisse dans leur esprit par des

stratagèmes alléchants par la forme mais sournois dans le fond. Il lui conta les aventures de personnages merveilleux hors du temps que Husayn ignorait totalement comme *Shéhérazade* la prodigieuse, capable de captiver le terrible *Shahriar. Iblis* s'évertua à lui prouver toute la perversité de l'homme avec un malin plaisir proche de la sacralité en tant qu'adversaire égal de dieu selon lui d'ailleurs, il dit que sans sa présence dans le monde sublunaire dieu n n'avait plus de raison d'être; quant à ce roi perse tourmenté par ses soins dont les histoires merveilleuses de la belle et ingénue *Shéhérazade* devaient stopper sa bestialité, sa soif de tuerie n'était rien d'autre que le perpétuel combat du bien contre le mal, autrement dit, les deux faces d'une même médaille qu'était l'homme.Il avait eu jadis en la personne de cette femme un terrible adversaire digne de son rang. Qu'elles fussent tristes injustes démoniaques toutes ses histoires le captivaient par leur profondeur philosophique et psychologique! En fait, aux yeux de Husayn tout cela n'était qu'un déplorable déjà vu vécu et ses paroles ailées censés l'avertir le confortèrent dans son désir d'humilité contre l'orgueil du *Lapidé.* Ce dernier narra l'histoire extraordinaire d'un savant juif dont le nom était *ibn Maimun* natif de *Cordoue et* comme son maître, ou lui même, il connut bien des épreuves. Il commença sa narration dans un style théâtrale digne des grands dramaturges grecs de l'antiquité pour introduire la fuite du *rabbi* accompagné de sa famille pour *Ishbiliya puis Tulatytula en territoire chrétien.*
-«Que dis tu o diable, *Tolède* serait chrétienne!
-Ami, le temps n'est pas un concept politique, tout est

éphémère en ce bas monde; tu devrais le savoir, bon je continue donc ils ne s'attardèrent pas au nord car la conjoncture leur était très défavorable. Ils arrivèrent dans la belle ville ensoleillé d'*Almeria* sous domination du roi chrétien *Alphonse VII* et oui cher ami, mais rassure toi, tu ne vivras pas ce moment douloureux où la péninsule ibérique redeviendra entièrement catholique». Il était abasourdi par la verve de ce conteur hors pair capable de le tenir en haleine de surcroît en adaptant, un discours merveilleux qu'il adorait depuis son enfance outre que son attention décuplait à chaque pause du discours où passé présent futur avaient perdu toute temporalité. *Iblis* reprit sa narration le sourire aux lèvres lisant sur le visage décomposé de son auditeur la stupéfaction et l'intérêt.

-«Ce ne sont que des fables!»

-Tiens, ce que tu dis me rappelles les paroles des gens de la tribu de Muhammad qui l'accusaient de raconter des histoires *qassas comme les anciens.* Pourquoi mentir mon ami? Ne veux tu pas connaître le destin d'*al Andalus*, ou même le tien?

-Non, je préfère vivre ma vie telle qu'elle se présente à moi! Je ne suis pas un tricheur de ton espèce.

-Oh, doux Jésus, tu m'insultes maintenant, où sont tes manières jeune homme! Enfin, revenons à nos chameaux, la famille fut chassée une fois encore par les *Almohades* qui du reste persécutaient les musulmans pas suffisamment pieux à leur goût! Ces africains étaient des donneurs de leçon en matière de foi; d'ailleurs après avoir soutenu le docte *Ibn Rushd* qui travailla à leur service en tant que grand *cadi* de *Séville,* puis de

Cordoue, ils finirent par l'exilé en ayant pris soins de faire un autodafé de ses œuvres. Ce sage avait été introduit auprès du souverain *almohade* par *ibn Tufayl* son mentor qui lui demanda de rédiger pour le calife un commentaire de la métaphysique *d'Aristote. T*u vois certainement dans cet exemple une allusion à ta propre destinée au cas où tu décidais de faire les mauvais choix; oublies donc tes principes d'un autre age et profite des jouissances de ce monde puisque tu es éduqué; mets ton intelligence au service d'un roi bienveillant capable de déceler en toi le parfait conseiller et assistant de médecin; vas donc rejoindre *Séville* comme te l'avait demandé ton maître ibn Hassan al Qurtubi. Au fait, *Al Farabi* dont tu connais certaines œuvres par ton mentor fut le maître tant d'*Ibn Ruschd que* de *Maimonide* le juif qui étaient contemporains. Cependant en dépit d'un lieu et d'une date de naissance communs, ils ne se rencontrèrent jamais; quel dommage pour l'humanité, ne trouves tu pas? En orient *Ibn Sina* fut lui même un héritier de *Farabi.*»

Iblis se révéla un conteur diabolique. Husayn tentait toujours de sortir de ce *delirium tremens* si réel; il devait être fort fiévreux; il avait sans doute une insolation, un coup de chaud outre une déshydratation et un manque de nourriture. *Le cauchemar n'en finissait plus. Iblis* revint sur le choix paradoxal de la famille du *Rabbi* qui s'installa dans la gueule du loup à *Fès,* chez les maîtres *Almohades* de l'autre coté du *rocher de Tariq(Gibraltar).* En effet, un islam puritain et rigide était dès lors en place des deux cotés de la méditerranée. Mais ce ne fut qu'une étape de plus pour la famille de *Maimonide* puisqu'ils arrivèrent en terre sainte où le père mourut très vieux à une époque matériellement et intellectuellement parlant misérable pour la communauté juive de terre sainte. L'exil prit fin pour *Maimonide* à *Fustat(Caire)* sous le règne de *Salah al Dine* qui reprit Jérusalem aux croisés.»

Husayn était fin prêt à lui concéder ce qu'il voulait car il était totalement perdu. Il n'avait plus qu'une envie: que cela cesse. *Iblis* sourit de joie croyant déjà l'avoir converti. Le prévaricateur arriva au but de son récit en rapportant la soi disant conversion du savant juif.

-«Il s'agissait là d'une accusation grave en l'occurrence l'apostasie faisant suite en vérité à une dénonciation d'un de ses coreligionnaires jadis à *Fès* alors que *Ibn Maimun* était déjà le médecin de *Salah al Dine lequel* avait une totale confiance en lui. Le coran était clair à ce sujet: «*la ikraha fi'l din/ nulle contrainte en religion* (2,257) ou encore « *à vous votre religion, à moi ma religion* (sourate 109,6). Toutefois, il n'était pas dupe et ce premier verset n'avait jamais signifié «tolérance» du moins en cette époque troublée selon les mots du *shaytan*. Enfin, au regard de la *Shari'a*, le cadi trancha dans le procès intenté à *Maimonide* contre le calomniateur avec l'acquittement pur et simple prononcé par le tribunal. Le médecin juif retrouva son honneur bafoué»

Husayn pensait bien entendu à l'acharnement des autorités contre son maître et l'absence totale de justice pour qu'il puisse se défendre comme la loi des hommes le permettait.

-«N'était ce pas là exactement ta volonté?». Dit le diable ajoutant enjoué que vouloir planter une lame dans le dos d'un vieil homme était indigne d'un *adib* bien que le doyen fût responsable de la mort de son propre fils Tariq...»

Iblis toucha là une corde sensible avant de s'évaporer. Le calvaire était terminé du moins le croyait il naïvement puisqu'il ne se doutait pas encore que cette rencontre allait être suivie d'une longue série de *maqam*. Cette nuit là il dormit à la belle étoile loin des commodités d'un caravansérail, d'un *fundunq*, auberge ou hôtellerie avec ses odeurs particulières s'élevant des cuisines; il vagabondait au gré des opportunités demandant l'aumône lorsqu'il devait se nourrir. Il avalait la route profitant à l'occasion d'une charrette pour souffler. Son vêtement lui procurait une certaine sécurité dans cette société qui ne comprenaient pas vraiment ce qu'était le don de soi, le vœux de pauvreté des moines chrétien, des soufis et autres individus désintéressés dont la vie d'ici bas matérielle n'était qu'un passage. La seule richesse était spirituelle; néanmoins, poussé par une curiosité viscérale, il s'aventura au fil des semaines dans des régions reculées d'*Hispanie* où l'islam était marginal et son développement inexistant. Ce fut une aventure difficile mais étonnante car il pénétrait une autre réalité culturelle. Il gagnait sa pitance grâce à divers travaux et dispensant des soins en tant que barbier ambulant comme le cordouan lui avait un jour rapporté l'anecdote truculente d'un homme du commun barbier *franj* de son état rencontré en *Septimanie* et qui désirait apprendre la médecine en orient auprès du grand *Abû Ali (Avicenne)* qu'il ne connaissait que de réputation suite à sa rencontre plutôt inédite pour un gentil avec la communauté juive de son pays natal. Une amitié était née de cette dernière entre deux hommes que rien ne prédestinait si ce n'était le goût du savoir et de l'étude. Il se plongea dans une infime partie du corpus médical que le médecin possédait rédigé en langue arabe. Il s'intéressa depuis lors aux coutumes et traditions juives de la *Narbonnaise* dans le but d'entreprendre le voyage d'orient. Il pouvait résider à *Ispahan* seulement en tant que chrétien il n'avait aucune chance, les juifs en revanche étaient tolérés. La circoncision était le rite d'entrée dans la communauté juive au même titre que le baptême pour les chrétiens et la *shahada* profession de foi du musulman et non la circoncision comme certains l'imaginaient. L'homme selon l'anecdote se réinventa une identité pour sa passion, certes dangereuse puisque mensongère mais apprendre la médecine était son unique but. Inutile d'ajouter que cette expédition pouvait lui coûter la vie et il en était bien conscient. Le maître ne sut jamais s'il put s'embarquer pour le *machrek...*Dans les marches supérieures le quotidien des indigents étaient semblable à ce qu'il connaissait au sein de son pays natal avec certes des différences notoires. Il ne fit rien d'autre que de rappeler aux individus des évidences prophylactiques afin de garder un corps et un esprit sains sans lequel nul ne pouvait travailler et nourrir les siens. Il prodiguait ses services à un auditoire demandeur en dépit d'une certaine méfiance dont la cause était l'ignorance. Comment faire comprendre à des miséreux la modération et l'équilibre, se discipliner et acquérir de bonnes habitudes quand ils luttaient pour survivre; c'était quasiment indécent de sa part. Il savait que de telles paroles ne touchaient qu'une infime minorité d'individus lettrés. Pourtant, c'était une mesure de bon sens primordiale mais l'homme a toujours eu des difficultés devant la nouveauté. Finalement, il fut plus souvent chassé à coup de pierres par des enfants paniqués à la vue de cet étranger s'approchant de leur bourg d'un pas assuré; le maure était dans toute les veillées au cœur des récits les plus loufoques des villageois; bref, il était un danger et le coupable parfait. Il n'y avait homme plus doux au monde que lui. Il avait des cheveux poivre et sel la raie au milieu du crâne plutôt que la frange, un corps svelte et sec d'aucuns disaient de lui qu'il était un sac d'os dans une bure de laine avec pour tout bagage deux sacoches jetées sur l'épaule et son bâton de pèlerin bien utile pour chasser les nombreux chiens errants. Au hasard des innombrables rencontres que seul le nomade ou le voyageur connaît sur sa route, il croisa une vieille femme qui portait difficilement son fardeau; il la soulagea et alla jusqu'à sa demeure où son époux gisait sur sa couche haletant comme un chien. Il l'observa minutieusement puis le questionna sur sa maladie. Le vieil homme lui décrit péniblement ses vomissements, diarrhées, crampes de ventre et une fièvre tenace qui le clouait depuis trois jours sur sa paillasse. Il resta chez eux le temps suffisant pour le veiller et lui administrer les soins nécessaires ce qui n'était pas une mince affaire vu son age avancé; une semaine s'écoula avant qu' il puisse de nouveau sortir et vaquer à ses taches journalières aussi, pour le remercier de son aide providentiel le vieil homme offrit à Husayn un vieux grison aux oreilles gigantesques. Les préjugés et autres remarques voire les regards obliques sur son accoutrement étaient courants dans ces régions reculées; l'étranger se voyait souvent rejeter. L'intégration d'un individu étranger aux traditions et coutumes locales n'allait pas de soi car la suspicion surtout redoublait en temps de trouble où chaque type était un ennemi potentiel, un brigand, un espion. Le fait d'être lettré permettait à l'individu de jouir de nombreuses opportunités en offrant ses compétences à la communauté et d'autre part, cela le rendait suspect car que pouvait rechercher un savant dans un bled paumé; Husayn se fit à maints reprises écrivain public. La lecture fut de tout temps pour lui une évasion mentale; il fut littéralement stupéfait le jour où il découvrit les prosateurs révoltés à la plume acerbe comme al *Jahiz* ou des poètes épicuriens arabes qui chantaient les plaisirs charnels et sensuels. Mais les plaisirs éphémères mondains ne sont pas l'apanage des seuls *Abou Nawâs, Al Djammaz*, prénommé *Abou 'l Abbas Muhammad, fils de Amr, fils de Ata, fils de Yasir*, qui fut en son temps lié d'amitié à *Abou Nawâs et Al Jahiz* ci dessus l'encyclopédiste prosateur hors pair auquel il était lié par le sang et qui dit on, mourut écrasé par sa bibliothèque alors qu'il était quasiment centenaire et en pleine forme vers 868.*(source René R Khawam)* Par ailleurs, Le *ajzal* était une poésie populaire très apprécié en *al Andalus*. L'expérience bouleversante de Husayn décrite plus haut l'a à jamais transformé. Ses certitudes, *yaqin* furent acquises par un pénible travail intellectuel d'apprentissage du savoir puis un jour, elles se délitèrent sous ses yeux en un instant; inutile de décrire le doute *shakk* dans lequel il tomba puisque son monde s'était écroulé après cette visitation. Finalement, il ne savait plus du tout quoi penser du monde et de lui même; était il en état de veille bien conscient? Qu'en était il des ténèbres, *zulumat*, de dieu, du *tawhid,* l'unicité de dieu, les attributs divins, l'essence et l'existence qui jusqu'alors n'étaient rien d'autres que des concepts abstraits ou bien des fables pour ignorantins. En effet, revenons sur cet épisode mentionné plus haut en cet après midi chaud et sec alors qu'il cheminait sur une piste rocailleuse croyant être victimes d' hallucinations, la soif le tiraillait tellement qu'il eut un *fata morgana* enfin, il avait trébuché pour s'écraser lourdement sur le sol la tête en sang. En outre, un peu plus tôt en début de journée, il avait été malmené par des rustres visiblement remontés contre lui sans en connaître la cause exacte. Bref, au moment où il reprenait ses esprits un cri effroyable le sortit de sa torpeur. Le problème de son mal être profond débuta là au cœur d'une dramaturgie différente de ce qu'il avait crut vivre en revenant à lui face à un homme apparut comme par miracle devant lui. Il lui sembla que deux versions de souvenirs se télescopaient, se chevauchaient dans son esprit d'où sa légitime confusion sur sa santé mentale à propos de l'incident, l'inconscient passagère, le cri perçant son âme alors qu'il se revoyait là paralysé par l'angoisse face à cet être allongé de tout son long; une forme d'apparence humaine, un visage hideux contre terre respirant à grand peine; cette chose baignait dans son sang visiblement en route pour *Hadès.* Il plaçait sa main gauche au dessus des yeux contre l'aveuglement lumineux qui l'empêchait d'identifier clairement la physionomie de cet étrange silhouette mi animale mi humaine. Impossible, il était victime d'un leurre, une hallucination.

-"Excuse moi mon frère, mais j'ai vraiment du mal à suivre le coté merveilleux de ton récit d'ordre historique."

-"Les voies du seigneur sont impénétrables Youssef! Bon, je continue ma lecture".

Ô terre maudite, il ne lui fallut pas plus de quelques secondes pour reconnaître sous les traits d'un homme sans age, la figure de Satan qui l'avait déjà interpellé plus tôt en début d'après midi crût il donc. Le mal en personne le suppliait maintenant de lui venir en aide après s'être amuser cyniquement de lui. Il était littéralement pétrifié.Tout à coup, *Iblis* lui tint ses propos ailés:

-«Ô toi, l'ascète, je t'en prie, au nom de ton ancien maître le vénérable Scheik ibn Hassan al Qurtubi dont tu fus le brillant élève avant de devenir son assistant et secrétaire particuliers à un age où nul ne pouvait envisager un tel honneur outre ton origine. Tu es la plus magnifique la plus humble des créatures de dieu. En es tu conscient? Je sais que tu es un homme bon et qu'en ce moment tu doutes, pétrifié par la peur l'incompréhension mais par pitié, aide moi; ne me laisse pas mourir comme une bête. D'ailleurs, la plus part des gens n'hésiteraient pas un instant à me trucider sans remord; on m'épie depuis les airs, lève donc la tête, regarde ces vautours de malheur qui n'attendent que mon dernier soupir pour me bouffer!»

Puis un râle rauque sortit des entrailles de la terre puis l'autre reprit:

-des soldats les yeux injectés de sang m'ont infligé le plus terrible des châtiments. Ces brutes campaient non loin de la grotte d'*Ishtar*, la déesse qui, comme tu le sais sûrement, faisait partie de la triade des dieux planétaires régissant la vie et la mort chez les *akkadiens*. Elle alla en enfer après la mort de *Tammuz,* pour ramener celui-ci. L'absence d'*Ishtar* stoppa toute reproduction ce qui paniqua les dieux et les poussèrent à la libérer.

-"Que veut tu réellement de moi? Pourquoi toutes ces histoires?"

-"Par tous les diables je m'égare à mon tour à te conter des histoires que tu connais certainement. Bref, je souhaitais me reposer un instant à l'ombre d'un rocher lorsque je constatais stupéfait la beauté et les senteurs de ce paysage parsemé d'oliviers de thym sauvage; je perdis alors la notion du temps dans cette vallée si accueillante. Soudain, j'entendis les cris d'une pauvre paysanne aussi, je m'approchais prudent comme toi maintenant sans être vu, du moins le pensais je, o fatale erreur, là, je vis ces animaux violer cette pauvre femme sans pouvoir l'aider. Ils la chevauchèrent tour à tour dans d'abominables souffrances. Elle eut le tort de se trouver au mauvais endroit au mauvais moment qui n'était qu'autre que l'antre du bain de la déesse. Après avoir satisfait leur libido, ils décidèrent de mettre les voiles la laissant là pour morte quand l'un des poltrons perçut ma présence derrière l'un des rochers d'où je les observais…

-Sans en manquer une miette, pourquoi ne l'as tu pas sauvé de leur griffe?» Ajoutait il sarcastique; il retrouvait une once de confiance:

-«*Iblis* au grand cœur, je suis bouche bée devant un tel courage; moi qui te croyais le plus vil des réprouvés.»

-«Ne te moques pas de moi, humain. Ils me prirent à revers. Je m'en veux d'avoir été aussi naïf, sous-estimant l'intelligence guerrière de ces bêtes mais j'étais épuisé comme je te l'ai dit. Je ne suis qu'un ange déchu et toi tu te délectes de me comparer à ces rustres.

Je crois qu'ils voulaient me bouffer mais ils remarquèrent que je n'étais pas de la race des ovins; par dieu, les lâches décochèrent leurs flèches de haine et m'anéantir avant que je puisse me sortir de leur griffe en m'évaporant sous leurs yeux stupéfaits; je suis devant toi, te suppliant de m'aider! L'ignorance crasse est la responsable de mon tragique sort! Je ne peux m'en prendre qu'à moi-même en cet instant pour ne pas avoir été vigilant;j'ai sous estimé les hommes; ô Husayn, *por favor*, je te serais reconnaissant, foi de diable, de me sortir de ce talus et me redonner le souffle de vie avec les premiers soins avant de te rendre auprès de la jeune épouse du cordonnier afin de lui sauver la vie!»

L'ascète faillit s'étouffer en l'entendant quémander son aide! Il allait vraiment de surprises en surprises et puis comment savait il tant de choses intimes le concernant! Il ne voulut aucun compromis avec Satan; non, il ne vendrait pas son âme pour finir dans le feu ardent de la géhenne; il prit alors ses jambes à son cou et dévala le chemin en moins de deux! Hilare, la voix de Satan reprit comme collée à ses basques:

-«O toi qui n'as rien avalé de consistant ni même bu, je dis quelle performance digne des meilleurs athlètes de *l'Olympe.*» Husayn épuisé par son sprint les mains sur les hanches soufflait comme un bœuf; il se rappela tout à coup *Rabi'a Al Adawiya* qui adorait Dieu(713-801)- extraits*«des chants de la recluse»*.

«-Un jour un groupe de jeunes gens vit Rabi'a *qui courait en grande hâte, du feu dans une main et dans l'autre de l'eau. Ils lui demandèrent: Où vas-tu ainsi Maîtresse? Que cherches tu?*

-je vais au ciel répondit elle. Je vais porter le feu au paradis et verser l'eau dans l'enfer. Ainsi le paradis disparaîtra et l'enfer disparaîtra et seul apparaîtra Celui qui est le but. Alors les hommes considéreront Dieu sans espoir et sans crainte, et ainsi ils l'adoreront. Car s'il n'avait plus l'espoir du paradis ni la crainte de l'enfer, est-ce qu'ils n'adoreraient plus le véridique et ne lui obéiraient plus?»

Ces paroles lui insufflèrent une confiance retrouvée et garda la tête froide. Il était vain de vouloir échapper à ses peurs!

Iblis reprit de plus belle.

-«Bravo l'ascète, tu as battu le record olympique! Mes félicitations, le *gynécée* t'est grand ouvert!

-«Cher *Iblis*, Dieu te chassa pour toujours et te menaçait même du pire des destins. Or,combien de temps erres tu parmi les mortels comme une âme en peine? Dis moi donc tu veux me faire croire que tu te meurs là sous mes yeux cherchant ma compassion; tu voudrais m'amadouer toi le rebelle!

Vexé,l'*Ifrite* ajouta:

-«Casse toi pauv' con!»

Ce dernier se résigna à attendre un incrédule!

Il était reclus de douleurs, fatigué. De telles épreuves

psychosomatiques ne pouvaient être que le résultat d'un état fiévreux car son esprit lui jouait des tours croyant qu'il était atteint de folie. Il médita depuis jour après jour cette expérience unique et finit par remettre en cause entièrement tout son savoir; il trouva un second réconfort dans l'évangile de *Matthieu* «*Jésus fut conduit par l'Esprit au désert pour être tenté par le diable. Après avoir jeûner 40 jours et 40 nuits il finit par avoir faim. Le tentateur s'approcha de lui et dit: «Si tu es le fils de Dieu, ordonne que ces pierres deviennent des pains». Jésus répliqua: «ce n'est pas seulement de pain que l'homme vivra mais de toutes paroles sortant de la bouche de Dieu(...)*». Loin de lui l'idée de se comparer au fils de Marie néanmoins, la réplique rationnelle de Jésus lui ouvrait la voie de la sagesse, de la connaissance de soi et des hommes malgré son coté merveilleux; il pouvait en son for intérieur remercier son maître de lui avoir enseigner dans ses grandes lignes l'histoire religieuse des peuples du Levant baignés de spiritualité. Le souvenir des paroles du *mua'llim* citant la première lettre de *Pierre*:

-(...)*soyez sobre, veillez! Votre adversaire, le diable, comme un lion rugissant, rôde, cherchant qui dévorer. Résistez lui, ferme dans la foi, sachant que les mêmes souffrances sont réservées à vos frères, dans le monde(...).*» *Al Masri* étrangement trouva dans la sourate dite du *kawthar*: «*nous t'avons donné le kawthar/ adresse ta prière au seigneur/ et immole lui des victimes/ celui qui te hait, Satan, mourra sans postérité. (tr.Kasimirski- Flammarion)* des réminiscences de la première lettre de *Saint Pierre*. Il apprit beaucoup d'une autre rencontre providentielle bien plus amicale celle ci avec le moine chrétien, son sauveur, dans son ermitage. En effet, ce dernier sut lui parler avec une telle simplicité et sincérité comme peu d'hommes savaient le faire sans prosélytisme aucun; une grande érudition animait cet homme de dieu, médecin lui aussi, très critique vis-à-vis d'un improbable dialogue constructif entre les différents cultes. chacun campait sur ses propres certitudes croyant détenir la vérité; un dialogue de sourd à moins peu être de se situer en dehors du champ religieux pour en toute liberté avoir un regard introspectif non partisan sur l'autre et le mystère de la révélation. Son tuteur avait préféré comme nous l'avons dit plus haut se concentrer d'abord sur la langue arabe et sa grammaire afin de lui donner les outils une fois adolescent de pénétrer le discours coranique. Dans sa retraite le sage répondit à ses questions sur des thèmes aussi divers que ses missions apostoliques en *Égypte ou Constantinople* avec une foi et une détermination inébranlable. Le voyage était une formation intellectuelle et spirituelle sans précédent et pour le moine un devoir car le monde était bien trop vaste pour se cantonner frileusement à son chez soi. Le moine comme son maître était la figure par excellence du sage aussi Husayn découvrit une autre manière de penser l'humanisme car Jésus apportait aux hommes l'amour la compassion l'écoute soient des valeurs tombées en désuétude en ces temps troublés. Il vit des points communs entre le moine italien et son tuteur au-delà de leur immense savoir puisqu'ils pratiquaient en dépit de leur grand age toujours des activités physiques certes diminuées mais empruntes de cette discipline que certains ascètes pratiquaient dans le but de se rapprocher de dieu. Husayn n'était pas convaincu car il ne comprenait pas cette souffrance inutile puisque dieu avait accordé aux hommes une terre riche de plaisirs et de largesses pour son bien être; or, les hommes s'infligeaient intentionnellement un fardeau qui n'avait pas lieu d'être.

Le sage lui rétorqua que nombre d'individus suivaient des gourous suite à une déception amoureuse voire un grand désespoir existentiel souhaitant trouver des réponses sur mesure. Le commun des mortels ignore ce qu'est l'ascétisme des soufis ou la vie monacale retirée du monde consacrée entièrement à l'amour du christ; d'autres vénèrent les *fakir* comme des saints, *wali,* des croyants capables d'accomplir des miracles. L'incrédulité humaine est l'unique responsable de ces abus. En outre, l'ascétisme est comme l'humanisme sans frontière sans couleur car un fils de brahmane venant d'*Inde* se prénommant *Siddhârta Gotama* décida un jour de quitter cette vie oisive de privilégié dans le palais de son père menant une existence toute tracée et fade pour sa curiosité immense et sa soif de connaissance. Accepter une vie luxueuse dorée mais fade ne rentrait pas dans les plans du jeune prince. Il quitta donc la maison paternelle laissant une mère inconsolable noyée dans ses larmes pour prendre la longue route du savoir, de la découverte du monde et donc de son moi. Qui suis je; Qu'est ce que le bien, le juste le justice le pardon l'harmonie, le bonheur ou le salut de l'âme en quête de réponse. *Ibn Arabi natif de Murcie mort à Damas* disait de la lecture du Coran qu'elle était pour lui un voyage.

L'*Éveillé* atteint cet état supérieur après maintes expériences, réflexions, conflits, disputes, études des comportements humains et des textes des anciens afin de les questionner.

-Dis moi Sanchuelo comment se sont ils rencontrés, dans quelles conditions?

-Le franciscain* recueillit Husayn sans force, déshydraté, gisant inconscient et affalé sur son grison qui semblait le mener d'un pas assuré vers cette humble retraite.

-N'y avait il pas là un signe évident de la providence?

-Oh tu te prêtes au jeu maintenant?

-Quoi qu'il en soit, au final l'italien le soigna et le remit d'aplomb.Tout deux ne furent pas au bout de leur surprise. Cet homme déduisit en observant Husayn qu'il était probablement un lettré au regard de ses fines mains qui ne connaissaient pas la rudesse des travaux des champs, cloques, boursouflures, ongles cassés. Le moine était bien conscient de la condition difficile des artistes ou poètes comme des savants sans protection, sans mécène. Son accoutrement le laissait perplexe. Il s'avérera que le vieil homme et le scheik étudièrent ensemble la médecine à *Tolède* autour de 950. Étrange destin que la rencontre du fils spirituel et du vieil ami étudiant perdu de vue. La vie des savants est toujours pleine de rebondissement comme le montrait l'histoire.Le *Socrate* de *Platon* rappelait moqueur à ses juges qu'il serait mort depuis bien longtemps s'il s'était occupé de politique dans sa vie. Voilà le plus grand danger pour tout savant désirant travailler pour un émir, un roi car il perdra automatiquement son indépendance, sa liberté d'expression voire son libre arbitre.Or, d'un autre coté l'indigence était difficile à admettre pour un homme qui étudia et travailla dur pendant vingt ans. Ibn Hassan aurait pu rejoindre *Fès* avec son jeune protégé mais le scheik avait répondu par la négative à l'invitation d'un ami originaire de *Tolède* à l'époque où il étudiait la médecine. Ibn Hassan reconnaissait que Dieu dans sa miséricorde avait choisi par le biais du *Rûh (*l'esprit divin) principalement le discours allégorique métaphorique pour s'adresser au sujet lambda non éduqué, illettré :

«-Pour les philosophes, la religion est l'expression populaire de vérités philosophiques générales, une allégorie qui demande à être expliquée au-delà du sens obvie de l'écriture.» Ili Gorlizki.

Toute protection comprenait un salaire régulier, un toit, le confort matériel; or, la perte de cette existence privilégiée signifiait pour eux d'abord la contrainte, la perte d'un niveau de vie enfin, la chute et la fuite avec des limiers sur leur trace.En effet, l'élève et le maître avaient gagné la cote par des chemins secondaires afin d'être au rendez vous prévu à l'aube dans une petite crique isolée où une barque devait les conduire à bord d'un navire marchand qui mouillait dans le port d' *Al Mariya* (*Almeria*) attendant la fin du chargement. Un fidèle compagnon du scheik avait organisé leur départ pour *Salerne* en *Sicile,* où ils seraient en sécurité, via *Majorque* dans les *Baléares* où une importante cargaison du riche commerçant Si Ahmed l'algérois attendait. Certains y virent une étape de trop. Les autorités portuaires étaient naturellement au courant des moindres mouvements de pirates(rare sous *Almanzor*) le long des cotes du levant grâce à son service de colombiers (*Dénia,Valence* etc).

On avait fortement déconseillé à l'armateur de prendre la mer sans escorte conséquente en raison de troubles sporadiques. Mais, le temps pressait en raison d'impératifs économiques. Or, comme bien souvent, la hâte aveuglait l'homme l'empêchant de raisonner faisant encourir ainsi à l'équipage, sa propre cargaison et son jeune neveu lequel apprenait le métier un risque évident en prenant la mer. Finalement, une fois la livraison embarquée, le capitaine du vaisseau mit les voiles sous un soleil radieux annonçant une excellente journée. Le navire fut intercepté par deux embarcations rapides aux environs de la crique dite de la *Calobra* qui avait la particularité d'être une brèche quasi secrète dans la roche donnant sur un canyon car cette cote de Majorque était escarpée donc un repère idéal pour des pirates. Husayn soupçonna des années plus tard une complicité avec la capitainerie du port de *Palma*..N'avaient ils pas lu dans le ciel des signaux de fumée par deux fois. D'autre part, le capitaine avait eu un comportement étrange. L'un des brigands reconnut son ancien maître; inutile de décrire le malaise du brigand quand le vieil homme le toisa du regard! Il n'oubliait jamais le visage de ses étudiants; comment pouvait il pratiquer une telle activité alors qu'il était jadis un étudiant brillant!! Bref, le neveu et Husayn furent capturés avec une partie de la cargaison. Le vieil homme la mort dans l'âme regarda les embarcations filer sous ses yeux après l'interception. Le capitaine regagna le port sous l'œil interrogateur du vieil érudit qui croyait de moins en moins à la malchance. Il allait être mis aux arrêts une fois débarqué pour être interrogé et remis aux autorités amirides qui le voulait vivant. Qu'allait devenir le neveu de l'algérois, si ce n'est l'esclave sexuel d'un vieux pervers prêt à débourser une fortune pour les jeunes. Certains hommes étaient sans foi ni loi se comportant comme de vils animaux quoi qu'après réflexions l'animal n'était pas aussi pervers puisqu'il suivait son seul instinct tandis que l'homme prenait se décision après réflexion. La razzia était une coutume guerrière depuis la nuit des temps. Une vie humaine ne valait pas même une malheureuse obole. Ibn Hassan savait mieux que quiconque quel sort attendait les métayers, fermiers illettrés accablés par les mauvaises conditions atmosphériques qui ruinaient leurs récoltes sur pied voire la *djiziyya*, taxe concernant les mozarabes ayant gardés leur religion. Pour certains, la seule alternative était la crapulerie au service de chefs mafieux la mort dans l'âme. Une telle décision ne devait pas être facile à prendre. Or au final, ils retombaient dans une même dépendance qu'il s'agit d'un caïd plutôt que d'un propriétaire terrien sans scrupule. Il était un jeune lettré qui valait son pesant d'or au marché d'esclaves; il pouvait aussi bien conseiller un seigneur de guerre analphabète à l'instar du chef des bandits. A sa grande surprise arrivé à *Majorque*, une de ses connaissances au service *d' al Mansûr* dans le *Levant* au courant de l'abordage du navire et de la présence du médecin à bord vint le récupérer avec ses hommes avant l'arrivée des soldats. Visiblement, l'amiride n'était pas le responsable de l'embuscade et surtout de la mise aux arrêts du médecin; l'action était dirigée selon son ami par un conseiller du palais dans le secret qui ne disposait pas sur place d'une force conséquente pour régler l'affaire. La providence une nouvelle fois était aux coté du vieux médecin; dès lors, il entreprit de tout mettre en œuvre pour retrouver son élève mais en vain. Un jour sans crier gare, le vieil ibn Hassan redécouvrit tardivement l'amour. Ce bel idylle finit comme tous les autres dans l'épreuve, *mihna*. Pendant ces années d'exil, le médecin se remémora souvent son vieux secrétaire rongé par les rhumatismes qui lui avait présenté Maryam la malchanceuse qui portait admirablement son prénom, «les eaux(*mar*)amères» et puis le visage du père de Husayn complètement abattu lorsqu'il emmena son fils loin des siens. Le maître avait pris ses dispositions avant leur départ en assurant la sécurité existentielle de sa gouvernante qui gardait l'espoir de revoir à l'époque son maître mais aussi son fils adoptif puisqu'elle s'occupa de lui. Ibn Hassan et Maryam eurent une fille de cette union qui leur donna après tant de tourments et de mésaventures quelques temps de bonheur familiale loin de *Cordoue;* il compila plusieurs épîtres et quelques commentaires des travaux de *Dioscoride* ainsi qu'un traité de vulgarisation de médecine accessible au plus grand nombre. Il répertoriait depuis longtemps déjà les connaissances acquises et accumulées par les savants depuis *Gallien* jusqu'à lui avec le concours du fidèle élève. Ibn Hassan avait toujours redouté ce jour qui était finalement arrivé. Son garçon avait disparu et avec lui de nombreuses archives mémorisées par le jeune homme. Or, les recherches du vieil homme étaient sans le concours de son élève vouées à l'échec; dans leur fuite, ils n'avaient pris que le strict nécessaire laissant livres documents travaux à Maryam laquelle s'occupait de tout faire transporter loin de *Cordoue* dans sa nouvelle résidence avec deux lettres importantes qu'elle devait envoyer à Séville chez *Ismail* le cadi. Il s'en voulait à l'instar de *Poséidon* s'acharnant à empêcher le retour d'*Ulysse* en *Ithaque*. Combien de fois s'était il lamenté de la disparition de l'enfant qui était une part de lui-même, ce fils qu'il n'avait jamais eu qui le faisait tant rire lui procurant une incroyable énergie! Il était depuis lors inconsolable. *Loutbi* le poète disait à propos du rire au VIII siècle:«(…)*exagérer dans la plaisanterie, c'est de l'impudence, plaisanter modérément, voilà l'élégance même si l'on se repent de ne pas avoir assez plaisanter»* (R Khawam- les délices des cœurs-Ahmad al Tîfâchî) C'était déjà un brave garçon quand il le prit sous son aile; il devint un jeune homme sensible, raisonnable travailleur doté d'une mémoire phénoménale! Vivait il encore, seul dieu savait; le médecin pria son ami *Ismail* de lui venir en aide le jour où Husayn rejoindrait *Séville* et le cas échéant l'aide de son fils ainé. Le vieil homme s'étrangla sur les dernières syllabes qu'il coucha par écrit dans ses deux lettres dont la deuxième était son testament notarié en songeant à ce fils par défaut. Le malheur semblait sa compagne d'une fidélité incroyable puisque la fillette qu'il eut de sa compagne mourut en bas age. Sa vie était derrière lui; il attendait sans crainte la mort qu'il savait proche. Ses larmes se déversaient comme un ruisseau dans le creux de ses rides tracées comme le sillon de la charrue dans la terre. La coupe était pleine pour le médecin! On ne pouvait pas supporter autant de malheurs sur ses épaules de vieillard. L'enfant n'était pas censé mourir avant le parent.Tel était le cycle de la vie.

Ainsi ai je entendu. Revenons à Husayn transporté dans ses rêveries vespérales et nocturnes dans ce quartier du faubourg méridional de Qurtuba, *ar rabad al kibli,* sur la rive gauche du Guadalquivir ou *wadi al kabir (grand fleuve)*en empruntant le pont romain *al kantara* juste après la porte, *bab el kantara* non loin de *makbarat ar rabad,* cimetière du faubourg dont l'histoire était peu banale. En effet, il n'y eut plus de quartier populeux à partir du moment où *Hakam I* réprima avec force une révolte en 817; ensuite, le souverain décida sa démolition et sa désaffectation, *ta'til.* Il demanda en outre par testament à ses descendants omayyades qui régneraient de respecter sa décision. Étrange destin que connut ce quartier, *rabad, barrio.* Le coté obscur de cette décision radicale de l'émir *Hakam I* était selon certains habitants du dit quartier un banal caprice de roi doublé d'une punition collective de sa population responsable de cette féroce répression. Une autre conséquence des troubles qui agitaient les quartiers révoltés par l'injustice et un marasme matériel et économique fut cette truanderie andalouse aux multiples visages; les *hallas, mutalassis,* figures classiques des truands des villes comme *Qurtuba* avec ses vendeurs de rêve ou de vent en fonction du pigeon à racler, les faux barbiers et autres guérisseurs qui à la barbe des services de l'ordre du bazar arnaquaient l'incrédule comme la mère de Husayn laquelle fut l'une d'elle à qui on prescrivit des pseudo traitements! *Cordoue* au début du XI siècle et durant une majeure partie de celui ci connut une sorte de structuration du banditisme. La mortalité enfantine était plus importante chez les pauvres en raison du cadre de vie, sous alimentation, malnutrition, l'hygiène; Il n'était pas rare de trouver des talismans protégeant les nourrissons du mauvais œil sous la couche de celui-ci voire porté autour du cou; des méthodes contre lesquelles le scheik se battait en alphabétisant nombre de familles et espérer sortir de la misère avec des perspectives d'emploi plus rentables que le porteur d'eau, ne serait ce qu'en tant qu' écrivain public comme nous l'avons vu plus haut avec le juif de *Grenade* auquel bien des gens faisaient appel pour leur requête administrative. Abu Husayn était l'exemple même de l' homme brisé par une vie de chien qu'il ne souhaitait pas pour son unique garçon.Finalement, on constatait que le pauvre bougre était face à cette irrémédiable condition projeté dans l'engagement criminel en se faisant *ratero*. Dans le cas de la voyoucratie andalouse ci dessus mentionnée le langage de la violence semblait la seule issue contre la fatalité. Un Constat déprimant en vérité car il n'était nullement une fatalité; l'homme était un être social doué de raison capable du meilleur au service de la cité quand on le lui permettait; or, le regard du législateur ou dirigeant était prépondérant pour l'avenir de la cité, des masses en somme il était une béquille sur laquelle s'appuyer. Comment pouvait on alors trouver un équilibre salutaire dans l'existence quand le chef était incompétent à diriger? Cette fonction n'était pas certes donnée à tout le monde; certains commandaient d'autres obéissaient. L'étude des comportements était partie intégrante de la philosophie dont la métaphysique était la reine des matières analysant la condition humaine ici bas et le sort des âmes dans l'autre monde dont s'occupait le religieux. Un bon médecin sondait en premier lieu les soucis des patients, leur préoccupation profanes afin de comprendre leur psyché. Le toubib prenait la température de la société afin de comprendre l'inconscient humain révélant toute l'ampleur du travail à effectuer surtout en période tourmentée où les angoisses légitimes des hommes, les non dits se révélaient en pleine lumière. Par ailleurs, dans cette intenable situation le patriarche ne pouvait se répandre comme une femme ce qui dénoterait sa faiblesse à diriger les siens soit une remise en cause de son statut. Pourtant, il n'était qu'un homme, non un dieu outre que ce dernier ordonnait aux hommes de ne porter que ce qu'ils pouvaient car il était tout miséricordieux. Un paradoxe de plus dans l'incompréhension de la révélation coranique mais l' hypocrisie généralisée était élevée au rang de dogme, de tradition. L'image que l'individu renvoyait de lui même à sa communauté n'était pas représentative de sa personnalité mais une mise en scène! Le maître lors de ses consultations à domicile constatait souvent que les patients ne suivaient pas ses recommandations et ses traitements...La première question qui lui vint alors à l'esprit était: comprenaient ils ses propos lors des consultations? Deuxièmement, étaient ils conscients des risques encourus en ignorant ses avis médicaux? Ce schéma était caricatural mais représentatif d'un banal quotidien. D'autres patients revendaient leur potion au lieu de continuer à prendre leur traitement jusqu'au bout car ils se sentaient mieux ou bien l'argent faisait défaut les empêchant de se procurer des traitements; l'argent était le nerf de l'existence. La prévention, l'information étaient prophylactiques permettant aux individus d'éviter les contaminations. La fratrie ne savait pas toujours comment appréhender, se comporter face à une maladie grave atteignant alors un de ses membres avec les effets négatifs sur le corps familial. Ce furent ses remarques récurrentes qui incitèrent le maître et quelques disciples à enseigner gratuitement à des fins de salut public un savoir utile pratique et pragmatique dans des domaines tels que la santé, l'alimentation, la production de produits dérivés car c'était selon lui un devoir éthique pour le savant contribuant au progrès social de la communauté en la sortant en premier lieu de l'ignorance; c'était par ailleurs une injonction religieuse. Justement en *al Andalus*, la base de l'alimentation était le blé, *hinta,* céréale panifiable qui était utilisé dans maints compositions alimentaires voire le froment,*burr* qui était d'une qualité exceptionnelle dans la *Vega* de *Grenade* ou le froment d'*Alméria* ou de *Cartama.* Durant les rudes périodes du XIV et XV siècle, *Rachel Arié* rapportait que les pauvres se nourrissaient l'hiver d'un bon pain à base de panicaut de la famille des ombellifères. Bien entendu, on retrouvait le blé dans des soupes épaisses de farine, de semoule, *samid* ou d'autres féculents mais le plat le plus populaire était la *harisa,* bouillie composée de viande hachée et de blé cuit avec de la graisse. A cela s'ajoutait les bouillies de fèves, *ful, baquilla,* de lentilles, *'ads* voire de pois chiche, *humus.* Les soupes au levain et aux herbes, fenouils ails carvi et *yasis,* soupe au blé et aux légumes. A ce sujet, le riche terroir andalou permettait aux espagnols de manger de nombreux légumes dès le mois de mars avec le *bawarid,* des hors d'œuvres froids avec des sauces piquantes et du vinaigre; en avril du radis *fiyl,* en mai des olives, *zaytun,* du concombre, *jyar ou faqqus.* En été, nous dit toujours *R. Arié,* le déjeuner était frugal: pain, salade de laitue, fromage, olives et le soir, on mangeait du melon et buvait du lait frais, *dayyib.* Il était de notoriété publique et reconnu même parmi les voyageurs orientaux la qualité des fruits espagnols que les hispano musulmans dégustaient dès juin, prunes pêches abricots grenades pastèques et coings. *Ibn Fadl Allah al Umari* vantait les cerises et pommes de *Grenade,* les oranges citrons cédrats et bananes d'*Almunecar* tout comme le raisin frais de *Cartama,* mais le fruit le plus commun aux andalous restait la figue de *Malaga* qui faisait l'admiration des *Magrébins.* En revanche, le couscous *kus kus* était inconnu des califes et reyes de taifas! Ce sont les berbères au XII siècle qui introduisirent ce plat en *Espagne.* Enfin, les amandes, châtaignes, raisins secs parmi tant d'autres mets délicieux inconnus des régions septentrionales de l'*Europe.* Les andalous furent de tout temps des amateurs de poissons, sardines, anchois...Les riches aimaient les plats recherchés tandis que les plus pauvres mangeaient de la viande seulement aux célébrations religieuses ou familiales. Les classes aisées consommaient en hiver du mouton, de l'agneau, du chevreau. Ces dernières adoraient la *maruzziya* appelée *al'asimi* à *Grenade.* La viande rentrait souvent dans des compositions de soupes telle la *harira.* Mais les espagnoles adoraient plus que tout cette recette apportée par *Ziryab* la *tafaya* que les orientaux dénommaient *isfidabay.* Ce qui surprenait le visiteur du nord en descendant en *Espagne,* c'était l'excès de salaison et de sauces aromatiques tant chez le chrétien que le musulman; une autre caractéristique à noter était la frugalité importante dans les classes inférieures de la société et en outre, le peu d'alcool consommée, *al Kura* chez ces dernières. Les catalans musulmans étaient réputés pour leur sobriété et se contentaient de quelques figues sèches, du pain et de l'eau selon *Eiximenis* un auteur du XIV s. expliquant ainsi la longévité des musulmans d'*Espagne* en raison de la grande consommation de légumes et de fruits. L'absence de repas chaud le soir étonnait le voyageur et ce dans toutes les classes de la société. Enfin, pour clore cet extrait culinaire rappelons l'importance des mots arabes dans le vaste royaume culinaire espagnol: *azucar,* sucre *acebibe, acicipe*(lusophone) raisins, *naranja,* orange *narany,* albaricoque, abricot, limon, citron, *sandia, al sandi,* pastèque, *altramuz, tarmus* lupin *Alcachofa,* artichaut, *alfoncigo,* pistache, *fustuq, albondiga,* boulette de viande etc. Les viandes grasses par exemple étaient un facteur de problèmes cardiovasculaires. Les espagnols chrétiens utilisaient énormément dans leur cuisine le saindoux; le médecin conseillait aux gens un bol d'eau chaude au lever à la manière des bouddhistes. Effectivement, une vie saine était synonyme de durer comme en politique, il fallait autant être attentif à son entourage autant qu'à soi même car les régicides étaient une pratique courante et beaucoup de femmes complotaient pour installer leur fils plutôt qu'un autre rejeton sachant que les rois avaient des enfants de différentes femmes. En *Chine*, la dynastie des *Xia* naissait. En *Italie*, l'industrie et le commerce, *Venise-Pise-Gênes*, réveillaient les *cités padanes* et une nouvelle classe sociale émergeait: la bourgeoisie. Par ailleurs, les chroniqueurs notaient l'apogée de la principauté de *Kiev*, certes anecdotique pour les espagnols; or, plus proche de la péninsule ibérique, le mouvement des *Almoravides* au *Maghreb* était en cours de concrétisation lors de l'éclatement du califat de *Cordoue* et la période des Taifas sur fond d'incessants calculs diplomatiques avec l'ennemi. D'autre part, *l'Aragon* et la *Castille* devenaient des royaumes distincts en *Espagne*. Un mouvement circoncis au niveau local naquît à *Crémone* opposant la bourgeoisie à la féodalité; cette épreuve de force était une nouveauté contre un ordre archaïque qui n'avait plus lieu d'être. En effet, la bourgeoisie avait un pouvoir important grâce à son argent et jouissait donc d'une puissance sociale et politique non négligeable! Ce fut aussi le début de l'expansion économique prodigieuse de ces petits états du nord des marches septentrionales de la péninsule avec qui il fallait dorénavant compter. Un prince russe de *Polotsk* apprit on, soumettait au tribut les *Lives*, les *Lettes* et les *Kures*. Cela montrait outre mesure que le siècle voyait s'accomplir des changements radicaux outre que les hommes prenaient leur destinée en main; les idées et concepts voyageaient avec les hommes et se déformaient aussi aux frontières pour s'adapter à des cultures et mentalités différentes au même titre que les croyances. L'innovation était irréversible et chaque génération amenait avec elle de nouvelles pensées puisque des érudits traduisaient de nombreux textes anciens redécouverts grâce aux échanges; en général une vingtaine d'années étaient nécessaires à la traduction puis à l'édition de travaux d'auteurs musulmans grâce aux mozarabes et aux juifs qui de *Narbonne* à *Barcelone* traduisaient et permirent le succès du développement scientifique à travers le continent et au-delà des mers vers l'*Irlande*. Un savoir local se développa indépendamment de ces sources venues d'orient, puisque des musulmans, des mozarabes, des juifs quittèrent la tyrannie amiride de *Cordoue* pour s'installer au nord. Un esprit belliqueux demeurait comme parasitaire entre les communautés; les clichés avaient la vie dure! Un évêque dépendant de *Constantinople* s'installait dans la région baltique. Ce dut être un sacré choc culturel pour cet homme quittant l'esprit cosmopolite de la ville de surcroît pluri-millénaire et jamais prise d'assaut par les barbares(XI s de Husayn s'entend); or, il se retrouva dans le grand nord parmi ces peuplades barbares. Enfin, c'était la fin de l'empire *khazar* qui intéressait tant à son époque le célèbre médecin et diplomate juif que le scheik ainsi que le moine appréciaient tant pour son travail qui influença de nombreux érudits espagnols. Malheureusement, du *Machrek* au *Maghreb* les fous de dieu se révélaient être une infection ravageant l'esprit et le corps dans le but de détruire toute réforme culturelle entreprise à partir de la philosophie aristotélicienne commentée par les nombreux savants orientaux en ce XI siècle. L'évêque, le Rabi, l'Imam étaient tous des hommes respectés de leur communauté. Or, pour des raisons partisanes, certains d'entre eux faisaient commerce de la foi laquelle leur permettait de s'enrichir sans vergogne et de paraître au final bien plus gras que leurs fidèles. Ils dénaturaient par leur mépris des autres la parole dieu, le sens des saintes écritures qu'ils embrassaient à longueur d'années. Les prévaricateurs les hypocrites appartenaient au genre humain dans sa globalité; c'était ainsi: il fallait s'adapter à cette diversité des êtres comme des mentalités plurielles du *dar al islam*...Comment pouvait on accepter tant de dérives malhonnêtes des dits représentants cultuels des communautés respectives? Chaque époque avait son lot d'exemples à l'instar du puissant *gaon*(président d'académie talmudique) de *Bagdad*, *Shmuel ben Eli* comme Husayn l'apprit lors de ses "rencontres" avec *Iblis* le laissant par là même plus perplexe que jamais sur le sens véritable de ses "visitations" car il n'avait pas le sentiment d'être tenter mais au contraire de recevoir de lui un enseignement. Il se levait à l'aube la bouche pâteuse beaucoup plus perplexe que tourmenté et cela était un changement positif. Le *gaon* considérait le *rav Maimonide* comme un renégat pour des questions d'ordre théologique. Pour ce dernier, cet homme de religion n'était qu'un prédicateur débitant futilités, erreurs et folies. *Iblis* dans son rôle de professeur le transporta à travers les époques pour lui montrer toute l'absurdité de la croyance en ce dieu d'équité, clément miséricordieux et dans le même temps indifférent à la barbarie humaine sans age ou couleur particuliers. Pire, au sein d'une même communauté on se trucidait pour des débats d'idées; il fallait évidement des lois pour réglementer la vie des hommes en société et les lois divines étaient responsables du chaos car elles n'étaient pas universellement reconnues d'est en ouest et du nord au sud. Le diable lui avoua que c'était justement le pourquoi de son refus de se prosterner devant Adam qui n'en était pas digne. La preuve de son argumentation était la chute adamique du jardin d'Éden selon les chrétiens. Iblis continuait son récit mais cette fois, il mentionna le nom de son maître et lui apprit que le médecin était victime d'un complot ourdi par un proche conseiller du *hadjib* fomenté de longue date prétextant des écrits de jeunesse jugés subversifs entres autres foutaises. La traîtrise, le mensonge,la délation, la manipulation étaient des concepts qu'il maîtrisait à merveille et d'ailleurs il s'insinua très tôt dans le cœur de *Juda Iscariote* qui selon *Iblis* n'avait pas de cervelle obnubilé qu'il était par l'argent et les biens matérielles or en suivant Jésus il se condamna à une pauvreté qu'il haïssait que que tout d'où son acte. Il était fier d'avoir corrompu un apôtre de Jésus. D'ailleurs, l'existence mondaine d'un prophète ne valait pas plus que trente pièces d'un banal métal, pas même de l'or ce qui montrait bien toute l'aversion des hommes pour leur semblable.Mourir, donner sa vie pour de tels énergumènes est incompréhensible à mes yeux dit encore *Iblis*. A la longue, il finit par ne plus vouloir s'endormir exécrant la seule idée de retrouver le malin et ses monologues interminables dans son sommeil! Il savait pourtant qu'il était urgent pour sa santé et son équilibre tant physique que mental de dormir. Il céda aux sirènes de la divination et alla trouver une femme qui éventuellement pouvait l'aider à y voir plus clair.Des

chrétiens disaient d'elle qu'elle était une sorcière, d'autres une guérisseuse; en vérité, elle était savante et détenait son art de sa propre mère et ainsi de suite de génération en génération dans la famille; seules les femmes accédaient à ce savoir. Son nom était Fatima elle était en outre conseillère matrimoniale, sage femme; par ailleurs, de nombreux barbiers sollicitaient ses conseils lorsqu'ils étaient incapables de soigner un patient. Il alla jusqu'à chez Fatima qui ne le reçut pas en personne; il patienta quelques temps avant qu'elle apparaisse devant lui. Sa beauté et son charisme l'intimidèrent; elle savait qui il était en outre elle appréciait énormément son maître. Mais lorsqu'il sortit de la pénombre et qu'elle le regarda dans les yeux elle fut tétanisée en découvrant ses yeux étrangement dilatés comme s'il avait absorbé un poison diabolique aussi elle ne trouva rien de mieux qu'une banale excuse pour s'échapper de sa propre maison. Elle reconnut le malin guettant sa proie dans son regard. En partant de chez la femme dans ces conditions, il sut à quoi s'en tenir. Néanmoins, il persista à ignorer la réalité refusant d'accorder une quelconque importance à ces âneries. Or, la nuit même, alors qu'il tomba dans un lourd sommeil, il se découvrit simple spectateur d'une réunion à huis clos entre plusieurs conseillers d'*al Mansûr* dont lui même dans l'ombre invisible et silencieux:
-«Ce bâtard d'érudit mérite la mort.
-Jeune homme, votre zèle vous perdra, rétorqua un ancien.
-Un exemple s'impose. J'ai une méthode qui a déjà fait ses preuves; d'ailleurs, je n'ai aucun scrupule à l'idée de

mettre au fer un homme qui a franchi le *Rubicond;* je me contrefous des travaux comme du statut de ce savant adulé du peuple».

Le lendemain il médita longuement le sens de cette scène onirique. Il en déduisit au regard de la tonalité du principal protagoniste que ce dernier semblait prendre à cœur cette affaire, pourquoi? En revanche, nul doyen présent dans cette scène. Il s'était donc fourvoyé sur ce vieux bouc qui était tout de même responsable de la mort de son propre fils. Ce conseiller présomptueux n'avait rien lu du maître ni ne connaissait le personnage d'ailleurs, il le dit clairement qu'il n'avait cure de sa réputation. Il passait pour un opportuniste fin politique voué à un avenir prometteur. Ce complot n'avait franchement rien de politique mais sentait le coup crapuleux. Il savait que son maître possédait des biens, des terres. En revanche, calomnier gratuitement un savant intègre était pure folie pour un homme soucieux de son image publique comme le *Hadjib* amiride. *Al Mansûr resta coi* dans cette scène; il était comme évanescent en dépit de sa présence. Son image controversée s'écornait au fil du temps selon les chroniqueurs dans son irrésistible désir d' ascension dès 967; il fut nommé directeur de l'atelier monétaire ou *sâhib al sikka* puis fin 968, il devint curateur des successions vacantes ou *sahib al muwârîth,* en *969* il devint cadi de *Niebla* et *Séville;* en 970 à la mort du prince héritier *Abd ar Rahman*, il était alors chargé de gérer la fortune du nouvel héritier *Hischam...*En 973, il fut envoyé dans les possessions omeyyades du *Maghreb al Aqsa* en tant que cadi suprême, *qadi al qudat* dont les attributions étaient énormes. Ce séjour fut pour lui un véritable tournant et renforça son rôle, son emprise sur et au près d'*Al Hakam II*. Ultime étape dans son ascension au pouvoir, prendre la tête du gouvernement en tant que *Hadjib* dont le poste était alors occupé par *Dja'far al Mushafi* d'origine berbère. *Al Hakam II* mourut, son fils fut intronisé et les chrétiens ne tardèrent pas à attaquer des régions entre le *Tage* et le *Duero;* l'amiride y vit aussitôt une opportunité de relever le défi en tant que chef de guerre et se lança dans le djihad. Sa popularité décupla au sein des chefs de l'armée et du peuple surtout après avoir ramener un important butin car la guerre était une activité économique essentielle à la prospérité du royaume. Dès lors, il ne lui restait plus qu'à éliminer *al Mushafi* avec l'aide de *Ghalib* gouverneur de la *Marche moyenne* lequel n'avait aucune considération pour cet homme. *Muhammad ibn Abi Amir* fut promu grâce à *Subh* la mère du calife au poste de *sahib al madina* préfet de la capitale mettant ainsi sur la touche l'un des fils de *Mushafi*. Il mit fin aux désordres à Cordoue ce qui accrut encore sa popularité. En 978 Il avait les pleins pouvoirs. Certes, non sans difficulté. A partir de son installation dans sa ville nouvelle de *madina al Zahira* à l'est de Cordoue, il instaura une dictature. Le calife quant à lui était reclus dans le palais prison de *madina al Zahira.* Husayn se demandait bien au regard du cheminement de cet homme ce qu'il pouvait bien tirer de la chute du vieux médecin. Cela n'avait aucun sens à ses yeux! Le meurtre de Tariq fut un dommage collatéral sans rapport aucun avec le maître; néanmoins, cette mort sonna le glas du départ et des derniers espoirs de bien des savants! Supplicier un homme pour la simple raison qu'il contestait une décision du palais devint une banalité à Cordoue. Les limiers du conseiller du *hadjib* avaient finalement retrouvé leur trace aussi, ils attendirent le moment opportun de fondre sur leur proie. Ce fut fait suite aux informations d'un délateur, lors du voyage par mer via les *Baléares*! Le maître avait alors confié à Husayn en constatant qu'ils étaient faits comme des rats pris dans les mailles du filet ces mots ailés:

-"*Issa* savait pertinemment que l'heure de la trahison avait sonné lorsqu'il dit à *Juda* d'accomplir sa besogne sans tarder. De même quelqu'un nous a vendu du coté d'*Almeria*. *Al Mansûr* fut toujours un personnage ambitieux. Toutefois, je ne pense pas qu'il soit derrière cette conspiration. Husayn, *Abd ar Rahman III* offrit jadis à mon père une *munya* dans la *cora* du *fahs al ballut* au nord de *Cordoue* pour ses loyaux services rendus. Une fois le calife *al Nasir* disparut nombre de candidats opposés à notre famille cherchèrent par tous les moyens à nous nuire. De fil en aiguille, mon père découvrit avant de mourir les raisons de cette calomnie orchestrée pour salir sa réputation, son commerce enfin, ses biens dont la propriété.Nous étions face à des crapules ayant des appuis de plus en plus actifs au palais sous *al Hakam II*. Néanmoins, mon père était proche de la famille régnante et ils ne purent pas concrétiser leur projet; ils préférèrent donc patienter dans le levant et se faire oublier par la même occasion. Des années passèrent et la rancune était toujours aussi vivace enfin avec l'amiride tout allait pour le mieux. Enfin, une nuit alors que notre fratrie était réunie au nord de Cordoue, des bandits surgirent dans notre propriété et passèrent au fil de l'épée tous les membres présents. Ils repartirent avec des biens et de l'argent mais ils jurèrent d'avoir ma peau. J'ai perdu les miens cette nuit. Un destin macabre Husayn dont le seul responsable est la perversité humaine, l'appât du gain. Comble du malheur, une rumeur circula m'accusant d'avoir commandité cette barbarie! J'aurais fait supprimer ma propre famille, te rends tu compte! C'est l'œuvre du *prévaricateur* crierait le fellah pleurant sa récolte anéantit...

-Pardon maître, que dites vous là!

-*Iblis* comme tu le sais est la figure du mal par excellence chez les ignorantins.

-Que vient faire ce djinn malfaisant dans votre bouche maître?

-Pour la simple raison que les calomniateurs m'accusaient d'avoir signé un pacte avec lui afin d'acquérir le secret de la *pierre philosophale*, la vie éternelle ou encore si tu préfères richesse et pouvoir! De la *pierre philosophale,* l'alchimiste tirait la panacée «élixir de longue vie» capable de soigner tous les maux de l'existence. Le but ultime était l'immortalité, fou, non!

-En effet! Mais, ce ne sont que des balivernes maître!"

-Je le sais bien mon garçon mais ces individus ont fait preuve d'un acharnement sans commune mesure pour créditer ces fadaises».

Oreille attentive et bon vouloir.

L'alchimie ne se limitait pas à son apparence matérialiste. La symbolique était fondamentale. La transformation était d'ordre spirituel, psychique menant l'individu à une évolution encore jamais atteinte. Dans les *akhbar al buldan* d'*ibn al Faqih al Hamdhani*(vers 903 à *Bagdad*), on dit que le secrétaire d'*Al Mansûr* l'abbasside *Umara ibn Hamza* revint de son long séjour d'étude à *Constantinople* auprès de *Constantin V*(741-775) après avoir vu de ses propres yeux l'empereur byzantin transmué du plomb et du cuivre en or et argent grâce à une poudre sèche, *élixir*.

-Le *hadjib* courrait alors après une stupide légende; comment est-ce possible venant d'un homme aussi pragmatique!? Demanda Youssef

-Il razziait pour renflouer le trésor au delà de l'image du fervent musulman combattant les incroyants. D'où le besoin si l'on suit notre récit fantastique de posséder la pierre des sages qui transformait le vil métal en or. La guerre était son opium; en fait, la seule mention de son nom inspirait la terreur chez l'ennemi comme parmi les siens, lisait on dans les chroniques. Les chrétiens le surnommait d'ailleurs le victorieux, téméraire et cruel, bien loin de l'attitude défensive et plus diplomatique de ses prédécesseurs.

-Le médecin commit une erreur selon moi en ne franchissant pas le détroit lorsqu'il en eut l'opportunité ajouta Youssef.

-Il voulait aller en Sicile; le destin fut tout autre.

-Les chrétiens avaient généralement tout à gagner en offrant leur protection aux savants en fuite *d'al Andalus* et plus particulièrement un médecin au savoir encyclopédique. En outre, il savait accoucher les idées (*maïeutique*) dans la plus pure tradition socratique questionnant sans relâche ses interlocuteurs sur leur métier, leur savoir faire, faisant preuve d'une grande curiosité intellectuelle comme avec les symptômes de ses patients pour cerner les causes de la maladie. Le médecin était un disciple du sage grec,un homme intègre fidèle à ses principes qu'il défendit jusqu'à l'heure de boire la ciguë. *Socrate* préféra la mort à la fuite qu'avait planifiée ses jeunes disciples désespérés de le voir mourir sans broncher; il les pria de bien vouloir régler pour lui une dette qu'il avait contractée jadis au près d'un athénien. Il était serein devant la mort. *Platon* magnifia la mort de *Socrate* dans le *Phédon. Aristote* connut l'exil à plusieurs reprises notamment en 323 où il dut quitter *Athènes*, lui le métèque à la suite d'une accusation portée contre lui par *Eurymédon.* Finalement, il n'était pas erroné ou déplacer d'affirmer que *le vieil emmerdeur (Socrate)*vainquit ses adversaires ceux là même qui l'avaient injustement calomniés de pervertir et corrompre la jeunesse athénienne et le panthéon athénien. Un des diffamateurs dévoré de remords se donna la mort peu de temps après. On note que les tyrans avaient coutume de couper l'herbe sous le pied des progressistes de peur d'être déchus un jour par des paroles plus aiguisées qu'une lame. Le pouvoir obsédait l'homme jusqu'à la folie. D'ailleurs, l'*homme aux deux cornes ou Alexandre le grand* est l'exemple de l'individu totalement paranoïaque à force de beuveries excessives. En effet, un soir alors qu'il était saoul, il se mit en colère et trucida de rage son ami le neveu d'*Aristote* avec qui, il avait pourtant grandi et étudié en *Macédoine.* Mais il est de notoriété publique que les dictateurs ne s'embarrassent pas de sentiments. Le pouvoir tyrannique rend fou et l'Histoire démontre les nombreuses psychoses délirantes dont souffraient des rois sous toutes les latitudes et toutes les coutures.

II

Partie

Le destin

1
La passion des lettres

Ainsi, ai-je entendu,

Almanzor, le vieux guerrier, apprit après la prière de l'aube *fajr* la mort d'al Hassan al Qurtubi. En effet, ce dernier fut arrêté non loin de Cordoue. Il avait séjourné quelque temps à *Niebla* au nord ouest de Cordoue chez l'un de ses amis; il savait sa fin proche en raison de sa maladie et puis la vieillesse devenait pesante; alors il s'était mis en route à l'écoute de son intériorité la plus profonde. Il voulait absolument être enterré sur sa terre natale et il en fut ainsi. Son cœur arrêta de battre en l'an 1001 du comput des nations, le lendemain de son arrivée à Cordoue. Il observait sur le chemin du retour avec énormément d'émotions les enfants dans les champs aux cotés de leurs parents laborieux bêchant sous un soleil de plomb. Ces retrouvailles avec son peuple sa terre lui fit oublier le poids des années, l'exil enfin, le poids du fer. Lorsqu'ils arrivèrent dans les faubourgs de *Qurtuba* nombreux furent les gens interloqués par le spectacle irréel et indigne d'un vieillard prisonnier lequel leur semblait étrangement familier. Les badauds reconnurent rapidement le médecin des pauvres sur la mule. Alors s'élevèrent vers les cieux les voix de ses concitoyennes le saluant avec des youyous quand d'autres remerciaient dieu et lançaient des *allah u akbar*. Des larmes perlaient au coin de ses yeux; il goûtait à l'indicible bonheur de la reconnaissance avec leur simplicité coutumière véridique sans fard emprunts de réels sentiments de fraternité. Quel plus beau cadeau pouvait il espérer avant de rejoindre son créateur. Il n'eut pas même le loisir de goûter les geôles du tyran comme pour mieux le narguer.

-"*Al Mansûr* en son for intérieur dut ressentir de la honte pour avoir cautionner une telle injustice gratuite outre qu'il n'avait rien à y gagner!" Dit Youssef.

-"En effet, si ce n'est un profond malaise car il, n'est pas un simple soldat que l'on trucide sans sourciller

-*Almanzor* tint sa parole vis à vis de cette famille berbère à qui il était redevable. Ce conseiller zélé n'était autre qu'un cousin de son bienfaiteur.»

-Ah, tout s'éclaircit; tu n'avais pas mentionné jusque là les liens de parenté l'unissant à cette famille propriétaire du latifundium sur lequel trimait Abu Husayn.»

On dit qu' *Almanzor* se recueillit longuement devant la dépouille du sage et qu'il sortit de sa prière bouleversé, affligé du remord de l'outrage commis par ses sbires en ramenant le vieil homme à *Cordoue* sans aucun égard pour son grand age et son statut. Cela le victorieux se le reprocha jusqu'à sa mort qui survint sur le champ de bataille à peine un an après le regretté Ibn Hassan al Qurtubi. *Almanzor* fidèle à lui même fit mourir les deux principaux organisateurs de cette infamie à laquelle il avait lui même des années plus tôt participer sans prononcer un mot. Le jeune conseiller jadis comprit son silence comme un accord tacite; Ils furent assassinés après un banquet bien arrosé par des hommes de main du souverain. Une page politique et militaire de l'histoire de *Cordoue* en particuliers et d'*al Andalus* en générale se refermait avec la mort du souverain amiride qui deux décennies durant régna sans partage sur *al Andalus*. Husayn s'intéressa à la chirurgie d'un natif de *Madina al*

Zahra. La biographie de *Abû al Qasim Khalaf ibn Abbas al Zahrawi* connut des *franj* sous le nom d'*Aboulcassis fut* composée une cinquantaine d'années après sa mort par *Al Humaydi* mais son grand œuvre fut son encyclopédie *kitab al Tasrif(la méthode en médecine)* en 30 volumes se décomposant en trois sections: la première sur la théorie et les généralités en médecine, la seconde sur la pratique, étude des maladies, régime chez les enfants et vieillards, la goutte, les rhumatismes, les abcès, les plaies, les poisons, venins, affections de peau, fièvre enfin, la troisième concernait la chirurgie, la cautérisation, les petites interventions, la saignée, l'opération des calculs de la vessie et de la gangrène mais aussi les luxations, les fractures, l'hémiplégie, l'accouchement. Ses travaux firent évoluer la trépanation, les amputations; en outre, il fut le premier à pratiquer les ligatures artérielles. Il mourut à *Cordoue* en 1013. De même, il serait injuste d'oublier le rôle que joua le juif *Ibrahim ibn Ya'qûb* ou *Abraham ben Jacob*, le célèbre commerçant voyageur natif de *Tortosa* en *Catalogne* au service du calife *Al Hakam II* comme *Aboulcassis;* cet homme généreux et ouvert invita le maître de Husayn à parcourir l'*Europe* centrale et orientale en sa compagnie entre 965 et 970 voire une autre fois lorsqu'il était en Ambassade auprès de *Otton I* du saint empire germanique. Husayn n'avait malheureusement aucun document écrit du maître relatant ce long périple puisque ses notes et impressions de voyage furent détruites lors d'un incendie domestique quelques mois après son retour d'*Irlande via Bordeaux et l'île de Noirmoutier;* ils traversèrent du nord au sud l'*Europe* en passant par *Utrecht, Mayence, Fulda,* le royaume tchèque, *Cracovie* avant de quitter l'*Europe* par la porte sud en *Sicile* où le scheik se lia d'amitié avec une riche famille fatimide sicilienne ainsi qu'un comte chrétien. Le diplomate andalou écrivit sur *Prague, Cracovie, Vineta* sur la Baltique où il décrivait les coutumes des peuples slaves. Mais c'est *Al Bakri* qui reprendra à son compte sous le titre *kitâb al Masâlik wa-al-Mamâlik* (*Livre des routes et des royaumes*) en 1068, ces récits cités. Il noua des liens utiles et courtois avec des savants européens. Inutile de rappeler que l'élève à cette époque n'était encore qu'un vague fantasme sexuel...Bien des années s'étaient écoulées depuis la mort du maître. Husayn sentait le poids des ans à l'instar de ses rhumatismes qui étaient un héritage maternel redoublant de vigueur par temps humide comme avaient coutume de radoter les vieilles paysannes fourbues de douleurs par trop de labeur. *Séville* était une véritable cuvette étouffante à partir de mai tandis que l'hiver était relativement doux. Il avait acquis avec l'expérience un indéniable savoir faire, une dextérité et une polyvalence à tout épreuve; le titre de *alim* n'aurait pas été galvaudé en raison de ses nombreux talents et vagabondages studieux en méditerranée tel un *qualandar.* Cette vie d'errance lui plut à maints égards notamment l'aventure, le frisson qu'elle lui procurait et raffermissait sa curiosité naturelle pour la découverte, l'apprentissage, le goût de l'autre et l'image que ce dernier renvoyait de vous-même. Il apprit au cours de ses années une pensée réflexive, fit l'expérience de la connaissance de soi même conscient que son passage sur terre restait éphémère. Mais, le jour où Husayn rejoignit *Séville* et se sédentarisa sous la protection du maître a*bbadide* de la *Taifa,* son univers, ses certitudes se fissurèrent lentement face à la realpolitik. Le doute l'assaillit en raison de la pression énorme qu'il subit en étant de plein pied dans les arcanes du pouvoir.

-«Subissait il toujours les conséquences de l'affaire du scheik malgré les années écoulées et la mort du tyran et de ces deux fils?» Questionna Youssef.

-«Les conséquences étaient tout autre: les portes de l'enseignement se fermèrent devant lui faute d'*idjaza,* licence de son maître lui donnant droit à commenter son œuvre. La séparation fut pour Husayn un double drame tant affectif que professionnel puisqu'il ne put finir sa formation. Depuis, il cheminait par monts et par vaux avec son grison harnaché sur lequel deux sacoches, souvenirs d'une époque révolue contenant des traités importants de médecine dont un de philosophie qu'un vieil ami du *alim* lui avait remis en main propre lorsqu'il vagabondait dans les environs de *Jaén où* il profita de l'hospitalité de ce dernier avant de reprendre sa route. L'homme lui donna en outre quelques drogues et vêtements digne de ce nom. Un legs précieux sachant que les livres de philosophie du maître avaient été retirés des bibliothèques et bouquinistes sous *al Mansûr* et brûlés avec d'autres ouvrages sous le prétexte fallacieux de c'était une littérature étrangère plutôt intruse. Les chrétiens découvrirent dans les couvents catalans certaines de ces œuvres soigneusement préservées de la folie incendiaire des juristes bouchers malékites. Il n'était visiblement pas un inconnu pour certains moines et copistes de *Tolède* vingt ans après sa mort. Le cercle de lumière était déjà bas, il devait trouver un coin pour la nuit à l'abri des brigands qui écumaient les périphéries des centres urbains. Il fit donc halte dans un coin tranquille. Aussitôt installé, son habituelle rêverie reprit devant ce feu joyeux sans songer au risque d'attirer l'attention dans la nuit noire; mais ce feu lui réchauffait le corps et l'âme. Les flammes en contre chant du crépitement odorant des brindilles et pommes de pin dont il tenait quelques branches au dessus du feu dansaient impétueuses à hauteur de ses yeux comme les feux de son enfance lors de la *saint Jean*, vague souvenir d'une époque révolue. Il choisit pour leur repos un endroit relativement sûr. Leur signifiant sa mule et lui même évidement. Cet animal était le moyen de transport idéal, fiable certes moins noble et élégant que le cheval toutefois, il était résistant dans l'effort. L'animal aux longues oreilles semblait toujours attentif à ses paroles lorsqu'ils cheminaient tout deux comme deux vieux amants solitaires; le récit de l'âne conduisant Husayn fiévreux, *orientierungslos,* de son pas tranquille jusqu'à l'ermitage du franciscain était le symbole d'une fidèle amitié pour ne pas dire d'un partenariat.

-"Mais ne mettons pas la charrette avant les bœufs même si j'ai annoncé plus haut l'épisode à venir.

-Que s'est il passé Sanchuelo ?

-J'y viens mais sache qu'il s'agit une nouvelle fois d'un discours extraordinaires et mystérieux comme les tourments de l'âme de ce déraciné; souviens toi que le va et vient dans le temps est un choix assumé de ma part .

-Je n'ai pas perdu le fil de ses pérégrinations.

-Ainsi, une fois le lieu idéal trouvé, il ôta le harnais de sa mule caressa la bête qui semblait apprécier ce geste de complicité et d'intimité puis la laissa paître. Après quoi, il se déshabilla au pied d'un arbuste y déposa toutes ses affaires et se lava dans l'eau froide de ce petit étang. Il ne résista pas à la joie de l'eau et barbota comme un enfant. Une fois ses ablutions terminées, il s'imprégna de l'atmosphère apaisante du lieu. Or, lorsqu'il regagna frais et satisfait nu comme un nouveau né son campement ses affaires avaient disparu. Il n'avait rien entendu. Il s'en voulait d'avoir été aussi stupide. Pourquoi le grison ne l'avait il pas averti d'une présence étrangère en lâchant son inimitable braiment discordant? Lui aussi visiblement prenait de l'age!"

-"Étonnant tout de même, dit Youssef que le voleur n'ait pas pris son âne. Quoi que la tache se serait avérée extrêmement compliquée et compromis son larcin!»

Son désespoir était immense plus de sacoches! Il songea à maintes reprises après sa captivité à se rendre en *Sicile* où les opportunités étaient excellentes selon son maître outre que c'était jadis leur destination d'exil avant leur rapt. Mais sans une lettre de recommandation, il devait revoir ses prétentions. Le voleur l'avait laissé nu comme un ver ou presque car pour toute consolation et un brin d'humour, il lui laissa une soutane usée jusqu'à la corde. Ce fut la mort dans l'âme qu'il dut parader avec cette bure élimée qu'il lava à grande eau et frotta comme un forcené sur la pierre avant de la déposer au dessus du feu pour sécher et purifier ce vêtement qui dorénavant était son unique bien matériel qui le couvrirait jusqu'à son prochain salaire...C'était un signe du destin. En revêtant cet habit, il fit symboliquement don de pauvreté aux yeux du commun des mortels pour qui le paraître était central dans la société. La prose de *Maa'ri* étaient tellement vraie dans le sens qu'elle était un miroir brut de son temps qu'elle fut taxée de littérature pessimiste par l'intelligentsia! De quel droit torturait on celle ou celui qui chantait une autre partition qualifiée de non conforme à la tonalité ambiante. *Alexandre le macédonien* voulait conquérir le monde du haut de son arrogance au fil des victoires se sentant un demi dieu; seul *Diogène* put remettre à sa place cet impétueux roi qu'il affubla du nom de bâtard ne craignant pas sa fureur bien au contraire, le sage lui expliqua pourquoi il l'avait ainsi nommé ce qui refroidit le souverain qui regrettait amèrement cette entrevue avec ce chien qui refusait les faux semblants, l'hypocrisie comme toute cette culture matérialiste. La cohérence de son propos lui avait cloué le bec car le substantif bâtard était avéré dès lors qu''il prétendait ne pas être le fils de *Philippe le macédonien* mais le fils d'un dieu *Amon* comme *Alexandre* l'affirmait symboliquement puisque demi dieu! Il laissa sa javeline dans son fourreau, prit acte de la contradiction revendiquée et le quitta; c'était une situation honteuse pour un roi de supporter ainsi l'insulte suprême, crime de lèse majesté surtout de la part d'un *Kuon*. Le narcissisme du tyran était sans borne et ce fut justement ce dernier qui le perdit. Husayn était fin prêt, indépendant confiant à cheminer tranquille vers son destin. Son apprentissage était terminé. A cet instant, il était inquiet d'affronter une nuit froide sans vêtement approprié et une couverture de laine pour éviter la pneumonie, le coup de froid...Le déclic spirituel eut lieu dans cette contrée par le biais du "franciscain". Ce mouvement religieux naquit au XII siècle d'où les guillemets marquant l'erreur de Sanchuelo. On ne pouvait imaginer plus créative retraite pour penser réfléchir méditer et travailler car la montagne était au même titre que le désert le lieu de l'esprit outre que de là haut, on ne voyait que trop bien le monde. Le moine lui offrit des soins urgents puis son hospitalité à un moment charnière de son existence plongé dans une infinie tristesse suintant de son regard éteint en raison de la séparation, du servage, de l'humiliation et de la mort de ses proches. L'homme commettait l'acte le plus ignoble qui soit en déshumanisant son prochain; même l'exil qui pouvait être une punition le laissait de marbre comme absent de son propre corps; il était bien décidé à combattre l'animalité de l'homme et poursuivre l'œuvre d'Ibn Hassan al Qurtubi. Il avait la capacité intellectuelle de s'opposer frontalement à cette politique arriérée néanmoins, il courrait le risque d'aller droit en prison. Les sciences intruses pour parler de la philosophie grecque bousculaient la vision d'un pouvoir religieux prisonniers de ses dogmes lequel refusait tout renouvellement voire la dispute avec des philosophes ou érudits. Pour les théologiens, le décret du calife abbasside *al Qadir* en 1017 signifiait l'orthodoxie et le refus de toute innovation blâmable d'où l'équation très simple: étrangeté égale danger. Les livres de Husayn au delà de leur valeur sentimentale particulière étaient surtout inestimables scientifiquement parlant à une époque où les livres de philosophie s'échangeaient sous le manteau. Le très controversé *Razi* en tant que philosophe, non en tant que médecin avait étudié *Gallien* et expliquait en quatre points pourquoi les grands hommes pouvaient se tromper: premièrement, par négligence, trop sûr d'eux mêmes; deuxièmement, légèreté d'esprit ou indifférence, troisièmement, le fait d'être convaincu d'avoir toujours raison, enfin, selon Husayn le plus éloquent, le fait que les idées nouvelles pouvaient avoir raison des anciennes et les détrôner...Aborder ainsi des sujets sensibles étaient dangereux pour un professionnel qui risquait de se mettre à dos la profession et surtout le pouvoir des *ulama* influents au près du souverain. Husayn redoutait légitimement la mise à l'index autant que le châtiment physique. Il n'était pas préparé à revivre une énième fois cet exécrable sentiment d'abandon éloigné d'abord des siens, puis du maître et Maryam sa famille de substitution; enfin, il n'avait plus son unique ami Tariq avec qui il partageait passions, émotions, expériences. Il découvrit au moment idéal la chaleureuse hospitalité d'un parfait inconnu qui lui rappelait le *mu'allim*. Ce fut un signe providentiel à un moment qualifié de charnière dans sa vie où il pensa à la mort comme l'ultime délivrance d'un monde qui n'avait rien de merveilleux bien au contraire, seule l'injustice des hommes était institutionnalisée dogmatisée depuis qu'il fut en age de raisonner; il trouva au près de l'ermite un refuge, une intelligence fine, un second souffle et des questions pertinentes mais surtout, une écoute attentive. Il était la douceur incarnée, un homme de bien. Ce moine était un fil de fer sec comme un acacia du Sahel le visage buriné par le soleil et les années. Ses yeux d'un bleu gris vert lui rappelaient son séjour en pays *franj* avec son mentor. Ses remarques puériles les sempiternelles pourquoi d'alors réjouissaient fort le maître qui en profitait pour l'abreuver d'anecdotes informatives et ludiques. L'italien était lui aussi un homme de cet acabit, inspiré, s'exprimant dans un arabe châtié. Il s'était retiré dans cet ermitage à l'extrême nord de la *Sierra Morena* entre *Almodovar et Villanueva* loin du tumulte passé. Auprès de ce dernier, Hussein resta de longs mois car les deux hommes s'appréciaient réellement; il s'initia à l'écoute du monde sensible, apprit à lire la voûte céleste à la manière d'un marin ou des hommes bleus du désert. Au départ, il n'était pas prévu que son séjour prit ce cheminement mais son état de santé était préoccupant puis une vraie amitié était née de cette rencontre inattendue. Il n'avait aucune obligation si ce n'était le projet de Séville. Cependant, l'animal aux grandes oreilles à qui Husayn devait la vie semblait lui aussi apprécier la douceur du lieu au regard de son grand age qui était leur point commun. Logiquement, il aurait du finir en *chorizo*. A son arrivée, il dormit trois jours et trois nuits entre *delirium tremens* et calme plat; la bête reçut double ration de fourrage pour son exploit. Husayn méritait ce fidèle et indéfectible quadrupède qui semblait le comprendre bien mieux que la plupart des hommes.

-Logique étant donné son empathie pour tout être vivant aussi l'animal le sentit; je comprend pourquoi mes enfants refusèrent que «loca» finissent en charcuterie,» répliqua Youssef.

Sanchuelo poursuivit sa lecture.

Le moine le veilla tout au long de cette période critique la fièvre ne retomba qu'après quatre jours; il comprit en observant les mains de cet homme d'une maigreur saisissante qu'il n'était ni ouvrier ou paysan mais un lettré; néanmoins, il avait du subir un revers de fortune pour être dans un tel état vêtu en outre d'une bure trop grande qui ne lui appartenait visiblement pas...Quelque chose clochait dans cette histoire mais il finirait bien par découvrir une fois le malade rétabli de quoi il en retournait! Cependant, le vieil italien ne porta aucun jugement, néanmoins, il spéculait sur les causes possibles de sa présence en ces terres reculées du *Fahs al Ballut et* de la *Sierra Morena*; il lit avec le plus grand intérêt les textes contenus dans les sacoches de cuir ouvragées qu'il trouva durant ses promenades quotidiennes et qui devaient certainement lui appartenir. Mais, dès les premières lignes la calligraphie lui semblait familière, il lut à voix basse:

«(...)en occident, *Hasdai ibn Shaprut,* médecin personnel du calife omeyyade *al Nasir,* redécouvrit la panacée, la thériaque, sous une forme différente de la substance tirée du pavot, l'opium, utilisée dès l'antiquité en extrême orient et en Asie centrale, *Boukhara Samarkand* voire chez égyptiens anciens pour anesthésier le patient lors d'opérations délicates en chirurgie.»

Le franciscain referma l'ouvrage le sourire aux lèvres; il n'avait plus aucun doute. Il s'agissait bien de l'écriture de son ancien camarade d'étude à *Tolède* ibn Hassan al Qurtubi! Qui était donc cet homme allongé là entre la vie et la mort possédant des livres de son ami? La lecture des feuillets de pharmacologie sur les drogues et plantes médicinales avec leurs origines fonctions et rôles ainsi que les effets indésirables et enfin, l'approche thérapeutique renvoya le moine à ses études à *Tolède*! Un demi siècle s'écoulait devant ses yeux avec en arrière plan l'image de l'ami disparu à nouveau présent dans la pièce telle une lumière rayonnante et non une simple métaphore. Il se rappela les mots d'ibn Hassan à propos de ce mot persan dont l'orthographe lui échappait *thériaque* désignant la drogue tirée du pavot; un produit miraculeux qui permettait de charcuter le patient inconscient de ce qui se tramait autour et en lui! C'était une redécouverte scientifique fondamentale pour l'occident en ce XI siècle!"

Lorsque son hôte revint à lui, il vit un vieil homme souriant assis sur une chaise dans ce qui semblait être l'unique pièce du foyer. La tisane d'ambroisie ainsi que les divers mixtures que le moine lui administra à intervalles réguliers durant sa fièvre avaient eu les effets escomptés. Husayn sans mot dire tâtait de la main droite cet étrange lit sanglé très confortable et pratique recouvert d'une épaisse peau de mouton sentant la sauge et le thym. Il allait ouvrir la bouche pour se présenter quand le vieil homme lui demanda s'il était un disciple d'ibn Hassan le cordouan. Il prit peur en entendant la question; il se voyait déjà dans l'antre du diable fait comme un rat! Le vieil homme comprit sa panique et s'excusa de la peur bleue occasionnée par sa question. Il voulut alors en connaître la raison. Mais, avant toute chose, il lui assura qu'il était ici en sécurité; par ailleurs, rare étaient les visiteurs dans ce lieu retiré. Il n'avait aucune crainte à avoir. Après s'être rendu compte de la situation dans laquelle il se trouvait sans savoir d'ailleurs comment il était arrivé là, en ce lieu inconnu sur un lit confortable visiblement soigné par cet homme depuis un certain temps...Il sut intuitivement que le vieil homme disait vrai alors il débuta le récit de ses aventures dans un flot ininterrompu de mots, de larmes, de rires se bousculant littéralement dans sa bouche comme s'il avait un besoin impérieux de parler ou de se confesser. Le moine se leva en silence, lui fit signe de continuer et lui apporta les sacoches vides qui étaient rangées dans le coin de la pièce.

-«Mes sacoches!» Avant de constater malheureusement qu'elles étaient vides; alors son regard s'éteignit de nouveau...Mais "le franciscain" d'un geste avenant le rassura en lui montrant sur la table le contenu à l'exception de la robe damassée et de ses dinars que les voleurs avaient emportés; toutefois, les feuillets reposaient bien là ordonnés. Satisfait, il récita silencieusement la *fatiha al kitab* remercia encore le Miséricordieux ainsi que son bienfaiteur pour tout le mal qu'il s'était donné. Alors le sage prit la parole et lui expliqua tous les détails de cette affaire pour le moins extraordinaire. Comment il était arrivé chez lui couché sur son grison totalement déshydraté fiévreux dans un état pour le moins inquiétant. Le moine lui confia amusé:

-«Ibn Hassan et moi même étudions la médecine à *Tolède* depuis quatre années lorsqu'il disparut un jour sans laisser de traces. Nul ne sut exactement les tenants et aboutissants de cette mystérieuse disparition.»

-«Allah est grand» Reprit il subjugué de se retrouver

chez un camarade d'étude de son maître. Comme le destin était étrange et imprévisible. L'italien continua:

-«J'étais totalement effondré comme tout notre petit groupe de camarades car nous apprécions tous sa gentillesse, sa perspicacité, sa maturité, son éloquence, son humour et sa bonne humeur. Par ailleurs, son esprit de synthèse lui permettait d'assimiler toutes ces connaissances qui nous étaient enseignées, d'exécuter rapidement les nombreux exercices de nos professeurs; en outre, il aidait quiconque était dans l'impasse, solidaire de ses camarades d'étude passionnés comme il l'était lui même par la médecine; prévenir la maladie en amont sinon soigner pour guérir. Nous étions des idéalistes dans l'âme, vu notre jeune age.

-Il l'est resté, croyez moi *ya sayyed*! Néanmoins, j'ignore à ce jour s'il est encore en vie...

-Avant que tu reviennes à toi, je lisais ce passage où il commentait *Hasdaï ibn Shaprut,* un de nos mentors si l'on peut dire, ce dernier avait renouvelé une vision archaïque de la médecine depuis le grand *Gallien*. Aujourd'hui, je lis grâce à la providence quelques lignes de mon ami sur la pharmacopée, drogues et onguents avec des commentaires de *Razi* sur la classification des éléments qui ne reposaient pas sur des présupposées philosophiques mais sur des expérimentations en laboratoire.. Mais quel est ton nom?

-Husayn al masri

-Oh, je connais le pays du fleuve sacré.

-Maître, je suis né à quelques kilomètres de *Cordoue*; «al masri» ne signifie en vérité pas grand-chose pour moi, si ce n'est le symbole du déracinement de notre fratrie ou du moins d'un de ses membres dont je suis le descendant.

-Détrompe toi! Ton identité est peut être opaque à tes yeux aujourd'hui mais elle est en constante évolution; tu entreprendras obligatoirement un travail d'introspection si tu ne l'as pas déjà fait; des questions mal posées n'amènent en générale que frustration alors le doute devient ton compagnon et tu finis par te résigner à ton sort croyant que c'est une fatalité comme les ignorantins le pensent! Non, ils se trompent car les enseignements de dieu te démontrent que tu es responsable de ce que tu produits sèmes et finalement, ta raison et ton savoir te permettent de récolter les fruits de ton travail. Ton maître est la preuve irréfutable que le destin est entre tes mains ouvert sur de grandes choses. Si tu choisis de ne rien faire il ne t'arrivera rien et ton existence sera fade monotone ennuyante, *sinnlos*. Je n'ai pu revoir mon ami. Néanmoins, dans sa grande miséricorde et sa générosité, dieu m'a envoyé son disciple ou plutôt son fils! La providence, le hasard la chance peu importe d'aucuns diront le destin! En dépit de mon choix d'entrer dans les ordres et de vouer ma vie au christ, j'ai d'abord étudié la médecine.Les missions apostoliques vinrent plus tard où je pus mettre à profit mes compétences médicales auprès des populations coptes et musulmanes d'*Égypte.* Ces expériences humaines fortes m'ont ouvert l'esprit et changer ma perception que j'avais du monde, de l'homme, de ma religion. Au fait, je te demande pardon d'avoir ouvert tes sacoches sans ta permission mais tu étais en plein delirium tremens ces derniers jours et je cherchais à connaître ton identité ou avoir des renseignements...

-O sage, comment pourrais je te reprocher de m'avoir sauvé la vie! Je te suis reconnaissant de t'être occupé de moi comme de ton propre fils ainsi que de ma mule comme tu me l'as conté; en fait, elle m'a sauvé la vie en me conduisant à toi. Je suis ton serviteur.

-*keine Ursache mein Sohn!* Savais tu que ce médecin et homme d'état naquit à *Jaén* en 915 de l'ère chrétienne. Il devint le médecin personnel et un intime conseiller *d'Abd Ar Rahman III*. Or, sa judéité lui refusait le statut de vizir alors même qu'il conseillait déjà son souverain. Il avait la fonction mais pas le titre, paradoxal, non! Il était simplement confronté à l'absurdité de lois discriminantes! C'était un précurseur qui contribua de surcroît à impulser un mouvement de rénovation de la pensée juive en *Espagne* et surtout qui leur permit de s'émanciper du *gaon* de *Bagdad*. Mais, ce n'est que l'opinion d'un humble religieux! Certes, la foi restait une somme de rites populaires, de coutumes et traditions exécutées avec ferveur pour le commun des mortels...Nos descendants, je l'espère de tout cœur analyseront avec d'autres outils cognitifs à leur disposition l'héritage de leurs prédécesseurs pour le bien de l'humanité si toutefois des écervelés ne le brûlent pas entre temps car l'*amiride* fit brûler tous les ouvrages jugés illicites de la bibliothèque *d'al Hakam II al Mustansir* à *Cordoue* pour satisfaire des religieux incultes et consolider son image d'homme pieux alors qu'il n'y a aucune contradiction entre le savoir scientifique et la foi bien au contraire; quelle perte immense pour le savoir universel lorsque des incompétents commandent la communauté.»

Il prenait plaisir à écouter le vieil homme plongé dans ses souvenirs de jeunesse enfin, il reprit son monologue toujours sur le savant juif.

-"Ayant entendu parler d'un lointain royaume juif indépendant, gouverné par un dirigeant juif *Abou Youssouf ben Yitzhak ben Ezra* désirait par-dessus tout correspondre avec ce monarque. L'existence du royaume des *Khazars* convertie au judaïsme vers le 8 siècle était confirmée par deux Juifs, *Mar Saül* et *Mar Joseph*, venus en ambassadeurs à *Cordoue…Ḥasdaï leur confia une lettre pour ce roi juif dans lequel il rendait compte de sa position en Espagne, en occident, décrivait plus spécifiquement la situation géographique d'al Andalus, ses relations avec ses voisins…Il lui demandait de bien lui fournir des informations sur son peuple, les Khazars, leur origine, leur organisation politique etc.»* Soudain, il s'interrompit comme si un souvenir lui était revenu en mémoire à l'instant même et s'écria:

-"Ibn Hassan risqua sa vie; il enfreint la loi pour sa passion de la médecine car la complexité du corps humain le fascinait aussi il était décidé à franchir la ligne rouge».

-En effet, le problème était l'interdiction d'autopsier les cadavres. A propos, Husayn, la dissection n'a jamais été interdite en tant que telle par la loi islamique; néanmoins, *Ibn Masawayh* se vit interdire toute dissection par le calife abbasside donc, *il commanda neuf traductions d'ouvrages de médecine de Gallien* à son élève et traducteur le célèbre *Hunayn Ibn Ishâq*. Pourtant, c'eut été l'unique moyen de vraiment connaître l'anatomie humaine. Nous autres étudiants disséquions des animaux; nous n'avions de surcroît à disposition que des sources anciennes dépassées selon notre intime conviction étant donné que seul l'autopsie du corps humain permettait inéluctablement de franchir ce gouffre d'ignorance à pas de géant. Combien étaient ils à braver l'interdit religieux de part le monde parmi les *ahl al kitab* cherchant la vérité comme le Coran les nomme. Les esprits éclairés surgirent de tout temps parmi les païens comme les monothéistes et ce sous bien des latitudes; malheureusement, des tyrans, des missionnaires zélés, des prosélytes portant leur foi comme un étendard en quête du martyr proféraient des paroles extrémistes pas vraiment œcuméniques combattant *in fine* toute innovation, *bida* jugée dangereuse, illicite. Comment ne pas penser à *Socrate* fondamentalement politique, vertueux, ce joyeux emmerdeur pieds nus qui sur l'agora interpellait les passants car il se souciait de l'âme des athéniens, disait il. C'était par conséquent la société dans son ensemble qui souffrait en son for intérieur d'intolérance due à cette docte ignorance qui la gouvernait.

-«Bel exemple d'un sacré dilemme auquel l'homme est confronté depuis des millénaires et pourtant, il se répète *ad aeternam* car l'homme sage n'est pas écouté; Il s'agit du devenir de l'homme, son bonheur, son salut, dit Husayn.»

-"Aide toi toi-même alors dieu t'aidera; un soir alors que nous étions épuisés une journée chargée de travaux dirigés, nous voulions nous retrouver tous ensemble dans un cabaret de la médina afin de décompresser; or, certains préférèrent rentrer à l'internat se reposer. Malheureusement, cette enthousiasme initial fut de courte durée. En effet, au détour d'une ruelle deux truands embusqués surgirent de nulle part et nous menacèrent de leur lame. Nous n'avions plus qu'à les suivre la mort dans l'âme.

-«*Sehr vernunftig in der Tat*!» Ajouta Husayn, ce qui ne manqua pas de surprendre le vieil homme. Le sage reprit son récit.

-«Qu'aurions nous pu faire d'autre*?* Nous étions tétanisés par la peur. Nos cœurs battaient la chamade. Nous nous regardions incapable d'articuler un son, les larmes prêtes à jaillir telle une fontaine. Je ne voulais pas mourir comme le mouton sacrifié de *l'aid el kebir*! Au bout d'un interminable trajet, les truands s'arrêtèrent devant une masure délabrée; l'un toqua trois coups secs à la porte qu'un affreux borgne ouvra sans un mot. L'épouvante était maintenant à son comble et nos jambes ne nous portaient plus. Le truand derrière nous nous poussa à l'intérieur sans ménagement. Une odeur pestilentielle d'excréments, de mauvaise alcool et d'urine se dégageait de cet endroit; jusqu'à ce jour, je n'ai pu oublié cette nuit! Il régnait dans ce taudis une atmosphère propice à la peste! Comment pouvait on vivre dans une telle insalubrité? Bref, lorsque nos yeux et nos sens s'habituèrent à l'obscurité et la puanteur, nous vîmes allongé sur une grande table un homme baignant dans son sang! A cet instant, un type s'avança vers nous et nous dit sans sourciller:

-"au travail docteurs!

-Nous restions plantés là comme deux piquets

incapables de faire un mouvement, de prononcer une parole quand soudain, ton maître je ne sais par quelle audace demanda aux bandits nous entourant des informations précises sur l'accident; le reste n'importait pas dit il avec une autorité que je ne lui connaissais pas. Ces hommes restèrent sans voix. Alors, il reprit: "Comment voulez vous que nous le soignons sans savoir un minimum de détails?» Je n'oublierais jamais cette phrase qui eut pour effet de nous placer au dessus de ces hommes mûrs illettrés...En effet, ils étaient littéralement sans aide, à la merci de quiconque comme nous l'étions nous-mêmes en vérité. J'imitai mon ami confiant et les priais aimablement d'apporter du linge propre de faire bouillir de l'eau, amener de l'alcool pour désinfecter les plaies et les instruments chirurgicaux que nous allions utiliser pour la première fois sans même savoir de quoi il en retournait; traumatisantes furent ces heures passées dans cet endroit sentant la rapine, le meurtre. Mais dieu est miséricordieux! La suite le prouva puisque nous sauvâmes l'émir des truands! Enfin, ne sautons pas les étapes; pour l'instant, nous cherchions nos gestes, nos automatismes paralyser que nous étions en l'absence de notre maître pour nous superviser dans une insalubrité. Toutefois, grâce à dieu, ils ignoraient tout de notre embarras. Leur émir avait perdu beaucoup de sang. Nous lui administrâmes en décoction la panacée et attendîmes les premiers effets alors que ses compagnons lui avait donner avant notre arrivée d l'alcool pour atténuer ses souffrances mais en vain puisque l'alcool n'était pas un substitut de l'opium d'ailleurs la douleur se lisait toujours sur son visage.

Nous craignions une interaction néfaste entre notre médecine et l'alcool ingurgitée mais ses grimaces se dissipèrent et il tomba dans un état d'inconscience. Nous lavâmes et rasâmes correctement la surface incriminée toutefois les plaies n'étaient pas aussi profondes qu'elles le semblaient de prime abord à cause certainement de tout ce sang c'est pourquoi nous pensions tout d'abord que les organes vitaux étaient endommagés aussi notre angoisse allait crescendo outre qu'il n'aurait pas survécu à une opération envahissante. Confiants en notre art en devenir, nous travaillions pour finalement lui appliquer des onguents en pansement facilitant la cicatrisation après l'avoir recousu; j'expliquai à ses sbires comment préparer la mixture l'appliquer sur les plaies et changer les pansements afin d'éviter une infection ultérieure. Nous attendîmes sans piper mots: allions nous sortir vivant de ce trou? Une tape sur l'épaule accompagnée d'un rire tonitruant telle fut la réponse du brigand qui nous glaça le sang. Finalement, nous restâmes jusqu'au matin à veiller l'émir sous les yeux de ces hommes devenus au fil des heures plus humains à nos yeux. Lorsque le patient ouvrit finalement les yeux toujours en plein brouillard il articula faiblement un *muchas gracias*! Après cette nuit cauchemardesque, rien ne fut plus pareil pour nous deux. Nous étions devenus des héros; néanmoins, notre tache n'était pas terminée pour autant puisque nous étions obligés de lui rendre visite pour changer les pansements toujours accompagné d'un émissaire les jours suivants.

-«Tu ne sembles pas connaître cette histoire, je me trompe?

-Effectivement maître.

-Ton tuteur était très discret; il n'aimait pas fanfaronner sur ses frasques ou se mettre en avant.La mort intéressa les plus grands penseurs et ce depuis l'origine qu'ils soient fondamentalement religieux ou non; d'ailleurs, *le livre des morts* du Nil en est la confirmation et quel plus beau symbole de vie que cette œuvre.»

Husayn l'écoutait attentivement franchement perturber par l'aspect paradoxal de ses mots; le livre des morts était un hymne à la vie?! Le sage prit un exemple cette fois tiré des évangiles:«*Un homme demandait un jour à 'Issa la permission d'enterrer son proche avant de pouvoir le suivre mais Jésus rétorqua de laisser les morts s'occuper des leurs et lui, de le suivre maintenant, parmi les vivants...*En répondant ainsi à l'individu, *Jésus* n'a fait qu'exprimer ce que le livre des morts égyptien explicitait bien avant lui. Les égyptiens montraient ainsi avec ce texte fastidieux qu'en définitive, le bonheur était sur terre et maintenant! Une idée toujours d'actualité.

-"*Socrate* disait que vivre c'était apprendre à mourir, est ce dans le même sens?

-Que l'homme jouisse de terre mère avec raison et parcimonie alors il aimera tous les moments passés sur terre. *Le livre des morts* s'adressaient avant tout, je crois, aux bons vivants. Mais dans les territoires où la pensée était censurée, la plus grande discrétion s'imposait; à *Tolède* nous étions très prudents en raison de la délation et de la répression.»

D'un geste vif de la main, le moine mima le labeur du bourreau! A cet instant, il sursauta comme au moment où l'individu sort d'un état de somnolence à l'instar d'une secousse le ramenant à lui. Il se massa le visage fit quelques mouvements puis se décida à rejoindre le doyen sur le champs de ruine d'un calme olympien. Il l'interpella. Après tout, il n'avait pas entrepris ce voyage pour admirer les vieilles pierres de *Cordoue*. Il salua les hommes avec la plus grande déférence et lança ses mots ailés:

-«*Salam aleikoum ya cheikh al Hakim*», un rien moqueur et provocateur;

-«*aleikoum Salam* étranger» répondirent ensemble les deux hommes quelque peu suspicieux.

-«N'ayez crainte, je ne vous cherche pas noise; je ne suis que de passage dans la cité de mon cœur. Or, je ne pouvais passer mon chemin sans vous saluer; après tout nous sommes de vieux amis. Vous m'avez connu enfant cher doyen!

-«Désolé étranger, je ne crois pas!»

Aussitôt, une idée puérile mais géniale lui vint à l'esprit. Husayn lui lança une terrible grimace qu'il ne pouvait avoir oublié; jadis, il l'avait réprimandé en raison de l'obscénité de son geste, avait il prétendu. On n'oublie pas ces choses là. Ses propres enfants avaient eux mêmes pouffé de rire; aucune réaction de sa part.

"-Ai-je tant changé *muallim*, même cette grimace ne vous dit rien pourtant vous m'aviez jadis puni pour ce geste?

-Les mots ne sortirent pas de sa bouche.

-«Enfin! Rétorqua joyeux Husayn ravi d'éveiller en lui des remords comme la disparition de leur maître voire le meurtre de Tariq son propre fils. Puis il s'adressa au fils aîné:

-"m'as-tu toi aussi oublié Muhammad? Mon tuteur était le

vénérable Ibn Hasan al Qurtubi.»

-«*Ya Salam*!» Lâchèrent ils en chœur. Puis se tournant vers son fils, le vieil hypocrite lui glissa à l'oreille: Qu'est-ce que ce chien puant fait ici, maudit soit il?!» Le doyen n'en croyait pas ses yeux. N'était il pas mort ou aux fers ou en esclavage? Il était méconnaissable dans cet accoutrement. C'était à n'en pas douter le travail d'un espion. Se glisser ainsi incognito dans la foule sous les attributs d'un soufi, un messager de mauvaise augure; c'était tout à fait brillant! Songeait le vieux. Le fils effectivement ne le reconnut pas!

-«A ce que je vois tu as choisi la voie de l'ascétisme!» Husayn décelait le sarcasme dans sa voix ce qui lui déplut et renforça sa haine.

-«Pas exactement;en fait, c'est par la force des choses que je me retrouve devant vous dans cette tenue qui semble vous troubler. Mais, ma présence vous rend nerveux, n'est ce pas? Pour quelles raisons?

-.....

-....

-Enfin, bon puisque vous êtes devenus muets, disons que des types crapuleux comme il y en a énormément à Cordoue de nos jours m'ont volé mes vêtements et mes biens! Voilà pourquoi depuis ce jour, je porte l'unique vêtement qu'ils m'ont courtoisement laissé pour couvrir ma nudité. Néanmoins, cette grossière étoffe élimée m'a m'a rendu bien des services sur les routes du royaume devenues un véritable coupe-gorge! Je crois qu'il est plus facile de trucider un savant qu'un simple ascète, n'est ce pas?» Le doyen sentit l'allusion dans les propos cyniques de l'ascète. Il continua:

«-Dans ce déguisement j'ai côtoyé de puissants malfaiteurs, des gueux ignares, j'ai observé la suffisance des nobles à mon égard. Pourtant, chose étrange et paradoxale en dépit des préjugés habituels, une majorité silencieuse admire l'ascète sans pour autant choisir la voie du détachement matériel.
-Tu arrives dans notre ville à un moment bien tragique! L'institut n'est plus. Bien des savants ont fui pour préserver leur vie et celle de leur famille; la *Juderia* n'est plus qu'un quartier fantôme sans âme. Ses quartiers mitoyens ont périclité eux aussi; l'atmosphère chaude se refroidit depuis quelques semaines heureusement mais pour combien de temps. Après la répression du début de printemps avec les pillages et les meurtres de masse, les quartiers furent réinvestis par une population étrangère, intruse à nos mœurs et peu éduquée.» Husayn rétorqua:
-«*Cordoue, Tolède, Saragosse, Narbonne, Milan, Constantinople, Bagdad, Samarkand*, toutes ces magnifiques cités, riches de leur patrimoine culturel et de leur diversité semblent infectées par un virus endémique ou plutôt cyclique bien connu des historiens: le pouvoir est aux mains de brigands qui de mon point de vue augurent mal l'avenir outre une foi confisquée à des fins idéologiques. Le dialogue permettant des compromis acceptables par tous n'est plus de mise, seule la violence importe à l'individu désirant soumettre l'autre, ni plus ni moins. Le substantif consensus leur est étranger outre que l'individu intempérant ignorant utilise sa force physique pour compenser l'intelligence. D'autre part, il est manipulé par des uléma lesquels s'emparent sans vergogne des saintes écritures pour asseoir leur pouvoir

sur les masses en leur promettant le salut, du pain et la sécurité. Finalement, ses remarques o doyen sont bien banales. Je ne comprends pas la raison qui pousse l'homme a confié le destin de la cité au premier tyran venu lui jurant sur le Coran qu'il va remettre de l'ordre en montant sur le trône sans se soucier un instant des conséquences de ses choix hasardeux irréfléchis. Mais, je reconnais que la promesse de sécurité, d'ordre et de pain bon marché est plus convaincante qu'une certaine idée de la liberté à conquérir. *Doyen*, la mort de mon maître est la conséquence d'un plan crapuleux et méthodique élaboré et exécuté par des hommes de main *d'al Mansûr* ici même à Cordoue au sein de cet institut. J'espère que ces chiens seront punis au jour du jugement dernier.

-On ne peut le ramener parmi nous.

-En revanche, je compte bien prolonger son œuvre et le réhabiliter. Il fut trahi, sa mémoire bafouée par des gens qui le côtoyaient chaque jour, maudits soient ils. Que la paix soit sur le «*scheik al Rais*».

Le doyen rétorqua:

-«Je compatis à ta douleur mais je crains que l'époque ne s'y prête pas. Nous sommes tombés dans l'opacité la plus scandaleuse. Les jugements rendus dépendent bien souvent de la fortune et des relations des plaignants, non la vérité. Les hommes ont pris en otage la justice; ils injurient par leur acte Coran et évangiles. Ils n'ont ni honneur, ni fierté; ce ne sont que des mécréants. Au palais, c'est un incessant jeu de chaise musicale. Aujourd'hui, tel magistrat est nommé puis déchu la semaine suivante. Les alliances sont avant tout pragmatiques, aucune éthique juridique et sociale entre gouverneurs et émirs vis à vis de leurs sujets le tout chapeauté par une armée de bandits. Voilà en résumé la réalité politique brute que nous vivons.

-Rien n'est immuable *Sayyed* surtout en ces temps d'incertitudes pourtant, vous êtes toujours là au poste?!

-Si tu veux réellement prolonger l'œuvre de ton maître et honorer sa mémoire, va en paix loin d'ici.»

Il fit un effort surhumain pour ne pas lui tordre le cou. Le doyen enveloppé dans son manteau de la suffisance lui donnait la furieuse envie de vomir. Pour autant, ce type semblait même croire en ses propres paroles. Nombre d'étudiants et d'enseignants d'alors lui reprochaient son arrogance et sa malhonnêteté d'où la suspicion légitime de Husayn! Le pardon est toujours mieux disait le scheik;or, peu d'hommes savent ce que c'est vraiment. Le doyen traînait derrière lui une mauvaise réputation de prévaricateur caché sous les habits de l'*adib, gentilhomme.* Ibn Hassan lui avait recommandé la prudence vis-à-vis de son assistant devenu doyen de l'institut et sympathisant de la première heure avec le clan *amiride.* Mais, en vérité il n'était qu'un vulgaire second couteau prêt à tout pour une promotion professionnelle. Certes, l'homme changeait avec les années toutefois, le soupçon restait bien ancré dans son esprit. En revanche, certains hommes étaient mauvais et le restaient; il était le parangon de l'arriviste fini.

Oreille attentive et bon vouloir.

Al Andalus vivait au gré des conquêtes, des razzias, des alliances dans une atmosphère de suspicion généralisée. Aucune confiance entre alliés au regard de la versatilité des paroles données oubliant l'esprit chevaleresque dont la base était l'honneur. Mais à cette heure sombre, la ruse était une arme indispensable surtout lors de siège pour faire tomber la forteresse faire du butin, esclaves, pillage en règle pour satisfaire les troupes dont la solde était maigre et sans lesquelles point de pouvoir. L'ambitieux devait choyer ses troupes garantes de son pouvoir, prendre des généraux habiles dont le travail n'était pas seulement militaire mais diplomatique. En dépit de la bravoure tant chantée par les artistes, al *Mutadid* par exemple n'alla en vingt ans de règne que quelques fois au front! Était il lâche en dépit de sa légendaire cruauté? Le cadi de *Séville* abbadide était un homme sans scrupule, riche et jouissant d'une réputation d'homme intègre depuis ce fameux moment qui restera dans les annales de *Séville* quand il proposa pour sceller l'accord avec *Yahya,* son propre fils comme otage au calife *Hammoudite* de *Malaga.* Le père de ce même al *Mutadid fut* le protecteur de Husayn au nom des liens affectifs qui unissaient Ibn Hassan à cette famille. Husayn comprit tardivement la réaction du doyen lors de leur rencontre à *Qurtuba*; en fait, il crut comprendre qu'il ne voulait pas être vu en sa compagnie, mais pour quelles raisons? Il se remémorait Tariq trucidé dieu sait comment à cause d'un père plus préoccupé de son image, de sa carrière politique, des ragots que de ses propres enfants.

-"Qui était le *kuon,* vieil hypocrite!" Fulminait il. A cet instant, il repensa à la discussion qu'il eut avec le maître à la mort de son ami sur des notions abstraites jadis comme le respect, l'amour, la tolérance, le bien, l'éthique lorsqu'ils déambulaient paisiblement sur les berges du *Guadalquivir à Cordoue* un vendredi *quand* ils tombèrent nez à nez avec le futur doyen en famille. A *Delphes,* on pouvait lire la célèbre maxime sur le temple *connais toi toi-même* et *rien de plus.* On avait coutume de se référer tout de suite au plus sage des athéniens, le *Socrate* de *Platon.* Cette maxime n'avait pas seulement une signification introspective fondamentale pour l'individu tel qu'un médecin de l'âme l'envisagerait pour conseiller à son patient une thérapeutique adéquate. La vision platonicienne rapportée ici était beaucoup plus profane comme le maître le rappelait à Husayn puisqu'elle signifiait en vérité trouver sa place dans la cité parmi les individus et non à la manière de ce doyen opportuniste bouffant à tous les râteliers pour faire son trou dans la cité. Le sens de *rien de plus* concluait l'affirmation de ce travail sur soi en amont. Dans l'absolu la seule vertu vraiment politique était celle d' *Aristide.* Voilà le but noble à atteindre pour l'homme dans la cité. En effet, l'homme est un animal politique vivant en groupe régit par des lois en fonction de la nature du régime en place, tyrannique, oligarchique, démocratique, monarchique. Par ailleurs, dans cette cité athénienne les hommes s'en remettaient aux oracles avant de prendre une décision importante; d'ailleurs *Socrate* selon ses détracteurs se moquait de corrompre la jeunesse, de l'inanité des dieux. L'islam ou le christianisme régit la vie du croyant jusque dans l'au delà. Il n'ignorait pas que l'interprétation par nature subjective critiquable était réfutable. Ainsi, une dispute était possible et des idées constructives pouvaient naître d'un dialogue. La cité avait tout à y gagner. Après tout, les idées aussi farfelues qu'elles fussent étaient dans l'absolu légitime; nulle raison d'éliminer physiquement le contradicteur d'une parole controversée ou polémique voire totalement idiote car contraire à ce que la majorité pensait. Il n'allait pas mourir ou risquer la prison pour quelqu'un d'aussi médiocre que le doyen outre qu' il avait une vie entière à découvrir avant de rejoindre ses pères. *Iblis* le prévaricateur croyait pouvoir négocier avec dieu un retour en grâce dans son giron dans *le jardin des délices* même après mil ans de ban:

«qu'est-ce qui te défend de t'incliner devant lui(Adam),quand je te l'ordonne? Je vaux mieux que lui dit Iblis; tu m'as créé de feu et lui tu l'as créé de limon.

Sors d'ici, lui dit le seigneur, tu seras au nombre des méprisables.» (Sourate VII- Al'Arâf- v.12/13). L'angoisse de la damnation tant redoutée par les individus obligeait l'homme à invoquer constamment dieu à l'instar des polythéistes qui leur sacrifiaient une libation. Le mythe explique des réalités non qu'il soit vérité lui même. Les dieux se jouent constamment des hommes ils sont une parodie de la condition humaine sur terre. C'est ainsi que Husayn semblait comprendre le panthéon grec; pourquoi le fils d'*Ulysse* eut le secours constant d'*Athéna,* émerveillée autant par la beauté du jeune homme que le génie du père, l'absence de l'époux dans sa quête du retour dans sa patrie. Il comprit que le fondement de toute réussite dans la vie était l'intégrité morale et une foi inébranlable en la justice, la providence à l'instar de *Ulysse.* En revanche, les dieux n'avaient aucune morale; ils forniquaient, étaient incestueux, trompaient leur semblable sans scrupule. L'apocalypse tant attendue dans le monde chrétien par les millénaristes était une source extraordinaire de polémique sur la signification des textes c'est la raison pour laquelle les moines cherchaient des preuves par de savant calcul chez *Jean*:

«Puis je vis un Ange descendre du ciel ayant en main la clé de l'Abîme ainsi qu'une énorme chaîne.Il maîtrisa le Dragon et l'antique Serpent [Satan] et l'enchaîna pour mille années. Il le jeta dans l'Abîme tira sur lui les verrous, apposa les scellés afin qu'il cessât de fourvoyer les nations jusqu'à l'achèvement de mille années. Après quoi il doit être relâché pour un peu de temps.»

(L'Apocalypse de Jean, Ier s ap J-C)

Saint Augustin au V siècle interprétait *ce millénarisme comme une allégorie spirituelle du nombre mille qui n'était qu'une longue durée non déterminée numériquement.»* Le bon sens du sage berbère rassurait les hommes raisonnables comme Husayn.

Ce dernier fit mentalement un bref rappel comptable des dernières catastrophes aussi diverses que les sécheresses, famines, incendies récurrents *Orléans* en 989, *Tours* en 999, *Notre Dame de Chartres* en 1020, dérèglements climatiques, crues dévastatrices voire les séismes survenues autour du millénaire au nord d'*al Andalus;* enfin, l'invasion des Sarrasins comme les appelaient les chrétiens vainqueur de *Otton II* en 982. D'autre part, la conséquence directe de cette ignorance institutionnalisée était la prolifération des chasses aux hérétiques, encore une fois *Orléans* en 1022, *Milan* en 1027. Il y avait là pour les plus convaincus des millénaristes les preuves concrètes que l'apocalypse était en marche. S'agissait il plus d'un débat interne à l'Église, un conflit d'exégète, une polémique interminable entre clercs et moines qu'à un mouvement populaire dont l'espérance de vie était en générale plus courte que celle de l'élite en raison des conditions existentielles misérables comme l'avait vécu Husayn dans son bourg natal à la périphérie de Cordoue. Alors lorsqu'une rumeur incroyable et sordide naissait d'un fait divers romancé par le petit peuple, celle ci se répandait comme un feu de paille telle à *Tournon* en *Bourgogne* où parait il un boucher avait été arrêté pour avoir fait du pâté d'enfants pendant la terrible famine. Fable ou réalité? Le fait est qu'elles s'ancraient durablement dans la psyché populaire pour laquelle le coté merveilleux était partie intégrale du quotidien; la référence au mal est l'œuvre de Satan l'omniscient se cachant dans les cheveux des femmes, les ongles et de certains animaux. Il était conscient que toute croyance était une construction humaine répondant aux exigence du temps et du contexte subordonnée par l'ignorance. Ce moine à bien des égards était la copie conforme de son maître; par ailleurs tout deux étaient désignés par le vocable de "saint". Ainsi ai je entendu. Le *Malin* est indissociable de *Dieu*- sans l'un l'autre ne saurait exister- dans les monothéistes. Effectivement, on distingue deux camps adverses, d'un coté il y a le bien de l'autre le mal. Cette représentation dualiste permet de fixer simplement l'état des lieux et des représentations imaginales; par ailleurs, le clerc chapeaute ses ouailles dans l'ensemble non éduquées et indigentes. En agitant devant les yeux effarés de ses brebis, l'image diabolique du Satan, de l'antéchrist du Mal absolu, il leur montre qu'il n'y a qu'une issue possible pour eux. En outre, ils sont maintenus dans un état d'ignorance du simple fait de la langue savante utilisée par l'église romaine qu'ils ne comprenaient pas. Seuls les moines, les érudits les gens de l'élite lisaient le latin. Le petit peuple au final se construisait une foi populiste ritualisée où la raison était totalement absente. De l'autre coté du spectre, des hommes charismatiques qui ne n'étaient pas obligatoirement des religieux utilisaient cette ignorance pour manipuler les hommes. Lorsqu'un nouveau messager apparaissait annonçant plus de justice sociale il était écouté avant tout par la majorité silencieuse alors que l'élite ne voyait que des ennuis; Celui ci subvertit l'ordre établi et la société risquait l'implosion. La discorde est salutaire pour les uns mais destructrice pour les autres. L'élève émit l'hypothèse suivante: un homme charismatique perspicace persuade ses contemporains par une démonstration claire que le Satan qui peuplait leur imaginaire n'existait pas! A quoi bon servirait alors Dieu ou de suivre les injonctions et commandements des clercs puisque il n' y a plus d'ennemi défini? Par ailleurs que deviendraient ces hommes qui vivaient et travaillaient au profit de la crédulité de leur ouailles? Il revivait ce jour où il questionnait son maître sur Dieu, les prophètes, les saints, les anges, les miracles, le jugement dernier, la foi; or, adulte, il vécut cette expérience mystique concernant sa foi comme une mise à l'épreuve par un phénomène surnaturelle dont il fut victime. Sa raison était incapable d'appréhendée correctement ce fait cauchemardesque négatif de prime abord car se sentant prisonnier de son intelligence totalement débordée. Il vécut ce moment comme un conflit intérieur voire une punition pour ses certitudes, son arrogance méprisante vis à vis des croyances jugées idiotes et fondées sur du vent, des craintes qui n'ont pas lieu d'être de l'ignorance. Là, il se dit dépité qu'il n'était pas différent de ces pauvres bougres superstitieux qu'il dénonçait. Était ce une révélation à ne plus douter de l'omniscience et de l'omnipotence de Dieu puisque nombre d'individus avant lui avaient connu des expériences extatiques différentes et des appels ou rappels *dikhr* à invoquer et louer dieu dans un don amoureux de sa personne au Miséricordieux Compatissant Clément et Sage; il s'agissait d'une humeur noire selon lui liée à une psyché tourmentée, une existence chaotique subie non choisie de son plein gré. Était il en pleine crise existentielle due à son age, son célibat, l'absence de métiers et de perspectives à court terme? Ces visions apparaissaient dans les bras de Morphée non en état de vieille. Il appréhendait de trouver le sommeil; il comprit à cet instant l'importance de l'interprétation des rêves. Sa rencontre avec l'ermite lui permit de s'ouvrir à ses phénomènes irrationnelles lesquels disparurent le jour où il s'engagea définitivement dans sa quête existentielle qui lui apporta la paix intérieure; il s'initia au monde onirique et à la psychologie et surtout à la mystique ésotérique au sens caché *batin* du texte coranique dont les soufis voire des chiites du *Khorasan* au *Ahwar,* de *Perse* en *Syrie* en passant par l'héritage hellénisant des péripatéticiens «*il n'est point de verset coranique qui n'ait quatre sens:*

*zahir, l'exotérique, batin, l'ésotérique, hadd, la limite, Motala', le projet divin. L'exotérique est pour la récitation orale; l'ésotérique est pour la compréhension intérieure; la limite, ce sont les énoncés statuant le licite et l'illicite; le projet divin, c'est-ce que dieu se propose de réaliser dans l'homme par chaque verset.»(*H.Corbin). Husayn apprit du moine qui vécut notamment au *Machreck* à *Édesse* des connaissances philologiques et d'histoires des religions insoupçonnées du rayonnement intellectuel multiconfessionnel du califat abbasside sans commune mesure avec la *Cordoue* du X siècle. Le moine était entre 970 et 975 en orient là où se trouvaient les textes grecs traduits en syriaque et en arabe; Tout était sur place dans les couvents et bibliothèques alors qu'en occident les savants attendaient impatients au moins une génération que les écrits soient traduits et transmis à l'occident; Par ailleurs, il put écouter différentes récitations du *Qur'an* qui avaient encore cours dont celle d'*ibn Massoud à Kufa* en dépit d'un consensus *ij'ma* sur la canonisation de la *version uthmanienne* à cette époque dans l'empire abbasside; toutefois, au regard des conflits incessants entre mouvements et écoles de pensée la prudence était requise. Il restait bouche bée à l'écoute de ses informations propres à sa religion. Le moine eut accès à *Harran* à de nombreux feuillets apocryphes d'un christianisme oriental primitif dans cette région où naquit tant de religions. *Al Andalus* avait adopté le malékisme; Les autres écoles juridiques ne prirent pas pied dans la péninsule et encore moins les alides, les vaincus de l'histoire qui n'étaient pour les orthodoxes que des mécréants professant un amas de mensonges. Pour les savants raisonnables tel l'ermite, ces sources ne devaient pas être négliger car elles étaient une clef de compréhension historique de la construction du dogme et de la tradition musulmanes que le pouvoir orthodoxe éradiqua comme il put car jugées subversives. En occident, *Sylvestre II* devint pape en 999; on dit de lui qu'il était le pape le plus savant de son temps. Les philosophies enseignées en *Asie* venaient difficilement jusqu'en *Europe;* elles étaient relayées par la classe marchande éduquée et les savants comme le géographe *Muqqadasi* au X siècle. Nous savons ce que les contemporains d'*Halladj* assimilèrent de ces différentes philosophies anciennes grecques et perses, écoles de pensée *mutazilite,* chiite *extrémiste,* kharidjites, *murgites* voire chrétiens *nestorien, monophysite jacobite* qui arrivèrent au compte goutte en *Espagne musulmane.* A la périphérie du royaume dans la marche supérieure(*Saragosse*) des érudits *francs* du nord en voyage d'études découvraient les richesses culturelles des couvents en langue arabe lesquelles furent apportées par des savants fuyant les persécutions d'*al Mansûr.* Leurs connaissances des textes antiques relayées travaillées commentées et réinventées par la *Baghdad* abbasside de la *maison de la Sagesse bayt al Hikma* où des érudits de confessions diverses de tout l'empire musulman collaborèrent à cet exercice intellectuel périlleux et excitant de la traduction, des études grammaticales philologiques philosophiques astronomiques physiques ou sciences de la nature médecine, politique éthique à l'instar du divin *Platon: la République* dont *Farabi* tira de ce texte sa cité vertueuse ou les fondements métaphysiques de la *cité idéale avec le règne du philosophe roi*; *la théologie d'Aristote* extraite en vérité de savants néoplatoniciens, *l'éthique à Nicomaque* d'*Aristote,* la liste des œuvres composées serait trop longue à rapporter ici. *Gerbert d'Aurillac* devenu *Sylvestre II* découvrit et étudia quelques œuvres et commentaires *d'Aristote* mais aussi évidemment de *Boèce* dans les monastères d'*Al Andalus*. Pour Husayn ces hommes curieux d'apprendre étaient prêts à tous les sacrifices quand l'on songeait aux risques encourus par le voyageur à travers des contrées peu sûres. Mais toute quête spirituelle et scientifique demandait des sacrifices des efforts afin d'atteindre son but. Voilà pourquoi il admirait tant ces hommes. Le plus insolite dans le parcours singuliers du pape fut la courte période de son pontificat puisqu'il mourut à *Rome* en 1003. Or, en l'espace de quatre années, il permit à L'*Europe* selon des chroniqueurs chrétiens d'engager la chrétienté dans un processus de développement politique avec la naissance d'états ou républiques en devenir tels *Gêne Venise* dont la puissance s'affirmerait. Les émirs musulmans qui jadis recevaient les taxes de leurs voisins sous suzeraineté payaient dès lors le tribut à *Borell II* en *Catalogne* en ce début de XI siècle. La politique des *parias* affaiblit considérablement les royautés musulmanes sujettes à d'incessantes discordes intérieures. Ce cycle conflictuel renvoyait Husayn à la prophétie des liaisons dangereuses ainsi qualifiées par le *fou* de *Cordoue* que personne ne prit au sérieux à tort comme le montra la suite des événements mais les charlatans étaient légion dans le royaume en ce passage de l'an mil tant redouté par les superstitieux; les divagations d'un vieux fou inoffensif dans le quartier de la grande mosquée du vendredi où il avait coutume d'interpeller et haranguer les passants sur leur vie insouciante lassa le peuple. Cet homme refusa d'intégrer l'hospice des aliénés où il avait été déjà interné par décision du cadi mais le médecin de l'hôpital après mûres réflexions considérait qu'il n'avait rien à faire dans l'hospice. En 985 en pleine gloire *amiride*, il annonça à la foule la *conquête* des rois chrétiens sur toute *l'Espagne wisigothique*, rien de moins! (les arabes n'utilisaient pas le terme de reconquête qui était un attribut chrétien) Les cordouans avaient bien ri. *Al Andalus* était toute puissante et ne craignait seulement la providence divine. Au nord dans les marches supérieures les plus septentrionales des territoires montagneux et inhospitaliers, les élites chrétiennes attendaient des changements conséquents dont la disparition du monstre de *Cordoue* lequel razziait leur territoire une fois l'an. Néanmoins, une once d'espoir perçait inéluctablement dans la psyché collective car les musulmans n'avaient jamais pris racines chez eux, ils ne le purent ou ne le voulurent pas car la terre était avare. Les indigènes se révoltèrent très tôt d'une part pour de meilleurs conditions de vie et d'autre part, au nom d'une fierté clanique ou un sentiment d'appartenance à une terre sur laquelle ils étaient confinés enfin, l'idéologie prégnante portait sur la révolte sous la bannière de la croix comme on le vit plus haut, las de la présence sarrasine dans la péninsule jugée inacceptable pour eux. A *Cordoue*, la vie était agréable oisive douce pour l'élite en raison d' infrastructures développées sous *Abd ar Rahman III al nasir* aussi les rentiers ne se souciaient pas de l'avenir malgré quelques signaux avant coureurs inhérents à une politique va t'en guerre extrêmement coûteuse dont les rentrées de fonds étaient inférieurs aux dépenses de l'état. Le fou de Cordoue semblait au contraire plus sage que l'ensemble des citadins. Les années passaient et le peuple ne vit rien arriver; les femmes cessèrent de le nourrir et un beau jour, il disparut sans laisser de trace. Avec la mort d'*al Mansur*, son fils *al Muzzafar* hérita du pouvoir lequel continua la même politique durant six années avant d'être empoisonné selon la rumeur par son frère *Sanchuelo* qui lui mena *Al Andalus* à sa perte. La clairvoyance du vieux fou résonnait peut être à cet instant dans l'esprit des habitants de la cité qui jadis se moquaient de lui. Cette chute semblait bien programmée et elle datait certainement des années 970. Les chroniqueurs sous estimèrent le rôle en sous main des mères de ces princes amirides et omeyyades qui étaient informées des arcanes du pouvoir. L'exception était *Subh* que les chroniques identifiaient comme l'amante du *hadjib,* sinon il n'était pratiquement fait aucune mention d'elles. Dans les faits, chacune se battait pour assurer les intérêts de son rejeton et des siens avec ses moyens dans cette lourde hiérarchie palatine. Cette micro société grévait une part importante du trésor particuliers du calife comme on le vit sous al *Hakam II* pour entretenir cette immense famille jouissant de son statut privilégié. Finalement, la guerre civile éclata et nul ne pouvait imaginer alors qu'elle se poursuivrait durant vingt ans et la fin du califat omeyyade. Mais, seul dieu savait exactement ce qui attendait *al Andalus*. Les cordouans les plus aisés et clairvoyants décelèrent suffisamment tôt les prémisses de la catastrophe étant donné leur profession de marchand négociant ils étaient au fait des réalités économiques et géopolitiques par leurs contacts extérieurs. Ceux là anticipèrent la *fitna* en plaçant leur famille et biens à l'abri loin de *Cordoue* bien avant les débuts de la guerre civile outre la conscience qu'ils avaient de la médiocrité du pouvoir en place incapable de réformer une politique obsolète, une trésorerie déficitaire pour ne parler d'une banqueroute totale. L'élite qui avait toujours veillé à ses intérêts propres imbriqués dans les finances du palais ne sut contrecarrer cette descente aux enfers. La prise de conscience trop tardive de l'élite faisait écho aux propos des chefs chrétiens conscients de la faiblesse militaire des infidèles donc le moment était venu de rentrer plus activement dans la danse. Ailleurs, les italiens fortunés développaient une activité commerciale sur l'ensemble du bassin méditerranéen avec des comptoirs permettant le commerce de denrées rares, des échanges diplomatiques assurant un négoce conquérant jusqu'en orient. Ainsi, cette bourgeoisie génoise pour ne citer qu'elle prit un essor considérable en diversifiant ses produits avec la banque devenant une force politique influente puisqu'elle disposait l'arme essentielle à toute guerre:la monnaie. Pouvait on parler des débuts d'un capitalisme médiévale en devenir. A *Cordoue,* on remarqua une nouveauté, un mouvement populaire spontané et désorganisé devint une force active à prendre en compte aux premières heures de la guerre civile; cette entité sociale comptait en tant que force politique dans cette conjoncture chaotique. Les vingt années de guerre civile méritaient un récit *ad hoc* que Husayn n'était pas en mesure de rapporter objectivement en raison d'un détachement insuffisant sur les événements. Avec la création des *reyes de taifas* à partir officiellement de 1031 paradoxalement le système califale fut conservé par l'ensemble des souverains régionaux comme le modèle politique avec son protocole de cour pompeux. Ces états parfois éphémères jouissaient d'une légitimité toute relative; or, les conflits extérieures s'immisçant dans les affaires intérieures des royautés la conséquence première était l'éphémère durée d'un émir sur le trône outre les contestations manipulées depuis l'extérieure par un émir plus puissant à l'instar de la fraction sévillane; une des causes conjoncturelles majeures fut elle même héritée du système structurel omeyyade de nature ploutocratique qu'était la corruption à quoi s'ajoutait des taxes non coraniques instaurés à des fins plus personnelles que communautaire pour monter une armée suffisamment forte contre les assauts et visées des voisins qu'ils fussent chrétiens ou musulmans ou les deux à la fois coalisés contre un tiers; les ambitions expansionnistes des factions étaient la réalité et *Séville* sut conquérir un territoire et instaurer une dynastie à coté des royaumes chrétiens plus opportunistes que jamais en raison de leur puissance militaire nouvelle. Le souvenir de la période faste sous *Abd ar Rahman III* signifiait dès lors pour le peuple, un éden perdu, une stabilité politique, une paix relative, une sécurité alimentaire dans le sens d'un Hasan al Qurtubi pour qui seule une période de paix pouvait concrétiser son projet éducatif subventionné en partie par le palais dont le principal mécène était le prince héritier croyant lui même aux vertus de l'enseignement pour développer culturellement et économiquement le royaume dont il hériterait; la réussite du projet dépendait d'une réel volonté politique à long terme et là résidait le problème. Les exemples d'orient lui rappelaient la longue route à suivre pour ancrer l'humanisme dans tous les esprits de manière horizontale. Éducation et santé tels étaient les clefs du progrès social selon ibn Hassan al Qurtubi lequel voulait "démocratiser" le savoir qui jusque là appartenait exclusivement à une minorité et ce depuis l'antiquité. Ses espérances furent déçues par la politique amiride qui prit le pouvoir après la mort d' *al Hakam II. Al Mansûr* était enclin à la suspicion envers les savoirs dits intrus; il était un anti humaniste viscéral contre tout projet projet de conscientiser la majorité indigente silencieuse signifiant pour lui un danger supplémentaire. Il choisit l'état de guerre permanent qui marqua son règne de vingt ans. Avec l'an mil et la mort de ce dernier périt le médecin soit une perte immense pour le petit peuple. Les fils du *hadjib* tour à tour aux commandes à *Cordoue* furent incapables d'endiguer les luttes intestines autrefois mises en sourdine sous le joug de leur père mais elles réapparurent avec plus de vigueur à sa mort; les nombreux petits fils d'*Abd ar Rahman III* étaient en revanche de bien médiocres prétendants sans envergure loin de leurs glorieux parents pour renouveler la dynastie.Que réservait l'avenir? Une lecture critique du monde s'imposait aux cadres sociaux dont il était l'un d'eux après vingt années d'une guerre civile meurtrière, la fin du califat omeyyade du *Maghreb al aqsa* à *al Andalus* pour entrer dans l'ère des *taifas*. Est ce que le morcellement d'*al Andalus* était positif pour l'avenir en dépit de la désunion qui jouait en faveur des royaumes chrétiens? Quelle légitimité avait tout ces anciens clients omeyyades à gouverner au nom surtout de la *amma*? Husayn perçut une chance dans la pluralité culturelle et ethnique de ses différents états d'où émergerait une émulation intellectuelle mais surtout, il s'agissait de la fin de l'exclusivisme Quraychites à gouverner. De cette pluralité l'intérêt de chaque émir était d'enrôler des savants, des poètes, des scientifiques pour construire une dynastie rayonnante économiquement viable dont la renommée attirerait toujours plus de monde donc d'alternatives au-delà de leurs frontières. A *Cordoue* un triumvirat fut constitué par des familles importantes de l'aristocratie arabe lequel reprit les affaires en main et instaura une république au sortir de cette longue nuit que fut la *fitna*. Néanmoins, cette idée avait germé dans les esprits de l'élite au fil du temps et de l'incompétence des califes qui finalement n'avait du pouvoir que le titre honorifique puisque les intérêts vitaux de *Cordoue* étaient aux mains de l'élite arabe qui n'en pouvait plus de cette insécurité permanente négative pour le commerce et le bien être du royaume; par ailleurs des villes comme *Séville Almeria Jaén Grenade* semblaient indifférentes au sort de la capitale car elles étaient déjà souveraines. D'ailleurs, le calife *Yahya* renversa en 1025 *Muhammad III, mais* ne s'empressa pas de quitter *Malaga pour la capitale* si ce ne fut le temps d'y installer des garnisons et repartir aussitôt. Cela démontrait l'état pitoyable dans lequel subsistait *Cordoue* jadis perle de l'occident mais n'incitant personne à s'y attarder en ces jours d'incertitude. La légitimité politique des trois familles ne fut pas remise en question outre le rôle actif et déterminant qu'elles eurent dans le maintien d'une administration durant l'absence de calife qui démontrait toute l'inanité d'un pouvoir califal; ce fait permit au peuple d'espérer un retour en grâce économique dont les profits évidemment restaient pour la grande majorité au sein de la famille la plus influente; en fait, le plus important était la paix civile qui de nouveau régnait. Avant d'en arriver là, l'élite échafauda divers *talattuf,* stratagèmes toutefois, tous échouèrent pour des raisons de choix de personnes censées les représenter; enfin, lorsque l'aristocratie déchut l'ultime pantin sur son trône, elle prit la décision de clore définitivement ce chapitre d'où la constitution d'un nouveau pouvoir doté d'un «directoire» initial à trois; bien entendu, il ne resta qu'*ibn Djahwar* au bout de quelques temps. *Le clan des banu Abbad* à *Séville* instaura lui une monarchie dynastique à l'instar des autres taifas. Toutefois, Cordoue sortit du marasme quand une certaine normalité politique se manifesta avec l'espoir pour une population très éprouvée. Quand Husayn à l'automne de sa vie s'installa à Séville chez son protecteur, la situation des intellectuelles était difficile en raison du malikisme local considérant les sciences exactes à l'exception de la médecine comme un savoir intrus. La philosophie n'était pas enseigné. La seule sagesse qui valait était le Coran la sunna et la *muwatta de Malik*. Par ailleurs, cette suspicion déclarée envers la science grecque n'était pas le fait du seul islam espagnol mais touchait tout autant l'église romaine. On mettait à l'index les érudits dont la pensée, les œuvres captivaient les hommes raisonnables en mal de connaissances à plus forte raison les médecins qui du reste étaient tous plus ou moins versés dans la philosophie et la métaphysique car la médecine soignait les corps et les âmes. Les religieux redoutaient l'apport de cette sagesse païenne qui détournait les hommes de dieu, d'ailleurs, la fermeture de l'école d'*Alexandrie* en fut un exemple parmi d'autres. Le savant était impuissant face à ce carcan religieux puissant en chrétienté et devait s'il voulait approfondir ses connaissances s'exiler là où le savoir s'enseignait avec des bibliothèques regorgeant de manuscrits. Il constatait à chaque fois la responsabilité des religieux dans l'interdit synonyme d'obscurantisme pour lui ne considérant pas les enjeux politiques tout au long des siècles jusqu'à son XI siècle où le religieux régnait en maître absolu sur les esprits. Cette politique d'interdiction sapait d'une part le progrès humain en brimant l'innovation intellectuelle dont les conséquences étaient une infantilisation de l'homme. Pourquoi refuser de s'épanouir alors que la foi et le culte n'étaient pas du tout remis en doute; il n'y avait selon lui aucun paradoxe entre raison et foi. Le religieux était semblable à cet époux décidant pour sa femme ce qui était bon ou pas alors qu'il ignorait magistralement la nature fondamentale de la psychologie féminine mais il lui est fondamentalement supérieur. En agissant de la sorte, on favorisait la perpétuation d'un modèle pervers construit par des hommes légitimant leur argumentation en manipulant les sources scripturaires. Dans les faits historiques, le prophète avait bien au contraire doté la gente féminine de droits qu'elles n'avaient jamais eu dans la société tribale patriarcales du *Hedjaz* en tant que musulmane écrit noir sur blanc. Mais cette ignorance instituée n'était pas uniquement un problème local puisque de nombreux faits divers à l'ouest chez les *francs* des médecins tuaient plus qu'ils ne soignaient leurs patients en pratiquant leur art qui était un mélange de superstition et de recettes médicinales. Cependant ,il existait des esprits éclairés courageux bravant censure et ignorance institutionnalisées au péril de leur vie pour subvertir cette fatalité qui n'avait pas lieu d'être mais la realpolitik maintenait la chape d'airain sur l'humanité; malheureusement, il n'y eut pas un esprit de corps chez l'élite intellectuelle à l'instar des bédouins dont on a tracé à gros traits en introduction quelques attributs pour défendre le clan, ses liens et l'honneur; certes, l'idéalisme naïf de Husayn ignorait la complexité du politique. Sanchuelo quant à lui remarquait que l'historien du XIV siècle *Ibn Khaldun* dans *al muqaddima* analysait avec force détails les fondements anthropologiques et sociologiques des empires et de leurs armées, les sociétés tribales, citadines, bédouines, leur nature politique et fonctionnement, le rôle des individus, la richesse et le luxe voire leur fin en fixant une durée de vie approximative de l'empire autour de cent ans. Husayn à son époque ne disposait pas des lumières de cet historien des sociétés du *Maghreb* dont son ouvrage ci dessus mentionné était une somme encyclopédique pluridisciplinaire. Le scheik consacra sa vie à éduquer les esprits et conforter les âmes et Husayn était résolu à suivre sa voie quitte à mourir pour ses idées. Vingt longues années, loin de son royaume d'*Ithaque,* de son épouse *Pénélope,* son fils dont sept années retenues chez *Calypso* la nymphe aux belles boucles blondes qui ne put en dépit de ses charmes gagner l'amour d'Ulysse et le retenir car il était obsédé par sa quête du retour et jamais le héros n'abandonna ce but; *Ulysse* était sous la protection d'*Athéna.* Pour Husayn, plusieurs facteurs fondamentaux intervinrent dans son succès pour déjouer pièges et traîtrises. En premier lieu, l'intégrité moral puis l'intelligence et le charisme du meneur d'homme qui est l'autorité par excellence, une foi sans faille complémentaire d'une pensée rationnelle dans un environnement surnaturel et merveilleux. Cette légende homérique s'adressait avant tout à celles et ceux qui doutaient de leur capacité à s'adapter aux situations, leur rôle, leur place dans la société et que l'abnégation était la clef de la réussite dans sa quête de soi et du monde, en somme croire en son destin. Husayn n'oublia pas les périodes critiques qu'il dut surmonter dans le dénuement, la douleur, les insultes sur son chemin de la part de types fiers de leur stupidité sans compter les bandits, les coups reçus, les pierres des enfants apeurés comme qu'il marchait d'un pas lourd dans le *massif des Maures ou encore à Malte. Salomon,* le livre des proverbes, 23,9 traduisait ce sentiment de désespoir qu'il éprouvait face à la bêtise de certains: «*Abstiens toi de parler aux oreilles du sot, car il méprisera tes discours plein de sens.*» *En revanche,*

Barcelone en *Catalogne* symbolisait la ville par excellence du renouveau après les nombreuses destructions subies durant les deux derniers siècles parce que la population dans sa diversité fit preuve de créativité et d'altruisme selon les chroniqueurs chrétiens. 985 le cruel *Al Mansûr* pillait *Barcelone* laquelle demandait l'aide de son suzerain *Hugues Capet* qui restait muet comme une carpe...*Borrell II* obtint de facto son indépendance. Paradoxalement, la mise à sac de la ville allait propulser *Barcelone* dans une fantastique conjoncture économique d'où l'optimisme notoire de Husayn totalement acquis à cette ville et ces habitants aussi, il fit y une étape de quelques mois.

-«Rien d'extraordinaire puisqu'il haïssait le tyran» Rétorqua Joseph.

- Il fut ravi d'apprendre la mort du tyran non qu'il jubila de la mort d'un homme mais plutôt le symbole qu'il représentait. A ce moment, il ne savait pas que son maître n'était plus de ce monde.

-"Sanchuelo, quelle étrange vie que la sienne? Cet homme semble maudit dès sa naissance en raison de son milieu social enfin ces nuits devenues un calvaire.»

La piraterie sarrasine avait pratiquement cessé et le commerce maritime put reprendre et avec lui toute la chaîne d'intermédiaires avec des retombés économiques pour l'ensemble de la région ainsi que par voie de terre où la sécurité était de nouveau assurée pour les voyageurs et négociants. Les problèmes raciales vis à vis des minorités ethniques et religieuses ne furent plus un soucis car la production agricole explosait grâce aux méthodes apportées d'*al Andalus* par les exilés fuyant la politique de terreur amiride donc une main d'œuvre qualifiée était demandée. Après son séjour à Barcelone, il continua son exploration de la région au-delà des Pyrénées à *Arbûna, Narbonne,* en pays *franj* où il eut saisi une opportunité de travailler pour un entrepreneur napolitain implanté en *Septimanie* depuis quelques générations déjà. Il fit la rencontre de Husayn alors à *Barcelone.* En arrivant à l'orée de la ville, il tomba sur une statue portant ces mots ailés: «*demi tour, enfants d'Ismaël, ici est votre terme si vous me demandez pourquoi je vous dirais ceci: si vous ne faites pas demi tour vous vous battrez les uns les autres jusqu'à la Résurrection!*» Il fut refroidi dans son enthousiasme. Était il en danger sur ces terres qu'il croyait accueillantes en raison de l'activité économique florissante? Il savait d'expérience que les hommes ne pensaient pas à se battre quand l'économie était florissante car le peuple était satisfait et pouvait envisager l'avenir sous de meilleurs auspices à cela s'ajoutait une démographie en regain soit une augmentation des naissances; à contrario, le déclin d'un empire voyait une baisse significative de la productivité puis le marasme, les premiers conflits civiles. L'entrepreneur qui le recruta voulait faire fleurir des terres restées en jachères quelques années à cause les troubles guerriers incessants. Husayn devait traduire et expliquer de nombreux traités d'agriculture que l'entrepreneur comptait mettre à profit pour son *latifundium* et s'occuper de la santé des employés de l'entreprise familiale. Il était temps d'investir de produire d'innover en semant des produits nouveaux rentables pour en finir avec l'agriculture de subsistance coutumière. De la *Catalogne* en *Provence*, une nouvelle époque débutait pour les agriculteurs, les marchands et négociants mais aussi les artisans et manufactures. Husayn avait logiquement accepté la demande du *franj* par nécessité alimentaire et sécuritaire étant sous la protection de cette famille respectable, loger dans la propriété. Ce fut la première fois que le propriétaire embauchait un sarrasin originaire de Cordoue, non qu'il n'est jamais eu de contact avec des musulmans mais un lettré n'avait rien à faire dans ce secteur; or, le projet qu'il avait en tête nécessitait d'abord tout une travail de recherche en amont qu'il prépara soigneusement se procurant les manuscrits utiles à sa futur production et c'est là qu'Husayn lui était d'une grande aide. En général, il cherchait surtout une main d'œuvre saisonnière. Ce maure était éduqué et avait de nombreuses compétences outre sa courtoisie, sa discrétion correspondait parfaitement au profil d'homme qu'il recherchait; il ne lui avoua pas que sa vieille mère était malade depuis quelques temps et que les médecins locaux n'avaient point trouver son mal aussi, il espérait en son for intérieur que l'étranger put lui venir en aide. Il fit une excellente impression sur l'ensemble de la famille avec laquelle il conversait en castillan roman.

Tous étaient stupéfaits de ses connaissances encyclopédiques sans oublier la médecine ce qui enthousiasma le père du jeune homme se prenant à rêver qu'il sauva son épouse. Husayn et ses contemporains voyageaient sur des voies romaines sans même y songer. Leur importance militaire pour le transport du matériel et des troupes était un facteur de temps. Les romains avaient imposé un savoir faire rare dans le génie civil et militaire dans tout le bassin méditerranéen où La *pax romana* s'étendait aussi vers le nord de l'Europe. L'entrepreneur vit un avenir florissant pour son patrimoine foncier. Husayn relevait l'héritage arabe visible dans le nord qu'il s'agit de l'outillage, du vocabulaire, des disciplines malgré une propagande chrétienne qui minimisait ce patrimoine culturel et scientifique car jusqu'alors le maure était un mécréant à la peau noire avec des cornes trucidant les enfants et violant les chrétiennes comme l'idéologie le dessinait. Néanmoins, la terminologie de nombreux termes, l' étymologie dans le domaine de l'irrigation: *alberca, al birka(arabe)* bassin; *azud, as-sudd, barrage* mais encore *algibe, al gubb,* citerne; noria, noria; *açe(gn)na, as-saniya,* roue hydraulique; *arcadus, al kaddus,* tuyau de terre cuite pour les canalisations; atanor, *at-tannûr,* tuyau de fontaine; *alcubilla* (diminutif de l'arabe) *Al kubba,* chambre d'où partent les tuyaux d'irrigation. (*Gonzalez Palencia-el islam y Occidente*). *Ibn Hayyan* notait qu'il y avait un service administratif spécifique lié à l'inspection de l'irrigation, *wakalat as- sakiya* et le titulaire de la fonction était le *sahib as sakiya* qui donnera en espagnol *zabacequias...*L'amélioration des structures et techniques agricoles de l'époque wisigothe par les musulmans signifiait une meilleure alimentation qualitative et quantitative, avec à la clef un développement démographique et sanitaire réel. Le *calendrier de Cordoue* fut un instrument positif supplémentaire au service des agriculteurs car chaque mois de l'année, ce guide fournissait les renseignements essentiels au travail de la terre et la capitaliser. Les géographes et autres savants de la nature étaient unanimes pour constater le potentiel énorme de l'*Espagne musulmane*; ce n'était pas moins un territoire céréaliers qu'arboricole et horticole; en fait, c'était un véritable jardin de cultures du plus local au plus exotique toujours irriguées; *al Idrissi* nota de *Tolède:« on y voit sur le Tage un aqueduc très curieux,composé d'une seule arche au dessous de laquelle les eaux coulent avec une grande violence et font mouvoir, à l'extrémité de l'aqueduc, une machine hydraulique (na'ura/noria) qui fait monter les eaux à 90 coudées de hauteur...»* et *«les jardins qui environnent Tolède sont entrecoupés de canaux sur lesquels sont établies des roues à chapelet (dawalib) destinés à l'arrosage des vergers.Tout comme à Valence».* Les récits anecdotiques et élogieux de voyageurs ne manquaient pas à l'instar de ceux d' *Al Bakri ou al Idrisi.* Les olivettes couvraient une bonne partie du territoire aussi bien dans le sud que le nord d'ailleurs, cela correspondait au répertoire des climats d'*al Idrisi, iklim az- zaytun,* le climat des oliviers. L'olivier a gardé en espagnol son nom roman mais, l'olive et l'huile gardèrent les noms arabes: aceituna-(*az zaytuna)*et *aceite.* L'olivier sauvage, *az zabbug* se dit en espagnol *acebuche.* Il n'avait pas l' opportunité ici bas de se procurer beaucoup de livres ayant un intérêt scientifique voire de la littérature arabo-andalouse en prose pendant son temps libre. Les ouvrages chez eux dans le sud étaient en général horizontalement couchés les uns sur les autres sur des étagères compartimentés et ordonnées. Il se souvenait de ces gens généreux cultivés qui ne se lassaient jamais de la compagnie du scheik. Avec les années, il oubliait leur visage comme les nombreuses images qu'il gardait en mémoire s'effaçaient. Il raffolait des récits courts *d'al Hariri* en prose rimée appelés justement *séances*. *Al Hariri* avait prolongé la création d'*Al Hamadhani*. Les *maqâmât* de *Hariri* les plus truculents mettaient en scène un narrateur, *Al Harîth*, et le héros, *Abû Zayd*, un génial vagabond bohème malin et fripon comme personne! Au-delà des aventures de ce génial énergumène, on relevait une critique en règle de l'aristocratie arabe de son époque. En fait, chacun en prenait pour son grade; une satire sociétale phénoménale! Ce fut l'occasion pour Husayn de découvrir jadis une petite partie des *séances* anecdotiques des mœurs d'une aristocratie orientale de *Damas* jusqu'en dans le *Khorasan*, la terre des savants, médecins, physiciens mathématiciens, des poètes, soufis considérés comme des mécréants par l'orthodoxie religieuse dominante mais aussi des chiites. Toutefois,les culs terreux qu'ils soient orientaux andalous franc calomniaient l'individu. *Abû Zayd* ou le scheik par exemple réussirent à créer du sens par leur activité, leur controverse pour agir sur le monde quand les mondains disons pour caricaturer cherchaient avant tout les éloges,la gloire,la richesse. *Abou Zayd* s'empressait de ridiculiser à coup de tirades décalées les gentilshommes. Cette poésie sous des couverts de fausse légèreté était un véritable témoignage sociologique à charge contre l'aristocratie et ses coutumes dans un contexte défini et spécifique,le califat abbasside. La poésie fut durant la *jahiliya* l'art majeur par excellence de la culture arabe bédouine; en sortant de cette période d'«ignorance» qui en vérité n'en ai pas une du tout, c'est un patrimoine culturel et intellectuel que la langue arabe dotée d'une musicalité formidable rendait la culture de l'oralité plus attrayante encore que l' écriture au départ défectueuse en raison du seul squelette consonantique et qui se propagea finalement dans l'ensemble du *Dar al islam,*de l'*Indus* jusqu'au *Maghreb en tant que langue du savoir.* Ainsi, des italiens, des français, des germains et des saxons découvraient le riche héritage arabo-andalou par l'intermédiaire des savants juifs musulmans et mozarabes fuyant *al Andalus* qui traduisirent l'héritage grec soit, tout un savoir pluridisciplinaire...*Ibn Hazm* avec son œuvre de jeunesse «le collier de la Colombe(...)» contemporain de Husayn fut certainement le précurseur de cette littérature en vogue sur l'amour courtois au nord des Pyrénées comme Joseph et Sanchuelo quatre siècle plus tard s'en rendirent compte. D'un autre coté,la fable animalière était parfaite pour aborder des thèmes politiques philosophiques difficile car scandaleux aussi les plus courageux dénoncèrent les faces sombres de la société coincée entre le carcan religieux et la tyrannie du pouvoir politique souvent au péril de leur vie. Husayn comprit lors de sa courte entrevue avec le doyen que sa rancune accumulée tout au long de sa période d'esclavage l'aveuglait. Néanmoins,était il pour autant blanc comme neige? D'autre part, s'il avait tué le responsable du sort de son maître et de leur calvaire,aurait il été libéré moralement de ce fardeau? Il serait devenu *de facto* un vulgaire criminel, Œil pour œil, dent pour dent, cette conception biblique de la justice était un avatar du droit du sang tribal menant l'homme dans une impasse criminelle. *Issa ibnou Maryam* prêcha et enseigna l'amour et le pardon lesquels étaient *la solution* pour Husayn; était il capable de liquider un homme de sang froid?

-«Ce sont des erreurs de jeunesse qui font échos à sa vie cauchemardesque,non? Reprit Joseph.

-Oui. En supposant qu'il fût capable d'accomplir son forfait il reniait alors l'enseignement du maître et déshonorait sa mémoire ainsi que celle de ses parents. Umm Husayn que le cheikh sauva un jour des griffes de la mort.

-«Sa vie chez le maître fut vraiment un tournent dans cette première existence précaire. Combien d'enfants subirent un sort peu enviable en tombant dans les filets de négriers mettant à la tache jusqu'au sang et sans scrupule les enfants.»

- Exact, il est l'exception », répondit Sanchuelo.

Le garçon fut un apprenti non un serviteur,un garçon à tout faire outre qu'il fut aimé d'un vieil homme qui n'avait jamais eu de fils dont la fidèle servante Maryam au service du maître fut une mère. La parole donnée au père n'était pas une coquille vide L'enfant s' adapta lentement et reçut beaucoup d'attention. D'ailleurs, la prise de conscience de Husayn d'un monde à deux vitesses radicalement différent devint une évidence pour lui synonyme d'injustice d'inégalité criante dans tous les domaines qu'il connaissait du parlé jusqu'au foyer entre le travail épuisant de la terre d'un père l'échine courbée les mains rugueuses et un homme âgé qui soignait les premiers usées par le labeur, la saleté. Ce jour de la séparation était gravé dans sa mémoire à double titre car il était lié à sa mère malade son père et ses sœurs en larme. En prenant l'enfant à son service le cheikh soulageait le chef de famille ployant sous la misère; d'autre part, le médecin par son action manifesta clairement son hostilité à des méthodes coercitives interdite dans l'absolue par l'éthique musulmane, le bon sens, le respect de la dignité humaine. Le propriétaire terrien ne fut jamais inquiété ni de près ni de loin. Husayn ne réalisa que tardivement les causes réelles des ennuis du maître. Il se rappelait franchir les portes de sa nouvelle demeure, bouche bée émerveillé par la taille de la porte d'entrée, la grandeur, la profondeur des pièces lui inspirèrent de la crainte en plus il avait une chambre pour lui tout seul. L'érudit pour sa part combattait énergiquement l'oppression sous toutes ses formes toujours dans le cadre des préceptes de la révélation musulmane et de la loi lorsqu'elle était assurée. Ce fut par le plus grand des hasards en visitant une patiente à domicile à la périphérie de *Cordoue* qu'il croisa Abou Husayn la main ensanglantée marchant sur le chemin tête basse,épuisé. Le pauvre homme n'avait pas pour habitude de geindre et priait d'abord Dieu qu'il lui envoyât un signe et ce fut le médecin. Ils allèrent ensemble chez le paysan très affaibli. Le médecin côtoyait cette misère paysanne quotidienne.

-"pourquoi a t'il accepté la proposition du père? Tout de même, c'est étrange de la part de ce médecin".
Demandait joseph.

-En effet, la raison est certainement profonde et intime."
Au regard du système de quasi servage dans lequel

subsistait ces gens du bourg où le clientélisme, la corruption tournaient à plein régime et cette inégalité criante heurtait de face l'humanité de ce vieil homme emprunt de compassion pour ce gamin qui n'avait pas choisi cette vie de chien alors que l'image globale du royaume omeyyade amiride était à son sommet de puissance. *Ibn Khaldun* a montré l'histoire cyclique des dynasties berbères et arabes dépendantes d'un équilibre fragile interdépendant entre guerres extérieures et production de la richesse aussi avec le délitement progressif et donc programmé de toute l'architecture amiride les nombreux conflits intérieurs d'ordre social et ethnique mais aussi les troubles extérieurs resurgirent et s'introduisirent dans les premières fissures de l'édifice provoquant l'effondrement définitif en 1009 du pouvoir à *Cordoue*. De ce contexte incertain les enfants sont les premiers à souffrir car les plus vulnérables; ils étaient abandonnés ou vendus par leurs parents voire pousser à la mendicité dans les rues des grandes villes devenant ainsi des proies faciles résultat: prostitution, criminalité, esclavage...La décadence d'*al Andalus* tant décriée par les docteurs de la foi était le signe d'une société malade de ses contradictions incapable de se renouveler en raison d'une corruption endémique avons nous dit;en fait,le dépérissement d'un empire était un processus cyclique inévitable sur pratiquement trois ou quatre générations et les exemples étaient nombreux depuis l'antiquité ne serait ce qu'au *Maghreb*

-«Sanchuelo, peux tu imaginer un instant te comporter comme ces hommes à la bedaine proéminente respectés dans leur communauté faisant sauter sur leurs genoux leurs petits enfants en leur enseignant des valeurs morales vertueuses alors que le soir venu, ils foulent sans scrupule tout en frémissant aux plaisirs charnels qui les attendent dans les cabarets où ils pilonnent dans des arrières salles privées avec ardeur de jeunes imberbes!

-Sans commentaire.»

La révélation coranique fondement de la loi positive ou *fiq* en terre d'islam et plus généralement les bonnes mœurs, le bon sens punissaient ces comportements pervers néanmoins, prouver un viol était ardu devant un juge car le plaignant devait amener quatre témoins pour confirmer le délit ce qui était plutôt cocasse quand on y songeait...Les victimes préféraient se taire et acceptaient la mort dans l'âme leur sort voire trouvaient un arrangement en fonction des crimes. Les abus sexuels étaient un phénomène concernant toute les classes. Certaines femmes abusées contactaient ibn Hassan qui alors intervenait pour leur offrir une aide providentielle, juridique, matérielle en faisant jouer ses réseaux de fidèle qui essayaient de placer ses femmes à l'abri. Dans le cas d'un viol, il devenait difficile pour la victime de continuer à vivre au sein de sa famille avec le sentiment de culpabilité injuste qui retombait sur la victime, le déshonneur et la répudiation enfin la loi du sang. Les douleurs psychologiques étaient irréversibles. C'était dans cette perspective que la médecine spirituelle ou la psychologie prenait tout son sens car les conséquences de tels actes pouvaient être le suicide en raison du désespoir. Naturellement, le travail en amont du médecin concernant l'information était fondamentale. L'institut qu'il créa devait répondre et combattre ces phénomènes quasi banales dans la société d'où l'espoir fondé sur l'instruction, lire, écrire, compter, réfléchir, apprendre à se connaître soi même ce qui dit sous cette forme était pour le commun des mortels une ineptie. L'homme ordinaire n'est pas dans cette perspective intellectuelle. Il en est malheureusement incapable puisqu'il n'a pas reçu les outils adéquate alors il devient malgré lui une proie facile outre qu'il est en premier lieu l'oppresseur de sa propre âme comme le rappelle un hadith; certains parlent de l'âme colérique, l'âme végétative, l'âme instinctive inhérent à l'homme ou à l'animal. Les hommes génération après génération fonctionnent selon un mode commun, une mentalité des traditions anciennes jamais remises en question et là réside la problématique contre laquelle le médecin se battait avec ses fidèles au risque d'y perdre la vie. Mais encore fallait il que ces femmes et hommes croient vraiment en eux et aient suffisamment de caractère d'abnégation pour changer une routine et une fatalité mortifère en remettant leur destin entre les mains de Dieu autrement dit,ne rien faire vivre résigner. Or, son activité et ses propos furent jugés subversifs avec la prise du pouvoir par le *hadjib al Mansur* lequel ne tolérait aucune critique constructive. Le médecin n'avait pas la prétention de reproduire en *Al Andalus* ce que l'orient avait apporté de meilleur au monde entre le 8 et 10 siècle; néanmoins ce rêve humaniste dont al *bayt al hikma, la maison de la sagesse* de Bagdad, fondée vers 832 par le souverain abbasside *Al Mamûn (*second fils de *Haroun ar Rachid)* à la suite, dit on, de son rêve légendaire de sa rencontre avec *Aristote* était le plus bel exemple. L'héritage gréco-arabe de deuxième main atteignait au compte goutte en *al Andalus.* Cet accès laborieux à la pensée grecque, indienne, perse, zoroastrienne, manichéenne, sabéenne à l'ouest était néanmoins une fabuleuse chance d'ouverture puisqu'elle n'était qu'en transit selon *Razi. Or,* cet accouchement se fit dans la douleur, les larmes et le sang en raison des malikites et des catholiques d'autre part imperméables à une pensée humaniste universelle trop dérangeante d'où la difficulté de voir émerger des concepts et des idées émancipant les esprits du carcan religieux et dogmatique imposé. Par ailleurs, le vocabulaire employé ici et là au quotidien tel les couches viles du peuple *aradil al amma* par opposition à *ûlû l buyutât,* les représentants de maison qui formaient l'aristocratie étaient explicites sur cette exclusion institutionnalisée et revendiquée par le pouvoir arabe depuis 661 et la prise du pouvoir omeyyade à *Damas.* Nulle fatalité divine dans cette société ploutocrate mais une inégalité profane créée par l'homme en dépit des différents messages révélés aux hommes à intervalles dans le temps pour leur rappeler que l'amour, le pardon, la fraternité, l'égalité, la compassion, le droit qu'il s'agisse de *Jésus fils de Marie* ou *Muhammad ibn Abdallah* pour ne citer que les deux derniers prophètes sans rentrer dans les considérations théologiques à savoir la nature du premier au regard de populations se référant à eux.

Oreille attentive et bon vouloir.

La chronique de Husayn al masri témoignait de l'œuvre de son père spirituel; ce fut donc légitimement en tant que disciple qu'il continua le combat avec des moyens plus modestes. Mais Il dénonça inlassablement l'injustice sous toutes ses coutures. Il l'avait subi lui même. Il s'agissait toujours d'un contrôle politique et économique total d'une minorité sur l'ensemble de la société autrement dit,un problème culturel vieux comme le monde. *Aristote* avait dans son œuvre «la politique» énoncé les différentes formes de système de gouvernance de cités avec leurs attributs leurs effets dont le pouvoir oligarchique tendant à la tyrannie. Ici bas, en *al Andalus, les* religieux cautionnaient cette politique renforçant le paradoxe entre des valeurs humanistes universelles révélées aux hommes en tant que Voie droite et l'arrogance d'un pouvoir contraire à ces dernières. La guerre civile mit fin à ce particularisme mais ne put résoudre les maux qui gangrenaient le royaume. Il relisait ses nombreuses notes sur une époque révolue lorsque soudain son attention s'arrêta sur un banal fait anecdotique mais dont les conséquences restèrent insoupçonnées. En effet, durant la dernière période de sa captivité, il avait reçu un violent coup de gourdin derrière le crâne au cours d'une embuscade contre une caravane non loin de *Kairouan.* Le traumatisme avait laissé des traces, des séquelles puisqu'il avait eu durant plusieurs mois des maux de tête chroniques avant qu'ils finissent par s'estomper Cependant,des années plus tard alors qu'il était assis à son secrétaire dans ses appartements de l'alcazar de *Séville* ces mêmes douleurs étaient réapparues mais bien plus prononcées ayant pour conséquence de le clouer au lit et même en position horizontale la douleur était intenable alors il commença à prendre régulièrement de l'opium pour anesthésier ce calvaire. Cette époque de sa vie où il dut détrousser des hommes aux ordres d'un bandit était trop avilissante pour lui et il refoula dans son inconscient cette strate indigne de son existence. Finalement, depuis lors, il travailla sur ce sujet énigmatique qu'était l'inconscient, le refoulement et le rôle des rêves en tant qu'avertisseur; l'étude des sciences de la nature, la biologie, la médecine la psychologie était toutes liées à la philosophie à plus forte raison à la métaphysique qui était selon *Aristote* la reine des sciences aussi à cette heure tardive, il remerciait du plus profond de son cœur le scheik de lui avoir ouvert tant d'horizons insoupçonnés qu'il n'aurait certainement jamais approchés en restant ce fils de paysan pauvre confiné dans son bourg. Mais philosopher au XI siècle restait une des causes première de répression politique des savants en *al Andalus.* Husayn regarda une dernière fois l'institut en cendre,fruit d'une utopie devenue réalité éphémère grâce à l'acharnement d'un homme. Il fit son deuil du maître devant le spectacle de ces ruines fumantes. Son désir de retrouver les siens était toujours vivace seulement la guerre civile entrecoupée de longs mois de répit avant une nouvelle tempête réduisait ces efforts à néant. Il décida de continuer sa route pour suivre son destin peut être découvrirait il de nouveaux indices sur sa famille ailleurs qu'à Cordoue vu que le mouvement d'exil était massif et commun en temps de guerre. Les paroles du moine concernant la retraite de *Jésus* au désert pour méditer et jeûner lui revinrent en mémoire parce que *le Lapidé* essaya en vain de corrompre *Jésus*. Cette allégorie du désert lieu de l'esprit encouragea Husayn à suivre l'exemple du prophète *'Issa*, intraitable vis-à-vis du Satan jamais à cours de stratagèmes pour déstabiliser l'homme. Nulle voie en dehors de l'intégrité. Il ne pactisait pas avec *Iblis*. Le diable était très présent dans la vie quotidienne des petites gens qui invoquaient régulièrement la protection de dieu contre le Lapidé avant n'importe quelle activité. Or, il était convaincu au delà même de la superstition populaire en s'appuyant essentiellement sur son expérience que sa raison n'était pas en mesure d'expliquer les phénomènes extraordinaires vécus outre son ignorance dans bien des domaines enfin, une humilité face au mystère; Après tout, l'esprit humain ne captait qu'une infime partie du cosmos d'où l'exhortation divine à chercher le savoir, réfléchir sur les signes du monde. La maxime tant répétée, dieu seul sait, était on ne pouvait plus juste face à cette complexité et reconnue par tous les individus de bon sens; d'ailleurs le plus divin des hommes que la terre ait connue le divin *Socrate* affirmait avec modestie: je sais que je ne sais rien. Une belle ironie car si cet homme ne savait rien comme il le clamait qu'en était il alors de ces nombreux bons hommes qui au nom de dieu s'arrogeaient un pouvoir temporel et divin qu'ils ne méritaient pas et pourtant parlaient en son Nom; ils résidaient dans des palais somptueux portaient fièrement leur embonpoint indécent au regard du reste de la population. Le problème n'était pas tant les religions mais bien ces hommes qui les interprétaient à leur guise. Voilà pourquoi Husayn était las à l'automne de son existence entièrement tournée vers le combat pour l'intelligibilité de l'esprit contre tout ces prévaricateurs et autres arrivistes sans foi ni loi. Sa spiritualité était transcendante et immanente à la fois sans intermédiaire. Dans le vaste tumulte de son époque chacun affirmait la prédominance de sa religion sur celle du voisin n'hésitant pas à éliminer le récalcitrant, l'opposant. Ces longues méditations sur le sens de sa vie et sa quête spirituelle le ramenaient irrémédiablement à cette fameuse journée dont il avait pourtant bien essayé d'oublier mais en vain; elle le hantait depuis le retour de ces terribles céphalées diurnes. En effet, *Iblis*, du moins c'est ainsi qu'il nommait son cauchemar initial comme s'il était à l'état de veille, sortit de nulle part pour l'interpeller par son nom lui donnant au passage une myriade de détails connus de lui seul! Cela l'avait littéralement refroidi pour ne pas dire anéanti. En règle générale, ces visions étaient plus auditives que visuelles aussi, il pensait que la folie s'emparait de lui ou alors il était victime d'un *delirium tremens* fruit d'hallucinations causées par son état psychosomatique trop fébrile et fiévreux? Husayn comprenait qu' autrefois dans le Hedjaz les *djinns* et autres *daemon* étaient des êtres redoutés vivant dans ce milieu inhospitalier qu'était le désert aussi un homme qui perdait son chemin sa route était pour sûr voué à une mort certaine outre un soleil de feu au dessus de lui qui était l'enfer ni plus ni moins, et ses êtres merveilleux intervenaient à l'heure du trépas du malheureux. D'aucuns avançaient que chaque poète était habité d'un *daemon,* une sorte de muse; enfin c'était ainsi qu'il avait compris le sens du merveilleux dans cette culture bédouine avant l'époque prophétique; la vie était sacrée et l'homme faisait une alliance afin de le proteger et de garantir sa survie dans ce milieu hostile. Or, ce temps était révolu avec la «modernité» en ce début XI siècle dans un occident en éveil...Telle était son problème à savoir ce qu'il jugeait sans fondement comme des inepties était bien réel, non un simple mythe que l'on contait durant les veillées près du feu songeant au temps qui s'écoulait. Mais certains signes de ce temps étaient bien obscurs; en allait il de même à l'époque califale abbasside deux siècles après le prophète pour un homme de l'esprit et de la lettre? Certainement, car les exégètes musulmans des 8 et 9 siècles issus de territoires convertis à l'islam tels le *Khorassan à l'est* ou l'*Ifriqya* à l'ouest de *Médine* étaient issus pour les plus grands d'entre eux de milieux culturellement distincts de l'*Arabie* alors les interprétations divergentes sur la révélation coranique démontraient qu'ils ne savaient pas vraiment toujours quoi penser de tels signes ou de lettres dont l'étymologie se perdait dans les limbes de l'acculturation d'ailleurs pour preuve *Tabari* livrait dans son exégèse en 20 volumes un répertoire des différents sens que les traditionalistes et exégètes donnèrent d'un verset obscur ou énigmatique afin que le lecteur se fasse sa propre opinion car nombre de péricopes restaient énigmatiques même au plus savants trois siècles après le prophète. Or, l'érudit qu'il soit exégète, historien, astronome, médecin prosateur avait un devoir d'exactitude de cohérence face aux sources scripturaires ainsi qu'aux faits historiques, à la chronologie vis à vis de leurs contemporains et surtout des générations ultérieures sur la vérité du message révélé. Cependant, il doutait après l'avènement dans son existence de phénomènes surnaturels ou disons inexplicables pour son esprit rationnel. D'autre part, ce dernier notait qu'au vu du travail intellectuel herculéen de retranscription d'une mémoire orale et plurielle dans un langage et contexte précis en passant d'une langue à une autre, le temps transformait obligatoirement le langage à l'instar d'une matière périssable. Alors sauvegarder intact un message originel sans même oser croire un instant qu'aucune erreur humaine n'ait pu affecter occulter une partie si infime soit elle de la révélation sachant que l'homme est imparfait était d'une arrogance incroyable; pire, on avait le sentiment que l'homme endossait l'habit divin pour se faire censeur, juge, partie prenante du débat contre tout bon sens et humilité au regard de son humble condition humaine. Non, il excommuniait, châtiait, embastillait arbitrairement ses semblables au nom même de l'Avertisseur qui préconisait avant tout le pardon spirituel, la clémence la miséricorde bref, la sagesse. Or, nous avons dit de l'historien, l'exégète, le philosophe voire le prophète qui n'était lui même qu'un homme mais que les générations ultérieures sacralisèrent et sanctifièrent à outrance contre la volonté du prophète du reste explicite dans le texte que la solution la plus douce après mûres réflexions était toujours préférable à l'arbitraire symbole d'une âme orgueilleuse.

Non, l'homme doit être conscient qu'il est une fourmi laborieuse devant l'univers et ses innombrables secrets.

Chapitre
2
La maturité

-Ainsi ai-je entendu

On avait coutume d'honorer le musulman tombé sur le champ de bataille pour la noble cause du *Djihad* défensif. Il devenait *shahid*, martyr au même titre d'ailleurs que les preux chevaliers chrétiens qui à l'appel du pape partait dans un premier temps pour libérer l'*Espagne* des impies sarrasins et dans un deuxième temps pour la terre sainte mourir pour le christ à Jérusalem. La guerre sainte ou juste fut théorisée par Saint Augustin bien avant l'arrivée de l'islam dans la sphère monothéiste et devenue la cause par excellence divine selon le clergé: «*Le chevalier du Christ tue en conscience et meurt tranquille: en mourant, il fait son salut; en tuant il travaille pour le Christ. Subir ou donner la mort pour le Christ n'a d'une part rien de criminel et de l'autre mérite une immensité de gloire. Sans doute, il ne faudrait pas tuer les païens non plus que les autres hommes s'il y avait un autre moyen d'arrêter leurs invasions et de les empêcher d'opprimer les fidèles. Mais dans les circonstances actuelles, il vaut mieux les massacrer que de laisser la verge des pécheurs suspendue sur la tête des justes(...) La vie est utile, la victoire glorieuse mais une sainte mort est bien préférable(...) Quelle sécurité dans la vie quand non seulement on attend la mort sans crainte, mais bien plus quand on la désire comme un bonheur et qu'on la reçoit avec dévotion»* Éloge* de la nouvelle milice à la demande de Saint Bernard de Clairvaux au concile de Troyes,14.01.1128.

De l'autre coté, on a:«(…)*Quand les mois sacrés seront expirez, tuez les polythéistes, al mushrikûn, partout où vous les trouverez! Capturez les, assiégez les, dressez leur des embuscade! Mais s'ils reviennent à Dieu, en accomplissant la prière en versant l'aumône légale, alors laissez les libres, car Dieu est toute indulgence et toute compassion(...)*»(C.9,5) La guerre, qu'on lui donne une valeur sainte ou sacrale voire qu'on la banalise reste foncièrement politique parce qu'elle recouvre des intérêts particuliers tant pour la papauté que par exemple *al Mansûr* maître du *califat de Cordoue* dont le but est de renflouer son trésor et pérenniser son état au quatre coins cardinaux. Le coût de l'entretien d'une paix civile se joue en partie en menant la guerre à l'extérieur afin de maintenir cette balance fondamentale entre politique intérieure richesse par le biais de l'affaiblissant des voisins potentiellement dangereux au-delà des frontières tant au sud de l'autre coté du détroit qu'au nord dans les marches où les royaumes chrétiens guettent. Par ailleurs ramener les tribus dissidentes berbères dans le giron omeyyade se monnaie cher, outre la poussée fatimide constante en *Ifriqya*; bref, al *Mansûr* avait dans ces conditions besoin d'énormément d'argent afin de payer ses soldats et mercenaires. Le *jihad* fut sacralisé par les religieux au service de son pouvoir mais, il ne faisait pas recette en vérité chez les *andalousiens* qui restaient de bon vivants soucieux de leur bien être.

-«Une famille endeuillée pleure la perte d'un des siens c'est un sentiment trop humain»

-Bien sûr, cependant pour la propagande le mort est avant tout un martyre dont la gloire posthume rejaillit sur sa famille qui reçoit une rente.

-Est ce que l'argent peut pour une mère remplacer le fils ou l'époux aimé disparu qui a donné sa vie pour la noble Voie droite» questionnait Joseph.

Il n'acceptait pas tous les cas de figures évoqués liés au sacrifice de soi pour la religion en sachant que cette interprétation était douteuse. Il distinguait dans certaines campagnes menées dans les marches supérieures de simples razzias coutumières qui n'avaient rien mais alors rien d'un *jihad.*

En tant qu'homme raisonnable, il était par ailleurs pragmatique d'où sa maxime préférée, un homme sage mort n'est plus d'aucune utilité à la communauté; c'est une perte doublement négative d'ailleurs, la période de discorde depuis l'assassinat du médiocre *Sanchuelo* jusqu'à la chute du califat en 1031 vit la mort de nombreux érudits. Husayn vit son destin hors de *Qurtuba* à *Ishbiliya,* volonté de son maître, une ville gouvernée par *Aboul Qassim Mohammad dit le cadi.* Il était issu d'une famille arabe proche de son maître lequel lui avait recommandé en cas de graves problèmes de se réfugier chez eux où il trouverait sécurité et hospitalité auprès d'*Ismail* mort en 1019. Certes, le cadi égalait peut être son père en savoir mais pas en vertu; il était ambitieux. Ce qui n'était pas une tare. L'ingratitude marqua dès le départ son ascension vers le pouvoir surtout quand son père lui refusa le poste de cadi qu'il convoitait; alors, il s'adressa au prince *Quassim ibn Hammoud* lequel lui accorda sa requête. Ensuite, il s'attacha à trouver des troupes en leur promettant de gros salaires car la force militaire lui manquait terriblement pour réaliser son projet. En premier lieu, le cadi prit le pouvoir au nom des *Hammoudites* qui s'étaient attribués l'autorité califale durant la *fitna*. Il profita de l'appui de l'aristocratie locale puis se déclara indépendant en prenant le titre de *hadjib*. Il régna dès 1023 toutefois, il dépendait de ses alliés et de leurs troupes; lorsque l'ascète, c'était ainsi que les gens le nommaient, débarquait avec sa besace et son bâton à la porte du palais demandant audience publique au cadi, ce dernier était un homme politique confirmé. Il appréhendait cette réunion puisqu'il n'avait pu approcher jusque là l'homme dans un cadre informel en tant qu'ami. Il avait encore en mémoire les images de son maître et *Ismail* se retrouvant une ou deux fois l'an durant le mois de *Ramadan*. Il tergiversait donc sur le choix des formules, des mots appropriés voulant à tout prix éviter tout effet racoleur ou flatter l'ego du cadi qui en outre n'était plus le jeune garçon qu'il connut jadis mais un homme dur en affaire sanguinaire de réputation. Rien dès lors ne surprenait plus Husayn au regard de ces dernières années de tourmente permanente car les hommes avaient perdu leur âme ou plutôt, leur humanité. Le disciple désirait réhabiliter son mentor par respect pour son œuvre humaniste au service de la société et des indigents d' d'*al Andalus*. Il fut enfin reçu en audience. *Séville* avait pour une large part un sort commun avec *Cordoue* dont elle dépendait et obéissait alternativement aux souverains des *banu Omeyya* et *banu Hammoud*. Or, la révolte de 1023 avait eu son contrecoup à *Séville* qui en quelque sorte prit une revanche sur l'histoire. Il pénétra donc intimidé dans la salle d'audience où des dizaines de paires d'yeux se posèrent sur lui avec une curiosité envahissante et dans le même temps un dégoût pour sa tenue vestimentaire. Le cadi le reconnut sur le champs; il eut un choc en le voyant dans un tel état; néanmoins, il maîtrisa son émotion ne laissant rien paraître de son inquiétude puisqu'il avait reconnu le "fils" du scheik avec sa petite tache brune de naissance sur la joue droite qui lui avait valu bien des moqueries gamin. Le cadi écouta la requête de l'étranger qui s'exprimait avec éloquence soudain, il se tut et fut incapable de continuer à présenter sa requête; le souverain semblait absent comme perdu dans ses souvenirs contemplant Husayn l'air hagard espérant que quelqu'un prît la parole pour couper court à ce silence pesant, instant peu banal en vérité mais une foule totalement accrochée à lui au sens littérale à sa bure le perturba. Ses tempes gonflaient à vue d'œil comme une outre de peau de chèvre sous la pression du liquide; la sueur lui mouillait le dos en dépit de la fraîcheur ambiante. Il était fiévreux. Le chambellan vit un halo de lumière enveloppé la tête du souverain qui l'étonna d'abord puis devint suspicieux à l'égard de cet ascète; il crut déceler la magie d'un *muhaddir* charmant le roi dès lors envoûté qui en vérité l'était mais pour des raisons bien plus profanes. Certains courtisans pensaient déjà que cet étranger était un devin, *kahin*. Caché sous la bure des soufis. Finalement, le vizir brisa ce silence en intervenant. Il le questionna d'un ton menaçant s'il ne dévoilait pas sur le champ son identité et la raison de sa présence en ce lieu sinon c'était le cachot le temps qu'il reprenne ses idées; à ces mots, le cadi sortit de sa léthargie, coupa son ministre et pria l'ascète de s'approcher. Or, ce dernier était toujours incapable de parler, les mots refusaient de sortir de son gosier. La situation le dépassait. Ce protocole pompeux, et le lieu d'une rare beauté respiraient tout ce qu'il exécrait en ce bas monde. Il n'avait certainement pas envisager un tel scénario lui qui avait pourtant la parole facile, à l'aise en toute occasion. Le cadi lui fit apporter de l'eau. Il but d'un trait sa coupe et d'une voix inaudible dit:

-ô Altesse, je viens à vous suivant les recommandations de mon maître afin de demander votre protection.Je ne désire rien d'autre que de continuer mes travaux en paix mais surtout honorer le scheik dont l'honneur fut bafouée par les pro amirides de Cordoue.

-«Que dieu ait son âme mais voilà une requête bien étrange l'ascète»

Il était persuadé de la légitimité de ses doléances à tendance posthume concernant son mentor auprès du cadi afin d'effacer la calomnie entachant son nom outre une ancienne *fatwa,* un avis juridique *à l'encontre du médecin.* Le souverain allait y réfléchir et d'un geste de la main le pria de s'approcher contre toute habitude alors le cadi lui lança à voix basse:

-«enfin, tu es là; je ne pensais plus te revoir...»

Il retint difficilement ses larmes. Le roi le congédia en fixant un entretien informel le lendemain. Effectivement, Ils avaient énormément de choses à se dire. Le cadi le reçut dans l'intimité de ses appartements aussi l'étonnement fut à son comble à la cour et les discussions s'enflammèrent déclenchant polémiques et spéculations dans les chaumières. Qui était il vraiment, un soufi, un charlatan, un espion? Aucune information en ville ne filtrait sur l'identité de l'inconnu qui visiblement partageait avec le roi une intimité. La crainte de l'inconnu enfanta une atmosphère suspicieuse envahissante mêlant jalousie, envie, concupiscence et ce durant toute la durée de son séjour à *Séville* et ce jusqu'à son nouveau départ comme on le verra plus bas.Jadis, *Ismail,* le père du cadi avait constaté un changement psychologique notoire chez son ami depuis l'arrivée de ce gamin dans son existence. Cet enfant éveillé n'avait plus que la peau sur les os; *Ismail* douta même de sa survie. Dans leur correspondance régulière l'ami avait longuement parlé de Husayn devenu au fil des ans un jeune homme sage perspicace qui possédait toutes les qualités requises pour conseiller un émir. Il se retrouva hors du palais n'en revenant toujours pas de la sympathie du vieil ami d'enfance. Le cadi se souvenait de l'anecdote du jardin lorsque Husayn obsédé par les jets d'eau du bassin avait fini par plonger dedans éclaboussant de joie les autres gamins provoquant un éclat de rire général. Les enfants de l'Abbadide s'entendaient comme larrons en foire avec ce fils de gueux effronté qui visiblement s'était adapté à sa nouvelle vie. Toutefois, le souverain était surpris par sa tenue vestimentaire mais il n'osa pas le questionner à ce sujet préférant que Husayn en parla lui même; il n' imaginait pas son ami embrassant le soufisme de l'école d'*Almeria* de *ibn Masarra*, mort en 931 dans son ermitage de la *sierra de Cordoue* dont ses disciples continuaient à propager ses écrits, un enseignement (notamment à *Séville*) emprunts de néoplatonisme; son nom était synonyme d'hérésie en *Espagne*. Seuls deux titres parvinrent à la postérité le *kitab al i'tibar* ou *livre de l'explication pénétrante* et *kitab al khawass al huruf,* le livre des lettres par l'entremise d'*ibn Arabi* puis d'*Asin Palacios*. Ils se retrouvèrent dans les jardins de l'Alcazar au milieu desquels les jets d'eau invitaient à la détente, au calme, à la volupté. Le cadi lui demanda s'il voulait plonger dans le bassin pour se rafraîchir; l'ami comprit l'allusion et éclata de rire. Deux servantes apportèrent des collations avant de se retirer dans une totale discrétion. Ils purent entamer une longue discussion qui allait s'éterniser jusqu'à l'heure de la prière de la mi journée, *adh dhor*. Lorsque le roi le congédia, ce dernier repartit avec deux robes, une bourse mais surtout, un foyer dans une dépendance non loin du palais et la promesse d'un emploi soit la fin de ses ennuis matériels pour se poser enfin à *Séville*. Mais il ne savait pas encore à ce moment ce qui l'attendait au cœur du pouvoir? En premier lieu, il répondit au souhait de son maître de rejoindre Séville où les opportunités professionnelles étaient excellentes du fait de son ami abbadite notamment enseigner. Toutefois, le maître ne pouvait savoir jadis dans quel contexte il rejoindrait la famille abbadite outre l'impossibilité pour Husayn faute d'avoir acquis la licence nécessaire du maître pour à son tour enseigner ses travaux à des étudiants. Il avait en tête bien des projets et *Séville* était l'endroit où il les concrétiserait; néanmoins, il n'était pas dupe et savait que le pouvoir d'un *malik* ne dépassait parfois pas la semaine voire les portes de son palais. Husayn notait tout de même que la réputation de son ami était établie comme son pouvoir par conséquent son avenir ici bas était assuré. Dans un second temps, la précarité politique de ce bas monde l'incitait à explorer la psychologie humain, la condition de l'homme moderne ou de son XI siècle d'en comprendre les tenants et aboutissants enfin, le rapport de ceux ci au fait religieux non face au message originel mais à ce qu'il était advenu de ce dernier. Pour cela, il eut la promesse du roi d'un libre accès à la bibliothèque afin de compléter d'autre part les travaux en cours de son défunt mentor, les compiler puis si dieu le voulait bien les éditer au nom de son protecteur un homme cultivé; la poursuite de ses recherches mises en veille durant les années d'errance et de disette généralisées renforçaient cette soif d'études dont la motivation d'aider au mieux son serviteur et ami le cadi. Le maître avait souvent mentionné l'amitié indéfectible qui les unissaient surtout à l'heure de la montée en puissance de l'amiride sur le trône de *Cordoue*! Husayn quant à lui chemina dans le royaume ou du moins sur ses débris jusqu'au jour de sa rencontre généreuse avec des paysans analphabètes qui lui proposèrent un marché en contre partie de l' aide précieuse qui leur offrirait. Il vécut alors quelques années au cœur de la *Sierra Morena, le fahs al ballut* non loin d'*Almodovar*. Il se consacra entièrement aux paysans plongés dans un dénuement du à la guerre civile et à ses effets jusque dans les contrées les plus reculées de l'administration centrale. Les brigands écumaient la région qui offrait de nombreuses retraites sûres d'ailleurs, les risques d'embuscades synonymes de perte de biens matériels voire de la vie le cas échéant faisaient de ce territoire un véritable désert administratif et une sécurité supplémentaire pour Husayn. Il quitta comme convenu les paysans une fois sa mission de *mua'llim al-sybian, mu'addib,* maître d'école, le jour où les premiers adolescents firent preuve de suffisamment d'autonomie et de perspicacité pour à leur tour enseigner aux enfants les rudiments de la graphie arabe et du vulgaire roman, castillan, grammaire et algèbre; alors, il partit en paix et laissa derrière lui dans le bourg l'image d'un homme bon. Aujourd'hui, il était à *Séville* ultime étape de son cheminement personnel, du moins le croyait il. Son ami dès le départ le mit à l'aise en évoquant les souvenirs et autres anecdotes qu'il ne connaissait pas sur la complicité liant leur père respectif. D'un autre point de vue plus politique, le cadi évalua à sa juste mesure les compétences intellectuelles et scientifiques de Husayn après seulement quelques semaines à l'Alcazar lesquelles pouvaient lui être précieuses dans de nombreux secteurs d'activité gouvernementale dont la santé. Il fut réticent à parler ouvertement de politique intérieure craignant de froisser son hôte lequel représentait le pouvoir exécutif, le décisionnaire. *Le* scheik avait une position particulière dans la famille d'*Ismail* outre qu'il soigna la famille. Le destin n'était pas *mektoub, c'est écrit,* comme disaient les individus mais il était entre les mains de l'homme avec son courage sa force de caractère face à la maladie; certes, une aide providentielle comme il l'admettait volontiers était là dans l'air impalpable; toutefois, c'était le savoir humain qui permettait de diagnostiquer correctement une infection, des maux de ventre et de trouver la thérapie adéquate pour guérir l'individu ou bien le savoir du chirurgien qui à l'aide de ses instruments affûtés lesquels provenaient d'un maître artisan qualifié incisait au millimètre la surface infectée alors que la passivité remise entre les mains de dieu signe d'une ignorance crasse était synonyme de mort possible du client. Donc, l'homme est responsable de sa destiné comme celle des autres comme on le voit dans l'exemple ci dessus mettant en présence les compétences de l'un comme de l'autre qui étaient complémentaire. Peu importait de savoir d'où venait le scalpel mais plutôt l'efficience de l'outil.

La croyance en une médecine du prophète meilleure que celle du professionnel aguerri était la raison de morts inutiles; les sciences cognitives s'acquièrent par l'instruction selon des méthodes définies et transmises de génération en génération par des maîtres à leurs disciples. D'un autre coté, l'imam guidait instruisait ses élèves par des exercices variés sur le chemin de dieu. Il distinguait une interpénétration de l'une dans l'autre, une complémentarité et non une contradiction entre foi et raison puisque la foi donnait à certains individus une confiance inébranlable en soi pour affronter la vie mais aussi face au mystère. Il remarquait que sa sédentarisation avait des aspects négatifs sur son organisme et son bien être dont un embonpoint naissant. En effet, il ne faisait plus d'exercices physiques négligeait tout autant ses habituelles longues marches enfin un régime alimentaire trop gras et lourd. Son style de vie nouveau était en phase avec cet environnement plus épicurien qu'ascétique. La jouissance et le luxe les plaisirs culinaires, une oisiveté nouvelle pour lui laissaient une empreinte qui lui faisait horreur car il était devenu beaucoup moins exigeant envers lui même s'autorisant ce qu'il auparavant refusait catégoriquement comme s'il était tombé dans une accoutumance qui modifia sa perception, ruinée sa volonté en somme, il était un aficionado dépendant de ses désirs. Il eut soudain honte de lui, un dégoût de soi qui changea sa l'objet de son séjour à Séville. Cette gourmandise naissante était jusqu'alors absente de son vocabulaire, elle était le symbole de l'opulence qu'on affichait volontiers en ayant un bon tour abdominal qu'on portait à l'instar d'un titre honorifique. L'individu accoutumé ne prenait pas conscience de sa mauvaise hygiène de vie. L'ascétisme avec ses contraintes physiques et mentales était l'antithèse parfaite de cette existence sédentaire marquée par les excès .

Oreille attentive et bon vouloir.

Le fondateur de la dynastie abbadide avait préservé dans des caisses sa correspondance avec le médecin. Celle ci avait beaucoup aidé son fils à se faire un portrait flatteur de Husayn notamment son caractère, ses dispositions intellectuelles ses passions; ce fut logiquement que le cadi s'attacha les conseils informels de Husayn lequel eut d'énormes problèmes avec la vie de cour et son protocole pompeux qu'il exécrait toujours plus maintenant qu'il était au centre de toutes les discussions en dépit d'un retrait volontaire pour échapper aux affaires de mœurs. Qui complotait contre qui, l'observateur observé! C'était psychologiquement très pesant pour un homme étranger à ce monde de requin aussi il passait ses heures libres à étudier à la bibliothèque loin des courtisans de l'alcazar. Il trouva en la personne du bibliothécaire un ami partageant des passions communes. Cette relation était inestimable dans un tel climat. Il dormait peu travaillait beaucoup et sa santé lentement déclina outre qu'il avançait en age néanmoins la pression politique subie n'arrangeait rien.

A propos de ce lieu si mystérieux pour le commun, l'*Alcazar* fut construite deux siècles plus tôt sous l'omeyyade *Abd Ar Rahman II* vers 842; l'émir omeyyade dont on disait qu'il était le plus cultivé de son temps avait érigé durant son règne des forteresses, des tours de guet, rénové son armée établi une flotte de guerre efficace pour repousser les raids vikings dont celui de 844 avait été désastreux pour la ville; les Vikings furent repoussés quelques années plus tard après sa mort dont une partie de leur flotte coulée en 859. Ces terribles guerriers réapparurent encore et encore.

-«L'Alcazar de Séville que nous connaissons aujourd'hui n'a plus rien de semblable avec la forteresse omeyyade six siècles plus tôt. Chaque période de l'histoire avec ses différentes dynasties s'attachèrent à rénover moderniser donc à détruire pour rebâtir au gré des influences artistiques culturelles politiques du moment comme des traditions et coutumes et savoir faire des artisans et maîtres d'œuvre des contrées conquises.» Ajouta Youssef qui jusqu'à une période pas si lointaine allait régulièrement à *Séville*. Sanchuelo but une gorgée puis continua sa lecture: « Husayn ressentait une certaine gêne physique en raison de cette corpulence inédite mais là n'était pas le véritable souci; il avait succombé

377

aux sirènes du luxe, à une certaine décadence. Il était sévère avec lui même pour son laisser aller. Il s'était comporté comme le dernier des arrivistes. Un demi siècle après Husayn, Sanchuelo trouvait un exemple en la personne du célèbre *ibn Ammar* lequel avait oublier qui il était d'où il venait en raison de son ambition démesurée! Husayn et *Abbad I* passèrent de longs moments ensemble en dehors des contraintes et charges gouvernementales dont la stratégie politique du souverain mise en branle se concrétisa en une hégémonie territoriale. D'ailleurs, il prit le titre de *Abbad I.* Husayn composa un ouvrage de généalogie sur sa famille ainsi que des *akhbar* d'une étonnante intimité existentielle pour l'époque car on n'utilisait pas le pronom personnel «je» pour rapporter un récit; l'individu ne parlait pas de lui. Les entretiens que les deux amis poursuivirent régulièrement comportaient au-delà des anecdotes personnelles et familiales de nombreuses informations contextuelles sociologiques politiques autrement dit, un état des lieux temporel. *Abbad I* convoquait un scribe lorsqu'il jugeait opportun de relever des passages de leur discussion lesquelles furent précieuses pour Husayn; toutefois, il était doté d'une mémoire stupéfiante. Il était issu d'une tradition orale populaire d'où peut être cette capacité cette facilité à mémoriser. Toutefois, l'acquisition chez lui dépendait avant tout de son travail basé sur la répétition en dépit de l'écriture qui s'était imposée à lui en changeant de milieu social; enfin, la fabrication du papier devint en *Espagne* au X siècle un atout supplémentaire de propagation et de faciliter de diffusion du savoir en général. Les souvenirs du souverain jaillissaient du plus profond de son âme comme s'ils avaient été convoqués pour cet instant avec une acuité extraordinaire relayés par les questions pertinentes de Husayn. Ainsi, les mémoires du roi gagnaient en exactitude outre qu'il désirait laisser à la postérité une œuvre testamentaire qu'il revenait à Husayn d'immortaliser sur feuillet. Sanchuelo nota un parallèle là aussi avec les mémoires d'*Abd Allah* comme un nouveau style littéraire concernant des chroniques de rois. Husayn s'était ouvert au roi avec une franchise et une modestie inhabituelle pour le roi sur ce projet d'écriture en déclarant qu'il y avait à sa cour d'excellents littérateurs, poètes, chroniqueurs meilleurs que lui dont la plume acérée parviendrait beaucoup mieux à retranscrire une humeur, une ambiance, un style mieux adapté à son pouvoir. Il était par ailleurs stupéfait des capacités cognitives du roi en dépit de soucis de mémorisation remontant à une naissance difficile lui avait affirmé son maître et qui pouvait éventuellement avoir laissée des séquelles. Il remarquait que ces observations étaient infondées. D'autre part, ils se suivaient à quelques années près en age; les articulations avec la vieillesse devenaient douloureuses en fonction du temps. L'idée que chacun rejoindrait à terme le créateur renvoyait Husayn au souvenir de ses parents, les yeux voilés par un filet de larmes car la douleur de la séparation ne s'était jamais effacée de son cœur dont ses sœurs tant aimées. Qu' étaient elles devenues? Il était retourné dans le bourg de son enfance mais en vain, nulle trace pouvant lui redonner espoir! Une famille parlant un étrange dialecte vivait dès lors dans leur ancienne masure. Où étaient ils? A sa grande stupéfaction, il ne reconnut absolument personne dans le bourg, comme si les anciens habitants avaient été effacés de la surface de la terre par la *fitna*. Les familles avaient peut être péri au plus fort de la *guerre civile* ou bien avaient elles fui pour aller se cacher dans les ravins escarpés de la sierra...A la cour sévillane, son ami ne put le renseigner néanmoins, il lui fit part de la terreur des années 1010-13 que fit régner les troupes berbères de *Suleyman* dans les provinces de *Cordoue.* Justement Husayn était revenu en 1013 au moment d'un calme relatif alors qu'il cherchait par tous les moyens à venger son maître croyant à la culpabilité directe du doyen de l'institut. Aux trente premières années du XI siècle succéda contre toute attente une intense activité artistique et littéraire au sein des nombreuses taifas. Ce souffle salutaire traversa vite l'impétueux *Guadalquivir* vers le sud, *Séville,* qui devint l'un des plus royaumes sous l'impulsion des *Abbadides*. En outre, *Ishbiliya* avait définitivement absorbé *Qurtuba* mais il ne vivait déjà plus pour constater cette hégémonie. Auparavant, ces deux cités eurent un destin croisé. Il avait eu une intuition alors que la *fitna* entrait dans sa sixième années de se rendre dans le village, *qarya,* plus important que son bourg natal où le calife *Abd ar Rahman III* avait fait érigé une forteresse qui servait de refuge aux villages environnants en cas de guerre. Or là aussi, il n'y avait pas traces des membres de sa famille ou de personnes qui auraient pu l'informer! Husayn eut alors de sombres rêves tel l'un d'eux où des squelettes en colère sortaient de terre car ils n'avaient

pas eu de sépultures pas même une pierre tombale épigraphie ou des stèles prismatiques, *maqabriyya* ne reposait en ce lieu; en outre, il distingua dans leurs mouvements qu'ils furent enterrés couchés sur le coté droit, le visage en direction du sud est. Ils s'agissait donc de musulmans. Tout à coup,ces morts prononcèrent des paroles familières et il comprit que ces revenants n'étaient autres que ses sœurs lesquelles lui reprochaient de les avoir abandonner. Il se réveilla alors en sursaut terrifié...
Ainsi ai je entendu.
Il aimait se promener au printemps sur les berges du *Guadalquivir* en soirée afin d'éviter les chaleurs diurnes profitant du calme du lieu parmi les orangers, les jasmins, les lauriers rose, donnant au promeneur un sentiment de bien être.

Son odorat, son goût perdirent lentement de leur perspicacité. Il se souvenait que son père avait lui même parlé de ses symptômes d'où un problème héréditaire qui ne le surprenait pas. Il se serait bien passé d'un tel héritage mais on ne choisit pas ces choses, on les subit. Quelques mois après son implantation à Séville où il résidait dans une annexe palatine mise à sa disposition par le cadi, les premiers symptômes apparurent signe d'une santé déclinante.Comment distinguer alors les subtilités de la cuisine sévillane si variée, si riche du cuisinier de l'Alcazar lorsqu'il partageait parfois un repas avec le souverain outre qu'il avait pris l'habitude de noter les ingrédients en décrivant les saveurs, les parfums couleurs mais aussi les plantes, légumes, fruits, tubercules qu'ils croquaient annotait avec quelques accompagnements utilisés dans la tradition culinaire andalouse; d'autre part, ce travail descriptif important complétait d'une certaine manière les études du maître sur la nature et les plantes médicinales. Cette activité entreprise jadis en compagnie de son maître permit de rassembler trier dessiner rédiger un herbier méditerranéen approfondissant les connaissances médicales antérieures en y ajoutant de nouvelles expérimentations scientifiques. Il voulait composer s'il en avait encore le temps et la force un guide pratique, un almanach...Le cuisinier du souverain composait une cuisine légère pauvre en graisse animale à la demande exclusive du roi suite à ses premiers soucis de santé; donc, le chef cuisinier dut modifier ses habitudes en éliminant le saindoux habituellement utilisé dans la cuisson qu'il remplaçait par l'huile d'olive qui se prêtait à toute sorte de mets voire pour s'éclairer ou encore purger le corps; il remarquait des alliances insolites d'épices, de produits en dehors de la tradition locale par exemple, il servit une fois au roi un filet de sole à la *plancha* dit à la catalane agrémenté d'un zeste d'agrume orange recouvert d'amandes pilées; il utilisait des épices de base venues d'orient comme la coriandre, le fenouil, le curry, la cardamome le poivre, le clou de girofle lesquels revenaient constamment dans sa cuisine proche par l'imagination de régions de l'*Indus* à l'est du *dar al islam; la* girofle qu'il utilisait contre les douleurs dentaires. Il avait coutume d'aller saluer le maestro dans son territoire lorsqu'il arrivait au palais espérant certainement lui soutirer quelques secrets qu'il gardait bien de lui dévoiler. Or, ce dernier lui avait un jour rétorqué en riant

-«Maître, ne dévoile jamais à ton élève ton ultime secret sinon, il prendra ta place».

Il était repartit tête basse souriant face à cet homme sûr de son savoir maître tout puissant de ces lieux. Il était employé au palais depuis de nombreuses années;une sédentarisation tel l'arbre enraciné pour toujours dans un même lieu. Il avait beaucoup voyagé dans son existence; c'était une formation intellectuelle nécessaire et cet homme qui ne savait ni lire ni écrire pouvait quand même grâce à son art conquérir tous les palais de ce monde tellement sa cuisine était raffinée. Il savait aussi que celui qui ne maîtrisait pas la langue parlé du territoire avait peu de chance de sortir son épingle du jeu. Le cuisinier n'était pas un de ces doux rêveurs naïfs car il savait ce qu'il avait à perdre. A l'époque califale, dans la majorité des cas,le propriétaire des terres arables était le calife; Sa famille était déjà au service des omeyyades dans une importante *munya* hors de Séville lui avait il raconté durant leurs nombreuses et brèves entrevues. Dans le cas de Husayn, la terre appartenait à une famille proche du pouvoir *amiride*. Tout ces sans noms travaillant dans le bazar voire sur des terres à la journée étaient qualifiés de «*salifat al aradil*», bas fonds de vilenie ou encore «*salifat al nas*» la lie du peuple voire de crapule *awgad,*certainement pour leur rôle joué dans les émeutes qui aidèrent *Muhammad b. Hisham b.'Abd al Gaffar*, futur *Muhammad II al Mahdi* à renverser son grand oncle *Hisham II al Mu'ayyad* et les chefs du clan *amiride* en février 1009. On pouvait aisément imaginer la rancœur des juristes envers «*la lie de la société*» qui *in fine* entraîna avec elle en deux décennies, un cycle ininterrompu de violence dont la fin du califat omeyyade. Voici *un* autre exemple éloquent du mépris affiché par l'élite avec des expressions comme *mihna mardula, profession vile* selon les mots de *Ibn Hayyan* pour qualifier le métier qu'avait exercé le vizir *khakam b Sa'id* surnommé *al kha'ik,* le tisserand…Ainsi, même les historiographes participaient à ce lynchage en règle souvent pro omeyyade de la masse ignorante et vile. Finalement, la relation dominant dominé dans la société cordouane ou sévillane avec les éternels préjugés cités plus haut restait très forte. Cette vision conflictuelle animant les individus de la cité pour des raisons socioculturelles était dans l'absolu contradictoire car sans le monde paysan et ses bras pour produire, récolter, l'aristocratie citadine n'avaient rien à se mettre sous la dent, et ne pouvaient mener grand train de vie. N'avaient ils donc jamais eu un minimum de reconnaissance pour ces métiers dit vils sans lesquels les anciens n'envisageaient aucune cité luxueuse viable; non, seul le fait de s'enrichir au dépend de quelqu'un d'autre en l'occurrence du gueux inculte suffisait dans cette mentalité outre que ces gens ne méritaient aucune compassion; ils n'étaient que du bétail ni plus ni moins. D'ailleurs, l'indigent passait en période de troubles de la pauvreté à la misère! Comment dans tel un état psychologique pouvait on encore rester clairvoyant? Les proches du pouvoir amiride voulaient certainement punir le médecin des pauvres un peu trop humain selon eux d'où les moyens mis en place pour se saisir de lui et tant pis pour l'enfant qui lui était en définitif la propriété du maître du *latifundium plus* qu'à son propre père. D'où le sentiment que le gueux n'était qu'un banal domestique, un outil. *Almanzor* connut le patriarche de cette famille quand il était en poste à *Marrakech* pour le compte de *Al Hakam II* où le tyran tissa de nombreux liens politiques et personnels qui effectivement lui servirent au plus haut point dans sa conquête du pouvoir une fois son heure venue. Il avait ignoré cette piste pour des raisons évidentes, comment aurait il pu savoir ces faits. Certes, le doyen était coupable du meurtre de son fils du moins en tant que commanditaire; un être abjecte opportuniste et puis, tous les éléments concordaient pour le désigner. Certes, la colère n'était jamais redescendue pour pouvoir donner un jugement équitable de l'affaire. D'autre part, son maître l'avait mis en garde autrefois peut être à cause de son entrée à l'institut puisqu'il fut imposé par un proche du *hadjib* lequel avait l'entière confiance du calife *al Hakam II*. Finalement, le cheikh n'avait jamais accusé nommément le doyen de vouloir lui nuire d'une manière ou d'une autre néanmoins, il ne lui accorda jamais sa confiance en raison de ses comportements douteux! Satisfaire sa vengeance et grand désespoir, voilà ce qui poussa Husayn en dépit du bon sens de passer à l'acte. Et puis, il y eut les visites impromptues et récurrentes d'*Iblis* durant son sommeil, ce monde onirique, ce monde de l'inconscient qu'il chercha à interpréter le message sous-jacent qui s'ajoutèrent à ses états d'âme bien sombre consolidant in fine la suspicion à l'égard du doyen. Toute la ruse diabolique du *djinn* résidait dans ses manœuvres distillant par bribes tout ce que Husayn voulait entendre de la culpabilité de cet homme exécrable. Le malin contrôlait presque sa perception, sa conscience de son être en tant qu'existant. Il devinait un inconscient refoulé car *Iblis* en tant que figure symbolique et culturelle ne pouvait qu'être lui même car lui seul connaissait tant de détails et cette part flouée qui demandait réparation. *Abû al-Qassim Muhammad Ibn Abbad I* et avant lui *Ismail* étaient les dernières cartes de cette configuration imaginée par le médecin pour mettre son élève vraiment à l'abri du besoin et de ses ennemis car ils furent soudés comme les doigts d'une main. Certes, il avait survécu à bien des turpitudes et se débrouilla seul comme il put. Le disciple découvrit durant son séjour au près du cadi des faits, des anecdotes méconnus sur son maître. Cela lui permit de déconstruire son approche trop affective partiale du maître néanmoins, les autres facettes n'entamaient en rien le portrait de son père d'adoption. En écoutant attentivement le monarque célébrant la vieille amitié entre *Ismail* et le médecin, il comprit tout à coup des pans entiers d'un passé et les raisons qui poussèrent le médecin à s'engager dans un travail de longue haleine avec l'indigent. Il était alors trop jeune pour déchiffrer toutes les subtilités rhétoriques du scheik, les non dits, les impensés évitant ainsi de surcharger le mental d'un jeune homme qui avait le temps devant lui pour se former; en somme il s'agissait d'un développement raisonné et pédagogique. Il savait qu'il était un étudiant brillant. Les réactions de Husayn amusèrent beaucoup son ami lequel constatait une naïveté de bon aloi de son interlocuteur en dépit de sa barbe grisonnante. Le cadi riait à l'idée que le cheikh avait dû prendre un malin plaisir à dérouter son élève de bien des manières. Le roi se leva et son hôte en fit autant mais, le souverain d'un geste autoritaire le pria de rester coi. Il sortit de la pièce et revint après un long moment d'absence. Il inquiet le questionna et s'enquit de son état de santé. Ce dernier sortit de la manche large et flottante de sa *Djubba* un document notarié scellé qu'il lui remit:

-ceci est à toi!

-Qu'est-ce donc ?

-Ouvre le»

Il décacheta puis déroula les feuillets portant la mention du *sahib al wata'iq al sultaniyya* ou *notaire d'état*.

-«Ce document officiel certifie que tu es l'unique héritier d'ibn Hassan al Qurtubi médecin à la cour califale *d'al Hakam II* », dit le cadi

Il lut entièrement le document et ne pipa mot; il était sous le choc les yeux clos. Il vit devant lui le visage émacié de son maître souriant protecteur comme il l'avait toujours été. La vision s'évanouit lorsque le cadi prit la décision de lui révéler le tragique épisode du meurtre de la famille du cordouan passée au fil de l'épée dans le plus grand secret sur ordre d'*Al Mansûr*, en outre, on lui avait retiré alors son titre de *'Alim* et sa rente de médecin du palais. Pourtant, aucune preuve à charge de trahison ou d'une accusation étayée de ses accusateurs fondait leur affirmation d'un délit; le maître était face à l'arbitraire du changement en plus haut lieu avec l'instauration de la méthode amiride dans sa plus ignoble couture. Des inculpations tombèrent soudain sur les fidèles du maître pour subversion et tentative de coup d'état visant à faire tomber le nouveau pouvoir; nombreux périrent dans d'horribles souffrances. Le peuple et les pro omeyyades de toujours ne purent s'opposer à la montée en puissance de l'amiride lequel en 982 au plus tard avait entièrement mis le royaume en coupe réglée; personne n'étaient dupe de cette répression sauvage et les nombreux cadavres de membres de la famille omeyyade rappelaient le sort réservé aux perdants de l'histoire malgré un calife Se morfondant dans sa ville palatine à l'ouest de Cordoue jadis construite par son grand-père *abd ar Rahman III*. Entre amertume et chagrin, les sympathisants du médecin honoraient sa mémoire en se réunissant une fois l'an dans un lieu ouvert à tous les vents non habité un genre de sanctuaire à l'est de la ville dont la fonction était religieuse; on l'appelait *musalla* pourtant le maître n'était pas mort mais disparu. Cependant, une partie de la population soutenait en dépit de l'injustice régnante le tyran. Comment comprendre ce double discours d'une partie de la *amma* mue par l'intérêt et la peur de la répression voire la perte de certains privilèges aussi minimes fussent ils aussi a quoi bon finirent écorché ou en prison. La tyrannie était plus douce que la mort. Le hadith «*mieux vaut soixante ans d'injustice qu'un seul jour de fitna*» prenait donc dans ce contexte tout son sens. Pour la *amma* la perte de leur médecin dont la réputation dépassait les frontières de la capitale était un mystère au delà de tout entendement. Le palais comprit son erreur de jugement en constatant la sympathie de ses sujets célébrant la mémoire d'un homme chaque année depuis sa disparition. Le pouvoir ne pouvait éliminer ce sentiment d'appartenance d'empathie envers ce saint homme un wali pour les indigents et d'une certaine manière ce rappel annuel sonnait pour *al Mansur* le glas d'un pouvoir inique et l'hypocrisie régnante lui rappelait que son pouvoir était basé sur la terreur. Les sympathisants du maître voyaient une collusion certaine entre de riches familles berbères et *Almanzor* lequel avait recherché d'importants soutiens militaires dans ces mercenaires. Un accord doit s'honorer en retour un de ces jours. Or, l'intérêt était illicite au regard de la *shar'ia* surtout de la part d'un homme qui avait la réputation d'être pieux..Adieu la morale. Ainsi, fonctionnait la realpolitik, les affaires. Cette tranche de vie amiride, cette strate de l'histoire *d'al Andalus* appartenait au passé à l'heure où Husayn et le cadi s'entretenaient sur cette période révolue concernant leur maître et ami…Ainsi ai je entendu.

Les semaines s'écoulaient au rythme des travaux de ravalement et de modernisation de l'Alcazar, comme souvent lors du règne d'un monarque voulant laisser son empreinte sur la pierre au delà de la nécessité d' entretenir régulièrement l'édifice; il y avait deux siècles déjà certainement érigé au départ sur des fondations romaines ou goths. Les ouvriers artisans débutaient le travail assez tôt en raison de la chaleur étouffante de *Séville* littéralement assise dans une cuvette. Husayn passa du temps à observer les ouvriers qualifiés dans leur domaine de prédilection à l'instar des gros travaux d'assainissement, d'épierrement, de consolidation ou de coffrage des soubassements. Ils notait avec grand intérêt le travail manuel effectué, les techniques employées, l'utilisation des matériaux comme la pierre ou le bois. Les travaux plus minutieux plus ouvragés portant sur la décoration la finition l'intéressaient davantage à l'instar des stuc marqueterie céramique émail boiserie joaillerie dont il ne se lassait pas d'admirer le savoir faire de ces artisans qui pour lui étaient avant tout des artistes à l'égal d'un poète, d'un alchimiste, d'un médecin. Au regard d'une telle diversité de technique, il comprenait que ces hommes étaient la courroie artistique de cette émulation culturel en marche, cette floraison artistique qu'il voyait de ces yeux au palais mais aussi dans les rapports qu'il lisait sur les mouvements dans les autres taifas rivalisant d'ingéniosité.

-«L'architecte en chef nous est inconnu seul, reste le nom d' *Ahmad ibn Baso* à l'époque *almohade,*» rétorqua Joseph faisant étalage de son savoir.

L'essor des arts et de la culture au 11 siècle dans la taifa de *Séville* où convergeaient les artistes et artisans de territoires en proie aux troubles ne devaient pas nous faire oublier une autre activité profane vitale à l'homme, l'art de la cuisine! En effet, Il fallait nourrir le palais, soit un coût matériel et humain énorme pour l'entretien journalier d'un clan. Le château fort, *al quasr*, sa logistique importante, sa structure pyramidale représentait une puissance politique et symbolique de taille, la gloire, le raffinement justement tenaient à la qualité de ses artisans; un souverain avisé était un homme ouvert sur les influences étrangères comme *Al Ma'mun l'abbasside* un calife cultivé. Au début de notre lecture un historien rappelait le protocole pompeux des omeyyades au X siècle à *Madinat az Zahra* de sorte que le paraître, la représentation diplomatique était une réelle mise en scène de la puissance du calife qui en outre était l'homme fort de la péninsule. Que le cuisinier fût illettré n'avait que peu d'importance; il devait connaître son art et satisfaire le calife. Les nombreux inconnus natifs de la péninsule et que l'on nommait les *mozarabes* des espagnols arabisés restés chrétiens ont écrit une page de l'histoire d'*al Andalus* mais dont l'Histoire ne retint pas toujours les noms dont une bonne centaine sont gravés dans des stèles notamment à la mosquée de Cordoue lors des derniers travaux d'agrandissement entrepris par *al Hakam II puis al Mansûr*

après lui furent en *al Andalus* les précurseurs de cet art hybride adaptant les techniques des musulmans venus d'orient, l'*art mudéjar* dont les plus grands centres verront leur apogée à *Séville Tolède Saragosse*! La cohésion sociale était essentielle à la bonne marche de la cité. Or, la machine pouvait facilement se gripper à cause de luttes d'intérêts entre les sujets regroupés en corporations; la zizanie s'installait entre les hommes dans la cité. Les conséquences possibles étaient évidentes telle l'ingérence d'un tiers personnage important. Or, la santé du roi déclina soudainement. Il avait pour habitude de contrôler chaque jour l'avancé des travaux de l'Alcazar saluant un à un les artisans et ouvriers qu'il connaissait par leur nom, n'hésitant pas à les invectiver dans leur ouvrage en cours lorsqu'ils jugeait un détails perfectible. Le médecin du roi accourut à son chevet lorsque son serviteur déclara que le roi n'était pas descendu comme à son habitude saluer ses employés ces derniers jours. On pensa tout d'abord à un gros coup de fatigue à cause du surmenage. Mais les symptômes laissaient plutôt penser à une intoxication alimentaire en raison de vomissements diarrhées et une forte fièvre. Il perdit du poids et se déshydratait logiquement ne pouvant ingurgiter ni liquide ni solide. Husayn reçut l'autorisation du chambellan de le visiter; en vérité, le roi voulait le voir à son chevet étant donné la haute estime qu'il avait de son savoir médical sachant qu'il n'était pas médecin donc non autorisé à pratiquer. Son bienfaiteur gémissait de douleur dès que les effets des décoctions prescrites par son médecin s'estompaient lui laissant quelques temps de répit. Son médecin refusa de lui administrer la panacée même à des dosages réduits en raison de son age et des effets indésirables possibles avec une médication régulière qui aurait cependant calmée ses douleurs intestinales et stoppé la diarrhée. Néanmoins, c'était un traitement totalement inapproprié pour une intoxication alimentaire supposée par contre une dose importante de sucre mélangée au suc de l'anis semblait plus approprier. Il arriva au chevet d'*Abbad I* souffrant et en sueur. Après s'être suffisamment informé des symptômes du malade, du traitement administré par son toubib lui dit qu'il avait sa petite idée sur son mal car il avait assisté son maître jadis sur des cas de patients atteints de symptômes identiques; néanmoins, chaque individu était unique et réagissait différemment aux traitements administrés en fonction des posologies variants avec le poids l'age la taille du patient. Le médecin et lui s'entretinrent en aparté un long moment sur les causes et les thérapies possibles vu l'état inquiétant du souverain. Or, le médecin fulminait contre l'arrogance de cet homme qui s'arrogeait le droit de remettre en question son diagnostic de médecin attitré du palais alors que lui n'était pas même barbier! C'était le monde à l'envers clamait il hors de lui. Toutefois, en tant qu'élève attentif d'ibn Hasan al Qurtubi pendant une bonne dizaine d'années,il avait acquis des compétences certaines et un savoir faire sur l'observant attentive mais il se tut et s'excusa d'avoir fâché le médecin. Ce dernier se retira une fois calmé et sur ordre du cadi rappela. Il resta seul à son chevet. Le roi lui même reconnut que la thérapie médicamenteuse de son médecin semblait inefficace après quatre jours de traitement, bien au contraire sa situation semblait empirée; il lui fit part de son diagnostic et d'un traitement efficace indolore contre ces maux afin de le mettre dans un meilleur état d'esprit que l'humeur noire dans laquelle l'avait plongé la souffrance physique. Convaincre un médecin que son traitement est inadapté erroné revient à mettre en question ses compétences de surcroît quand celui ci semble obnubilé par son emploi, son statut et ses privilèges comme le pensait son interlocuteur. Entre temps, le roi fit mander son médecin pour lui faire part de sa décision de stopper le traitement, dorénavant Husayn avait la charge de le soigner puisque lui était dans l'incapacité de le satisfaire outre qu'aucun progrès notoire était à noter depuis trop longtemps à son goût. Le médecin protesta énergiquement qu'il fallait être patient; par ailleurs, il prenait un risque en remettant sa vie entre celle d'un inconnu sans autorité reconnu, aucune *djizaya* homologuée d'un maître...Le roi lui rétorqua que pour le moment son art reconnu était en train de le renvoyer à son créateur. Le médecin se tut face à l'exactitude des propos de son souverain, le somma de rentrer chez lui mais de rester à sa disposition. Le médecin tête basse acquiesça sans broncher, mit les voiles en lançant un regard glacial à l'inconnu qui lui enlevait le pain de la bouche. Il sut réagir efficacement pour endiguer l'infection. Par ailleurs durant leur échange animé dans l'antichambre du roi, Husayn lui avait envoyé en pleine face un argument choc en l'occurrence qu'il n'avait pas le monopole des idées, de la pratique médicale qu'il semblait sacralisée surtout après l'absence de résultat. Enfin, il avait enfoncé le clou en lui apportant des hypothèses de réflexions à méditer. Il le rassura qu'il n'avait aucune intention de lui subtiliser sa fonction, loin de lui cette idée saugrenue. Sa manière d'appréhender un problème répondait à une méthode bien éprouvée tiré de *Razi* en privilégiant notamment l'écoute du patient et ses antécédents avant tout diagnostic prématuré. Husayn dans la chambre du roi déclara à son ami qu'il ne devait pas s'inquiéter outre mesure d'une intoxication alimentaire certes envahissante en raison du traitement inadapté de ces derniers jours. Ces paroles redonnèrent confiance au cadi. La parole était d'or comme le jeu pour l'enfant voire le rire qui procurait un sentiment de bonheur d'euphorie mais avant tout la parole rassurait car elle signifiait faire sortir émotions et pensées négatives. Entre temps il était retourné chez lui inquiet face au problème du souverain parce qu'en vérité c'était un acte criminel prémédité soit un empoisonnement. Il prit ses précieuses drogues qu'il avait commandé chez l'apothicaire. Son maître avait établi toute une liste d'ingrédients composé de racines, feuilles de plantes et herbes séchées mais aussi de sucs aussi divers comme d'essences essentielles à composer en fonction des symptômes relevés tous parfaitement mémorisés. De retour à l'alcazar il pénétra dans la chambre du roi, déposa le contenu de sa sacoche sur la table, prit les doses journalières qu'il avait auparavant soigneusement concocté pour une thérapie estimée à cinq jours selon le maître. Entre temps, deux autres médecins s'étaient enquis de la santé du roi sur ordre du chambellan et tout deux étaient d'avis qu'il fallait pratiquer une saignée et le firent savoir au souverain; ce dernier très sceptique même si cette manière de faire était courante refusa. Le cadi faisait entièrement confiance à son ami non médecin comme lui avait rétorqué le toubib alors franchement énervé de constater que le roi préférait les conseils de ce charlatan sorti de nulle part. Le roi en colère avait menacé de l'empaler s'il osait encore proférer de tels propos sur son ami en qui il avait une entière confiance. Le docteur ignorait visiblement tout des liens anciens qui liaient les deux hommes aussi il s'excusa et quitta le palais comme déjà rapporté plus haut; en fait, la langue du cadi avait fourché car jusqu'à ce jour d'aucuns au palais connaissaient leur amitié ancienne à travers Ibn hassan al Qurtubi. Le lendemain matin au chevet du roi, il expliqua enfin les caractéristiques de ce traitement imaginé par son regretté maître consistant en trois prises par jour au moment d'un repas léger sans graisse animale, une cure de légumes frais et fruits sec et d'absorber au petit matin de l'eau chaude et de boire régulièrement du thé dont il avait ordonné aux cuisines de préparer un mélange de plantes dont l'action de désintoxication nettoyait le sang du poison. Il décrivit les effets possibles liés au traitement comme un état nauséeux éventuel néanmoins, cela était rare et ne devait pas l'inquiéter outre mesure. Il était sûr de lui et de son diagnostic surtout, il remerciait intérieurement le cheikh pour toute l'instruction qu'il reçut de lui. Le toubib pour sa part avait montré beaucoup de réticences face à une thérapie basée essentiellement sur une cure alimentaire stricte et des plantes dont visiblement il ignorait et sous estimait totalement les vertus curatives. De là à dire qu'il souhaitait que le traitement soit inopérant il n'y avait qu'un mince fil de mauvaise foi. Il avait encore en tête l'image limpide du maître soignant ce riche aristocrate pris des mêmes symptômes que le roi lesquels étaient identiques à tout comme leur masse corporelle respective et d'autres critères de nature extra sanitaire ce qui l'avait mis sur la piste d'un empoisonnement. D'autre part, ces seules remarques ne suffisaient pas à en déduire un diagnostic sûr. Toutefois, le maître avait jadis noté la consistance, la nature des vomissures,la couleur selles plutôt liquide que solide, le déroulement de l'infection durant les premiers jours et l'état du patient. Husayn savait dès lors que son protecteur guérirait grâce à dieu puisqu'il était d'une excellente constitution robuste et une relative bonne hygiène de vie. Finalement, quatre jours plus tard, un serviteur du roi accompagné de deux soldats vinrent toquer à sa porte en le priant de les suivre sans autre explication sur la santé du roi. Il sortit de chez paniqué, ses jambes ne le soutenaient plus et s'imaginait déjà sur le gibet sous le sourire narquois du médecin l'accusant d'avoir empoisonné le roi! Il ne comprenait plus rien. Comment avait il pu se tromper aussi grossièrement; ce n'était pas possible; l'air abattu Husayn al Masri pénétra dans l'antichambre du roi songeant à ses dernières heures. Tout à coup levant lourdement la tête vers la porte qui s'entrouvrit, il vit radieux le roi lui tendant les bras!

-«Quelle mauvaise plaisanterie me jouez vous là o seigneur! J'ai cru me retrouver sur la potence lorsque vous m'envoyèrent vos oiseaux de mauvaise augure!»

Le roi s'excusa navré de lui avoir causer une si lourde frayeur; mais, il était si reconnaissant qu'il ne pouvait plus attendre le lendemain pour le féliciter et prendre avec lui une copieuse collation car son appétit était grand après huit jours d'abstinence. Le souverain lui conta la nuit la plus folle de sa vie. Le roi le pria de le suivre dans ses jardins privés suivi de son docteur qu'il avait fait mandé pour qu'il constata par ses yeux ce que ce charlatan avait fait. Il commença :

-«après avoir ingurgité cet infecte décoction trois fois par jour durant ces jours,je sentis mon état de fébrilité lentement disparaître ainsi que mes maux intestinaux, ces terribles crampes incessantes avec les nausées, un calvaire, une humeur noire»

L'impudent docteur l'interrompit mais le souverain s'offusqua de cette audace dépassée du toubib et le congédia sur le champ avec des mots très durs. Ce dernier partit une nouvelle fois sans demander son reste l'air songeur...

-«Bref, je reprends...Je demandais à ce foutu toubib que j'avais fait venir de bien vouloir préparer le jeu d'échec. Il était surpris et me déconseilla fortement de me lever cette nuit ou d'avoir une quelconque activité. Pourtant, j'avais des fourmis dans les jambes, j'avais une sensation d'euphorie comme si je pouvais décrocher l'astre de nuit qui veillait depuis tant d'années sur moi telle une mère protectrice que j'assimilais à *Maryam,* la gardienne des secrets et des mystères de la création dont dieu l'avait investi, Lui l'Unique. En fait, un désir irrépressible de sortir de ce tombeau où cet oiseau de malheur insinuant son toubib voulait me clouer et ce jusqu'au matin. Moi, je me sentais renaître et lui ne m'écoutait pas obnubilé par je ne sais quel soucis»

-"Le beau sexe majesté que vous présentez sous les traits de *Maryam* était entre nous bien plus résistant à la douleur que nous autre hommes.

-Comment cela?

-Je vous expose à gros traits si vous le désirez les douleurs atroces de l'enfantement quoi que cela soit bien inutile mais comme vous ne l'ignorez pas pouvait s'éterniser une trentaine d' heures et finalement tuer en couche femme et bébé! Selon ibn Hassan al Qurtubi mettre au monde un être était l'acte le plus courageux, le plus dur physiquement et le plus noble car la mère est comme vous l'avez bien dit la matrice utérine ou *RaHiM* donnant la vie. Voilà pourquoi *Myriam est* la seule femme nommée dans le Qur'an avec une sourate à son nom. Ce n'est pas rien! Par conséquent, il me semble inconvenant voire déplacé de médire de la femme ou de la considérer comme un être inférieur à l'homme comme on l'entend trop souvent dans la bouche des hommes qui la voit faible, inapte, de moindre intelligence. J'aimerais inverser la situation pour une journée afin que ces hommes puissent ressentir ce qu'est la douleur véritable et la résistance dont fait preuve la femme mettant au monde son rejeton»

Le roi étonné par l'argumentaire de son ami décela dans son discours la pensée du scheik et partit aussitôt dans un éclat de rire contagieux. Il ajouta:

-«je vois que tu as été à bonne école; les idées novatrices de notre maître ne sont pas tombées dans l'oreille d'un sourd! Prends garde toutefois, que des religieux n'utilisent tes propos contre toi car ils seraient bien capable de t'accuser de subversion; ton maître a toujours refusé selon mon propre père de se servir du Coran pour appuyer son discours en faisant une pseudo exégèse qu'il appelait sauvage en sortant des versets de leur contexte et de leur péricope plus généralement en éliminant ce qui lui était précédent et suivant car alors le discours coranique est dénaturé; bon, mais puisque les traditionalistes fonctionnent de la sorte le *Ra'is al Hakim* posait comme base de départ un verset coranique de modération: *Réfléchissez Ô hommes qui êtes doués d'intelligence*…Toi, mon ami, tu vas plus loin en installant la femme au centre de notre société patriarcale qui ne pourra jamais accepter cette idée. Mais à dieu ne plaise.

J'aimerais que tu acceptes ce cadeau pour m'avoir épargné d'inutiles souffrances en me libérant d'un lourd fardeau. Dieu soit loué, tu m'as redonné goût à la vie en un temps record, ô toi l'érudit!»

-«Dieu est miséricordieux!

-«Arrête de te sous-estimer!

-«Votre majesté est trop bonne !

-«Husayn! Cesse ces eulogies veux tu;

-Bien.

-Tu m'as guéri alors que je sentais ma fin proche; rend toi compte, le prince héritier ne s'est pas même inquiété de mon état de santé à l'exception de ma ...

-Oui?

-Rien. En revanche, ta modestie ne me surprend pas; en fait, elle me rappelle l'ami dont le décès me désole toujours car je n'ai pu lui venir en aide personnellement, mon père en revanche lui assura des portes de sortie; pour être honnête, nous n'avions pas le pouvoir dont notre famille dispose aujourd'hui. J'étais jeune comme toi du reste. Parfois, je revois nos père en songe parlant du bon vieux temps dans notre demeure de *Malaga* mais je pense que ce qui motive ces sessions nocturnes, c'est peut être un soucis de culpabilité à l'égard de ces deux vieux. Cependant, le scheik savait pertinemment que ses amis étaient surveillés et il nous à tous préserver des sbires d'*Al Mansûr*. Il fit ce que tout père aurait fait pour préserver la vie de sa progéniture. Je pensais te voir beaucoup plus tôt à *Séville* et non à cet age avancé mais tel est le destin. Les dernières lettres que mon père reçues de lui faisaient toute mention de toi, Husayn. Il te chérissait comme la prunelle de ses yeux. Votre brutale séparation en mer lui transperça le cœur. Après cette tragédie, il y eut son mariage tardif pour des raisons juridiques mais aussi sentimentales bien sûr, loin de moi de dénigrer les sentiments de cet humaniste. Je crois qu'il eut lieu dans la plus simple intimité avec ta "mère" de substitution qu'il retrouva après lui avoir assurée une existence loin du besoin durant leur absence.

-Maryam !!

-Oui, je crois; quinze mois plus tard, ils eurent une fillette qui les comblèrent de bonheur, peu banal à son age. Certes, la légende dit que *Ibrahim* eut *Isaac* à 99 ans sans parler de l'age avancée de *Sarah*. Or, ce fut une joie de courte durée car la fillette mourut de mort subite à l'age de seize mois. Son histoire familiale est cruelle et semblait se répéter *ad æternam.* Mon père me raconta l'histoire en mer quand vous étiez dans les mailles du filet des pirates pour te dire qu'il reconnut un de ses anciens élèves alors que vous deviez déjà échapper à vos tortionnaires depuis *Cordoue.* Cette partie de chasse dont vous étiez le gibier découlait d'un plan minutieux afin de le punir ainsi que ses plus proches fidèles. L'origine de ses tourments, croyait il savoir, reposait sur le contenu de ses travaux qui sortir du cercle restreint de son petit groupe. Or, cette divulgation causa son malheur. Ton maître pensait que l'homme que tu nommais, je crois, le doyen était le responsable de cette fuite puisqu'il était jadis son assistant le plus proche outre sa relation avec *Almanzor,* une raison supplémentaire de le suspecter et de te mettre en garde sans pour autant avoir des preuves concrètes de sa trahison.

-O mon ami, j'ai voulu le trucider lorsque l'occasion s'est présenté à moi en 1013 pendant l'accalmie relative de trois ans à *Cordoue* mais je n'ai pas eu le courage; je ne suis pas un criminel

-Verdad! Néanmoins une autre cause profane pour laquelle les ennuis débutèrent c'était toi. On apprit que le propriétaire terrien où tu vivais avec les tiens était à l'origine de votre disgrâce. Elle n'accepta jamais que le médecin te prît à son service puisque tu étais leur bien, leur propriété comme un vulgaire sac de blé. Tes parents, dieu ait leur âme, subirent les foudres de cet homme puissant proche du clan amiride; tes sœurs furent vendues...Nous n'avons malheureusement pas d' informations précises à leur sujet. Enfin, il y eut de nombreuses exactions commises dans le bourg...En effet, en tant qu'oreille et œil du palais durant toutes ces années au service des amirides, le dit doyen désirait être récompenser pour ses loyaux services de délateur et il prit la tête de l'institut dès la mise à l'écart du maître. Mais ce ne fut plus ce centre des origines. Ainsi, à lui la gloire et les honneurs; l'institut perdit avec le départ du maître tout son sens. Le scheik apprit à mon père dans son ultime missive de sources sûres que le complot ignominieux fut finalement ourdi dans le secret par un conseiller du palais dans le but d'accaparer les biens du maître dont des terres fertiles dans le *fahls al ballut* au nord de *Cordoba* d'une grande valeur financière selon le prévaricateur qui ajoutait pour fonder son acte délictueux qu'elles avaient été spoliées jadis sous le calife *al Nasir*. Sinon dans un autre sujet certains ouvrages de ton maître furent mis en lieu sûr avec l'aide de mon père et de ses amis. Ils te reviennent de droit selon ses dernières volontés ci jointes. Il a toujours su qu'en te sortant de cette misérable vie chez tes parents en répondant aux souhaits de ton père, les ennemis et les ennuis abonderaient sur sa route mais cela en valait la peine car il crut en toi depuis le jour où il croisa ton regard lui avait il dit !

-Justement j'allais te questionner sur les accointances entre *Al Mansûr* et cette famille originaire de *Fez»*-fondée par *Idriss I* en 789.

-«Aujourd'hui tout est fini; tu n'as plus rien à craindre jouis de tes vieux jours; le jeune conseiller fut assassiné sans autre forme de procès sous *Muzzafar* en 1005. Comme tu le vois le pouvoir corrompt les âmes...

-Mais tu insinues que toutes ces années les biens du scheik était en lieu sûr, ici même?

-Effectivement, le cheikh en homme censé avait mis les espions du *hadjib* et de la famille berbère qui voulaient sa peau et ses biens sur une piste fantaisiste hautement plausible. Il imagina un stratagème plutôt cohérent, point par point, avec une carte détaillée plus vraie que nature contenant notes indices sceaux et actes notariaux des biens de sa famille.

-Ô digne des plus grands stratèges!

-N'est-ce pas !

Mais ne me dis pas que cela t'étonne. Tu as partagé sa vie depuis ton enfance. Tu étais sa fierté, jamais il ne regretta son choix; le maître voulait soulager le fardeau de ton père; il eut pitié de lui après avoir soigner ta mère et constater votre dénuement total. Il ne vit aucun avenir pour toi en restant là bas.»

Il soupira les yeux embués par les larmes. Après quoi, il reprit:

-Tu as parlé de mes sœurs plus tôt. Sont elles en vie?

-Je ne sais pas. Crois moi si je le savais, je te le dirais sans tarder. En revanche, tu ne sembles guère te préoccuper de tes biens?

-J'ai appris de la vie que les richesses matérielles n'apportaient que tragédies, jalousies, mesquineries. Les hommes deviennent esclaves de leurs biens. La plus grande des richesses est pour moi intellectuelle et spirituelle. Il m'a convaincu du bien fondé de la recherche du savoir, le logos la *Hikma*; seule la science nous donnera les outils indispensables au bien, au beau, à l'équité, la justice donc elle nous conduit vers l'humanisme sans lequel nulle société ne peut trouver le bonheur ou le salut et le progrès social culturel…

-Vous avez souffert de cette vie d'errance tels des fugitifs aussi je crois qu'il ne faut pas ignorer l'argent car il te rend la vie plus simple !

-Certes, tu dis vrai»

Ils entendirent tout à coup un vacarme d'enfer provenant des couloirs se rapprocher d'eux jusqu'au moment où l'héritier entra dans la pièce où les deux hommes conversaient. Il laissa ses compagnons deux seigneurs chrétiens qui l'accompagnaient dans une antichambre attenante où ils reçurent des rafraîchissements. Le prince salua son père; il avait apprit la nouvelle par un coursier du palais pendant sa partie de chasse à deux jours de cheval de Séville laquelle avait retenue plus longtemps que prévu aussi il s'excusa et s'enquit de la santé de son père. Le prince était un jeune homme extraverti étonnant à tout point de vue; il semblait insouciant avait un goût prononcé pour la chasse et le sang comme de nombreux jeunes princes de son age aimant se surpasser comparer leur force paradoxalement à se comportement machiste, il aimait les femmes et la poésie. Il raffermissait déjà ses relations diplomatiques avec les chrétiens des royaumes voisins sachant pertinemment que son heure viendrait. *Abbad II*, plus connu sous le nom d'*Al Mu'tadid*(celui qui compte sur dieu) allait être son nom de règne. Il salua le docteur qu'il croisa en sortant de l'alcazar et dont l'air maussade l'avait surpris;le prince ne le tenait pas en grande estime qu'il connaissait depuis des années. Enfin, il arrêta son regard sur Husayn pourtant aucun souvenir ne revenait en le dévisageant.

-«Mon fils, la vue de cet homme semble te troubler?» Dit le cadi goguenard! Le prince gambergeait à la vue de cet individu grisonnant visiblement un intime de son père qui lui jetait des coups d'œil complices amicaux. Cependant ils ne pouvaient pas se connaître puisque le prince n'était pas né lors de la dernière visite de Husayn qui constatait amusé la perplexité du jeune prince; enfin, il lui révéla son identité. Le nouveau venu avait entendu de nombreuses anecdotes sur lui alors le prince enchanté sans gêne aucune le prit par le bras et le questionna; Il prit la main de Husayn et sortit de la pièce comme pour lui parler en privé ignorant son père. Le roi éprouvait un bien être certain loin des épreuves récentes en les regardant s'éloigner.

Ainsi ai je entendu.

Cependant, le futur *Abbad II* après s'être enquis de la

santé du vieil ami de la famille lui raconta enthousiaste avec force détails ses derniers succès et prouesses militaires notamment ses faits d'armes omettant toutefois certains détails morbides; voyant le peu d'intérêt manifesté par l'homme pour l'art de la guerre, il embraya sur une autre de ses passions oubliant au passage leur différence d'age et de respect qu'il lui devait. Il lui narra ses virées nocturnes à travers les tavernes de la *médina* en compagnie de ses acolytes. Il restait coi écoutant le prince qui avait même hâte de lui présenter ses relations âgées comme lui avec lesquels il pourrait éventuellement nouer des liens professionnels dont un riche négociant sévillan lequel organisait le lendemain soir une petite séances dont raffolait tant les intimes de ce dernier commerçant de son état organisateur de ces soirées musicales avec poésie, haschich et vin fin!
Certes, il aimait la poésie mais ne s'imaginait nullement dans un lupanar! Mais il ne l'écoutait plus plongé qu'il était dans ses pensées.
-Que se passe t'il mon oncle ?
-Je suis inquiet.
-Je le vois bien! Es tu devenu un *ulama* rigoriste! Où est donc passé le bout entrain d'autrefois raconté par mon père
-...», soupir.
Il ne savait pas comment aborder le sujet surtout que l'héritier semblait très impulsif et surtout bien égocentrique. Il connaissait les humeurs et le caractère du jeune homme par les rumeurs à son sujet pour une violence incontrôlée; par ailleurs, il semblait quelque peu irrité par sa désinvolture notant l'absence totale de

compassion à l'égard de son père. Il se tut et en vint à se demander si ce dernier n'était pas le responsable avant de se rétracter tellement l'idée le révulsait; d'autre part, qui était il pour juger aussi rapidement quelqu'un sans preuve sur de simples spéculations idiotes; il ne souffla mots même des soins administrés à son père perclus de douleurs malgré les réticences de son médecin à partager son diagnostic plutôt cohérent. Il était convaincu d'un empoisonnement volontaire non d'une vulgaire intoxication alimentaire comme il l'avait dit au cadi. Il s'agissait d'un acte crapuleux! Il devait en informer le cadi en tant qu'ami et de toute façon, il était confronté à un terrible dilemme:se taire au risque d'être coresponsable d'une tentative de meurtre déguisé en un vulgaire incident domestique alimentaire en fait, il craignait de se tromper avec les désastreuses conséquences éventuelles selon le proverbe «ce que tu ne dis pas t'appartient, ce que tu dis appartient à tes ennemis». Husayn al Masri lui demanda en premier lieu si son père avait des ennemis au sein de l' alcazar. Avait il des habitudes particulières? Que buvait il en général durant la journée? Qui lui préparait et apportait son breuvage et bien d'autres interrogations digne d'un agent de la sécurité du palais? Le jeune homme lui rétorqua qu'il ne comprenait pas toutes ses questions ou plutôt qu'il soupçonnait maintenant une tentative de meurtre sur le roi.

-"Tu sembles dire que mon père fut victime d'un acte vile? La dynastie Abbadide n'y survivrait pas et *Séville* non plus qui tomberait dans l'escarcelle définitive de nos ennemis ou dans une nouvelle guerre civile contrôlée à distance comme cela est souvent le cas. Les rapaces n'attendent que ça.

-C'est possible. D'ailleurs, j'ai le sentiment que ma nomination à l'alcazar et cette subite intoxication participent d'une même frustration chez certains récalcitrants! Au fait, sais tu si ton père fut saigné ces derniers temps par son drôle de médecin ? Te souviens tu de tes leçons d'histoire notamment sur l'empoisonnement du Sultan *Mondhir en 888* par une lancette! Ce dernier était au cœur d'une trahison familiale aux conséquences politiques évidentes!

-Une rébellion, un complot, bravo mon oncle! Au fait, quel poste occupes tu?

-Je suis son conseiller informel! Cependant, trêve de plaisanterie, soyons sérieux veux tu, mes nouvelles fonctions au sein du palais me valent de nombreux ennemis. On me dévisage, m'épie à l'instar des limiers d'*Al Mansûr* qui nous traquèrent sur terre comme sur mer! Mon arrivée a perturbé bien des plans de carrière et froissée de nombreux courtisans. J'ai le sentiment en effet qu'un mauvais coup se prépare contre moi ou ton père puisque il y eut déjà tentative d'assassinat.

-As-tu des preuves de ce que tu avances?

-Non, ce n'est qu'une intuition mais ces derniers soucis de santé étaient l'œuvre d'un homme, non de la nature avec une nourriture avariée; je suis formel; d'autre part, je suis troublé quotidiennement car les discussions cessent dès que je franchis une porte. Tu connais bien mieux que moi les arcanes du pouvoir lesquelles suscitent bien les convoitises des personnes gravitant autour de ton père.

-Certes, tu dis vrai mon oncle; néanmoins, je ne vois personne voulant sa peau ou plutôt ils sont nombreux ses ennemis mais tous vivent dans la peur. Je suis le prince héritier. Or, les fils sont souvent les plus avides de prendre la place du père sur le trône.

-C'est à toi de découvrir si mes soupçons sont fondés; je n'ose croire que tu veuilles éliminer ton père! Élargis tes recherches en ne négligeant aucun détail car dans l'absolu, tout est possible, rien n'est anodin. J'ai encore une pensée à te soumettre. En 414. h lors de la chute du califat de *Cordoue,* ton père dit on, aurait fait périr le dernier souverain omeyyade et annexa *de facto* grâce à ses alliés sur place *Qurtuba;* il agrandit ainsi son royaume visiblement le plus puissant. La jalousie est le propre de l'homme et des roitelets; ils s'y perdent eux mêmes dans cet imbroglio et commettent les pires exactions. Des années se sont écoulées depuis ces événements mais l'histoire est importante et tu l'as appris avec tes maîtres. Toutefois, quelques sympathisants ou membres des *banû umayya* n'ont certainement pas abandonné l'espoir de voir ton père périr comme jadis le calife marionnette. Encore une fois, ce n'est qu'une hypothèse. En revanche, pour de nombreux protagonistes l'honneur lorsqu'il est bafoué doit être venger et le temps ne compte point.

-Penses tu réellement que tes arguments aient du poids? Un groupe d'individus nostalgique rancunier planifierait son meurtre! En auraient ils matériellement les moyens? Franchement, j'en doute mon oncle!

-Ne dit on pas que la vengeance est un plat qui se mange froid!

-Si...

-Il faut rester vigilant. Il serait bon de collecter toutes les informations possibles sur le personnel du palais notamment en cuisine, les services d'entretien etc....

-En cuisine?!

-Bien sûr, puisqu'on a essayé de l'empoisonner; c'est donc le premier lieu probable du forfait. Un sous fifre, un agent dormant n'attendant plus que l'ordre d'exécution serait passé à l'œuvre ou serviteur corrompu par quelques dinars. Vérifie le personnel de service, les absents, on ne sait jamais! Prend soin d'être très discret.

-Où ai-je donc la tête, évidemment !

-Grâce à dieu ton père a une santé de taureau; l'antidote que je lui ai administré l'a remis sur pied en quelque jours car je suis certain que son empoisonnement est régulier depuis quelque temps

-Tu es médecin?

-Non. Remercions plutôt Ibn Hassan al Qurtubi qui soigna jadis toute ta famille du plus jeune au plus âgé comme ton grand père; disons que j'ai patiemment servi, suivi, étudié, observé mon regretté maître; son savoir faire, sa manière, son humilité face au patient et son savoir des drogues dont j'ai noté scrupuleusement en tant que *katib,* secrétaire durant mon apprentissage. A ce propos, nous passions quelques jours chaque année chez ton grand père.

-Une époque révolue.

-N'oublie pas, ce n'est pas une intoxication alimentaire mais, une tentative de meurtre laissant croire à une indigestion mais un œil averti n'est pas dupe. Que sais tu de son toubib?

-Ils se connaissent depuis longtemps. Mon père a confiance en lui; en revanche moi, je ne le porte pas dans mon cœur et du reste, je crois en la réciprocité. C'est un hypocrite d'une cupidité renversante toujours prêt à renier le *serment d'Hippocrate* pour quelques pièces d'or; mais de là à vouloir éliminer la main qui le nourrit? Lorsque je serais roi, je lui trancherais le col de mon propre sabre!
-Pourquoi une telle haine mon prince?
-Cet homme se gausse de son statut de médecin particuliers au palais pour s'enrichir sans vergogne au détriment des naïfs. Il a pris il y a peu une troisième épouse d'une beauté incomparable qui le mènerait par le bout du nez dit on dans les cercles bien avisés. Je pense qu'elle lui coûte chère en parure et autres produits de luxe; j'ai appris de sources sûres qu'elle était encore mariée dans le district de *Carmona;* cela signifie donc que leur union est illicite. Je garde cette info dans ma manche, on ne sait jamais en cas de surprise. Mon père ferme les yeux au nom de leur amitié, tout comme le *mukhtasib* et le *sahib al souk,* contrôleur des marchés en font de même; le *mukhtasib* quant à lui est choisi par le cadi et nommé par mon père. Il a en outre à sa charge des subalternes tels que l'exempt du *mukhtasib, awn, ragul al muhtasib* ou encore, le préposé, *muqqadam* qui surveille les corporations de métiers sur les marchés, mais tu sais tout cela comme tous les habitants de la ville! Je crois qu'il y a en vérité un certain laxisme qui minerait l'état de l'intérieur, c'est dangereux! En d'autres termes, on parle de corruption pure et simple...
-«*Oui, mauvais leurs actes*».

-Par ailleurs, il est important de garder un œil sur tous les charlatans opérant dans la cité». Sanchuelo allait clore sa lecture sur ce dialogue entre Hussein al masri et le futur *al Mutadid* en utilisant les paroles éloquentes d'un magistrat sévillan ultérieur à leur époque sur un sujet capital puisque les conséquences des actes étaient terribles:«(…) *l'erreur qu'a pu commettre le médecin, c'est la terre recouvrant la tombe du défunt qui la cache.*» (*ibn'Abdun fin XI s*). Sanchuelo se tut enfin, leva la tête regardant son ami apaisé les yeux presque clos.
-*Hombre, duermes*?
-No.
-J'ai cru un instant que tu étais au royaume des songes.
-C'est vrai! La drogue a anéanti mes douleurs; je suis enfin serein; j'ai l'impression de sortir du hammam massé et parfumé à l'eau de rose! Ces instants sont précieux et rares mon frère.
-Je m'en réjouis, dieu soit loué .
-Tu t'arrêtes!?
-Le temps d'une petite pause».

3
l'énonciateur

Ainsi ai-je entendu.

Sanchuelo et Joseph descendirent jusqu'au patio se dégourdir les membres et prendre l'air frais en cette soirée d'été où une légère brise fraîche soufflait ravivant maintenant leur sens totalement inhibés. Ils voulaient profiter de cette heure particulière que les rêveurs nommaient l'heure bleue; c'était devenu pour eux comme un rituel à chaque fois qu'ils se retrouvaient chez l'un ou l'autre afin et s'enivrer de cette atmosphère ou plutôt ce cette étrange luminosité du coucher de soleil propice à l'inspiration. Or, la panacée leur avait fait oublier le temps. En vérité, la drogue avait un rôle bénéfique pour l'âme précisément par rapport à l'annexion chrétienne puisque la soldatesque avait entièrement pris possession de la ville, des rues et points stratégiques; enfin les portes de la ville étaient closes surveillées par des troupes importantes. Les dernières personnes encore dans les rues s'activaient pour rentrer chez elles au plus vite; nul ne désirait subir l'arbitraire des militaires et du couvre feu. Mais où étaient donc Samuel et Hans? Il s'inquiétait de plus en plus. Youssef et les deux retardataires passeraient la nuit chez leur ami comme au bon vieux temps lorsque les familles se réunissaient et veillaient ensemble surtout pendant le mois de ramadan, un moment privilégié de réjouissance de migration des familles qui se rendaient annuellement visites. Youssef voulut interpeller son ami sur les siens finalement il se ravisa. Sanchuelo après tout finirait bien par le lui dire au cours de cette nuit qui s'annonçait longue! La bête minuscule et immonde le dévorait de l'intérieur se réveillant alors sans crier gare avec des maux de ventre insoutenables. Dans ces moments là, il ne savait plus à quel saint se vouer. Mais, Sanchuelo l'ami de toujours était l'homme providentiel.Combien de temps encore avait il à vivre? Certes, certaines de ses connaissances agnostiques affirmaient l'éventualité de pouvoir abréger les souffrance au nom d'une certaine idée de la miséricorde divine qu'ils nommaient le bon sens afin d'éviter à toutes les parties concernées d'inutiles souffrances surtout lorsque le contexte politique était noir et sans espoir. Avait t' on suffisamment de courage pour enfreindre la loi en venant en aide aux proches dont la maladie incurable ne permettait aucun espoir. Mais où est l'éthique dans le cas d'une souffrance intolérable que l'on pourrait abréger; le suicide est illicite, immoral, intolérable. Néanmoins, le passage à l'acte demandait énormément de courage! Il désirait venger son maître, obnubilé qu'il était par sa haine qu'il ruminait depuis des années. Mais un meurtre prémédité de surcroît d'un musulman certes hypocrite n'était pas tel un suicide juridiquement parlant. Enfin, le jour tant attendu, il n'eut plus le courage de mettre à mort l'homme, de planter sa lame dans ses entrailles afin qu'il payât sa traîtrise passée et le meurtre de Tariq; la vengeance était l'arme des vilains; or, il n'en était pas un et puis, les remords l'auraient accablé pour le reste de sa vie. Sanchuelo pria Youssef de venir s'installer près du jasmin sur de confortables coussins et lui demanda.

-Est ce que l'idée de la mort te tourmente ces derniers temps?

-Qui n' y pense pas quand cette même maladie emporte les membres d'une famille depuis plusieurs générations ?

-J'ai retrouvé chez le vieil ami de mon père dont je t'ai fait l'éloge, le texte d'un écrivain arabe *Usama ibn Munqidh* restituant l'anecdote suivante,c'est incroyable écoute(Kurt Flasch):«*un aristocrate franc pria son oncle,un prince islamique, de lui envoyer un médecin. Ce dernier se mit en route et à la surprise générale s'en revint peu après. Ce qui lui était arrivé était bien curieux; Il avait été appelé pour soigner un chevalier et sa femme. Le chevalier souffrait d'un abcès à la jambe. Le médecin ordonna d'appliquer un emplâtre pour faire mûrir l'abcès, ce qui réussit, le pus coula. Quand à la femme du chevalier, elle souffrait de «sécheresse »; on ne savait trop de quoi il s'agissait. Le médecin arabe lui prescrivit un régime alimentaire sévère qui se composait avant tout de légumes frais. Cependant, on fit aussi appel à un collègue allemand lequel demanda au chevalier s'il préférait vivre avec une seule jambe ou mourir avec les deux. Il préféra évidemment la première. Le médecin allemand étendit alors la jambe du malade sur le billot, appela un homme vigoureux, qui au moyen d'une hache bien affûtée essaya de couper la partie infectée de la jambe. La première tentative échoua, à la deuxième la moelle s'écoula. Le malade mourut peu après. Pour sa femme, les choses allèrent encore plus mal, le médecin chrétien la déclara possédée du démon et ordonna de lui couper les cheveux,ce qu'on s'empressa de faire. Pendant un certain temps on lui fit suivre un régime d'ail et de moutarde; mais la* «*sécheresse*» *empirait et le médecin conclut que le démon s'était déjà emparé de sa tête; il fit une entaille en forme de croix dénuda le crâne qu'il frotta avec du sel. La femme mourut sur le champs. Le médecin arabe demanda à ses ôtes s'ils avaient encore besoin de ses services; comme ils n' avaient plus besoin de lui, il s'en retourna chez lui.*»

-Mon dieu, mais comment est-ce possible Sanchuelo?!

-Effectivement, ce texte est délirant! Je voulais appuyer en quelque sorte par l'exemple l'ignorance crasse de ces pseudo-médecins meurtriers en puissance.

-Peut être que le trait était forcé sous la plume du chroniqueur musulman?

-Certes, une part de vérité pointe de ce récit»

Cette anecdote témoignait de la distance notoire entre deux cultures deux visions du monde avec une frontière mentale et physique entre les deux. Ces hommes de sciences étaient aux yeux de leurs contemporains des savants dont la parole était d'or; néanmoins, ils restaient des mortels dénués de toute perfection. Or, à aucun moment, dans la petite anecdote le couple ne remit en question les divagations aberrantes du toubib voire protesta énergiquement contre cette manière arbitraire de décider de leur vie alors qu'ils eurent tout deux auparavant la visite d'un médecin étranger aux traitements bien plus doux. Non, la femme et l'homme acceptèrent avec fatalité leur sort. Le médecin ou le prêtre ne pouvait se tromper. Malheureusement pour le malade, l'issue était la mort. L'autre, *el moro*, le mahométan était en dépit de son savoir faire pratique et théorique grâce à l'héritage des anciens *Galien, Razi,*

417

Avicenne appelé à la rescousse; toutefois, en dernier ressort, ce fut le toubib allemand chrétien qui eut le dernier mot. Au début de notre lecture on voyait le *moro* peint sous les traits affreux d'un diable dans la propagande chrétienne. Les individus raisonnables en revanche connaissaient la différence entre la figure de la propagande idéologique et la véritable valeur intellectuelle et humaine des savants de langue et culture arabes de la péninsule ibérique ou du sud de l'Italie; l'arabe était l'idiome des sciences comme de la culture dont usait l'aristocratie autour de la méditérranée au fait des textes de l'antiquité parvenus à eux. Voilà pourquoi l'homme n'hésita pas à recommander à son oncle un médecin de culture arabe peu importa qu'il fût juif, musulman ou chrétien. *Al Kindi* rappelait justement à ce sujet que peu importait d'où venait le Vrai...Parce que le Vrai transcendait les identités, les frontières, les ethnies, les âmes. Or, un tel libre arbitre était l'exception non la règle; On repense à l'injonction morale citée en ouverture de *Abdelwahab Meddeb* ouvrant notre livre à savoir celui qui s'opposait à sa propre communauté pour une cause et des valeurs justes devait se battre contre elle....Ces qualités humaines et intellectuelles inhérentes aux individus éduqués ou de bon sens étaient au service de l'humanité non d'un clan particuliers. Universalité contre particularisme, savoir contre ignorance, harmonie contre discorde. Cette dualité à large spectre était souvent un mode de pensée issu des monothéistes: le bien le mal, Dieu le diable. Dans la société civilisée citadine de Cordoue l'élite s'oppose à la masse; une minorité accapare les biens les richesses alors qu'une majorité vit dans l'indigence. Les couleurs de même symbolisent des états, des entités, des sentiments toujours contradictoires: le blanc est synonyme de pureté, le noir de ténèbres, le blanc est omeyyade le noir abbasside. Enfin, la pensée humaniste du médecin était entièrement tournée vers les individus capables par leur instruction d'agir contre les dogmes d'exclusion. La vision du maître plaçait l'homme au centre de la société en tant qu'acteur du progrès social et il avait reçu le soutien omeyyade d'*Al Hakam II* dans son projet en dépit de cette mentalité omeyyade politique. Or, en tant que calife d'une vieille dynastie, *Al Hakam II* au pouvoir à *Cordoue* ne pouvait aller à l'encontre des intérêts du clan quelques fussent ses intimes convictions.

Oreille attentive et bon vouloir.

A cette heure tardive, la sécurité de Husayn semblait plus qu'incertaine à la cour *abbadide* malgré la protection du cadi. Après une première sommation sans conséquence pour le souverain, les opposants pouvaient très bien frappés en intentant cette fois ci à son intégrité physique. La jalousie était une tare tellement humaine. En outre, il était le coupable parfait en tant que nouveau venu pour lui mettre sur le dos une tentative de meurtre puisque nuls ne connaissaient son passé. Il exécrait jour après jour cette mesquinerie latente, l'hypocrisie ambiante où il était difficile de lier des liens d'amitiés désintéressées. C'est certainement une des raisons pour lesquelles le cadi ne comptait que sur lui et instaura un régime autocratique. Mais ne *crachons* pas dans la *harissa* car les années passées à la cour de *ibn Abbad Muhammad ibn Ismail* furent une sorte de résurrection intellectuelle malgré l'ambiance exécrable due aux courtisans. Sa détermination à se battre pour ses idées, ses droits en tant qu'homme du peuple et de surcroît un juste parmi les justes fondait sa théorie de l'apprentissage par l'expérience personnelle car lorsque la mort vous poursuivait, vous côtoyait telle une amie intime vous étiez alors la sagesse incarnée. Par ailleurs, l'observateur pouvait trouver paradoxal que durant les années de vache maigre vagabondant sur les routes portant la bure de laine et dormant à la belle étoile sur des matelas d'herbes et de mousse, il n'avait jamais été aussi libre. Être en marge de la cité n'était pas la fonction ou le rôle du lettré lequel devait contribuer à réinventer cette cité trop imparfaite selon *Ibn Bagga* un siècle après lui toutefois, cette liberté si précieuse était intimement lié à son indépendance qu'il perdit aussitôt qu'il entra au service du cadi où garder ses distances avec le pouvoir mesquin était compliqué pour ne pas dire impossible. En orient *Abou Ali* fuit pour préserver sa vie d'homme politique outre ses activités de médecin et penseur face aux intrigues de palais. Il voyait tout de suite quand certains projets auxquels il s'affairait étaient voués à l'échec. La vie urbaine dans une métropole de la taille de *Séville* permit à Husayn de rester en phase avec son époque et ses profondes mutations surtout depuis la chute du califat, un moment fondamental de la destinée d'*al Andalus. Le* cadi l'introduisit dans l'élite intellectuelle sévillane mais, il ne fut jamais sincèrement accepter par cette micro société pour ses origines viles et snobé car proche du cadi ce qui refroidissait les plus récalcitrants de se le mettre à dos. En effet, il n'avait aucune généalogie à mettre en avant ni un statut professionnel ni renommée. Bref, certains voyaient en lui un simple usurpateur, un opportuniste. Le cadi était un homme riche dont la fortune ne fit que croître au fil des ans surtout, lorsqu'il raffermit son pouvoir en mettant des alliés hors jeu il devint l'homme le plus riche du royaume. L'épisode clef de son succès politique et qui lui valut la sympathie et le respect de la population sévillane fut cette action d'éclat d'une rare intelligence diplomatique doublée d'une aide providentielle en donnant son propre fils le futur *al Mutadid* en otage; ce n'était qu'une banale coutume séculière néanmoins ce geste de bonne volonté et de confiance facilita les négociations afin d' éviter à *Séville* un siège épuisant et cruel pour sa population qui fut littéralement bluffée et conquise émotionnellement par l'homme. Bien des responsables avaient refusé l'option mentionnée voilà pourquoi sa popularité grimpa en flèche pour faire l'unanimité dans l'aristocratie. D'un autre coté plus psychologique, ce moment fut peut être vécu par le jeune prince comme une punition qui serait à l'origine de sa cruauté légendaire en tant qu'*al Mutadid*. En général, les otages recevaient une éducation soignées, élevés avec les enfants du roi, non comme de vils prisonniers. Dans les premières semaines qui suivirent son arrivée et sa prise de fonction au palais, il essaya de garder ses distances mais, en vain; c'était impossible dans quelque soit le cénacle dans lequel il se lovait car le fait politique était comme l'oxygène sans lequel l'homme ne peut vivre; tous se souciaient de leurs intérêts construisant des liens avec des clients au sein du sérail voire les ennemis des ennemis qui devenaient donc des amis selon la règle de logique mathématique deux négatifs font un positif; par ailleurs fortune personnelle et trésor public se confondaient dans l'esprit des gouvernants sans scrupule comme le lui apprit son ami en lui relatant les retours de fortunes de ses concurrents dans d'autres taifas avec lesquels le cadi traitait. L'orgueil dénature l'âme de l'homme de pouvoir lequel aime être magnifié loué par ses sujets. Or, les courtisans exacerbent cet état de fait. Ainsi, le roi ne doit pas oublier les fondements éthiques de son pouvoir le cas échéant toute une littérature de cour était à sa disposition qu'on nommait les conseils, *«miroirs des princes».* D'un autre coté, ce juste milieu était une illusion lorsque le souverain n'avait pas vraiment le pouvoir de décision ou l'exécutif mais plutôt la faction derrière des généraux et d'aristocrates influents qui tiraient les ficelles. Le mécontentement finit par s'installer au sein de la cité et la révolte armée éclatait nourrie de la frustration et de l'injustice croissante. De sa naissance vers 976 jusqu'à ce jour, Husayn rentrait dans sa 60 années. Il était un vieillard qui connut autant de séismes politiques qu'affectifs dont les conséquences sordides eurent pour résultat une vie de solitude, sans épouse, sans enfant et sans licence. La récurrence des cataclysmes naturels ou sociaux n'avait rien d'extraordinaire; la guerre était ou la paix, la précarité, la fortune, la maladie, la tristesse, la joie, le mariage, les deuils. Ce sont les turpitudes et pérégrinations, les moments de bonheur qui lui dévoilèrent une spiritualité cachée dont l'intensité alla crescendo avec les ans. Il franchit plusieurs paliers successifs passant de l'état de néophyte à celui d'initié. Le maître avait fait parvenir au père du cadi un livret consigné de sa main qu'il devait remettre à Husayn le moment opportun sinon son propre fils le ferait. Il l'ouvrit et constata abasourdi un genre de carnet de santé avec des notes sur son évolution physique et mentale, ses maladie infantiles intercalées de pages vierges où le maître avait introduit des dessins de Husayn et ses premières calligraphies hésitantes. Ces repères chronologiques selon le médecin permettaient d'évaluer les progrès de l'enfant durant sa croissance; le maître essaya de cette manière de percer les mystères et les causes des cauchemars récurrents de l'enfant expulsé de son milieu familial, d'une mère aimante et mourante ainsi que de ses sœurs qui étaient une partie de lui même. Le maître avait très tôt détecté l'anxiété du gamin au moment de dormir car dans la "maison" familiale la promiscuité était pour le gamin un réconfort dans la couche de ses deux sœurs surtout l'aînée qui fut une seconde mère. La séparation fut vécu comme un rapt et ce traumatisme terrible l'accompagna jusqu'à l'age adulte. Il pensait connaître son maître, en réalité, il en était bien loin. Il sut enfin d'où provenait ce mal être qui l'accompagna toutes ces années.

Ainsi ai je entendu

Il avertit son protecteur de son départ définitif lui expliquant qu'ils ne se reverraient sans doute plus de leur vivant. Le cadi respecta sa décision en dépit de sa tristesse de le voir partir; il était conscient que Husayn n'était pas dans son milieu à *Séville*. Il lui remit un document bien étonnant; l'"intéressé feuilleta stupéfait son contenu. Le cadi lui demanda en voyant sa réaction de quoi il en retournait alors il le lui mit dans les mains; l'autre survola le contenu pour ne pas paraître trop indiscret et eut un sourire lançant simplement à Husayn qu'il allait lui manquer. Le scheik jadis fut toujours avenant patient attentif avec ses patients comme avec ses élèves conscient de l'immensité de la tache qu'était le savoir scientifique; cependant, jamais, il n'accepta jamais la médiocrité seule l'excellence comptait à ses yeux jamais il ne connut maître aussi exigeant durant ses études. Le médecin tint parole jadis en promettant qu'il veillerait sur l'enfant aussi longtemps que l'*Unique* le lui permettrait. Sanchuelo et Joseph en dépit de leur époque moderne songeaient aux moyens financiers dont disposait les plus privilégiés de la société et l'importance de l'argent dans l'exil pour trouver refuge dans un ailleurs plus hospitalier avec leur famille; or, présentement, pour eux l'unique destination sans retour possible passait par le *Maghreb* voire rejoindre le *machrek* à l'instar d' *al Arabi* (à ne pas confondre avec le *Shayk al Akbar)* qui pour le compte de l'almoravide *Yusuf ibn Tashfin* selon les dires de son fils *Abu Bakr Muhammad ibn al Arabi (m.1148)* qui l'accompagna pour ce voyage dont le but était une quête du savoir scientifique et religieux, le père prétextait lui une mission diplomatique auprès du calife abbasside *al Mustazhir bi'llah* autorisant l'africain à diriger le *Maghreb* au nom de *Bagdad.* L'argument paraissait vraisemblable mais la vraie cause selon certains était la fuite pure et simple dans l'attente de la fin de l'orage. Les deux amis pensaient à cette histoire comme le miroir de leur propre destinée et celles de leur famille car *al Andalus* allait tombé d'un moment à l'autre mais sans argent comment quitter la péninsule.

L'historien n'a pas à porter de jugement personnel sur des faits ce que peut en revanche s'autoriser le prosateur. *Il* apprit à connaître un homme de sa génération pendant son séjour très studieux. Le cadi s'avérait être au départ une énigme pour lui puisqu' ils ne ne connaissaient pas en dehors des souvenirs d'enfance; il fut attentif patient et découvrit un homme complexe chaleureux au comportement imprévisible féru de poésie disait certains courtisans; en revanche, il était sans pitié vis à vis de ses larbins comme il les nommaient avec mépris. Les chroniqueurs prétendaient que l'abbadite avaient des origines yéménites. Ce dernier fit de *Séville* la plus puissante des factions musulmanes avant l'arrivée africaine à la fin du siècle. Il était extrêmement rusé, en tant qu'animal politique. Il n'avait dans ses recherches généalogiques sur l'abbadide trouver aucune origine remontant aussi loin à l'*Arabie heureuse* aussi il refusa d'entrer dans des conflits partisans de ce genre qui n'étaient pour lui qu'un cercle vicieux dont il n'avait rien à gagner si ce n'était la mort, à moins d'être un excellent jongleur ce qu'il n'était pas vraiment. Rappelons tout de même les manigances politiques autour du faux calife *Hischam II* qui allait servir les desseins du souverain ayant besoin de la caution omeyyade pour assurer ses pleins pouvoir en toute indépendance. Il n'était vraiment pas à sa place en dépit de l'amitié indéfectible de son protecteur. La situation aurait pu tourner court s'il n'avait pas garder profil bas. Il lui était reconnaissant pour son hospitalité presque indécente envers un fils de gueux comme il l'entendit une fois dans la bouche d'un courtisan; ces incessants bruits de couloir sur son compte finirent par l'angoisser puis l'enfoncé dans les abysses de l'humeur noire puisque sa passion pour l'étude en pâtit d'ailleurs, il ne pouvait plus se concentrer, son appétit comme le sommeil s'évaporèrent. Son hôte s'inquiétait de ses absences répétées surtout il était malheureux de le voir dépérir ainsi sous son toit. Lorsque le cadi fit appeler son médecin à son chevet, on apprit que l'homme avait prétexté quelques jours après la guérison du roi une obligation familiale pour s'absenter le temps nécessaire. Le souverain fut étonné de ce comportement plutôt inhabituel. En fait, il avait simplement pris la fuite songeant à un avenir incertain auprès du cadi si quelqu'un découvrait le pot au roses. Sa culpabilité dans l'empoisonnement n'était pas encore prouvée néanmoins, les indices plus le départ prématuré sonnaient comme un aveux à charge de sa culpabilité. De son coté le prince n'avait rien trouvé de suspect dans ses investigations sur le personnel de cuisine, serviteurs, et domestiques. Il ne restait donc plus que ce mauvais médecin...Husayn ne l'avait jamais rencontré avant son arrivée à *Séville; or,* son visage lui semblait familier; c'était étrange et absurde à la fois mais plus rien ne l'étonnait à ce jour; en fait, l'idée farfelue commençait même à croître dans son esprit: le médecin et le soi personnage de ses transes incontrôlables n'étaient autre que le *daemon* comme il le nommait. Socrate avait lui aussi le sien lequel toutefois l''inspirait.

Ici bas, on ne confondait point les muses du divin grec et

le malin islamique de Husayn. Il ne pouvait pas s'ouvrir au cadi à ce sujet sans passer pour un aliéné. Il était seul avec ses problèmes et cela le perturbait considérablement car le fardeau devenait lourd à porter seul. Non que ce toubib proche du cadi fut le diable incarné homme mais ce dernier s'était immiscé en lui à ses dépends afin de continuer à le tourmenter jusqu'à mettre sa vie en danger. Mais pourquoi? Qu'avait il fait pour mériter ce supplice? Il repensa au comportement étrange du médecin durant leur dispute pour guérir le souverain. Il fit un rapprochement entre sa véritable identité professionnelle et l'incohérence de son art qui n'était plus celui d'un toubib expérimenté mais l'art d'un meurtrier. Il sut que le diable usurpa l'identité de ce pauvre homme lequel à cette heure devait être fou à lier puisque deux consciences sommeillaient dans ce corps. Le jeune prince s'était juré de lui trancher la tête une fois au pouvoir(*elle serait sa première des nombreuses têtes découvertes dans le coffre de sa chambre: les scalps de ses ennemis disent les chroniques*). Pour lui ce fut telle une révélation touché par la grâce de la déduction suite au raisonnement dans le sens aristotélicien outre que la mosaïque prenait forme sous ses yeux notamment lorsqu'il crût être épier dans la rue, à la mosquée du vendredi, au palais, dans ses appartements. Il s'était naïvement demandé s'il aurait un jour le plaisir de connaître le bonheur, la paix quand on s'occupait de politique. Il savait maintenant qu'il était sain d'esprit; les faits successifs corroboraient ses premières intuitions puis les preuves en dépit du coté merveilleux de toute cette machination laquelle faisait sens de bout en bout dans le temps et l'espace. Il n'y tenant plus exposa toute l'histoire et sa trame n'oubliant absolument rien. Il pria son ami de bien prendre le temps de la réflexion et de repasser dans sa tête le fil de sa propre existence en n'omettant aucun détails même le plus anodin jusqu'à son accession au pouvoir. Il lui rappela que tout n'était pas pas toujours ce que l'on croyait être et qu'il devait ne pas s'imposer de limites car le paraître était une affaire de perception pour appréhender la réalité. Le cadi repensa au forfait qui lui était reproché il y a bientôt deux décennies; il avait honte de lui devant Husayn mais ce dernier rétorqua qu'il n'était pas apte à juger les hommes, seul le Miséricordieux le pouvait; en effet, le cadi reconnut que la vengeance était un mobile plausible outre les différentes tentatives de meurtre sur sa personne depuis ces dernières années. Le pauvre homme était abasourdi par les révélations car son ami n'avait pas pour habitude de parler à tort et à travers; aussi il prit très au sérieux ses paroles de bon sens, certes incroyables. Il ressassait malgré lui tous les détails de sa rencontre avec le médecin qui au fil du temps savait tout de lui; imaginez qu'il n'était qu'un vulgaire usurpateur était inimaginable et difficile à accepter. Son arrivée au palais concordait avec le changement comportemental soudain de ce dernier, une anxiété inhabituelle pour le bon vivant qu'il était. C'était en raison de leur amitié que le diable avait jeté son dévolu sur le toubib ajoutait l'ami. Le médecin était un dommage collatéral de ce stratagème machiavélique organisé soigneusement pour venir à bout de l'abbadide en impliquant Husayn à son corps défendant dans cet imbroglio politique et personnel. Toutefois, qui était le cerveau de ce plan concocté visiblement de longue date faisant preuve d'une patience sans borne. Le soupçon s'orientait d'abord vers les *banu umayya* cependant ni le cadi ni Husayn croyait sérieusement à cette éventualité en raison de leur influence quasi nulle à cette heure. L'identité au dessus de tout soupçon du toubib était au regard de sa proximité avec le souverain la clef de la réussite du plan. Pour qui travaillait le diable ou disons qui pactisa avec lui et perdit son âme? La liste des candidats potentiels à cette machination serait longue! Son protecteur et ami sut que sa présence était une source de conflits au palais cependant, il n'avait pas imaginé un instant tant de pusillanimité, de concupiscence, d'acharnement de certains individus à ruiner l'existence de Husayn, du cadi, du médecin. Il était dans cette configuration l'oiseau de mauvaise augure. Finalement, les deux amis devaient se résigner à attendre quelques ouvertures, indices supplémentaires. Il était prêt à reprendre son bâton de pèlerin laissant derrière lui les habits d'apparats, le faste, la tricherie, l'hypocrisie, un salaire mensuel pour retrouver la sérénité de la pampa loin de ce monde fou à lier en dépit de la formidable bibliothèque du palais; il songeait avec peine à son protecteur qui lui avait tout donné pour rendre agréable sa nouvelle existence après tant de misères. L'ami réitéra son amitié et le pria de ne surtout pas avoir mauvaise conscience en quittant *Séville* bien au contraire, il ne voulait pas le voir finir le cou tranché ou empoisonné car il ne méritait pas une telle fin réservée à des types comme lui pour leur opportunisme politique, la soif de pouvoir dont il était l'antithèse complète en tant qu'humaniste. D'autre part, le cadi savait pertinemment l'obstacle qu'était la vie de cour pour un esprit libre en quête de Lumière donc cela passait par un éloignement physique obligatoire; dans le fond, Husayn al masri était apparu un jour à l'*Alcazar* en guenilles de même il repartait accomplissant son devoir personnel.

Le cadi l'invita à le suivre dans ses appartements et plus particulièrement dans une petite chambre où il découvrit soigneusement rangés divers livres, des objets familiers diverses fournitures et du matériel chirurgical ou plus précisément les outils avec la sacoche qui servirent jadis à sauver le chef des brigands à *Tolède* comme le lui raconta le moine chrétien; un cadeau inestimable de la part de son père spirituel qui le nourrit, l'habilla, l'éduqua selon les règles de l'*adab;* il avait fait de lui un '*adib, un* gentilhomme cultivé par excellence.

-«Voilà une partie de tes biens. Que dois je en faire?

-Je ne sais pas. En vérité, j'aimerais que tu en disposes à ta guise exceptés les livres et la sacoche avec son contenu cher à mon cœur, le reste n'est que superflus surtout là où je compte me rendre. Les miens sont certainement morts ou alors loin et je n'ai pu les retrouver jusqu'à ce jour; je garde toutefois espoir. La casa du *fahls al ballut* ne m'est d'aucune utilité aujourd'hui aussi, éventuellement, si tu entendais parler de mes sœurs cette demeure leur reviendrait sinon elle est à toi, passe y quelques jours afin de te reposer loin du tumulte de *Séville.*

-*Como quieres hombre*!

-Je désire enfin me retirer de la société après cette vie

chaotique bien remplie qui fut la mienne et méditer en paix, travailler à mes projets sans avoir à me retourner à tout moment de peur de prendre une lame, surtout à mon age! Je souhaite vivre loin des requins de la politique avec pour seul compagnon mon ami le moine italien et la solitude de la montagne propice à la réflexion dans son ermitage; j'espère que le vieux sage est encore vivant en fait, je sais qu'il m'attend. Ce lieu est celui de l'esprit, c'est la rencontre avec soi même.»

A l'instar d'*Ulysse* qui retourna dans l'*Hadès,* le monde des morts/ l'épisode de la *nekuia* ou rite d'invocation des morts– chantsXI Odyssée afin d'y trouver des réponses notamment auprès de *Tirésias* qui lui fournit les indications qu'il recherchait, le fantôme de sa mère *Anticlée* qui lui annonça que *Pénélope* l'attendait fidèlement. Il reprit la route de l''espérance.

-«Cet ultime voyage est la fin de ma quête. Ces incessantes séances nocturnes passées sont autant de voyages initiatiques que de signifiants; il est essentiel pour moi de clore ce chapitre qui a trop duré à mon goût pour trouver enfin *al dar al Nizamiyya,* la demeure de l'harmonie. Voilà en quelques mots mon but outre que le temps m'est compté.

-Pourquoi dis tu cela? Oh, je comprends maintenant, comment ai je pu être aussi négligeant envers toi qui a toujours veillé sur moi. Mais quelle guêpe t' a donc piqué pour me taire ta maladie et te retirer en pleine pampa pour mener une vie d'ascète alors que tu as en cet instant besoin d'un médecin; non, je ne te laisserais pas partir ainsi!

-Rassure toi mon ami, le sage dont je t'ai parlé est

médecin; d'ailleurs, il étudia avec le maître à *Tolède;* ils étaient amis jadis. Quel étrange destin n'est ce pas? Pourquoi devrais je craindre la mort comme me le répétait mon maître paraphrasant autrefois *Socrate: «vivre c'est apprendre à mourir»* Je n'avais pas compris alors le sens de cette maxime...

-Ô Husayn.

-Je ne peux pas enseigner le savoir de mon maître sans la licence confirmant que j'ai subi l'examen de fin d'étude au risque d'aller au devant de gros ennuis mais, je ne t'apprends rien; je ne suis pas qualifié de toute manière pour être un médecin; en revanche en tant que barbier, je peux aider les hommes

-...(Soupir)et pourtant, le dit barbier fut capable de me soigner en trouvant la thérapie adéquate alors que les médecins ont failli. En ce qui concerne, le traître je vais le mettre aux fers.

-Je crois qu'à cette heure cet homme n'a plus sa raison. Ton fils m'a dit qu'il s'occupait de lui ô *Abu al Qassim Muhammad ibn Ismail.*

-Husayn arrête de te sous estimer! Dans les faits, tu m'as simplement sauvé la vie mon frère; je te suis redevable, à charge de revanche!

-Pardon, de t'avoir inquiété inutilement sur mon état; je ne souffre en fait que de rhumatismes, des soucis mineurs en raison de mon age alors ne t'inquiète pas. Et puis nous ne sommes plus aussi jeunes!.

-Tu n'as jamais su mentir.»

Les deux hommes s'étreignirent pour la dernière fois conscients qu'une histoire débutée un demi siècle plus tôt s'achevait en ce jour de profonde lassitude chez l'un, de regret chez l'autre. Ensuite, il tourna les talons définitivement à *Séville*, aux hommes du sérail mais aussi à tout un système auquel il avait participé avec toute la rancœur que lui inspirait ses actions corrompant son intégrité morale pour raison d'état mettant à mal ses valeurs humanistes qui étaient sa raison d'être. La culpabilité et la mauvaise conscience le rongeaient car il avait le sentiment d'avoir trahi son maître en d'autres mots, il avait vendu son âme au diable. Là, sur ce point, il constatait le fait dans sa version brute; il était finalement co-responsable de son propre chaos. Il était temps pour lui de se racheter une conduite si cela était encore possible avant de mourir. Le vieux moine lui rappela lors de leur première rencontre que dieu est miséricordieux clément et pardon; il ne devait pas être aussi dur avec lui même enfin il conclut en lui disant que dieu était plus prêt de lui qu'il ne l'imaginait:«Nous sommes plus près de lui que sa veine jugulaire» C 50:16. Qu'en était il de sa connaissance véritable de dieu et de sa propre tradition musulmane quand il récitait le verset de la lumière? «*(C 24,35) Dieu est lumière des cieux et de la terre. Cette lumière ressemble à un flambeau, à un flambeau placé dans un cristal, ce cristal semblable à une étoile brillante; ce flambeau s'allume de l'huile de l'arbre béni, de cet olivier qui n'est ni d'orient ni d'occident, et dont l'huile semble s'allumer sans que le feu y touche. C'est une lumière sur lumière. Dieu conduit vers sa lumière celui qu'il veut et propose aux hommes des paraboles; car il connaît tout*». A première vue, une interprétation littérale n'était pas satisfaisante car la vision matérielle d'une réalité sensible faisait de dieu une hypostase, un être, aussi on tombait dans une représentation anthropomorphiste de dieu. Pourtant, les mots sont bien créés pour exprimer des significations générales plus que particulières? Il n'est pas conseillé de s'accrocher à l'explication d'ordre relativiste et matérialiste mais plutôt voir ces paroles dans leur sens figuré. Cette lumière symbolisait la présence divine, l'éclaireur *munawwir* projetant ses bienfaits sur le monde par amour de dieu pour ses créatures. L'apparente simplicité des mots cachait un contenu gnostique; la nature parfaite, la plus complète manifestation de dieu est une métaphysique de l'amour et de la vocation prophétique. Il ignorait la gnose dont se nourrissait le verset de la lumière *ayat al nur* comme le suggérait le moine. '*Alî ibn Abî Tâlib* disait: «*Je ne pourrais pas servir un seigneur que je ne verrais pas.*» Il était déconcerté par la pluralité des sens cachés ou apparents du coran entre récits allégoriques, métaphoriques voire le sens obvie simplement mais les connaissances purement linguistiques grammaticales historiques culturelles nécessaires pour entrer dans le texte et non rester à sa porte, il y avait un monde éloquent. L'idée de son maître que le coran était un récit de structure mythique lui valut bien des problèmes car les hommes comprirent qu'il blasphémait en réduisant la révélation à des contes. Or, le Coran nommait lui même ces derniers des *qassas ou* récits légendaires que les anciens rapportaient selon les dires des quraychites dans un verset d'époque mecquoise pour décrire les dénigrements récurrents dont était victime *Muhammad.* Ces contemporains désiraient voir des miracles pour croire à ses dires. Le discours de

Muhammad ibn Abdallah s'installait dans un contexte originel de culture tribale où les hommes avaient une alliance *mithaq* avec le monde divin comme avec des clans sur cette terre qu'est le *Hedjaz*, impitoyable et une mort assurée pour celui qui perd son chemin. D'un autre coté, le poète est le parangon du savoir dire avec éloquence. Le propos prophétique est essentiellement eschatologique dans les débuts de la période apostolique du futur prophète avait pour intention d'avertir les hommes du jugement dernier et sauver leur âme en choisissant la Voie de la rectitude. Voilà une vision totalement insolite pour ses contemporains de la *Mecque*. Sa mission prophétique changea de nature avec l'*hijra* puis les progrès militaires sur le terrain; le discours eschatologique et liturgique des premières heures laissa place à des révélations de nature législative et mondaine en tant que chef d'un état naissant. Ainsi, il y a l'islam des débuts dit de *Médine* comme il y a l'islam impérial qui est l'époque de confection de la tradition prophétique en accord avec le pouvoir. D'ailleurs, des termes comme kharijite, alide, hérétique, *zandiq, kufr*, mécréant n'étaient pas compris comme à l'origine laquelle est la période coranique fondatrice. Les représentants successifs au pouvoir suprême qu'ils fussent émirs, califes, rois *muluk* exercèrent le pouvoir temporel avec l'appui de *fuqaha, ulama* rémunérés par le pouvoir alors qu'ils étaient dans l'absolu libres de refuser toute titulature car cela signifiait perte de leur indépendance d'esprit; pour l'anecdote *Ibn Hanbal* rétorqua à *al Ma'mun* que bien que calife, il n'avait pas l'autorité pour s'immiscer dans les affaires du créateur. Le souverain désirait instaurer le *mutazilisme* comme doctrine d'état par la *mihna,* l'inquisition. L'état avait la main mise sur la croyance de ses sujets. Pourtant croire qu'ils seraient imbriqués l'un dans l'autre était une aporie car dès le début le *calife Omar* combattit l'idée d'un pouvoir total entre les mains du politique aussi ce dernier s'affaira durant sa législature à contrer le politique *avec* l'autorité religieuse en tant que garde fou; soit, un religieux, un *qurra, un récitateur* à l'instar du compagnon *abdallah ibn Mas'oud* à *Kufa* avec une tache de trésorier du *bayt al mal* supervisant le gouverneur censé agir pour le bien être de la communauté. Les rotations des gouverneurs permettaient de lutter contre la corruption voire la tyrannie ou une oligarchie du politique sur le long terme comme Muawya à Damas déjà en poste sous le prophète puis abu Bakr jusqu'à Ali et finalement sa prise de pouvoir instaurant de facto une monarchie héréditaire soit tout ce que Omar voulait éviter à tout prix par un roulement des hommes à des postes clefs. En amont, nous débutâmes notre lecture par la trahison originelle dite du *Préau* laquelle introduisit la discorde car il fallait empêcher les *hachémites* de prendre le pouvoir à la mort de *Muhammad* descendant de *Hachim* doit on le rappeler. Ainsi, l'orgueil la cupidité des hommes du sérail rendaient improbables une pratique vertueuse et sage du pouvoir selon la parole prophétique. Il notait que depuis le septième siècle, les dynasties se succédèrent sur le trône voire les trônes puisqu'il y eut trois califat à partir du dixième siècle. Elles furent à chaque fois renversées pour des motifs comme l'incompétence, la corruption, la gabegie, l'insatisfaction élitiste enfin populaire au nom pour cette dernière frange de la religion Vraie ou un retour aux anciens avec l' islam de *Médine* et les *salaf.* Cette utopie d'un islam véridique de l'époque des califes bien guidés, *rashidun* est une construction idéologique postérieure à la révélation coranique qui fit en outre deux siècles après le prophète un homme quasi divin, faiseur de miracles alors qu'il refusa toute idolâtrie jadis affirmant dans le texte qu'il n'était qu'un homme comme les autres. C'était en cela que la tradition musulmane prit des couleurs chrétiennes pour ne pas dire christique selon Husayn. Les rois catholiques désiraient reconquérir le territoire comme s'il en étaient les seuls et uniques dépositaires. Certains savants musulmans avançaient l'idée que l'islam avait eu tort de négliger le droit romain entre le 8 et 12 siècles lors de sa formidable émulation intellectuelle où la pensée islamique se réappropriait l'héritage grec. En somme, ils voyaient dans le droit romain l'effet d'un contre poids au *fiq* ou droit positif musulman que les hommes abandonnèrent pour ne plus parler que de *shari'a*; en effet, les références romaines n'étaient visibles nulle part dans le Coran.

-Comment es tu venu à cette idée originale? Dit Joseph

-Il y a des récits implicites se rapportant à *Alexandre* voire *Gilgamesh* par le biais de la figure symbolique de *Musa, Moïse* mais nul signe de Rome en ce sens»

reprit Sanchuelo.

Oreille attentive et bon vouloir.

Il cherchait à ne pas hâter l'heure suivant un *hadith* dont le sens devint plus clair avec les années et l'expérience. La norme juridique coranique régissait la vie du croyant en terre d'islam, cela ne lui causait aucun soucis particuliers puisqu'il était un homme droit. Seul le brigand lutte contre la règle. Il désirait mourir heureux dans l'extase *wajd*. La religion vraie était une abstraction cachée au commun des mortels lesquels la sacralisaient sous toutes ses formes en islamisant de vieilles habitudes païennes; bref, les hommes légitiment de tout temps la violence pour imposer la seule foi qui est Vérité et bien d'autres objets de désir du chef. C'était une absurdité contre laquelle Husayn et son maître s'étaient battus pour ramener les brebis égarées. Il ne pouvait nier au regard de l'histoire que la révélation monothéiste, *oum al kitab,* l'archétype duquel émanait les trois monothéistes pouvait être aussi un message de guerre. Paradoxalement, la violence permet de construire l'état et le bien être de ses sujets sur le dos d'autres peuples non élus outre que le système de gouvernance politique était basé sur la richesse matérielle avec laquelle on établissait une vie urbaine luxueuse encore au détriment d'autres peuples dépossédés de leur existence. Ainsi, fonctionne le pouvoir politique qui est en outre culturellement hégémonique aussi la paix civile existe toutefois son prix est lourd et sa durée incertaine voire éphémère; *ibn Khaldun* parlait d'un règne de cent vingt années avant qu'une nouvelle dynastie puisse se bâtir sur les gravas de l'ancienne soit un cycle immuable. L'arbitraire est préféré à la diplomatie. La recherche de la sagesse n'est pas l'apanage du commun et le poète philosophe el *Malagueno Ben Gabirol* eut une vie bien courte car assassiné par des «bouchers». *Ibn Gabirol* poète reconnu à la cour de *Saragosse* dut fuir et entama une période d'errance jusqu'à ce qu'il trouve un protecteur. Son néoplatonisme servit plus la scolastique chrétienne que juive en fin de compte. Pour conclure sur lui, seules ont divergé les options prises par les factions en lice ou les sectes qui se recommandaient de ses influences; *ibn Ammar* était un aventurier proche d'*al Mutamid*. Ils sont l'exemple de la fusion possible de l'élite et le commun quand il y a respect mutuel bien sûr. Or, l'éducation politique et son orgueil causèrent sa perte, *mektoub* dirait l'autre! Cet homme était né de parents arabes pauvres et obscurs(*Dozy*) qui étudia malgré tout les belles lettres à *Silves*. Pouvait on reprocher à un indigent de vouloir ce qu'il n'avait pas? Non.

Husayn en revanche condamnait la jalousie dans le cadre de la loi, autrement dit ne pas convoiter la richesse d'autrui surtout ne pas laisser ses désirs et émotions raisonner...Est ce qu'une société sans luxe était la solution contre ces penchants humains néfastes. L'éducation rendit cependant *ibn Ammar* supérieur aux autres individus de son clan alors il tenta sa chance ailleurs. Il devint cet animal politique ambitieux. Les influences culturelles extérieures digérées et imaginées par les savants en contextes islamiques avec le formidable mouvement de traduction abbasside dont le système administratif était un héritage sassanide avec ses secrétaires administratifs lettrés tel *ibn al Muqaffa*, Husayn aurait tant souhaité vivre dans cette *Bagdad* foisonnante au plus près des textes et des hommes de tout horizons où l'islam n'était pas encore ce qu'il connut en *al Andalus* mais intégrait facilement comme une éponge. Il trouvait l'image parfaite. L'Islam devait beaucoup à la Perse aux néoplatoniciens à la gnose, aux manichéisme aux nestoriens monophysites jacobites enfin, au grec païen mais encore à l'*Inde*. Pour conclure sur le poète juif de Malaga seules ont divergé les options prises par les factions en lice ou les sectes qui se recommandaient de ses influences. Tout homme ambitieux et cultivé avait dans la civilisation espagnole post *fitna* l'opportunité de s'implanter dans une autre *taifa* dont le souverain reconnaîtrait son talent littéraire. Paradoxalement, les guerres et razzias n'entravèrent pas cette floraison culturelle et économique même si elles refroidissaient un certain optimisme; mais avec les échanges commerciaux, une démographie à la hausse au même titre que le travail la richesse produite tout ces facteurs permirent d'augmenter les ressources des rois chrétiens de la péninsule ibérique qui était pour les arabes du 8 siècle une nouvelle *Arabie* heureuse à l'ouest d'où le refus des princes chrétiens de suivre la papauté dans ses appels à la conquête de Jérusalem dès 1065. Par ailleurs, l'absence de compétences et connaissances religieuses des gens qu'ils soient chrétiens ou musulmans pouvait expliquer cette froideur vis à vis d'un appel à se battre pour la croix. Il essaya de synthétiser ou vulgariser la pensée religieuse telle que la masse la concevait et il s'aperçut ainsi du véritable gap qu'il y avait entre la foi intelligente et la croyance crétine mais il n'abdiqua point et put donner un vague tableau général à des villageois reconnaissants de son anti prosélytisme. L'énonciateur du livre saint est l'esprit *Ruh* d'aucuns disent *Gabriel* en vérité l'archange n'apparaît que tardivement en période médinoise et à trois reprises.

Ce sont tellement d'exemples découlant de ce que l'historien appelle l'anachronisme. Le prophète énonce la parole descendue sur lui à ses compagnons; ces derniers colportent donc cette parole oralement jusqu'à la mise par écrit de cette parole prophétique puisque la tradition affirme que les compagnons mourraient les uns après les autres et le risque de perdre totalement le message divin était un problème. Il sera livre. La parole devenue texte est regroupé par sourates et versets; ceux ci sont alors interprété par l'imam, le prêtre pour les fidèles écoutant l'énonciateur. Or, l'homme en tant qu'interprète rapporte cette parole selon sa manière propre et le hadith confirme que Muhammad avait admis sept lectures, versions, *harf/haruf* différentes dans ce passage mémorable où le compagnon *Omar* entend *Hischam ibn Hakim* lire un passage d'une sourate durant sa prière autre que celle que lui enseigna *Muhammad*; *Omar* l'impulsif le chope par le collet et l'emmène chez l'Envoyé de dieu et le dénonce. *Muhammad* enclin à la douceur demande à *Haschim* de lui lire la dite sourate; une fois finie, il lui dit c'est bien ainsi qu'elle fut révélée! *Omar* lit alors à son tour sa variation et le prophète de rétorquer c'est bien ainsi! Dieu étant Clément, Il laisse aux hommes le choix le plus facile pour eux de réciter. L'esprit du texte apparaît aux hommes parfois très obscurs par conséquent, ils ont besoin d'une part d'une imagination créatrice et d'autre part d'un solide savoir doublé d'une raison démonstrative pour interpréter et lire la complexité du monde de ces individus natifs d'orient dans leur diversité ethnique et sociologique. Sanchuelo introduisit à partir de cet état de fait les différentes contradictions relevées sur la transmission des textes, leur passage d'une tradition culturelle et linguistique à une autre outre la corruption des mémoires, des graphies permettant une exégèse sûre. Au final, on découvre des gens croyants ou non dire du Livre de dieu qu'il est incohérent, décousu, rebutant et chacun donnera ses raisons alors que chaque type ignore bien des facettes de ce qu'est un discours sémitique avec sa structure syntaxique particulière qui n'est pas de même nature que la gréco romaine par exemple. Le Coran se réfère surtout à l'origine aussi la chronologie dite historique n'est pas l'intérêt que l'on retrouve par contre dans le récit biblique lequel ressemble à un reportage. L'injonction coranique est avant tout une guidance pour l'homme qui réfléchit, une manifestation de bon sens et de respect dont le *hadith* cité «*ne nuis point à autrui*» renforçait. Le second impératif de chercher le savoir religieux jusqu'en *Chine* démontre l'importance de la science, l'intelligence sans laquelle l'homme reste une brute. Peu importait la provenance du Vrai rappelait *Al Kindi* car il est simplement universel comme l'est le message coranique non la tradition ultérieure qui répond à des contraintes impériales politiques et partisanes. Ce que les hommes qualifient de religion Vraie est cause d'exclusion. *Uthman* que la tradition qualifie d'homme pieux mais à qui l'on reprochait après quelques années de règne son esprit monarchique et clanique, son népotisme au dépend de la *umma* musulmane finit assassiner. Le pouvoir corrompt; or, le troisième calife fut en raison de son grand age victime de son clan et surtout l'ambition de *Muawya.* Sanchuelo avançait l'idée que l'homme révolté était un perturbateur ou prévaricateur alors que Husayn voyait en celui ci un homme de justice d'où son combat pour la rétablir. Le tyran utilise donc une *logia* tirée de la tradition musulmane voire de textes apocryphes afin de légitimer ses méthodes coercitives pour réduire tout récalcitrant réclamant l'équité pour ne pas tomber dans la *fitna*. Les historiens musulmans décrivirent les changements sous *Uthman* dans la seconde partie de son règne où il élimina en mettant au ban de la société les individus les plus vulnérables pourtant sahaba du prophète tels *abu dharr, Ammar etc* d'origine vile comme à l'époque de la *Mecque* sous le leadership d'*Abu Sufyan, du clan de Uthman, Mu'awiya Marwan.* «L'homme est le propre oppresseur de son âme» dit le *hadith*. Le combat politique et religieux semblait au regard des oppositions en lice inégal, asymétrique. Le constat qu'il n'y a pas de cité idéale même avec un philosophe roi juste. Il ne savait pas réellement l'objectif précis de *Farabi* qui était certainement plus politique que religieux; du reste l'islam cohabitait à son époque à *Bagdad* avec le Zoroastrisme le christianisme, le Manichéisme d'où une approche plus plus ouverte et souple du fait religieux ce qui favorisait la recherche d'érudits pouvant travailler pour lui et capables de critiquer de commenter de réfuter la *République (Platon)* qu'il a analysé dans le dernier livre *régime politique, al siyasa al madanyya*. Il n'était pas un philosophe ou un érudit; il recherchait plutôt à se rapprocher de Dieu avant son trépas grâce à son savoir acquis outre qu'il avait des circonstances atténuantes telle la politique qui avait fait de sa vie un enfer. Or, avec la vieillesse, il se rapprochait inéluctablement et inconsciemment de dieu comme c'était souvent le cas des hommes inquiet de l'avenir de leur âme. Devant la mort. L'échappatoire la plus sûre était dans le retrait au désert,non dans un coffret d'or sertis de pierres précieuses ou tout autres objets de convoitises...

4
La décision

Il fit son baluchon mais cette fois ci pour quitter *Ishbilya* où l'ami avait construit ce qui deviendrait la dynastie abbadide.

-«Raison de plus pour ne pas interférer dans le destin d'une dynastie en devenir. Je comprends sa décision de mettre les voiles Sanchuelo, ajoutait Joseph.

-Paradoxalement,il eut de bonnes conditions de vie à *Séville.*

-C'est juste, dit Joseph

-Toutefois son bonheur n'était pas matériel. Il ne savait rien en se dirigeant vers *Séville* de ce qui l'attendait sur place. Il avait ses souvenirs, rien de plus. Son hôte était un parfait inconnu; le maître désirait rapprocher son élève de cette famille afin de le placer à l'abri. Jadis le maître ne pouvait songer un instant que les fils d'*Ismail* allait être une dynastie importante en *al Andalus.*

-Finalement, son choix de quitter l'*Alcaza*r fut opportun; cette existence compliquée entre théories fumeuses et rumeurs calomniatrices de la part de courtisans frustrés n'était pas pour un tel homme.

-La séparation de l'ami, *khalil,* fut finalement la clef de son destin» dit Sanchuelo.

-En fin de compte, tout son génie fut de tromper l'adversité et la mort durant sa chienne de vie»

Oreille attentive et bon vouloir.

Un roi au levant déclarait la mort de tous les premiers nés mâles de son royaume car les grands prêtres avaient lu dans les astres la naissance à venir d'un trouble faite...On parla brièvement plus haut du mythe dans la construction humaine du récit religieux. Le maître avait expliqué au garçon l'importance de l'étude historique d'une part pour connaître les hommes et d'autre part, les religions monothéistes toutes liées entre elles par des contextes politiques et anthropologiques; cette étude des hommes, leurs coutumes, leurs actes, leurs pensées, les conséquences de ces dernières nous renseignaient *in fine* sur notre civilisation actuelle. En revanche, on ne trouvait nulles traces dans les sources historiographiques du petit peuple, de son quotidien si ce n'était son incrédulité, son ignorance, sa vilenie. Il est en général enclin à la violence mais en y regardant de plus près, on constatait que les textes religieux des monothéistes voire les mythes païens sur les dieux de l'olympe étaient le miroir parfait des hommes sur terre. Le maître prit soin d'expliquer à son élève que le Coran comme la bible du reste n'était pas un livre d'histoire ni de sciences en revanche, respecter leurs enseignements était un devoir car ils s'adressaient à la raison humaine et au cœur. D'autre part, il risquait sa vie en critiquant ouvertement le Sacré. Les faits historiques furent nombreux prouvant le danger qui guettait l'homme imprudent ou impudent. Il ne fallait pas par ailleurs embrouiller l'esprit du croyant lambda avec des concepts abstraits. Les interprétations des *ulama* se plièrent toujours au desiderata du palais .

-«Sanchuelo, comment en est on arrivé à clôturer l'*ijtihad*, l'effort d'interprétation?

-«Certains avancèrent cette affirmation qui coïncidait avec la mort d' *Ibn Rushd* fin XII .

-*Averroès* fils et petit fils de juristes était aussi le médecin particuliers du calife *almohade* une fois *Ibn Tufayl* démissionnaire lequel l'introduisit auprès du calife. Il mit sa plume au service d'une idéologie, d'un mouvement révolutionnaire puritain parti du *Maghreb* occidental. *Averroès* n'était pas un penseur laïc comme on avait pu l'entendre ici et là pour le discréditer aux yeux de ses protecteurs. En revanche, il fut sans conteste dans l'occident latin le plus grand commentateur d'*Aristote*.

-«Youssef, il serait idiot de notre part de porter un jugement hâtif sur une quelconque stagnation intellectuelle de la civilisation islamique dans son ensemble sachant que le *dar al islam* est un vaste empire multiethnique aux traditions et coutumes variées, pas toujours orthodoxes dont nous ignorons beaucoup de traditions et lectures; je veux dire que nous avons à notre disposition tout ce que l'orient nous a transmis et à partir duquel nos savants ont composé des milliers de textes. *Ibn Rushd* fut d'un autre coté étonnement ignoré en orient d'après ce qu'en disent les voyageurs. Cette stagnation intellectuelle musulmane est parallèle aux progrès scientifiques des pays chrétiens débutés trois siècles plus tôt avec le grand mouvement de traduction à *Tolède* et d'autre part, une conjoncture économique sans commune mesure en Europe du nord, la domination des mers par *Venise Gêne.* Il y eut d'autres causes inhérentes à cette auto censure et stagnation de la pensée des docteurs de la foi et savants musulmans par peur des représailles du pouvoir avec le sentiment de dénaturer le message originel. Le savant *Mohamed Arkoun* déclarait«(…) *le fait islamique se distinguait de plus en plus du fait coranique; l'islam devenait une somme de rites, d'institutions, de valeurs morales et culturelles systématisés sous l'influence de forces socio culturelles très complexe(...)»*. Il était un gamin jadis enclin à la rêverie aussi, la religion n'était pour lui qu'une somme de préceptes alambiqués incompréhensibles. En vieillissant, le discours religieux prit une place plus dense dans son existence sans toutefois s'y consacrer entièrement pour en faire cette religion populaire sur mesure. Non, il fut éduqué par un humaniste pieux au service de ses contemporains lequel lui apprit la modération dans ses prises de position afin de ne jamais parler à tort et à travers, savoir écouter le monde et suivre la révélation selon son cœur et sa pensée afin d'être vertueux et bon envers son prochain. *Socrate* ou *Jésus* même combat pour Husayn dans le fond, la forme elle, était tout autre. Il côtoya la diversité *d*ans la péninsule ibérique et plus particulièrement dans la métropole cosmopolite qu'était *Qurtuba,* tant sur le plan de la foi que de la politique voire *des* milieux intellectuels enfin, la foule de voyageurs venus d'horizons divers s'extasiant devant le faste de la métropole saisissant à l'occasion la comparaison avec d'autres capitales telles *Constantinople ou Bagdad*. Il n'y eut jamais aucune contradiction voire un problème pour lui d'encenser *Jésus fils de Marie* que l'on nommait ailleurs *Jésus Christ*; sa position était limpide ouverte sur le mystérieux lorsqu'il parlait des choses de la croyance qui était avant tout une construction humaine; il ne fallait pas l'oublier.

L'injonction divine *Iqra est* traduite par lis! L'homme est dès le départ induit en erreur. En effet, lire un texte est un acte banal dans une société de culture savante; or la culture tribale arabe du 7 siècle est essentiellement de culture orale populaire où le livre est rare. Il aurait été plus juste de traduire par énonce puisque ce message est nouveau au Hejaz aussi «lis» suppose une parole déjà là! D'autre part, la tradition musulmane fait de Muhammad un illettré avec le terme *ummyy; ce mot* signifie aussi qu'il est issu d'un peuple qui n'a pas de livres saints, un gentil, qu'ont en revanche les juifs et chrétiens dont l'esprit si on peut dire de la révélation coranique monothéiste est déjà connue d'eux lesquels sont en outre dans le coran dit mecquois les premiers musulmans à l'instar de *Marie Jésus Moîse Abraham* où les habitants de la Mecque sont de religion et tradition païennes. Voilà deux arguments rationnels et cohérents selon Husayn concernant une erreur grammaticale dénaturant l'interprétation générale qui suit. Qu'en est il de l'éthique, la jurisprudence, les règles de vie, les interdits à l'instar du fameux dogme juif d'ordre culinaire «*tu ne feras pas cuire le chevreau dans le lait de sa mère*» avec toutes les possibilités interprétatives imaginables donnant aux croyants une palette d'interdits, 613 croit savoir Husayn à partir du texte biblique jusqu'à Moïse. L'interprétation est infinie, ludique et son sens caché est révélé aux plus avertis des hommes. De même comment étudier cet océan ésotérique qu'est la *Kabbale juive.* Les nombreux musulmans tirèrent de la vie du prophète l'image du modèle parfait à imiter et d'autre part des enseignements du coran et de la tradition, une réflexion sur la voie la plus douce à prendre, non l'extrémisme, le pardon plutôt que la violence. Or, le paradoxe pour le croyant pieux et sa relation personnelle à dieu dépend trop souvent de la place qu'il occupe dans la cité surtout quand il voit un souverain au dessus des lois alors qu'il n'est qu'un homme. Le résultat de ce constat était donc avec ou contre la faction dominante; le prix de la loyauté était élevé. Que faire lorsqu'il n'y avait qu'insatisfaction? Le combat ou la mort! Il ne reçut aucune formation militaire alors comment se défendre physiquement? La fuite ne signifiait pas à ses yeux dans ces conditions une lâcheté mais plutôt une solution raisonnable pour rester en vie. Le discours va t'en guerre des plus impulsifs des hommes de pouvoir n'avait rien de sage. Ce fut *in fine* tout un concours de circonstances qui poussèrent Husayn vers l'initiation mystique *tasawwuf* et *tawajud,* l'effort pour parvenir à l'extase et à l'existence authentique(*Roger Arnaldez*) alors qu'il était dans la force de l'age.

-«Mais la voie est ardue. De quelle manière s'approche t'on de dieu? demanda Youssef.

-En premier lieu, le comportement parmi les hommes, faire preuve de bonté, d'amour, de compassion, d'esprit de justice, être à l'écoute des autres et enfin de son cœur par la prière, la méditation ou pour les plus dévots la vie ascétique; je suppose que la pratique d' exercices physiques et spirituels amenait l'individu sur le terreau propice à l'écoute des mondes; c'est l'acte d'être qui fait sens; le savoir scientifique, la logique, la philosophie, la métaphysique sont des outils cognitifs bien utiles et *Ghazzali* est l'exemple même du savant *sur le chemin de* l'expérience mystique. La médecine est je crois la science qui apporte à l'homme une connaissance exacte de son propre corps, de son âme. Il est mieux armé pour approcher dieu sachant que due dieu est dans le cœur de l'homme. Enfin, il y avait celles et ceux qui parvenaient aux nuées dont le résultat était des envolées hallâgiennes rejoignant d'une certaine manière l'état d'*Éveillé, le Bienheureux*.

-Peut on par des mots parler de dieu sachant qu'il est indéfinissable, inénarrable.

-l'ascète ou le savant doit acquérir cette discipline par le travail sans lequel aucun progrès n'est possible. Il ne s'agit pas nécessairement d'un ascétisme monacale et puis les différentes sectes étaient discrètes pour des raisons politiques, rappelons nous les premiers chrétiens. Toutefois, le groupe est fondamental dans cette discipline spirituelle avec le rapport maître disciple. Mais, j'ignore ce sujet en dépit de ma curiosité à savoir ce qu'est le dévoilement spirituel et ses effets sur l'individu, la société.

-Et pourtant, la lumière se révéla à lui dans les moments critiques le guidant sur le droit chemin comme s'il fut l'ami de dieu.

-Le coran affirme que toute recherche est louable et tout travail mérite salaire as tu dit plus tôt; tant pis, si cela est vain car l'effort consenti mérite récompense.

-C'est ce que j'ai tiré de sa chronique et mon interprétation fait de lui l'ami espéré pour chacun de nous.

-Oui. il nous dévoile son humanisme au quotidien.

-Il nous parle d'espérance de plus, il a foi en l'homme; or à chaque fois, un événement surgissait contre le cour des choses.»

Ainsi ai je entendu.

Husayn approchait du refuge après plusieurs journées de marche dans la paix où quelques années plus tôt, il avait été recueilli par le vieil homme. Néanmoins, on ne pouvait ignorer le rôle essentiel joué par sa mule grâce à son instinct redoutable. Aujourd'hui, il suivit scrupuleusement les recommandations du vieil homme de la montagne pour des raisons évidentes de sécurité vis à vis des endroits infestés de bandits durant ce long trajet. Avec la vieillesse son esprit était plus nuancé et pertinent dans sa perception du monde. Les promenades quotidiennes jadis avec le vieil homme étaient en soi toute une histoire et prétexte à philosopher sur la religion naturelle et disputer de ses merveilles dont l'homme incrédule ignorait toujours ses signes. Cela lui rappelait étrangement son apprentissage auprès du médecin. Ce moine le veilla comme une mère son enfant malade. La véritable crainte de Husayn était de ne pas trouver le vieil homme en vie; néanmoins, il était confiant car sa santé était excellente. Il tut ses inquiétudes et se concentra sur sa route. Il n'était plus très loin puisqu' il avait dépassé les premiers bétyles lui servant de repères dans cette contrée. Il franchit l'ultime escarpement pierreux et boisé, un genre de maquis puis arriva sur une terrasse en surplomb d'où il put observer au loin le toit de cabane dissimulé entre les arbres qu'il rejoignit au pas de course, euphorique qu'il était à l'idée de revoir son ami. Or, plus il se rapprochait de la cabane plus elle semblait vide de toute vie; sa joie prématurée retomba; il voulait tant partager cette fin de vie ici bas avec lui, toutefois, cette amitié était évidemment réciproque. Il était un homme discret tempéré jamais envahissant. Il toqua attendit une réponse qui ne vint pas. Il ramassa alors sur sa droite une touffe de sauge dont il fit un petit bouquet qu'il accrocha au moyen d'une tige de chiendent sur la porte et entra en refermant la porte derrière lui. Tout était encore à la même place exactement comme dans ses souvenirs. L'unique pièce certes spartiate mais accueillante possédait une couche; le foyer était correctement tenu et agencé afin de maximiser l'espace habitable; quelques livres dont sa bible étaient méticuleusement posés les uns sur les autres sur une planche à l'abri de la chaleur de la cheminée; il jeta un coup d'œil furtif ici et là; la table à manger faisait toujours office de secrétaire donc visiblement une personne vivait bien là...Il s'assit sur la paillasse laissa son regard vaqué cherchant une quelconque nouveauté mais, ses paupières se firent lourdes et il sombra avec délice dans les bras de *Morphée*. Cependant, le vieil homme faisait sa promenade quotidienne explorant son domaine. Il se surprenait chaque jour durant ses déambulations à s'extasier devant la beauté et la richesse de mère nature. Elle lui fournissait tout ce dont il avait besoin pour sa survie dans ce "désert humain". Par ailleurs, une flore et une faune disparates offraient à l'expert apothicaire qu'il était d'excellentes récoltes en toutes saisons; peu importait, baies, fruits des bois, pommes, racines, tubercules, résines, olives sauvages, essences diverses, bois de chauffe. Cette vie saine et frugale expliquait sans doute sa longévité. Il avait en outre un petit potager sur une parcelle bonifiée pour subvenir à ses besoins. Le moine était loin de se douter de la présence de Husayn

lequel dormait à point fermé dans l'ermitage. Les habitants de la région connaissaient parfaitement cet ermitage et son moine guérisseur à deux journées de marche du premier village par des chemins escarpés sur le dernier mile. Les gens lui apportaient des produits comme de la farine, du sucre et de l'huile pour s'éclairer en échange de soins et de conseils. Husayn s'était souvent demandé jadis quelles raisons poussaient un homme saint d'esprit, curieux et ouvert à s'éloigner ainsi de la vie publique. Aujourd'hui, il savait et aspirait à cette retraite. Il ne s'agissait pas d'enterrer un quelconque passé, de fuir une réalité désagréable mais bien de prendre le recul suffisant pour comprendre et observer du haut de la montagne la cité des hommes dans la plaine. L'italien revint satisfait de sa cueillette quand au moment d'ouvrir la porte, il aperçut accroché au clou la sauge poussant autour de la cahute. Ils s'étaient mis d'accord jadis sur ce point afin de signaler sa présence si jamais elle devait se reproduire. Le sage pénétra dans la pièce le sourire aux lèvres. L'ami dormait profondément. Il observa d'abord sa silhouette affalée sur sa couche avant de diriger son regard sur quelques détails tel son crâne dégarni et blanchi par les ans, un embonpoint tout relatif au regard de leur première entrevue où le pauvre homme n'avait que la peau sur les os; enfin sa position fœtale démontrait un corps fatigué luttant contre le froid pour conserver sa température. Le vieil homme prit une couverture de laine et recouvra son ami. il finit par se détendre sous l'action de la chaleur. Le moine loua le Seigneur de l'avoir guidé jusqu'à lui sain et sauf.
Oreille attentive et bon vouloir.

La vieillesse usait les corps les mieux entretenus en revanche, le temps ne semblait avoir aucune emprise sur ce moine qui traversa le califat omeyyade de *Abd ar Rahman III de* son fils *al Hakam II* ainsi que son rejeton *Hischam II* sous *al mansûr* puis la *fitna* enfin les *reyes de taifas* ce qui signifiait qu'il était bientôt centenaire! Le célèbre prosateur *al Jahiz* en orient mourut quasiment centenaire lui aussi; sa bibliothèque se serait écroulée sur lui et le tua sur le coup! L'acuité fine qu'il avait du monde sensible faisait de lui un observateur unique. Il savait apprécier à sa juste valeur un homme de sa qualité. Bref, il déposa sur la table tous les ingrédients utiles à la préparation d'un modeste repas en l'honneur du revenant. Le moine décrocha les ustensiles nécessaires de cuisine fixés à la poutre au dessus de lui mais ceux ci lui glissèrent des doigts et s'écrasèrent sur un plancher fait de lattes de bois rongé par les termites et le temps. Husayn sursauta le cœur battant la chamade avant de reconnaître son vieil ami confus se tenant debout devant lui. Il se mit lourdement sur son céans puis se leva tout en scrutant le visage mais ses yeux étaient voilés par le sommeil. Ils restèrent enlacer comme deux jeunes amants émus. Au fond d'eux mêmes, ils s'étonnaient certainement de la situation car l'un comme l'autre eurent des existences riches en expériences et luttèrent contre vent et marée en traînant leur carcasse jusque dans cette contrée éloignée. Une fois l'émotion retombée, ils restèrent coi à se regarder dans le blanc des yeux contemplant l'œuvre du temps sur leur enveloppe charnelle écoutant les premiers crépitements des pommes de pin dans l'âtre.Tout deux pouvaient s'étonner de petits rien comme des mystères de la création. Le bonheur était à l'image de cette simplicité brute sans fard, sans artifice. Cette félicité était une contemplation du cœur ou une prière exaucée. Ces deux hommes apprirent énormément du soufi *ibn Massara*(m.931) sur cette époque émirale, fondateur d'un ermitage dans la sierra de Cordoue où ses disciples continuèrent son œuvre philosophique et mystique basée sur l'accord raison-révélation en dépit des persécutions des malikites subies par cette école. Comme bien souvent, l'innovation *bida* fut considérée avec suspicion. Or, cet ascétisme originel d'*ibn Masarra* se voulait une réponse à la collusion des *fuqaha* compromis avec les affaires politique de ce monde. Au delà de son message, il mettait en avant la revendication légitime des convertis à embrasser l'islam sans être enfermer dans un statut discriminant de seconde zone. Le mythique *Socrate* était pour le soufi espagnol un modèle, une exemplarité en soi dont la pensée couvrait toutes les époques jusqu'à eux. Le mysticisme musulman tenait beaucoup du néoplatonisme natif d'*Alexandrie* qu'était *Plotin et ses disciples. Ce dernier* prit part en *Perse,* terre de spiritualité, à une campagne militaire contre le *shah* qui tourna court. Il n'était pas là comme guerrier mais comme savant car il avait entendu tellement de récits captivants sur le savoir perse qu'il voulut accompagner l'armée afin d'étudier sur place mais les grecs furent mis en déroute aussi, il dut fuir vers *Rome* où il fonda l'école de *Plotin*. Ce courant ésotérique antique se retrouvait chez les juifs espagnols qui profitèrent d'une certaine manière de la pensée de *Ibn*

Massara. On retrouvait ainsi les influences d'érudits musulmans aristotéliciens tels *Farabi* plus tard chez *Ibn Rushd* et *Maimonide*. Ce dernier devint pour des musulmans du XIII comme *Muhammad Tabrizi*, un persan, une source d'inspiration philosophique et biblique puisque *Tabrizi* commenta en treize points une infime partie du «*guide des égarés*» l'œuvre majeure du rabbi de *Cordoue*.

Ainsi ai je entendu.

-«De tels instants d'amitiés sont devenus rares...»

-En effet Youssef..

-Franchement, j'ai toutes les peines du monde à assimiler toutes ces foutaises ésotériques rapportées à l'instar d'un *Avempace, ibn Bagga* déclarant à son disciple et ami que tout ces discours sur le caché, l'ésotérique *batin* et l'apparent, l'exotérique *zahir* n'étaient que du vent.

-*Ibn Bagga* était certainement le premier philosophe aristotélicien *d'Al Andalus,* non un mystique. Le sage finit d'ailleurs empoisonner à *Fès* par une aubergine parait il.

-Oui c'est un effet de style, une légende, non?

-D'autres mirent en doute ses actes en total désaccords avec sa doctrine et ses dires! Mais, la philosophie était très mal vue comme si elle faisait de l'ombre à la révélation...

-Ce moine est un heureux hasard dans la vie de Husayn; il est une projection rêvée, un ami imaginaire car franchement mon frère j'ai vraiment du mal à croire ce récit abracadabrantesque

-C'est dans son *khabar;* là n'est pas le soucis de même qu'il soit moine chrétien, djinn voire un désir un fantasme, c'est avant tout une figure rhétorique, il est *hanif* dans la vision de Husayn, un croyant originel comme *Ibrahim* dans le Coran voire la bible, c'est une figure mythique; Il met en scène le moine comme le signe de l'humaniste érudit parfait à son aise tant en castillan qu'en arabe latin et italien vernaculaire. Husayn a grandi chez le médecin dans un milieu social ouvert peu pratiquant. Le musulman qu'il était avait à l'esprit le célèbre verset «*ne nuis point à autrui*» comme une base éthique de départ pour l'homme sociable sachant que la justice des hommes tranchait les affaires de droit commun des ayants droits plaignants et accusés...Il découvrit chez son maître un univers complexe, riche, raffiné totalement étranger à la vie paysanne du bourg à une dizaine de kilomètres de la capitale qu'il connut enfant. Il comprit à cet instant que le monde ne s'arrêtait pas au seuil de son village natal. Par ailleurs, il fut stupéfait de croiser à *Qurtuba* autant d'individus de couleurs et de styles vestimentaires différents, une mosaïque d'us et coutumes, de traditions et langues. Il fut scolarisé reçu une instruction solide comme le désirait tant son pauvre père qui avait toujours cru en son unique fils comme tous les individus l'ayant côtoyés.»

-Que cherches tu en écrivant ces chroniques?

-Mon but est avant tout personnel puisque cet art est une passion à laquelle je m'adonne en dépit de mon ignorance et incompétence littéraire. Raconter des petits récits d'où percent le fait historique sociologique et anthropologique véhiculant des signes cachés des légendes mais aussi des topos. Le style cru est à l'image de ma personne car je ne suis qu'un homme du commun curieux mais éduqué recherchant un sens à ma vie surtout à un moment grave où nous sommes plongés dans l'expectative.

-En effet, notre sort n'est plus entre nos mains
Oreille attentive et bon vouloir.

Le vieil homme alla prendre dans une vulgaire caisse de bois deux feuillets puis ajouta:

«j 'aimerais te lire la poésie de *Abû Ali* le grand médecin philosophe ministre persan qui est notre contemporain; ce poème te parlera sans aucun doute. En dépit de son fabuleux savoir scientifique philosophique et religieux, cet homme qui aimait le vin nous dit la rumeur, se pose bien des questions sans pour autant avoir de réponses exactement comme toi, l'éternel insatisfait. La provenance divine de l'âme est rendue par la métaphore de la colombe...

D'où vient cette colombe?

«En sa grandeur qui la défend, une colombe
est descendue vers toi, du plus profond des cieux,
dérobée au regard de tout initié;
Pourtant elle n'était couverte d'aucun voile
elle arriva sur toi contre son gré; peut être,
affligée, aura -t-elle horreur de te quitter.
Pudique elle ignorait la familiarité;
Mais, s'unissant à toi, elle prit l'habitude
D'être en contact avec la ruine désertée.
Elle oublia, je crois, tout ce qui l'attachait
Aux lieux mystérieux autant qu'inaccessibles
Les séjours qu'elle avait abandonnés sans joie.
Ainsi, s'étant uni à ce monde sensible,
Loin du centre idéal, sur les sables arides,

Et saisie par le corps pesant, elle demeure
Au milieu des débris et des chétifs décombres.
Quand elle se souvient de ce qui l'attachait
Au monde inaccessible, elle verse des pleurs
Qui coulent sans arrêt et très abondamment.
Elle demeure là, gémissant dans le corps
Comme on gémit sur les reliefs d'un campement
Effacé par les vents qui passent et repassent.
Car le filet serré la tient; sa déchéance
l'écarte des régions sublimes et immenses
Qui forment un séjour fait d'éternel printemps
Mais quand est proche enfin son départ de ce monde,
Elle peut renoncer à ce corps qu'elle laisse
Et qui ne la suit point, à la terre lié.
Elle dormait; soudain le voile est écarté;
Elle aperçoit enfin l'univers de l'esprit-
Ce que les yeux du corps ne voient point en leur nuit.
Alors elle roucoule à la cime d'un mont:
La véritable science élève les plus humbles.
Pourquoi du haut sommet dut elle donc descendre
Jusqu'au point le plus bas, au pied de la montagne?
Si pour quelque motif Dieu l'a précipitée,
Il demeure caché même à l'homme subtil.
Si par un coup fatal sa chute fut causée
Afin qu'elle entendît ce qui n'était pas ouï,
Qu'elle connut tous les secrets de l'univers,
Elle n'a pas atteint l'objet de son effort :
Le temps suivant son cours, lui a coupé la route
Et l'astre s'est couché pour ne plus se lever.
Elle est comme un éclair qui luit sur ce bas monde,
Puis passa comme s'il n'avait jamais brillé.

poème de l'âme-Trésors dévoilés:Leili Anvar- Makram Abbès.

-C'est un poème qui va droit au cœur. Ton séjour à *Ishbiliya* fut selon tes dires fructueux; or tu es revenu à l'endroit même où il y a quelques années tu manquas de perdre la vie; n'y a t'il pas là une raison évidente à ton retour au cœur de ce *no mans's land* loin des sentiers battus où j'ai élu domicile(dans un sens spirituel), *ma'ad*?

-Je ne sais pas *alim* ou plutôt si; la vie palatine n'est pas pour moi. Par ailleurs, avant mon départ il y a quelques années te souviens tu, tu m'as dit que j'étais ici chez moi et qu'en ce lieu je pourrais revivifier mon moi tourmenté et inch'allah trouver la paix. Je suis las des hommes de pouvoir des courtisans charognards infatués(*'udjb*, *amour propre*), l'âme irascible n'ayant en bouche que vantardise, *iftihar* jusqu'au bout des ongles à croire que le malin s'y est introduit sans crier gare. Ils sont indignes de ce qu'ils prétendent être et à mes yeux ils sont en représentation quotidienne jouant une funeste comédie que je qualifie en fait de tragédie pour l'espèce humaine. Et puis, il y a les autres qui plaisantent à coté de ces derniers pour cacher leur désarroi, leur mal être perdant ainsi la juste mesure. Voilà ce que je ne désire plus à mon age mon ami néanmoins, j'aime rire et le rire est salutaire comme me le rappelait ibn Hassan al Qurtubi qui fut ton ami d'étude. J'ai suffisamment fui la persécution et la perversité des hommes, donné de ma personne pour le bien d'autrui sans jamais penser à mon bien être! Aujourd'hui mon heure a sonné.

-Le prophète lui même aimait plaisanter dit on, seulement en restant dans le vrai et surtout il savait s'arrêter! En revanche, certains s'entêtent dans la plaisanterie et deviennent cause de querelles, de dispersions finissant par engendrer une haine maladive entre eux (les intimes) qui peu de temps encore riaient ensemble de bon cœur. Je pourrais te citer les nombreuses conséquences dont nous avons été toi et moi les cobayes de l'oppression *daym* l'injustice dans notre quotidien. En effet, ce sont des raisons suffisantes pour questionner ton âme trouver la paix intérieure après une vie dans la tourmente. En outre tu es devenu malgré toi un docteur des âmes! La mienne est tourmentée en dépit de ma vieillesse.

-Vraiment! J'ai une tout autre opinion de toi. Tu es la sérénité incarnée.

-Je crois que tu me surestimes. Tu m'as dit un jour que ma sagesse était une guidance pour toi! Ne te laisses pas abuser par cette crinière dégarnie et blanche.

-Pourquoi tant de modestie?

-l'humilité est une règle de vie à laquelle le prince doit se plier.

-Nous avons trop souvent constaté que les lois ne s'appliquaient pas aux rois. La *khassa* cordouane pleure encore *al Nasir;* c'est le sentiment que j'ai eu durant mes pérégrinations à travers *al Andalus.* Certes, je reconnais ma subjectivité déclarée mais comment pourrais je oublié que mon maître vit son existence totalement remise en question dès la mort d'*al Hakam II.*

-N'idéalises tu pas un passé révolu béni des dieux que fut «l'age d'or omeyyade du X siècle» glorieux riche prospère pour les sujets du calife. Les gens rêvent encore espérant le retour d'un souverain éclairé.

-Chimère...

-Qui sait où notre destin nous conduit. Je crois que tu es revenu en ce lieu avant tout pour notre amitié et je m'en réjouis! Cette fièvre politique dont tu connais les arcanes suite à ton long séjour à *Séville* corrompt les âmes et entretient la perfidie *gadr* dissimulée, annihilant le moment opportun cet autre que l'on déteste et qui à nos yeux est notre part sombre. Tu as comme moi un jour choisit l'atmosphère saine et paisible de la montagne pour son eau limpide et douce. Je suis vraiment heureux de ton choix et à vrai dire j'ai prié pour que nos chemins se croisent de nouveau. Ma prière fut exaucée! Partager avec toi cette modeste existence surtout après le faste des palais que nous avons pu apprécié serait vu et compris par nombre d'individus comme un revers de fortune alors que nous deux savons qu'il n'en est rien; au contraire, nous sommes enfin libérés d'un système inique! Que la paix soit avec nous.

-Maître, mon souci fut de tout temps altruiste tourné vers l'autre, le bien commun, l'instruction du gueux comme me l'a inculqué mon maître mais en retour il n'y eut que des coups. J'en suis venu définitivement à penser dans les moments sombres que l'homme est finalement à sa place, seul intérêt le fait avancer et moi je veux me rapprocher du Vrai *al Haqq*. On nous dit que l' âme ne connaît ni temps, ni lieu, ni ne cherche à durer dans un ici bas aussi vil et terrible. Je me demande si Jésus en tant que Christ n'est pas mort pour rien. On entend parfois des individus clamer une jeunesse éternelle mais il n'y a que la peur de la vieillesse ou la mort ou les jeunes gens amoureux ne supportant pas la séparation de leur dulcinée. Ils cherchent à éterniser un baiser, une présence douce et reposante; en vérité, c'est un non sens total; la peur est une très mauvaise conseillère! C'est pourquoi en cherchant un sens à sa vie dans la foi en un dieu miséricordieux l'effroi de l'inconnu disparaît.

-Mais de quoi veux tu que l'homme ait peur si ce n'est de la mort?

-En effet, c'est la raison pour laquelle on cultive durant sa vie la sagesse afin de quitter sereinement le moment venu l'existence ici bas.

-L'individu doute de lui, dis tu, parce qu'il ne se connaît pas. Il recherche les biens matériels lesquelles sont son unique raison d'être; or, il n'est que l'esclave d'une matérialité qu'il n'emportera pas dans la tombe. Quand il donne de sa personne, il attend en retour un intérêt plus grand encore. Un tel homme ne peut pas changer!

-C'est en effet difficile de l'imaginer et pourtant *Raymundo Lulle* eut une illumination un jour et devint un autre homme qui lui valut que des soucis.

-Qu'a t'il gagné dans tout ça?

- les gens l'ont surnommé le fou de dieu mais lui savait qu'il avait fait le bon choix. *Al Kindi* nous dit: «*tout ce qui relève du monde de la génération et de la corruption n'est ni stable ni durable mais que seul est stable et durable ce qui appartient au monde de l'intellect*» par conséquent, on n'espère ni ne recherche l'impossible dit *Miskawayh* ajoutant «*On rapporte qu'il fut demandé à Socrate pourquoi il était actif et rarement triste. C'est parce que répondit il, je me garde bien d'acquérir ce dont la perte m'attristerait*. Chaque homme doit être maître de soi afin de vivre heureux sans spéculer sans cesse sur ce qu'il a fait.

-J'accepte volontiers mon sort car je sais au fond de moi ce qui est juste en outre je suis un privilégié car on m'a sorti de la misère pour me donner une seconde chance dans la vie et je l'ai saisi. Ainsi, je n'ai nulle crainte à avoir. Après tout, la vie et la mort sont un tout insécable. Pourtant, j'éprouve de la tristesse à l'égard de mes sœurs. En fait, j'ai appris *peu de temps avant de quitter Séville* que mes sœurs auraient été au service d'une famille mozarabe de *Tolède* ayant résidée de longues années à *Cordoue*. *Elles* furent vendues au marché aux esclaves par cette famille berbère proche d'*Al Mansûr*. Ces braves gens, que dieu les bénisse, ont racheté mes sœurs sur les conseils d'un médecin de Cordoue déclaré *persona non grata*; ce qui signifie que le maître était une fois de plus derrière leur devenir; mes parents eux furent suppliciés pour servir d'exemple. Sont elles encore en vie aujourd'hui?

-....

-Ne soit pas aussi affligé pour moi maître, c'est ainsi que les hommes considèrent leur semblable sur terre; c'est une triste réalité. Ma santé ne me permet pas un autre long voyage jusqu'à *Tolède*, la ville de tes vertes années ô *Hakim*. Cependant, j'ose espérer de tout mon cœur qu'elles sont saines et sauves malgré la vieillesse. »

Épilogue

Ainsi ai je entendu.

-"Le dernier feuillet de Husayn se clôt sur cette remarque optimiste. En effet, le manuscrit était incomplet et détérioré; cela me fit parfois penser à un palimpseste trop de fois gratter abraser pour être réutiliser. Ainsi, l'idée m'est venue de construire une chronique historique relatant la période de discorde où le merveilleux et la rationalité embrassent l'histoire événementielle qui est réécrite à des fins partisanes. On comprend ainsi que la réalité est plurielle et que la vérité est une chimère car on l'approche sans jamais la pénétrer entièrement car elle est subjectivité et en l'occurrence celle ci trace le sillon de cet anonyme sans généalogie glorieuse issu de la *amma*. Néanmoins, le parcours de ce déraciné dans ces grandes lignes montre la richesse des différents contextes dans un laps de temps très court d'une part et d'autre part, le traumatisme vécut de l'acculturation de générations d'espagnols de culture arabe originaire du *Sham* ayant grandis à l'écoute des panégyriques des poètes de cour contant le passé glorieux des *Uthman, Muawya, Marwan, Abd al Malik* et de l'autre des ibères adoptant cette culture étrangère de haute civilisation et sa graphie dont l'émir *Abd ar Rahman II* puis son descendant *Abd ar Rahman III* qui reprit le titre de calife. Ces hommes instituèrent un nouveau *Sham* en *Espagne* avec cette règle discriminante que seul *Quraych* pouvait accéder au califat; or, en ce XI siècle, l'élite aristocratique arabe dut se résoudre la mort dans l'âme à accepter le fait accompli en premier lieu la médiocrité, l'incompétence, l'arrivisme des prétendants et descendants omeyyades durant la guerre civile de 1009 à 1031. Il semblait que le destin du califat fut décidé dès le départ avec le problème de la succession et donc la légitimité des personnes censées guider la communauté puis la *fitna al kubra* entre *Ali et Muawya* une génération plus tard enfin la création d'une dynastie monarchique contre les accords passés jadis entre *Muawya et al Hassan* stipulant ce point précis...Enfin, le clan omeyyade imposa une politique rappelant leur ploutocratie de l'époque pré islamique mais réinventée une fois installée à *Damas* nouvelle capitale du califat. Néanmoins, *Muawya* avait derrière lui une longue carrière politique. Les hostilités tribales arabes et la bataille de *Marj Rahit(684)* étaient dans la droite ligne de cette exclusion institutionnalisée par les omeyyades qui privilégiaient les arabes yéménites du sud sur les *qaysites* du nord. Quand *Abd ar Rahman dit l'immigré* prit le pouvoir en 756 en *al Andalus,* il s'appuya comme son ancêtre *Marwan* avant lui sur les tribus arabes yéménites. Husayn retraçait le tableau de l'idéologie et l'identité omeyyade d'orient puis d'*Espagne* pour s'ancrer définitivement dans la mémoire arabo-andalouse dont le point culminant fut le règne d'un demi siècle de l'émir *Abd ar Rahman III* devenu calife *al Nasir*. Sanchuelo notait un certain dilemme dans la pensée du maître de Husayn, lequel était en porte-à-faux entre une nostalgie omeyyade en raison d'un mécénat et une possibilité professionnelle évidente mais d'un autre coté prônant un système basé sur la *'asabya* arabe excluant et d'un autre coté une relative paix civile ce qui signifiait une vie relativement opulente pour l'élite d'où une certaine éloge d'une époque révolue. Or, la pensée humaniste revendiquée par le maître et l'élève était diamétralement opposée à cette politique clanique puisque l'humanisme ne connaît ni clan ni couleur. Finalement, on peut en conclure que la raison pragmatique l'emporte sur toute considération idéologique dans l'opinion générale ou la *amma* puisque tant que le pouvoir était équitable avec un prix du pain bon marché, le peuple s'en accommodait. Vingt années de guerre civile mirent fin au califat omeyyade et une époque devenue obsolète au regard d'une géopolitique en mouvement constant; or, étrangement, le modèle politique omeyyade centralisé à *Cordoue* survécut avec les *taifas* au niveau provinciale; nulle révolution des institutions en raison de l'enracinement profond du système omeyyade dans les mentalités. Ensuite, nous constatons une fiction califale sans calife! Alors, ni autorité morale et encore moins une légitimité politique et religieuse purent réellement voir le jour durant sa vie en al Andalus. D'ailleurs, la reconquête chrétienne qui partit des régions septentrionales de la péninsule prit de l'ampleur et une détermination nouvelle avec la fin de l'unité centralisée à Cordoue. Néanmoins Husayn et le moine ne vécurent pas la prise de Tolède. En revanche, ils vécurent les débuts de l'ère charnière après la révolution de *Cordoue.*

-Le récit reflète assez bien une atmosphère, une tension politique et religieuse au-delà des tensions psychologiques permanentes chez notre héros qui est un homme déraciné tourmentée. Sa quête intérieure est justifiée et juste aussi ses hésitations et doutes renforcent son authenticité, son intégrité pour une vision du monde humaniste avec ses faiblesses et imperfections. Enfin, tu n'es ni un prosateur ni un érudit et les erreurs de compositions syntaxiques et de vocabulaires renforcent cette franchise populaire loin de l'élitisme aristocratique des poètes de cour. Ton goût de l'histoire rend ton travail de vulgarisation riche d'enseignement.

-Merci pour ta franchise; je pense par ailleurs que tout travail éducatif est basé sur la répétition; elle est obligatoire en tant que processus de mémorisation et compréhension de faits de concepts comme dans toute quête puisqu'on désire accéder à un pallier supérieur. Il faut digérer complètement le savoir pour passer au suivant.

-Je t'ai dit durant la lecture que j'ai des problèmes avec tout ce charabia ésotérique ou mystique toutefois, je me rend compte que le merveilleux est partie prenante de notre culture populaire et cela je ne peux le nier.

-Youssef ne penses tu pas que le fait religieux quel qu'il soit est d'abord une création de l'esprit donc il est inhérent à notre nature humaine. Mais ton soucis comme le mien reste ces hommes mauvais qui le dénature pour manipuler les foules, les âmes car la domination se fait par le langage puis la force brute.

- A l'opposé un homme qui ne fait qu'assouvir ses besoins instinctifs tels que manger dormir forniquer est plus proche de l'animalité que de l'humanité et n'a nul besoin de s'interroger sur le sens de son être au monde; l'esprit ou plutôt le cerveau est l'organe par excellence de notre développement de nos progrès scientifiques de notre projection dans le devenir qui nous différencie des autres espèces vivantes, rétorqua Youssef

Oreille attentive et bon vouloir.

Al Andalus eut toujours une position géographique à part dans le *dar al islam*. La prise de conscience chrétienne d'expulser les infidèles enturbannées vint très tôt au secours de l'idéologie politique d'une papauté elle même en conflits d'intérêts avec les divers royaumes pour convaincre les rois de s'engager dans la croisade. Or, on l'a dit, les musulmans faisaient eux mêmes face aux mêmes conflits politiques et religieux internes dans le d'où les schismes dans chaque croyance.

Chaque faction durant la période des taifas défendait un projet clanique et dynastique en faisant alliance avec des royaumes chrétiens contre des factions musulmanes par ailleurs sunnites comme elles d'où l'idée récurrente que la religion n'est dans ces conflits qu'un banal alibi.

Ainsi ai je entendu.

Il affirma et appuya à travers sa chronique un vrai soucis d'humanisme latent à son époque plongeant dans les tourments du monde politique et idéologique lequel refusa de souscrire à cet idéal profondément ouvert sur toute pensée d'où qu'elle fût native car cela revenait à accepter celui qu'ils s'évertuaient à radier de la carte. L'humanisme est existentiel, culturel, éducatif, politique spirituel en somme, il représente les valeurs éthiques universelles dont les civilisations avaient tant besoin pour sortir du combat nationaliste, identitaire et idéologique lequel considère l'étranger comme un être inférieur donc un dominé dénué de droits fondamentaux. Sanchuelo reprit tout ces sujets de sociétés profanes et d'autres plus spirituels et rares dans une optique non savante puisqu'il n'est qu'un homme du commun cultivé afin de présenter à celles et ceux qui n'ouvraient quasiment jamais un livre, une strate anthropologique et culturelle de leur histoire. Par ailleurs de nombreuses bibliothèques regorgent de livres écrits par des érudits pour des universitaires et leurs étudiants qu'une épaisse couche de poussière recouvre faute de relais dans la société pour en approcher les thèmes et se les réapproprier. Cependant, les érudits espagnols au service d'une pensée catholique conservatrice au pouvoir annihilèrent toute cette strate arabe berbère et juive de leur propre histoire; avec la *reconquista* la découverte du nouveau monde et ses retombées économiques, l'*Espagne* catholique était dès lors toute puissante hégémonique outre une armada militaire appuyée par le bras de l'église: l'inquisition. L'héritage culturel et linguistique arabe musulman et juif ne peut être annihilé d'un trait de plume. Il est omniprésent jusque dans la pierre et l'architecture voire sociologique notamment la structure de la maison andalouse avec son patio lieu de vie par excellence identique à celui du Maghreb au-delà du détroit de *Gibraltar* dont nous rapportions en ouverture «l'heure bleue» quelques explications pratiques sur la *casa andaluz*; les espagnols chrétiens ont perpétué cette tradition architecturale o combien pragmatique ingénieuse et surtout agréable qui dénote un savoir vivre sans commune mesure pour tout épicurien qui se respecte à moins de se dévoyer à l'instar d'hommes subissant tellement de pressions politiques et religieuses en haut lieu qu'ils sont prêt à tout renier même leur âme qu'il sacrifie au diable; à partir de ce fait accompli toute cohabitation devient impossible! Mais quelle est exactement cette identité espagnole dont nous parlions en introduction? Qu'est ce qu'un espagnol au regard du mélange civilisationnel depuis trois millénaire? Il est bien difficile de répondre à de telles interrogations quand on songe au clochers des églises au goût islamique comme à *Séville Grenade Tolède Saragosse Tudèle Huesca etc* qu'on dénomme même style *mudéjar;* on parlait de mozarabe en Espagne à une époque sans parler de la musique aux influences orientales voire la cuisine aux saveurs rares. Malheureusement, la péninsule ibérique a rejeté tout un héritage culturel anthropologique historique ayant pour conséquence l'exclusivisme de la société sans espoir de pluralité retrouvée en direction du sud puisque les ponts n'existent plus. L'autre n'est qu'un infidèle qui ne mérite nulle compassion. La religion semblait à l'époque du XI siècle un banal alibi face aux appétits territoriaux des princes ou émirs en quête de butin et richesse puisque les alliances se défaisaient en fonction des intérêts du moment jusqu'à la reconquête définitive du territoire et d'un projet politique unifié où la religion serait le fondement du pouvoir. Or, nous avons vu tout au long de la lecture que l'absence de légitimité signifiait discorde, rébellion. L'instruction permet à l'indigent de sortir de son trou or, le pouvoir l'admet difficilement car un homme éduqué est dangereux pour lui. Cependant, il tolère le religieux à s'occuper de l'âme de ses sujets. Quand la religion perd l'intelligibilité de la foi pour n'être qu'une ritualisation crétine sans spiritualité, le pouvoir fait face à une croyance de type populiste. Par ailleurs, la théologie est une science du verbe de dieu trop abstraite pour le croyant lambda qui n' a pas le niveau intellectuel pour comprendre aussi il ne s'en préoccupe pas. Il ne contente de suivre un dogme et des règles qu'il intègre à ses propres traditions païennes sans même en distinguer les significations profondes. L'ignorance est le mal de toute société contre quoi Husayn et son maître ont lutté toute leur vie. Instruire et conscientiser l'homme du commun à son être, sa perception de son environnement politique et culturel afin de ne plus être passif. Il est celui qui choisit alors son destin. Non le topos bien connu des musulmans, c'est écrit, la fatalité et résignation. Dans l'introduction, on avançait l'idée que les récits des vaincus de l'histoire n'avaient pas droit de citer; ils n'avaient donc pas de légitimité en soi. Autrement dit, la crainte tenace que des sources scripturaires puissent remettre en cause l'orthodoxie voire sa légitimité historique acquise au prix fort après quatre siècles de luttes intestines est une évidence pure. *Avempace* le dit clairement et confirme après bien des philosophes qu'il n'y a ni société idéale, ni religion vraie puisqu'elles sont inéquitables injustes, exclusivistes en dépit d'un désir ardent d'universalité, d'harmonie, de bonheur et de salut. Nulle part en *Europe* au X siècle sauf en *Sicile* n'existait une telle floraison intellectuelle culturelle scientifique; il faudra patienter encore trois siècles avant l'ouverture du savoir arabo-andalou au reste de l'*Europe*. En revanche, le commun des mortels reste dans sa précarité initiale. Le parcours existentiel de ce cordouan du X-XI siècle revisité cinq siècles plus tard est un indicateur pertinent sur l'évolution de l'*Espagne*. Sanchuelo rapporte sa chronique depuis *Malaga,* ville meurtrie et annexée par les forces catholiques en août 1487 du comput des nations. Joseph et lui même comme leur compatriotes sont confrontés à la fin de l'histoire laquelle est désormais la vision d'une Espagne catholique conquérante que l'historiographie glorifie dans un lyrisme apologétique. Dans un troisième temps le XXI siècle fera revivre avec une totale condescendance la légende dorée d'*al Andalus* pour des besoins purement économiques en mettant en avant le riche patrimoine culturel des orientaux jadis maître du pays. Une partie de l'économie locale et régionale y trouve son compte. Cependant, les populations musulmanes locales sont toujours des habitants de seconde zone; ces derniers profitent du boom touristique pour afficher leur désarroi en lançant des SOS placardés bien visibles dans les ruelles du quartier au pied de l'*Alhambra* mais que les autorités locales snobent toujours. La dignité humaine en Espagne lorsqu'elle est maghrébine ou gitane est toujours bafouée comme jadis avec l'expulsion des juifs et des morisques!

Le texte s'ouvrait sur un bref rappel historique de la grande discorde ou *fitna al kubra* de 656 du comput des nations. Nous concluons donc le récit de Sanchuelo sur les effets irréversibles de cet autre épisode guerrier déchirant une nouvelle fois la «*nation de Muhammad»* à l'ouest du *dar al islam* en *al Andalus* mais cette fois par des forces extérieures à la *umma.* Les hommes de l'islam firent face à leur propre contradiction au-delà des entités multi ethniques composant cet empire ou une *umma* très éclectique bien loin du modèle primitif. Toutefois, dans le document de *Siffin* correspondant à la bataille de 657 entre *Ali* et les armées de *Mu'awiya,* on somma les musulmans de laisser un arbirage réglé le conflit avec des arbitres choisis parmi les notables pour ne pas amener la *umma de Muhammad* dans la division, *harb wa la furqa. Tabari* rapportait dans ses magistrales chroniques sur cette époque précise une mémoire musulmane portant l'empreinte abbasside. Donc l'historien écrit l'histoire telle que le pouvoir le lui commande.

Le savant et secrétaire abbasside *Ibn Muqaffa* autour de *750* résumait bien l'importance d'un état d'esprit impartial et nécessaire pour comprendre l'islam naissant en déclarant que la réflexion était un devoir pour tout érudit:
«Ne laisse le sommeil tomber sur tes yeux las
avant d'avoir pesé tous les actes du jour:
En quoi ai je failli? Qu'ai je fait, quel devoir ai je omis?
Commence par là et poursuis l'examen; après quoi
blâme ce qui est mal fait, du bien réjouis toi.»
L'auteur du célèbre *kalila wa Dimna* mourut trop tôt assassiné car visiblement comme bien souvent cet esprit rare dérangeait le pouvoir.

-"Sanchuelo, crois tu que Husayn a finalement pu retrouver ses sœurs?

-C'est très improbable au regard de sa santé comme il le dit lui même et de son age avancé. Son but néanmoins fut réalisé puisqu'il contribua durant quelques années à éduquer les villageois et leurs enfants leur rendant une dignité volée par un pouvoir oppresseur. Ils eurent alors conscience de leur propre force démographique en tant qu'entité sociale non négligeable et être capable d'être auto suffisant.

-*Verdad*, chez ces paysans sans terre du *tagr al awsat,* marche moyenne ayant pour chef lieux *Medinacéli.*

-Pour son engagement sans faille et sa persévérance...

-Tout à fait mais pas uniquement.

-On l'a déjà vu plus haut, la corruption détruit tout progrès social et dévalorise le travail; c'est un jeu d'enfant dirait on de fabriquer une famine artificielle en spéculant sur des matières premières comme le blé sous les *abbassides* avec l'exemple éloquent des secrétaires d'état responsables qui firent flambée le prix du pain s'ensuivit de terribles émeutes et donc répression et famine alors que la région en question était le grenier de l'empire.

-Husayn dénonça toute déliquescence partisane en marche.

-Au prix de sa vie!

-Oui, pour le progrès social!

-Montrer l'exemple est louable surtout lorsque l'on fait le bien.

-Qu'en est il de ses amis?

-A l'exception du moine, du cadi, du maître et de Tariq, il n'en parla pas. On ne sait rien de sa situation sentimentale; j'ai alors imaginé cette aventure amoureuse avec embarras quoi que tellement humaine.

-C'est juste.

-Il dut fuir à maintes reprises sans pouvoir s'établir à son aise dans un lieu précis. Or, il fut le plus souvent désargenté; comment prendre alors une épouse ou une maison! Il a subi plus qu'il n'a choisi son chemin d'où l'absence de famille, d'un fils, d'une maison et d'un palmier en son sein.

-Néanmoins, ses rares amis étaient pour lui précieux.

-Exact.»

Oreille attentive et bon vouloir!

Soudain, des bruits métalliques suivis d'appels récurrents de soldats se firent entendre depuis leur retraite dans le patio; les deux amis affolés restèrent assis incapables de bouger, hagards, terrorisés avant que le brouhaha retombe.Or, Sanchuelo se rappela que l'ami Samuel en compagnie de son cousin étaient censés les rejoindre.Un cri déchirant l'air leur transperça les tympans suivi d'un silence sordide.La peur se lisait de nouveau sur leur visage après les heures d'oubli et de plaisir.Finalement,ils se précipitèrent vers la porte du vestibule l'ouvrirent en toute hâte et découvrirent horrifiés baignant dans son sang Samuel les yeux grands ouverts,épouvanté par la perversité de ces hommes qui au nom de leur pouvoir jugeaient qui pouvaient vivre ou non en ce bas monde.

fin

<u>sources bibliographiques:</u>

Hichem Djait:la grande discorde- folio 1989

Amir Moezzi:le Coran silencieux le coran parlant- CNRS 2012

Reinhardt Dosy:l'Espagne musulmane Tome 1 -4

Levi Provençal: Cordoue au X et vie sociale(1950) siècle- Maisonneuve et Larose-Institution

Unité mixte de recherche archéologique 5648-histoire-archéologie des mondes chrétiens et musulmans médiévaux X-XIII siècle textes et documents
PU Lyon 2000.

Pascal Buresi:Frontière entre chrétienté et islam dans la péninsule ibérique- Publibook 2004 UMR8084 avec le concours du CNRS

Cyrille Aillet:Les mozarabes, christianisme, islamisation et arabisation en péninsule ibérique IX- XII siècle-
Casa de Velasquez 2010

Christine Mazzoli Guintard: Vivre à Cordoue au Moyen Age - solidarités citadines en terre d'islam au X-XI siècles- les PUR 2003

Dimitri Gutas: pensée grecque, culture arabe-
Aubier 2005
Louis Gardet: les hommes de l'Islam- approche des

mentalités éditons complexe 1977

Ibn Hazm: le collier de la colombe- Babel 1992
traduit par Gabriel Martinez Gros

Gabriel Martinez Gros: L'idéologie omeyyade -Sindbad
L' identité andalouse – Sindbad
Juan Vernet: Ce que la culture doit aux arabes
d'Espagne- traduit par G. Martinez Gros
actes sud Sindbad

Brigitte Foulon & E. Tixier du Mesnil: Anthologie Al
Andalus- GF

Alain de Libera: penser au Moyen Age -essai points 1991

Reinhard Dosy: le dernier émir de Séville- 2009(tiré de
son histoire de l'Espagne musulmane)éd. Milleli

La Fitna -Médiévales 60 langues- histoire 2011 revue
des PU de Vincennes- coordonné Martinez Gros- E.
Tixier du Mesnil- Danielle Sansy

Platon: La république GF Flammarion 2002 traduction et
présentation Georges .Leroux

Louis Massignon: la passion de Halladj t 1 1975-
tel Gallimard

Mohamed Arkoun: la pensée arabe puf que sais je? 1975

Ali Benmakhlouf: Averroès- ed. Perrin- tempus 2009
Maimonide: Epitres-Gallimard tr. jean de Hulster1983

Flash Kurt: introduction à la philosophie médiévale-champs Flammarion 1992

Robert Durand:Musulmans et chrétiens en méditerranée occidentale X-XIII siècles - contacts et échanges PUR 2000 Didact. Histoire

François Geal(sous la direction de) regards sur al Andalus VIII-XV siècles vol 94 casa de Vélasquez

Ignace Goldziher (Rémi Brague) Sur l'Islam- Origine de la théologie musulmane- midrash essai -Desclée de Brouwer2003

Rogez Arnaldez: Trois messagers pour un seul dieu-1983 albin Michel

Youssef Seddik: les dits de l'imam Ali- Sindbad actes sud + les dits du prophète - idem 2000

Youssef Seddik: Nous n'avons jamais lu le Coran l'aube poche 2004

Rogez Arnaldez: l'homme selon le Coran - Hachette pluriel 2002

Philippe Sénac: L'occident médiéval face à l'islam- image de l'autre - Flammarion 2000

Philippe Sénac: Al Mansûr - le fléau de l'an mil - Perrin 2006

Razi la médecine spirituelle- tr Remi Brague- Flammarion 2003

Dominique Urvoy: les penseurs libres dans l'islam classique- Flammarion 1996 et « histoire de la pensée arabe et islamique» - seuil

Miskaway: traité d'éthique tr. Mohamed Arkoun- Vrin 2010; 1 édition Damas 1969.

François Clément: pouvoir et légitimité en Espagne musulmane à l'époque des taifas XI siècle- l'imam fictif L'harmattan 1997

Léili Anvar & Makram Abbes: Trésors dévoilés- anthologie de l'islam spirituel- seuil 2009

Raymond Lulle: le livre du gentil et des 3 sages traduit du catalan Dominique de Courcelles édition de l'éclat 1992

Al Bukhari: l'authentique tradition musulmane choix de hadiths- traduit GH Bousquet éd. Fasquelle Paris VI 1964

Aristote: les politiques GF Flammarion 1983 par pierre Pellegrin

Cervantès Don Quichotte de la Manche- GF Flammarion

Alfred Louis de Prémare: les fondations de l'islam- entre écriture et histoire- points histoire 2002

Farid UD Dîne Attar: le langage des oiseaux- spiritualité Albin Michel- trad.Garcin de Tassy XIX siècle

le Coran: traduction. Kasimirski XIX siècle préface de Mohamed Arkoun

La Bible,le nouveau testament: traduction œcuménique- livre de poche

Ibn al Muqaffa kalila et Dimna traduit de l'arabe André Miquel édition Klincksieck 1980

Ibn Kaldun: Al muqaddima- traduction présenté et annoté Vincent Monteil Thesaurus 1997
Tabari: la chronique Volume II
traduction du persan Hermann Zotenberg
thésaurus Actes sud

Rémi Brague: au moyen du Moyen Age, philosophie médiévales en chrétienté, judaïsme et islam- Flammarion

Ibn Arabi : la sagesse des prophètes tr. Titus Burckhardt Albin Michel 1974
Collection Autrement :Tolède XII- XIII Musulmans, juifs , chrétiens- savoirs et tolérance - série mémoire par Louis Cardaillac
Mohamed Arkoun: Humanisme et islam - combat et proposition - Vrin 2 édition 2006

Persée portail de revues en sciences sociales et humaines sur l'Espagne musulmane , al Andalus
Casa velasquez: université de Saragosse: La marche supérieure d'al Andalus et l'occident chrétien- 1991

Philippe Sénac: la frontière et les hommes-
le peuplement musulman au nord de l'Ebre et les débuts de la reconquête aragonaise VIII- XII siècles
Maison& Larose

André Bazzana: Maisons d'al Andalus- habitat médiéval et structure du peuplement dans l'Espagne orientale
Casa de Velasquez

Rachel Arié: étude sur la civilisation de l'Espagne musulmane 1990Leiden, E. J. Brill Hollande

Abdel Magid Turki: théologiens et juristes de l'Espagne musulmane- aspect polémiques
Maisonneuve& Larose 1982

Michel Dousse: Marie la musulmane 2005- Albin Michel
Michel Dousse: Dieu en guerre- Albin Michel

Adonis: La prière et l'épée -mercure de France- 1993
        - essai sur la culture arabe-
Kurt Flash: d'Averroès à Maître Eckart- les sources de la mystique allemande- vrin 2008

Nasir -E Khosrow: le livre réunissant les deux sagesses-
Fayard 1990-traduit par Isabelle de Gastines du persan

PaulineKoetschet: IX-XIV siècle la philosophie arabe Anthologie, essai points

Mohammed Ali Amir Moezzi & Christian Jambet: Qu'est ce que le shi'isme- fayard 2004

Christian Jambet: qu'est ce que la philosophie islamique- poche 2010

Mohammed Ali Amir Moezzi: le guide divin dans le shi'isme originel- verdier

Ali Shariati: Fatima est Fatima- l'idéal universel féminin- al Buraq études

Maurice Ruben Hayoun: les lumières de Cordoue à Berlin- agora pocket 1996

Abou Mutahhar al Azdi: vingt quatre heures dans la vie d'une canaille- Phébus libretto 1998- traduit de l'arabe par R R Khawam

Badi al Zamane al Hamadhani X siècle: le livre des vagabonds traduit par R.R Khawam

Jacqueline Chaabi: le seigneur des tribus- l'islam de Mahomet CNRS éditions Biblis poche

Ibn Tufayl: le philosophe autodidacte- mille et une nuits 1999 traduit de l'arabe Léon Gauthier

sous la direction de Amir Moezzi (40 collaborateurs)
Laffont Bouquins- 2007 Le dictionnaire du Coran

La géographie d'Al Idrissi - Poche 1990

Saint Augustin: les confessions- GF flammarion 1964)

Al Farabi:Le livre du régime politique- Ph. Vallat- éditions
les belles lettres 2012.

Les cyniques grecs: fragments et témoignages- livre de
poche 1992

Michel Cuypers: le festin- une lecture de la sourate al
Ma'ida - Rhétorique sémitique éditions Lethielleux 2007

Muhsin Mahdi: la fondation de la philosophie politique en
Islam- la cité vertueuse d'Al farabi - champs Flammarion
2000

ibn Arabi: La profession de foi - Babel 1985
traduit présenté et annoté par Roger Deladrière

Aristote: éthique à Nicomaque -
livre de poche 1992 traduit par A. Gomez Muller

Jacques Le Goff: la civilisation de l'occident médiéval
champs Flammarion 1964